Grit

BASTEI LÜBBE

Von Leonie Bach sind bei BASTEI LÜBBE erschienen:

16175 Reiche Männer küssen besser
16219 Auf Mallorca liebt sich's besser
16207 Gran Canaria – all inclusive
16233 Fiesta Fatal
16251 Wie heirate ich Dieter B.?

LEONIE BACH

Mein englischer Liebhaber

BASTEI LÜBBE

BASTEI LÜBBE TASCHENBUCH
Band 16 260

1. Auflage: Oktober 2004

Vollständige Taschenbuchausgabe

Bastei Lübbe Taschenbücher ist ein Imprint
der Verlagsgruppe Lübbe

Originalausgabe

Umschlaggestaltung: Gisela Kullowatz
Titelbild: CORBIS / Jutta Klee
Satz: Kremerdruck GmbH, Lindlar
Druck und Verarbeitung: AIT Nørhaven A/S, Viborg
Printed in Denmark
ISBN 3-404-16260-9

1. Kapitel

Sophie und Bea befinden sich auf Abwegen. Sie sind nicht auf dem Weg zur Arbeit in die Marketing-Agentur »Good sellers«, sondern unternehmen einen Ausflug, von dem beide nicht mehr wissen, wer ihn geplant hat. Der Vorschlag kam wahrscheinlich von Bea, dem verrückten Huhn, aber den Termin hat Sophie bestimmt und dafür gesorgt, dass Bea sie pünktlich abholt.

Sophie ist Beas Chefin und mag weder Unpünktlichkeit noch Unvorhergesehenes. In letzter Zeit haben sich leider eine Menge unvorhergesehener Dinge zugetragen. Dieser Ausflug gehört dazu, und als sie zum zweiten Mal verkehrt von der Autobahn abfahren, um in einem öden Gewerbegebiet voller Getreidecontainer, Getränkegroßhändler und Baumarkt-Zulieferer zu landen, steigert das Sophies Stimmung nicht.

»Worauf habe ich mich hier nur eingelassen«, denkt sie. »Ich bin nicht so eine Frau, wirklich nicht. *Sie* ist so eine Frau, aber nicht ich.« Sophie wirft ihrer Sekretärin – nein, Pardon, Assistentin – und Freundin Bea einen missmutigen Blick zu.

Eben rührt Bea in den Gängen ihres lungenkranken Renaults herum, drosselt das Tempo, lenkt nach links, entziffert angestrengt ein Straßenschild, zuckt die Schultern, fährt geradeaus, bremst, gibt Gas, bremst wieder, vergisst zu kuppeln. Das Auto bekommt Schluckauf. Bea steuert auf der falschen Fahrbahnseite die nächste Möglichkeit zum Linksabiegen an. Huch, wieder falsch! Aber da, da ist der Weg, sie reißt das Lenkrad nach rechts. Der Wagen hüpft und röchelt in der plötzlichen Kurve, hoppelt über eine Bordsteinkante, jault auf. Sophie tut es ihm nach.

»Ooops, Pardon«, murmelt Bea, »die Kante habe ich glatt übersehen«.

»Muss einer von den grauen Zwergen gewesen sein, die dir immer die Bürgersteige unter die Reifen schieben. Mein Gott, du würdest dich sogar im Legoland verfahren.«

Bea wundert sich. »Der Bürgersteig war doch das letzte Mal noch nicht da, oder?«

Sophie schweigt vielsagend. Wie soll sie das wissen? Das letzte Mal war sie ganz woanders. Sicher zu Hause in ihrem gut durchorganisierten Leben. Oben auf dem Professorenhügel. Überhaupt ist sie noch nie in diesem Stadtteil gewesen, obwohl Wingen am Ott keine Weltstadt von labyrinthischem Ausmaß ist.

Wingen hat gerade mal 15000 Einwohner. Die leben großzügig verteilt am Flüsschen Ott und zwischen künstlich aufgeschütteten Hügeln. Wingen ist ein ehemaliges Bergarbeiterstädtchen. Braunkohletagebau. Auf dem höchsten Hügel von Wingen lebten und thronten im 19. Jahrhundert die Zechenbesitzer in eher putzigen als protzigen Villen mit Türmchen und Zinnen und Erkern und Zuckerbäckergesims.

Im ehemaligen Pförtnerhaus solch einer Villa wohnt jetzt Sophie, und der Hügel heißt Professorenhügel, weil fast der gesamte Lehrkörper aus der nahen Universitätsstadt dort lebt. Der Professorenhügel ist vornehm, jedenfalls kurz davor. Genau wie ihr Mann nach vielen schlecht bezahlten Forscherjahren kurz davor ist, einen Lehrstuhl für Sprachphilosophie zu bekommen. C4, lebenslänglich, ein »spectabile« mit »summa cum laude« und Pensionsanspruch.

Es war Sophies Idee gewesen, schon vorher auf den Hügel zu ziehen und Kontakte zu knüpfen in akademischer Höhenluft. Und jetzt? Jetzt ist sie auf dem Weg nach unten und kennt sich nicht mehr aus. Vom Professorenhügel verirrt man sich selten in das abseits gelegene Viertel am Fluss.

Es handelt sich um eine Zechenarbeitersiedlung, bucklige Häuschen, grau in grau, drängen sich aneinander wie alte Weiblein, die etwas miteinander zu betuscheln haben. Bergarbeiter gibt es hier keine mehr. Inzwischen, so weiß Sophie, wohnt ziemlich gemischtes Publikum in den unverputzten Häusern. Studenten, Tagträumer, Eigenbrötler, Tauge- und Habenichtse, werdende oder gescheiterte Künstler. Jedenfalls Leute, die sich nicht an durchlöcherten Dächern, pfeifenden Wasserleitungen, klappernden Fenstern und dem ständig drohenden Abbruch stören.

Sophie erschrickt und schüttelt leise den Kopf. Was sie sich so zusammendenkt! Sie kennt die Leute doch überhaupt nicht, und früher hätte sie so eine zusammengewürfelte Gesellschaft sehr lustig gefunden. Schließlich war sie selber einmal bekennendes Mitglied der Tagträumer-Gemeinde, aber das ist lange her. Ihre schlechte Laune muss am Ausflugsziel liegen. Und an den Geschehnissen der letzten Woche.

Eine Scheidung droht man nicht alle Tage an. Schon gar nicht kurz vor dem eigenen Geburtstag und nur darum, weil der Ehemann einen dazu mit einer Vorlesung über Grammatik überraschen will. *Nur darum?* Na ja …

Soll sie wirklich das Handtuch werfen? Nach sechzehn ziemlich unfallfreien Ehejahren und just in dem Moment, in dem die Karriere des Ehemannes üppige Früchte trägt und man sich selber ausruhen soll vom anstrengenden Leben als berufstätige Mutter und vielleicht wieder studieren und sich um sich selber und die Lebensfreude kümmern kann?

Bloß dumm, wenn man dabei bemerkt, dass man gar nicht weiß, wer man selber so ist. Nach sechzehn Ehejahren voller Bügelwäsche, Bürosorgen, Steuererklärungen, gehetzten Frühstücken, Schulzeugnissen, Ehezwisten, Organisationsakrobatik und mit der vagen Chance vor sich, plötzlich einen Karrieresprung zu machen.

Ins Ausland, ohne Mann und (fast) ohne Kind nach …, sie schluckt. Sie kann nicht einmal an den Namen des Landes denken, ohne die Kontrolle über ihre Gefühle zu verlieren. Wie lächerlich. Es handelt sich doch nur um … um einen Job, rettet sie sich.

Wirklich? Ruhe, verdammt, sie hat diese ständigen Hintergedanken so satt!

»Ist nicht mehr weit«, kräht Bea, »den Baum da vorne erkenne ich wieder. Der alte Apfelbaum, ganz klar.«

»An den Ästen hängen Birnen, du Traumsuse«, verbessert Sophie.

Ihre Stimme ist spröde wie ein altes Laubblatt, stellt sie fest, glättet ihre Miene und schaut der Ablenkung halber aus dem offenen Fenster. Draußen herrscht noch nicht welker Herbst, sondern strahlender September. Letzte Sommersonnenstrahlen aalen sich in der Landschaft. Langsam schieben sich Häuschen am Autofenster vorbei, so als würden sie von einem Kulissenschieber ins Bild gerückt, besser geruckelt. Bea bremst sich noch immer durch die Landschaft.

Einige der Vorgärtchen nehmen sich hübsch aus im Herbstsonnenglanz. Das mit der Stockrosen-Parade etwa oder das mit den Hortensien, die einen kapitulierenden Holzzaun nach hinten knicken lassen. Durchs offene Autofenster strömt letztes Hummelbrummen und herber Hagebuttengeruch. Sophie atmet ihn voller Genuss ein. Es liegt ein Gefühl von Zeitlosigkeit in der Luft.

Nach *forever young* fühlt sich das an. Sophie schiebt

sich in ihrem Sitz hoch. Es fühlt sich an wie damals in *England*, schießt, nein, prickelt es ihr durch den Kopf.

England – sie wollte doch nicht mehr daran denken. Jedenfalls nicht so. Die lyrische Tonart liegt ihr nicht. Übertriebene Sehnsüchte standen in den letzten Jahren ganz unten auf ihrer Liste. Aber, verdammt, sie muss darüber nachdenken. Nicht über die Sehnsüchte, sondern über England, und zwar ganz nüchtern. Vielleicht hat sie dann die Chance, dass man ihr die touristische Marketing-Analyse über britische Herrenhäuser auf dem deutschen Reisemarkt anvertraut. Sie hat für die Geschäftsleitung schon ein Exposee verfasst, in dem sie Reiseziele vorgestellt hat.

Der Job wäre mit England-Aufenthalten verbunden. Was missfällt ihr daran plötzlich? Das Land der sturen Linksfahrer, Tunnelgegner und Eurofeinde war mal ihre zweite Heimat. Sie kennt sich aus mit Great Britain. Vor fünf Jahren hatte sie richtig gelegen, als sie den deutschen Dependancen des britischen Kaufhauskonzerns »Marks & Spencer« kaum Überlebenschancen prophezeit hatte. Und so dafür gesorgt hatte, dass die Kaufhausleute sich eine andere Agentur für die Marktanalyse suchten, um ihre Chancen abtesten zu lassen.

Natürlich hat die Briten-Offensive trotzdem nicht funktioniert, schon wegen BSE, Zutaten wie Nierentalg im Pudding und dem starken Pfund, das selbst Toastbrot hier zu Lande lächerlich teuer machte. Inzwischen hat sich der Konzern wieder auf die Insel zurückgezogen. Mit Riesenverlusten.

Sophie hat also im Nachhinein Recht behalten, und darum hat die Leitung ihrer Agentur sie mit dem Exposee über britische Herrenhäuser beauftragt.

Bei »Good sellers« werden in den nächsten Tagen eine britische Delegation und Vertreter der Hamburger Geschäftsleitung erwartet. Zufrieden lehnt Sophie sich im Sitz zurück. Arbeit erfrischt. Wieder mischt sich Hummelgebrumm und Sommergefühl in ihre Gedanken.

Sei ehrlich. Dich lockt nicht nur die Arbeit nach England.

Sophie schluckt. Sie ist zuletzt vor achtzehn Jahren auf der Insel gewesen und war damals mit ganz anderen Dingen als Marketing befasst. Ihrem Studium der englischen Literatur etwa und – so fügt sie in Gedanken hastig hinzu – mit zwei, drei anderen Dingen, die niemanden mehr interessieren.

Nicht einmal dich selber?

Sophie bemerkt, dass sich in ihren Achselhöhlen taufeiner Schweiß sammelt. Sie ist normalerweise keine Frau, die schwitzt. Muss an der hereinströmenden Hitze liegen, dass ihr so heiß ist. Sie fingert nach der Fensterkurbel, will die Scheibe hochdrehen. Zu spät, tückische Erinnerungen haben sich – versteckt im Hagebuttenduft – zu ihr vorgearbeitet und wecken Gefühle, die man besser nicht hat.

Jener Sommer in England ... Sie hält den Atem an, aber den Gedanken kann sie nicht zurückhalten: Jener Sommer in England war so sorglos und mit einem Hauch von Ewigkeit behaftet. Unter anderem, nein, vor allem der Liebe wegen. Der Liebe zu – sie holt panisch Atem – Fitzwilliam of Ashburton. Sophie kreuzt schützend die Arme vor dem Oberkörper, als befürchte sie einen Fausthieb in die Magengrube. Er bleibt aus.

Interessant, es haut sie nicht einfach um. Sie kann an ihn denken, ohne wie ein Vampir beim ersten Strahl der Morgensonne zu verglühen und zu Staub zu zerfallen. Fitzwilliam, der Mann mit den melancholischen Augen, dem immer spöttischen Lächeln und der Adlernase, dieser verrückte Draufgänger, der für sie mal einen Elefant entführt hat – und dann selbst wie einer auf ihrem Herzen herumgetrampelt ist.

Sie ruft sich zur Ordnung und kurbelt das Fenster nach oben. Schluss mit Hummeln, Hagebutten und Elefanten-Kidnappern: Ich befinde mich nicht im Mittelpunkt eines Märchens, ich fahre nur durch Wingen am Ott. Um Sophies Mundwinkel zuckt es sarkastisch.

Zu einer Wahrsagerin! Die soll prophezeien, ob sie sich scheiden lassen und den England-Job annehmen soll oder nicht. Dabei ist sie doch wirklich keine Frau, die an so etwas glaubt. Normalerweise. Bea, ihre Freundin und Fahrerin, war gestern bei ihrem monatlichen Kneipenabend anderer Ansicht: »Madame Zara ist eine Fachkraft. Und dein Aszendent ist Fisch, Sophie. Fische neigen zum Okkulten, glaub mir. Steht auf jedem Sternzeichen-Zuckerwürfel«, hatte sie gesagt und den Trip vorgeschlagen. In einer sehr schwachen Minute und nach drei Zombie-Cocktails hatte Sophie zugesagt und wundert sich beim Seitenblick auf Bea erneut.

Heute hat sie sich einen Schal aus grüner Seide um den Kopf geschlungen. Darunter lugen Kunsthaarzöpfchen hervor, an den Ohren trägt sie riesige, silberne Kreolen, und an ihren Armen klimpern indische Glitzerreifen.

Sie muss in der Girlie-Abteilung von H&M eingekauft haben. Da, wo sich Sophies Tochter Jennifer eindeckt. Aber die ist fast sechzehn und hat jedes Recht der Welt auf einen experimentellen Geschmack. Bea ist mehr als doppelt so alt, siebenunddreißig Jahre, nur ein Jahr jünger als Sophie. Und somit unpassend gekleidet. Aber typisch! Wahrscheinlich soll ihre Hippie-meets-Zigeuner-Maskerade zum Anlass des Ausflugs passen.

Bea hält beim Apfel-Birnbaum-Garten an, würgt den Wagen ab, zieht die Handbremse.

»Wir sind da! Du kannst deine Sonnenbrille abnehmen, hier erkennt dich garantiert niemand mehr, Frau Professor.«

»Das kann man nie wissen«, protestiert Sophie schwach, »und nenn mich nicht Frau Professor. Leonhart ist der Professor, ich hab nicht mal mein Examen in englischer Literatur gemacht.«

Bea rollt mit den Augen: »Nicht wieder diese Nummer! Als ob du die verhuschte Hausfrau wärest, die der Brutpflege wegen ihre Karriere geopfert hat! Blödsinn. Dein Leben ist so perfekt, dass mir schlecht davon wird.«

Sophie zieht die Sonnenbrille ab und streicht ihr Haar glatt. Sie trägt einen kinnlangen Bob, der sehr teuer und sorgfältig geschnitten ist, damit er nicht wie stundenlang frisiert wirkt. Schönheit darf nie angestrengt aussehen, schon gar nicht am Arbeitsplatz. Kritisch mustert sie ihre Fältchen rund um die Augen. Vielleicht sollte sie mal an einer Botox-Party teilnehmen?

Erst ein Sekt gegen den Bammel und dann eine Spritze muskellähmendes Nervengift gegen die Falten. Madonna macht so etwas, und Madonna ist sogar mit vierundvierzig noch eine begnadete Trendsetterin – deshalb lebt die inzwischen auch in Engl...

Genug Geld hätte Sophie für ein bisschen Botulin, wenn sie den Job in ... nun ja, bekäme. Bis dahin müssen Gesichtsgymnastik und stumme Selbstsuggestion reichen.

»Ich bin entspannt, meine Stirn ist entspannt, mein Magen ist entspannt, ich liege allein an einem Strand, ich bin entspannt, hinter mir erheben sich die sanften Hügel von Devon. England, oh glückliches Eiland, du köstlicher Edelstein, gefasst in silbernem Meer ... halt!« Tief durchatmen und nur nicht daran denken. *Devon.* Verflucht noch mal, halt! Sie schiebt die Sonnenbrille zurück auf die Nase.

Als sie sich Bea wieder zuwendet, ist Sophies Gesicht so glatt wie ihr Haar und abweisend wie die stählerne Fassade eines Versicherungskonzerns. Ihre Stimme hat weiterhin Runzeln: »Ich trage diese Sonnenbrille nur, weil ich nicht will, dass jemand aus dem Büro uns bei diesem Ausflug erwischt. Eine nüchterne Marktforscherin und ihre durchgeknallte Assistentin auf derartigen Abwegen.«

»Jemand vom Büro? Pfff. Unser neuer Trendscout vielleicht? Dieser feuchte Pups im Brioni-Anzug – lachhaft.«

»Dieser feuchte Pups hat im Gegensatz zu mir ein Diplom in Betriebswirtschaft, ist mit dem Geschäftsführer verwandt und spitz auf den Englandauftrag. Ich kann mir keine Fehler leisten. Der Pups ist nämlich auch eine Petze, und du kannst nicht mal die Körbchengröße deines BHs geheim halten.«

Bea stöhnt, während sie den Rückspiegel herunterklappt, um ihr Make-up zu kontrollieren. »He, Sophie, machst du jetzt voll auf Karrierezicke? Komm auf den Teppich, du organisierst nur einen wechselnden Haufen Studenten und Hausfrauen, die in Fußgängerzonen oder am Telefon Leute dumm von der Seite anquatschen, um sie über Fruchtbonbons, Kloreiniger oder Soßenbinder auszuquetschen.«

Sophie ist entrüstet, etwas mehr macht sie schon, entschieden mehr. Sie wertet die Ergebnisse aus und formuliert Marketing-Empfehlungen, die den Trends entsprechen. »Also wirklich, Bea!«

»Ist doch wahr. Ich dachte, du nimmst mit der Brille Rücksicht auf deinen Holden. Wenn seine künftigen, ehrwürdigen Kollegen dich hier sähen, wäre das echt peinlich. Wahrsagerei und Wissenschaft vertragen sich bei weitem schlechter als Marktforschung und Magie. Das ist doch dasselbe.«

Sophies Mund wird zum Strich. Wenn Bea die Arbeit endlich ein wenig ernster nehmen würde. Frauen wie sie sorgen dafür, dass man weibliche Führungskräfte nicht für voll nimmt. Nicht mal der feuchte Pups im Brioni-Anzug. Beas provokatives Schlampentum am Arbeitsplatz ist nicht eben hilfreich im Kampf um berufliche Anerkennung oder diesen Auftrag aus England. Ach, *England!* Stopp, Sentimentalitäten haben dabei nichts zu suchen.

»Im Gegensatz zu dir, Bea, betreibe ich Marktforschung nach strengen Regeln der Analyse. Sei froh, dass ich deine zusammengestoppelten Surveys, deine halbherzigen Telefonscreenings und deine zweistündigen Shoppingausflüge …«

Bea rollt mit den Augen. Unerträglich dieses Denglish von wegen *surveys* und *screenings.*

»Ich kaufe nicht einfach ein, ich betreibe Marktbeobachtung nach Methoden der persönlichen Feldforschung«, platzt sie los. Sophie lacht kurz auf.

»Sei froh, dass ich dir das durchgehen lasse, Bea. Und noch etwas: Leonhart ist nicht mehr mein Holder, sondern ein emotional benachteiligter Torfkopf.«

Bea stößt einen kleinen Pfiff aus. »Ist das jetzt ganz sicher?«

»Ziemlich. Seit er ausgezogen ist, hat er sich nicht gemeldet. Womit er die Tradition unserer gesprächsfreien Ehe fortsetzt, der Herr Sprachphilosoph.«

Bea runzelt die Stirn. »Ich hab immer gedacht, ihr verständigt euch nach irgend so einem Kommunikationsmodell. Motto: ›Ich habe den Eindruck, dass du ein Trottel sein könntest, aber das ist natürlich nur meine subjektive Wahrnehmung, du Idiot‹.«

Sophie schnaubt verächtlich. »Du liest zu viele Ratgeber vom Grabbeltisch. Und die Zeiten, in denen ich es auf die verständnisvolle Tour versucht habe, sind endgültig vorbei.«

»Was genau hast du denn zuletzt so zu ihm gesagt?«

»Dass ich es satt habe, über die Hälfte des Geldes anzuschleppen, nebenher noch Kind, Haushalt und Beziehung zu managen, während er im Ausland Forschungsaufträge annimmt.«

»Aus Liebe zu dir, Frau Professor in spe!«

»Liebe – als ob er davon Ahnung hätte. Weißt du, was er geantwortet hat, als ich ihn auf eine einzigartige, milde Sommernacht hinwies? ›Physikalisch gesehen, Sophie, herrscht nur auf der Hälfte der Erde Nacht, die der Sonne abgewandt ist, Tag aber auf der ihr zugewandten Seite, woraus folgt, dass Tag und Nacht im Grunde gleichzeitig sind.‹«

»Wow«, macht Bea, »der Mann ist süß! Was der alles weiß!« Sie reißt bewundernd die Augen auf. Dummes Ding.

»Wissen kann auch verblöden, Bea. Das war mein letzter Versuch, romantisch zu werden. Kann man doch nicht mit einem Mann, der Sex als ›gegenseitigen Austausch von Körperflüssigkeiten‹ beschreibt.«

»Im Bett?«

»Nein, in einem Vortrag über ›Die Grammatik der Liebe‹, aber trotzdem! Dann schon lieber allein sein in Great Britain. Das heißt, fast allein, unsere Jennifer ist ja inzwischen auf dieser Schule in … du weißt schon.« Sie schluckt. »Devon«. Na also, geht doch! »Soll Leonhart zusehen, wie er hier ohne Frau und Tochter klarkommt.«

Bea schüttelt den Kopf wie ein Wackeldackel auf der Auto-Hutablage. »Hast du Jennifer etwa mit Absicht vorgeschickt?«

Sophie beißt sich kurz auf die Lippen. »Nein, also na ja. Da kam eine Einladung meiner ehemaligen Gastmutter, Mrs. Molloway. Und Jennifer wollte immer schon mal weg von zu Hause und deshalb …« Sie bricht den Satz ab. Hat sie Jennifer wirklich nur deshalb nach England gelassen? Die Einladung richtete sich nämlich auch an sie. Aber das geht wirklich niemanden was an.

Bea ist noch immer unzufrieden. »Dein Überdruss kommt ziemlich plötzlich, findest du nicht? Eine Ehe wie eure setzt man doch nicht einfach so aufs Spiel, also ehrlich. Das hat einer wie Leonhart nicht verdient. Kann er doch nichts dafür, dass du wieder den Mond anheulen und Geigen schluchzen hören willst.«

»Das will ich doch gar nicht!«

»Klang aber eben so.«

Man hört es ihr also schon an. Nur das nicht. Nachdenklich fährt sie fort, mehr im Gespräch mit sich selbst als mit Bea. »Ich war doch zuletzt nur ein Nebengeräusch in Leonharts Forscherleben. Deshalb habe ich ihn – zum Nachdenken – vor die Tür gesetzt.«

Bea legt Lippenstift auf, Mokkabraun mit Glittereffekt. Eine Produktprobe von »Prairie«, die sie bei einer Umfrage abgeschnappt hat. Klar, dafür liebt Bea ihren Job. Man bekommt Testmuster gratis. Sie lässt ihre Zunge über ihren frisch geschminkten Amorbogen gleiten, murmelt gleichzeitig zwischen halb geöffneten Lippen: »Ist es nicht eher so, dass Leonhart dein Nebengeräusch war? Du hast ihn oder eure Liebe bis dato nie groß erwähnt, immer nur über Jennifer oder den Job und neue Produktanalysen geredet oder über meine abwegigen Amouren gelästert.«

Als ob Bea sich je für ihre ereignisfreie Ehe interessiert hätte. »Ohne mich wäre unser ganzer Familienladen viel eher zusammengebrochen.«

Wäre das nicht besser gewesen? Nein, am Anfang hat der Laden ja viel Spaß gemacht. Es war die reine Erlösung nach ihrer englischen Tragödie. Und Jennifer war alle Kämpfe wert, alle Bemühungen, auch wenn sie in letzter Zeit nicht gerade Mamis kleiner Sonnenschein war, sondern ganz einfach fünfzehneinhalb und unerträglich launisch. Egal, hier geht es um etwas anderes.

»Leonhart fällt nicht mal jetzt ein, sich bei mir zu melden. Er ist spurlos verschwunden.«

Bea presst die frisch bemalten Lippen aufeinander, zupft am Seidenschal herum. Sie beherzigt das abgegriffene

Frauenmagazin-Motto, dass man allzeit bereit sein muss, dem Mann des Lebens zu begegnen, und sei's der Jogginghosen-Träger beim Bäcker. Heute rechnet sie allerdings mit einer ganz anderen Begegnung. Der Mann, um den es sich handelt, wäre jede Anstrengung wert, wenn er nicht, ja, wenn er nicht ... vergeben wäre. Und wie vergeben. Bea seufzt sehr leise. Sie hat hier eine Mission zu erfüllen.

»Ach, Sophie, der Rauswurf ist erst eine Woche her. Gib deinem Mann Zeit, die braucht er momentan, um seine Antrittsvorlesung zu schreiben. Wie war noch das Thema?«

Sophie schnaubt verächtlich.

»›Die Grammatik der Liebe im Zeitalter des Internet.‹ Die letzten Monate ist er fast in seinen Computer hineingekrochen. Wenn man drin wohnen könnte, hätte er es gemacht. Blöde Vorlesung. Er hat glatt behauptet, er wolle mich damit zu meinem Geburtstag überraschen. Mit Grammatik. Was sagt man dazu!«

Die Überraschung kannst du dir an den Hut stecken. Mir langt's, ich habe genug von dir und unserer Ehe. Du bist so romantisch wie eine Rolle Toilettenpapier. Das hast du gesagt. Schwester Selbstvorwurf erinnert sich mal wieder so genau, dass Sophie flau davon wird. Leonhart hat sehr verletzt ausgeschaut.

Bea zuckt müde die Achseln. »Eine Grammatikvorlesung ist immerhin eine originellere Idee als rote Rosen. Mir hat noch keiner was geschrieben, außer ›Denk an meine Rasierklingen‹ oder so. Mensch, ihr braucht euch doch.«

Sophie reckt kämpferisch das Kinn.

»So und wofür? Geld kann ich selber verdienen – demnächst sogar im Ausland –, unsere Tochter wird flügge, und ich weiß nicht einmal, wo Leonhart ist!«

Bea lächelt schelmisch, Sophie wird sich noch wundern. Weil sie, Bea, nämlich durchaus Geheimnisse für sich behalten kann, überraschende Geheimnisse – über Leonhart.

»Geschieht dir recht. Man wird schließlich nicht jeden Tag von seiner Ehefrau vor die Tür gesetzt. Und das ein paar Wochen, nachdem Leonhart von einem Amerika-Aufenthalt zurück ist. Ein halbes Jahr räumliche Trennung, und eine perfekte Ehe ist hinüber! Oder hat er drüben mit einer anderen rumgeschnackelt?«

»Leonhart? Quatsch. So kurzsichtig kann keine Frau sein.«

Bea zögert einen Moment, bevor sie antwortet. Elende Sophie, wie kurzsichtig sie selber ist. »Ich finde dein Verhalten reichlich tüdülü. Für jemanden, der sich so gern an strenge Regeln der Analyse hält. Thema Ende.«

Typisch Bea. Was bitte schön bedeutet tüdülü? Es handelt sich um eine ernsthafte Angelegenheit, so eine mögliche Scheidung. Bea beschäftigt sich jetzt mit der Fahrertür, rüttelt daran, zieht am Verriegelungsknopf, flucht.

»Mist, klemmt schon wieder. Die Schlösser! Wir sitzen fest, deine Tür tut es schon gar nicht.«

2. Kapitel

Das sind sie. Was machen sie nur so lange in dem Auto? Nicht, dass Sophie sich doch noch anders besinnt!« Leonhart linst vorsichtig durch einen Spalt im Blümchenvorhang. Der Vorhang riecht stark nach Seifenpulver, und Leonhart muss niesen.

»Gesundheit, Herr Professor!«

»Danke, Böckelkamp, aber nennen Sie mich nicht Professor. Ich bin noch keiner, und vielleicht will ich nicht einmal mehr einer werden.«

»Wie Sie meinen, Herr Professor.«

Leonhart verrenkt den Hals.

»Was zum Teufel macht Bea denn da? Sie sitzt neben Sophie und schwingt eine ... was ist denn das? Ein kegelförmiges Schlaggerät aus unbehandeltem Hartholz, wenn ich mich nicht irre.«

Böckelkamp hüstelt. »Das ist kaum möglich, bei Ihrer präzisen Beschreibung.«

»Tatsächlich, es ist eine Keule, genauer gesagt ein Baseballschläger! Will Bea Sophie etwa mit Gewalt von einer Rückkehr in die Ehe überzeugen? Wenn das eure ausgereifte Idee ist, kann ich nur sagen, das nutzt nichts. Sophie hat einen Schädel aus Stahl.«

Böckelkamp hält sich weiterhin diskret im Hintergrund und räuspert sich. »Ich würde vorschlagen, dass Sie sich vom Fenster fern halten, Herr Professor. Das eigentliche Geschehen wird sich im Haus nebenan bei meiner Tochter abspielen, und dabei können Sie nicht Zeuge sein. Sie sollten einen Tee trinken und in Ruhe abwarten, was passiert.«

»Ruhe? Abwarten? Genau das wirft mir meine Frau doch vor, wenn ich sie richtig verstanden habe. Aber eigentlich verstehe ich sie gar nicht mehr. Diese unbändige Wut gegenüber meiner Person. Ich kann mir nicht erklären, wo diese Aggressionen plötzlich herkommen.«

Niemand kann es ihm erklären. Selbst Bea nicht, die Sophie seit ihren ersten gemeinsamen Tagen als Verbraucherbefrager kennt. Er hatte immer gedacht, die beiden würden sich alles erzählen, »bis in die Unterhose hinein«, wie es eine Studentin in seinem Seminar über »Weibliche Kommunikationsstrategien« neulich formuliert hat. Er konnte sich darunter vage etwas vorstellen. Zwei Frauen, die kichernd im Waschraum einer Toilette zusammenstehen, tuscheln, über Kerle herziehen, vor Vergnügen kreischen, die Lippenstifte tauschen oder sich Tampons leihen. Vertrautheit bis in die Unterhose hinein eben.

Solche Freundinnen würden einander doch erzählen, warum es in der Ehe der einen nicht mehr stimmt. Deshalb hat er Bea ja auch angerufen, dabei kennt er Bea kaum. Und dann war er überrascht, wie erfreut sie war. Ganz eifrig, ihn zu treffen und über alles zu reden. Über alles? Sie wusste noch gar nichts von der Trennung. Wie wichtig ist er denn für seine Frau überhaupt noch?

Was für eine merkwürdige Situation das gewesen war. Er hatte dagesessen und der besten Freundin seiner Frau erklärt, dass diese sich von ihm getrennt habe. Und die beste Freundin hatte zugehört mit feuchten Augen und zitternden Lippen, nein, falsch, es waren mehr die Lippen gewesen, die feucht waren, und die Augen, die zitterten. Aber er kann sich auch getäuscht haben, das Licht in diesem Lokal war sehr schlecht.

Wie zwei Verschwörer hatten sie sich in einem sehr

dunklen, sehr intimen chinesischen Restaurant getroffen, von dem Bea behauptete, es sei neu und eine Art Geheimtipp, dort träfen sich nur Singles und bestimmt keine mittelalten Professoren und deren Ehefrauen. Sehr umsichtig von Bea, das mit dem Singletreff.

Leonhart wäre es nicht recht, von Kollegen oder seinen Studenten mit einer anderen Frau als Sophie gesehen zu werden. Schon gar nicht mit einer Frau wie Bea, die ziemlich – nun ja – provokant aussah mit ihrem tief geschlitzten Seidenkimono, den sie passend zum Ambiente anhatte.

Da könnte man auf dumme Gedanken kommen und an weibliche Kommunikationsstrategien mit erotischer Absicht denken, also nicht er, aber andere. Erst recht im »Goldenen Drachen«, der wirklich sehr intim ist, mit diesen kleinen Nischen, den weinroten Plüschsofas, den roten Lampions in geschnitzten Torbögen.

Leonhart weiß, dass diese roten Laternen im alten China eine nonverbale Einladung an den Ehemann waren. Einen potenten, mächtigen Ehemann, der die Auswahl zwischen mehreren Frauen und die Pflicht zur weitreichenden Verteilung seines Genmaterials hatte. Sehr interessante Kommunikationsform, die einen Konflikt zwischen den Haupt- und Nebenfrauen vermeiden und die Fortpflanzungsrate sichern half. Die Frau, die am Abend die Laterne vor ihren Gemächern anzündete, zeigte ihre fruchtbaren Tage an und hatte damit gewonnen.

Es blieb allerdings anzunehmen, dass die Hauptfrau gewisse Vorrechte hatte. Das müsste er mal überprüfen. Nachdenklich fährt sich Leonhart über die Stirn. Würde als ethnologisch-historischer Seitenschlenker zu seinem Vorlesungsthema passen: »Flirten, werben und verführen. Die Grammatik der Liebe im Zeitalter des Internet«.

Er will seinen Studenten und den anderen Lehrstuhlinhabern etwas Unterhaltsames zum Antritt seiner Professur bieten. Man muss mit der Zeit gehen, Entertainment ist alles. Die Recherche zum Thema hat ihm richtig Spaß gemacht, und Sophie würde es sicher gefallen, dass er sich so intensiv mit Gefühlen beschäftigt – auch ihr zuliebe. Unglaublich, wie kreativ die Menschen sich bei »Lovescout 24« oder »Flirtline« im Internet anpreisen. Geradezu aufregend, wie greifbar nah die Liebe im virtuellen Raum erscheint, sogar für jemanden wie ihn, der aus rein wissenschaftlichen Gründen darin herumsurft und Anzeigen aufgibt. Seine Finger streicheln den Seifenpulver-Vorhang.

Ein dezentes Räuspern unterbricht ihn. »Ihr Tee wird kalt, Herr Professor.«

Leonhart fährt sich durchs Haar und dreht sich um. Der Anblick des rührenden älteren Herrn, der mit leicht eingefallenen Schultern in exakt gebügeltem Streifenhemd und einer ebenso exakt gebügelten Kittelschürze hinter ihm steht und ihn durch Brillengläser anschaut, die dick wie Glasbausteine sind, besänftigt ihn ein wenig.

»Wissen Sie, Böckelkamp, ich dachte immer, Sophie ist froh, dass ich sie alles machen lasse, mich in nichts einmische, was sie plant, und vor allem Professor werde. Sie plant ja so gerne! Und jetzt? Jetzt, wo ich am Ziel meiner, besser, unserer Träume angelangt bin, wirft sie mich raus! Jetzt, wo ich ihr ein paar ausgefallene Wünsche erfüllen könnte, da will sie nichts mehr von mir wissen. Erklär mir einer die Frauen!«

Böckelkamp macht keine Anstalten dazu, setzt die Teetasse auf einem Biedermeiertisch ab und wischt mit einem Lappen einen verschütteten Tropfen von der Untertasse. So hätte es seine Irene auch gemacht.

Irene ist nun seit fünf Jahren tot und nicht mehr für den Haushalt zuständig. Sie schaut nur noch aus mehreren Fotorahmen dabei zu, wie ihr Mann alles in Schuss hält. Milde lächelnd. Sie ist eine wunderbare Frau gewesen – einfühlsam, sanft, aber bestimmt. Oh ja, sehr bestimmt. Irene hat immer gewusst, was sie wollte und wie man es erreicht. Nicht durch Streit, das nicht.

Er ist derjenige gewesen, der manchmal schwer geschaltet hat, wenn seine Irene auf ihre sanfte Art einen Wunsch zum Ausdruck brachte. Wenn er nur an die Sache mit »Tchibo« denkt!

Jahrelang hat sie ihn immer wieder zu den Schaufenstern des Kaffeerösters geschleppt, um sich in der Auslage preisgünstige Handstaubsauger, Tischdecken oder Mixmaschinen anzuschauen. Und Hermann Böckelkamp hat geglaubt, er versteht, und ist nach den Schaufensterbummeln und vor Irenes Geburtstagen hin und hat die Staubsauger und Küchenmaschinen gekauft. Und Irene hat sich auch jahrelang bedankt. Und die Küchengeräte weggeräumt oder an die Tochter verschenkt. Versteh einer die Frauen!

Böckelkamp hat erst verstanden, als es beinahe zu spät war. Da hat seine Irene schon im Krankenhaus gelegen, nach einem zweiten Herzstillstand. Und da hat sie gesagt, dass sie so gerne noch mal einen Schaufensterbummel machen würde.

Wohin? Zu »Tchibo« natürlich. »Weißt du, Hermann, die haben wieder wunderschönen Schmuck im Schaufenster. Hat mir meine Bettnachbarin erzählt. Sogar mit Diamanten. Sehr kleine Diamanten, aber du weißt ja, dass ich immer einen haben wollte.«

Hat er nicht gewusst. Trottel, der er war. Ist aber sofort losgelaufen. Diamanten kaufen. Die ganze Kollektion. Mit der ist seine Irene dann auch beerdigt worden. Nur gut, dass sie den Schmuck kurz vor ihrem Tod noch gesehen und angelegt hat. »Nichts ist wichtiger als die Liebe, Werner, nichts! Wie schön, dass wir ein so gutes Leben hatten.«

Wie eine Königin hat sie mit den Diamanten ausgesehen. Eine sehr schmale, müde Königin, aber eine lächelnde.

So ist sie auch gestorben. Lächelnd. Seine Irene. Nichts ist wichtiger als die Liebe, jawohl. Zärtlich wischt er mit seinem Taschentuch einen Rahmen ab, aus dem sie hervorschaut. Ihr zu Ehren hält Herr Böckelkamp im Haus alles blitzsauber. Na ja, ein bisschen Wiedergutmachung ist auch dabei.

Er hat seine Frau auch viel planen und machen lassen. Weil es so bequem war. Nur hat Irene ihn darum nicht rausgeworfen, das machen die Frauen wohl erst seit neuestem so, seit sie mehr vom Leben wollen als Kinder, einen Haushalt und einen Mann, der das Geld nach Hause bringt. Und vielleicht haben sie Recht damit. Bestimmt sogar. Aber einen Professor, findet Böckelkamp, wirft man nicht hinaus.

Schon gar nicht einen wie Leonhart, der ihn in seinen Seminaren mitstudieren lässt, obwohl Böckelkamp nicht mal Abitur hat, nur viel Zeit und Lust, sich richtige Gedanken über die Welt und den Menschen zu machen. Böckelkamp war mal Chauffeur bei einem der Wingener Zechenbesitzer und dann Taxifahrer. Er hat eine Menge zu hören bekommen, während er die Menschen durch ihr Leben chauffierte.

Gesagt hat er nie viel dazu. Nein. Böckelkamp gehörte nicht zu dieser Sorte Taxifahrer. Er will niemandem das Leben erklären. Viel zu schwierig. Chauffeur ist er geworden, weil er gerne Auto fährt und Menschen zu Diensten ist. So einfach ist das. Aber wer glaubt das einem Taxifahrer? Wo die normalerweise alle Quasselwasser getrunken haben und meinen, sie seien allwissend, obwohl manche nicht mal den Stadtplan ordentlich auswendig lernen und sich weigern, die Aschenbecher für jeden Fahrgast sauber zu machen und den Kofferraum regelmäßig zu saugen.

So einer ist Böckelkamp nicht, er hat seinen Job gerne gemacht und nach allen Regeln der Kunst. Immer. Bis ihm der Arzt das Fahren verboten hat, weil er auf dem linken Auge so gut wie nichts mehr sieht, außer Schatten. Blind wie eine Eule ist er ohne seine Brille, aber im Kopf ist alles noch in Ordnung, und mit dem Herzen sieht er seine Irene ganz deutlich.

Der Professor hingegen scheint da ein bisschen blind, da muss man nachhelfen. Ist nämlich ein ganz wertvoller Mensch, nur ein bisschen fernab der Praxis, wenn es um die gewöhnlichen Dinge des Lebens geht. Deshalb hat Böckelkamp ihn bei sich aufgenommen, als der Herr Professor ohne Schuhe in die Mensa wollte, am Tag, als seine Frau ihn rausgeworfen hat.

Was erwartet diese Sophie von einem Philosophen? Der recht anständig aussieht, soweit Böckelkamp das beurteilen kann. Man müsste ihn nur von dieser lappigen Wolljacke befreien, seine Hosen bügeln – was Böckelkamp seit einer Woche tut – und ihm vielleicht die Haare kürzen.

Leonhart öffnet durch den Vorhangspalt das Fenster, vielleicht kann er ein paar Worte aufschnappen, wenn die beiden Frauen aus dem Auto aussteigen.

»Herr Professor, das würde ich nicht tun«, mischt sich Böckelkamp ein.

Leonhart schüttelt unwirsch den Kopf. »Warum? Ich will endlich wissen, warum Sophie mich rausgeworfen hat! Ich meine, ich bin doch nicht zu dumm, um es zu verstehen, wenn man es nur präzise erklärt.«

Böckelkamp schweigt. Der Professor sollte mal besser ein paar alte Spruchweisheiten beherzigen. Etwa die vom Lauscher an der Wand. Obwohl es sich in diesem Falle ja um ein Fenster handelt. Macht das einen Unterschied?

3. Kapitel

Bea kramt noch immer nach einem Werkzeug zum Türöffnen, das kann dauern. Sophie lehnt sich in ihrem Sitz zurück. In ihrer Ehe hat sie auch festgesessen. Und außerdem wird sie in knapp einer Woche neununddreißig. Sozusagen beinahe vierzig. Was viel bedrohlicher ist, als genau vierzig zu werden. Mit neununddreißig hat man noch ein Jahr Galgenfrist, um das Ruder herumzuwerfen. Das kann doch nicht alles gewesen sein, hat sich Sophie gesagt, vor allem, wenn ein Job in England winkt.

Und eine Einladung von Mrs. Molloway nach Ashburton, nicht wahr?

Sophie sieht sich im spiegelnden Glas des Beifahrerfensters abwehrend den Kopf schütteln. Neben ihr stippt Beas Popo in die Luft. Die Gute kruschelt hinter dem Sitz herum, kämpft sich durch Berge von McDonalds-Tüten, Zeitungen, leere Getränkedosen und – typisch! – Reste von Kinder-Überraschungseiern. Beneidenswerte Bea. Sie ist noch genauso wie vor sechzehn Jahren: chaotisch, spontan, entweder unglücklich verliebt oder auf der Jagd nach einer neuen Affäre. Die Hoffnung hat Bea noch nie aufgegeben.

Wahrscheinlich wird sie zum Kotzen sein, so eine Scheidung, wenn der andere Gegenpartei heißt und ständig schmutziger Tricks verdächtigt werden muss. Leonhart und schmutzige Tricks? Er hat nicht einmal den Anstand, in einer Krise gemein oder ausfallend oder leidenschaftlich zu werden.

Wenigstens einen Teller hätte er in all den Jahren mal

an die Wand schmeißen oder sich betrinken und nackt auf dem Dach herumtanzen können. Irgendwas Verrücktes, das hinterher zu einer süßen Versöhnung geführt hätte. Alleine streiten macht keinen Spaß. Sie seufzt. Wenn man bedenkt, dass ein anderer für sie mal Elefanten entführt, Schlägereien in Matrosen-Pubs angezettelt und sein Familienerbe samt Titel aufs Spiel gesetzt hat. Nun ja, fast aufs Spiel gesetzt hat. Am Ende waren dem Lord Geld und Tradition wichtiger als die Liebe. Sophie schluckt.

Das kommt davon, wenn man Zeit für sich hat. Hinterrücks überfallen einen verzehrende, vergessene Sehnsüchte, so als hätte man eine zerkratzte Vinylplatte aufgelegt. Etwa die, zu der man seinen ersten Klammerblues getanzt hat, in Ashburton-on-Sea. »I am sailing« war das. Nur nicht daran denken, nur nicht daran denken.

Zu spät. »Can you hear me, can you hear me, thro' the dark night, far away, I am dying, forever trying, to be with you ...«, röhrt, krächzt und schmachtet Rod Stewart in ihrem Kopf. Kann denn keiner den Kerl abschalten oder totschlagen?

Bea kann. Sie taucht mit rotem Gesicht, Triumphgeheul und einem Baseballschläger aus den Tiefen hinter dem Fahrersitz wieder auf. Sophie muss lachen, das fällt ihr immer noch leichter als weinen. »Was hast du denn damit vor?«

»Mein Auto aufbrechen, sonst sitzen wir übermorgen noch hier. Hab das Ding mal zur Selbstverteidigung angeschafft, aber erstens passt es in keine Handtasche, und zweitens bin gewöhnlich ich es, die die Kerle belästigen muss. Ganz schön schwer, heutzutage noch Männer zu finden, vor denen unsere Mütter uns gewarnt haben. So was von lustlos diese Bande! Und ständig müde.«

Ist das die Frau, die vorhin Leonhart, den König der Schnarchäpfel, bemitleidet hat? Bea schwingt ihre Keule.

»Nun ja, jetzt wird das Ding trotzdem noch einen Zweck erfüllen. Am besten, ich schlage das Fenster ein und mache einen versuchten Diebstahl und damit einen Versicherungsschaden draus. Du bist meine Zeugin.«

Sophie schüttelt den Kopf. »Du bist der dümmste Autoknacker, den ich kenne. Den eigenen Wagen von innen zertrümmern.« Bea drischt mit dem harten Ende des Schlägers auf das Türschloss ein.

»Besser als die eigene Ehe. Du hast ja keine Ahnung, was auf dem freien Markt der Liebe los ist«, presst sie zwischen den Schlägen hervor. »Ich finde nach wie vor, dass du komplett gaga bist.«

»Bestimmt. Sonst wäre ich nicht hier. Mit dir.

Bea verdreht die Augen. »Diese Wahrsagerin ist sensationell. Was Zara mir über meine vergangenen Beziehungen erzählt hat! Jeder Kerl ein Griff ins Klo. Völlig verkehrt für mich. Da muss man erst mal drauf kommen.«

Die Erinnerung an die falschen Kerle gibt Bea neue Kraft. Jetzt malträtiert sie die gesamte Tür mit den Füßen.

Misstrauisch zieht Sophie die Augenbrauen zusammen. »Das mit den falschen Kerlen hätte ich dir auch erzählen können. Besser gesagt, ich habe es dir erzählt, bei jedem Einzelnen von ihnen.« Und zwar gratis statt für hundert Euro die Stunde. Bei einem Cocktail in der üblichen Kneipe und nach Büroschluss.

So herum funktioniert diese Freundschaft normalerweise. Die abgeklärte Sophie ordnet einmal im Monat Beas Gefühlschaos, gibt Ratschläge, weiß, wo es langgeht, und Bea hört nicht zu und macht weiterhin, was sie will, vor allem in Sachen Liebe.

Bea holt zum Tritt aus. Die Tür scheint bereit zu kapitulieren, gibt einen kleinen Spalt frei. »So hat die Tür noch nie geklemmt.«

Sophie wirft einen entnervten Blick zum Autodach. Da

krabbelt eine kleine Spinne über den grauen Polyesterfilz. Eine Glücksspinne. Haha.

Bea entdeckt sie auch. »Uuuh, kann ich die haben? Du weißt schon, wer sie auf den Finger nimmt und wegpustet, darf sich was wünschen, aber nicht sagen, was!« Nee, das würde sie nie, niemals sagen. Sie legt sich – Gesicht nach oben – auf Sophies Schoß, krabbelt mit dem rechten Zeigefinger der Spinne hinterher.

Sophie seufzt. Bea glaubt tatsächlich, dass das Leben dazu da ist, einen glücklich zu machen. Unverbesserliche Bea. Sie sollte langsam dem Realitätsprinzip eine Chance einräumen. So wie ich, denkt Sophie. Dann könnte Bea … Ja, was? Sich auch irgendwann scheiden lassen, weil das Leben so verdammt ereignislos geworden ist? Vielleicht ist Beas Geheimnis einfach, dass sie ans Glück glaubt.

Ihre Freundin hat die Spinne erwischt. Das Tierchen umrundet in rekordverdächtigem Trippelschritt deren Finger. »Mach dein Fenster auf und hilf mir hoch, bevor sie weg ist«, verlangt Bea. »Ich muss pusten. Schnell.«

Sophie kurbelt die Scheibe herunter und schiebt die Freundin nach oben. Bea scheint unter einer spontanen, völligen Körpererstarrung zu leiden. Bea schreit auf: »Sie spinnt einen Faden und seilt sich ab. Ich seh sie nicht mehr.« Sophie erwischt die kleine Spinne, bevor die auf ihrem Unterarm landen kann, zupft den fast unsichtbaren Faden weg und bläst das Tierchen aus dem Fenster.

Bea fährt hoch wie ein Sprungteufel und funkelt Sophie an: »Das war meine! Du Egoistin! Was hast du dir gewünscht? Unverschämt, wo du alles schon hast. Wunderbaren Mann, gelungenes Baby, Angeberhaus auf dem Hügel, Chefposten …«

»Komm auf den Teppich, Bea. Ich glaube nicht an Magie und Märchen. Mein Baby ist erwachsen und in England, ich lebe in Trennung und kann die nächste Kreditrate kaum aufbringen, weil mein angeblicher Chefposten, den du noch nie ernst genommen hast, höchst mittelmäßig bezahlt wird. Ein Vertreter der Gattung Insekten dürfte wohl kaum deine oder meine Chancen auf eine befriedigende Partnerschaft und ein dauerhaftes Happy End erhöhen.«

Na, endlich klingt sie wieder vernünftig – *fast wie Leonhart, nicht wahr?* Er hat auch seine guten Seiten, verteidigt sich Sophie in stummem Trotz.

Bea wird wütend. Wieso ist Sophie nur so blind für ihr Glück? Hat sie überhaupt eine Vorstellung davon, wie es ist, ganz alleine durchs Leben zu tingeln und jeden Tag so zu tun, als sei alles eine lustige Kirmes? Nur damit niemand einen für eine frustrierte Spinatwachtel hält. Nur damit man vielleicht doch noch etwas abbekommt vom Kuchen Lebensfreude. Einen Kuchen, den Sophie seit Jahren angeekelt auf ihrem Teller hin und her schiebt, weil sie auf Lebensdiät ist.

Bea zieht das rechte Bein an, stößt die Fahrertür mit einem gewaltigen Tritt auf und schlängelt sich hinaus auf die Straße: »Einen Leonhart setzt man nicht auf die Straße wie ein durchgesessenes Sofa. Du gibst dem Glück nicht mal eine Chance, wenn es dich geradewegs in den Hintern tritt.«

Bea als Anwältin der Vernunft und Ratgeberin – pah! Und überhaupt, was hat sie nur plötzlich mit Leonhart? Sophie klettert auf den Fahrersitz herüber und steigt so hoheitsvoll wie möglich aus dem Auto. »Ich bin Marktforscherin. Ich halte nicht viel von übertriebenen Glückserwartungen, das führt nur zu Produktenttäuschungen.«

»Wir reden hier von Liebe, Sophie. Nicht von Lebensmitteln oder Haushaltswaren. Und jetzt komm, Zara wartet.«

Sophie klopft sich den Rock sauber und doziert: »Die Erfindung von klumpfreiem Soßenbinder oder Weichspüler mit Bügelhilfe hat mehr zur Beglückung vieler Frauen beigetragen als irgendwelche romantischen Fantasien über das Liebesglück. Die Markteinführung des Soßenbinders ›Quickfix‹ verdankt sich unter anderem unseren Verbraucherbefragungen und …«

Bea gibt ihr von hinten einen sanften Schubs. »Vorwärts, du Feministin der Fertigsuppen. Vergiss nicht, dass ich dich noch aus der Zeit kenne, als wir die Verbraucher-Fragebögen selber ausgefüllt und für die vorübergehende Markteinführung von Schokolade mit Speckaroma gesorgt haben. Inzwischen bist du so was von staatstragend geworden. Wie hat Leonhart das nur all die Jahre ausgehalten? Hälst du im Bett etwa auch solche Vorträge, kein Wunder, dass dann nichts mehr läuft, oder …«

Sie unterbricht sich. Sophie und Leonhart zwischen zerwühlten Laken, mit schweißglänzenden Körpern, das will sie sich lieber nicht vorstellen. »Obwohl, Sex ist ja nicht so wichtig.«

Sagt ausgerechnet Bea. Scheinheiliges Luder, denkt Sophie und wendet sich rasch ab, schreitet auf das Gartentor zu, vor dem sie geparkt haben. Sie stößt es auf und wendet den Kopf zu Bea.

»Sex hatten wir regelmäßig.«

Nebenan wird ein Vorhang von unsichtbarer Hand zur Seite geschoben und ein Fenster geöffnet, fehlt nur, dass es sich irgendeine Witwe Bolte mit dem Kissen auf dem Fensterbrett bequem macht.

Sophie schluckt. Soll etwa die ganze Straße an ihrem erotischen Leben teilhaben? Na ja, erotisch? Es handelte sich um ehelichen Sex. Angenehm, aber nicht sensationell. Leonhart kannte sozusagen ihre Bedienungsanleitung, und danach ist er verfahren, einmal streicheln, zweimal küssen hier, dann da, die Hand zwischen die Oberschenkel gleiten lassen, an diese weiche Stelle kurz über … mein Gott, ist das plötzlich eine Hitze in der Sonne.

Besser man verzieht sich in den Schatten unter der Haustür.

Wo war sie stehen geblieben? Ach ja, einmal streicheln, dann, ach was, und so weiter und so weiter. Leonhart ist ein effektiver Liebhaber, nur keiner, mit dem sie vor ihrer notorisch liebestollen Freundin angeben könnte.

Die liebestolle Freundin ist ihr mit offenem Mund und erstauntem Blick gefolgt. Herrje, scheint geschockt die Gute, nur weil Sophie zum ersten Mal von ihrem aktiven Liebesleben erzählt hat, statt – wie üblich – Bea die Bettgeschichten zu überlassen.

Sie streckt die Hand nach dem Klingelknopf zu ihrer Rechten aus, hält in der Bewegung inne und dreht sich zu Bea um. »Glaub mir, ich vermisse Leonhart nicht. Ich sehne mich nach ganz was anderem.«

»Und das wäre?«

»Ein völlig neues Leben.«

Oder das ganz alte? Das mit deinem englischen Liebhaber vielleicht? Der dir mal eine Hochzeitsnacht in einem Schloss versprochen hat – und …

Bea hat einen anderen Vorschlag: »Wie wäre es mit einem neuen Leonhart? Ich meine, wenn er sich ändern würde? Er könnte doch zum Beispiel weniger lesen.«

»Leonhart und sich ändern? Eher lernen Schweine fliegen! Nee, der ändert sich nicht! Der bleibt so überschaubar wie das kleine Einmaleins und unfähig zu jeder Leidenschaft.«

Bea denkt nach. Das sieht man daran, dass sie auf ihren frisch geschminkten Lippen herumkaut.

»Sophie, ich wäre vorsichtiger. Was zum Beispiel, wenn eine andere Frau deinen Leonhart gar nicht so überschaubar und langweilig fände, sondern aufregend und begehrenswert?«

Der letzte Satz hat sie richtig Kraft gekostet. Meine Güte,

ist sie edel, hilfreich und gut. Sie meint das nämlich gar nicht spaßig, es ist ihr bierernst.

»Wenn eine andere ihn begehrenswert findet, dann kann sie ihn gleich mitnehmen und sich an meiner Stelle mit ihm zu Tode langweilen.« Im Nachbarhaus wird geräuschvoll das Fenster geschlossen. Da sieht man's: Sogar für die Nachbarn ist das Thema Leonhart zu langweilig.

Sophie drückt auf die Schelle. Auf dem selbst gebackenen Klingelschild aus bemaltem Salzteig – wie geschmacklos – steht »Böckelkamp«.

Zara Böckelkamp also. Klingt nicht gerade vielversprechend. Zumindest nicht wie Magie. Aber daran glaubt Sophie seit jenem Sommer in Great Britain sowieso nicht mehr.

Ach, wirklich nicht? Und warum bist du dann hier? Klappe!

Rod Stewart schaltet sich zu: »I am sailing. I AM SAILING.«

Sophie klingelt Sturm.

4. Kapitel

England ist Asbach. Alles uralt hier, vom Buckelpflaster bis zum Dorfbobby, der wahrscheinlich Madam Tussauds Wachsfigurenkabinett entsprungen ist. Alles stinklangweilig, findet Jennifer. Erst recht in Ashburton-on-Sea. Was ist ihrer Mutter nur eingefallen, sie ausgerechnet hier für ein Auslandsjahr einzuquartieren und zu erzählen, es wäre ein herrlicher Ort mit lauter reizenden, spannenden Menschen?

Pah. Allein schon ihre Gastmutter. Mrs. Molloway ist eine vertrocknete Kalkleiste mit lilafarbenem Haar, die vier fette Katzen verhätschelt und den ganzen Tag mit Jennifer Unkraut jäten und über Rosen und Gärten und anderes Grünzeug rumpalavern will. Mit hysterischer Quietschstimme und einem »*it's lovely, isn't it?*« zwischen jedem Satz.

Dabei soll man lebendiges Englisch lernen, pfff. Besser, man bleibt einfach im Bett liegen, auch wenn es ziemlich unerträglich ist, die ganze Zeit auf eine Rosentapete zu starren, sich eine rosengeschmückte Tagesdecke aus Nylon bis ans Kinn zu ziehen und darauf zu warten, dass hinter den Rosenvorhängen endlich die Sonne untergeht, damit man wenigstens in den Pub am Hafen schleichen kann.

Da bekommt sie zwar nur Ginger Ale oder Cola, aber verrauchte Kneipe mit Dartscheibe und ein paar Asekenkerlen, Typ Matrosenverschnitt, in Muscle-Shirts, ist besser als rosenschwangeres Kitsch-Cottage mit Mrs. Molloway und nur zwei funktionierenden TV-Kanälen.

Seit vier Tagen hat Jennifer Herbstferien und jede Menge Rosen und Mrs. Molloway um die Ohren, statt cool irgendwo abzuhängen wie die anderen Gastschüler.

Die sind allein nach London gedüst, geben sich in Brighton gepflegt die Kante oder rattern wenigstens mit ihren *guest parents* durchs Land. Am liebsten hätte Jennifer allerdings daheim in Wingen eine Atempause eingelegt.

Das darf sie natürlich nicht, weil Mom ihre Scheidungspläne vor ihr geheim halten will. Als ob das so ein Aufreger wäre! In Deutschland bestand ihre halbe Klasse aus Scheidungswaisen und Trennungskids, die bei ihren zersprengt lebenden Resteltern jede Menge Kohle und steile Klamotten abgreifen konnten, um ihr Leiden zu mindern!

War krass peinlich – so wie Jennifer –, zum Rest zu gehören, der daheim eine mehr oder minder funktionierende Regierung sitzen hatte, die nächtliche Ausgangssperren verhängt, die Chipszuteilungen rationiert und das Taschengeldbudget festsetzt.

Sie rollt sich auf den Bauch und grabbelt auf der geblümten Tagesdecke nach ihren *Salt-and-Vinegar*-Crisps. Chips mit Essig- und Salzgeschmack! Nicht gerade ein Trost.

Andere gibt's im Dorfladen aber nicht, dafür jede Menge Unterhosengummi, Stickvorlagen, Angelhaken, Jagdmunition und grüne Gummistiefel in allen Größen – so was von Provinz hier. Dagegen ist Wingen eine swingende Metropole.

Ashburton ist meilenweit weg von London und irgendwelchen Aufregungen, aber es ist leider Moms Jugendtraum vom ultimativen Glück, den sie unbedingt an ihre Tochter weitergeben wollte.

Typisch. Was sie an diesem Dorf bloß gut gefunden hat?

Jedenfalls hält sie Jennifer immer noch für irgend so ein

Pippimädchen, das man mit einer Boygroup-CD und einer Kinokarte für »Titanic« begeistern kann.

Dabei war es Mom, die auf so'n Scheiß abgefahren ist, die bei »Titanic« mehr Wasser vergossen hat, als über die Leinwand plätscherte, und die – ganz übel – bei N'Sync vorne an der Bühne stand und mitsang! An Jennifers Seite hat sie immer voll die Gefühlsschwangerschaft raushängen lassen. Voll peinlich, wenn Eltern meinen, sie seien noch jung.

Pillepalle, die Zeiten sind längst vorbei, nur Mutter checkt nichts. Papa ist ganz okay. Der hält sich wenigstens raus und die Klappe. Wenn es nach ihm ginge und wenn er erst mal geschieden wäre, dürfte sie bestimmt nach London.

Sie müsste sich nur für die Grammatikkenntnisse irgendwelcher schlecht erzogener und sozial benachteiligter Kids aus den ehemaligen Kolonien interessieren oder so, und schon könnte sie in die coolsten Clubs von Soho Feldforschung betreiben. Dafür würde sie ein Jahr auf der Insel dranhängen. Yeah. Aber stattdessen …

Stattdessen nähert sich auf dem Gang Mrs. Molloways Zittersopran mit einem Vorschlag: »What about a trip to Ashburton House, Jennifer? They have such a lovely park there. Today they're giving their traditional garden party with …«

Umwölkt von Lavendelparfüm und in einem geblümten Baumwollkleid Marke *cheap & awfull* (C&A), steht Mrs. Molloway in Jennifers Zimmer und brabbelt was von einem Gartenfest mit Kinderkarussells, Wurfbuden, Ponyreiten, *Applepie*-Wettbewerben, Rosenprämierungen und »*such a lovely day, isn't it?*«.

Die olle Trutsche hängt ihr schon seit Ferienbeginn mit irgendwelchen traditionell englischen Ausflügen in den Ohren. Gestern waren sie zum *cream tea* – trockene

Milchbrötchen mit dick Sahne und Marmelade, würg! – in Torquay. Was für eine Schnarchtown, ein einziges Trottelmuseum, lauter Rentner.

Steht sogar im Reiseführer. Irgendein Dichter, ein gewisser Kipling oder wer, hat Torquay schon neunzehnhundertschlagmichtot als Ort beschrieben, »den ich allzu gerne aufrütteln würde, indem ich nur mit meiner Brille bekleidet durch die Straßen tanze«.

Jennifer hatte leider keine Brille dabei, und Mrs. Molloway kennt Kipling wahrscheinlich nicht. Dafür kommt die jetzt mit Kinderkarrussells ums Eck, der bisherige Höhepunkt, was sagt man dazu?

Jennifer probiert's mit dem berühmten Queen-Zitat: »I'm not amused.«

Sie erntet nur ein ziemlich kühles »Pardon?«.

Echt Mrs. Molloway, bei Widerworten stellt sie sich einfach taub, hat sie die ganzen letzten Tage gemacht. Aber jetzt ist Schluss mit lustig, findet Jennifer, genug Kinderbespaßung. Jennifer behauptet, sie habe Kopfschmerzen, und legt sich leidend die Hand an die Stirn, ein paar Chips bleiben dran kleben, gibt wahrscheinlich Pickel so von außen.

Von Krankheiten hält Mrs. Molloway allerdings nicht viel.

»At your age!«

Na und? Nur weil man um die sechzehn ist, soll man nicht schwer leiden? Manche sterben in dem Alter bereits. Gerade in Great Britain, an BSE oder Maul- und Klauenseuche und so, vorher werden sie sogar noch irre. Aber das sind die Engländer ja sowieso – fahren auf der falschen Straßenseite, versauen Chips mit Essig und sehen überall Gespenster.

»Du kannst überhaupt keine Kopfschmerzen haben«, sagt Mrs. Molloway in sehr strengem Englisch. Das merkt man daran, dass kein *lovely* im Satz vorkommt. »Im Hafen-Pub bekommst du nur Softdrinks, und gestern habe ich dich so lange über die Steilklippen und die Strandpromenade von Torquay gescheucht, dass du genug Sauerstoff und Energie für die nächsten zwei Monate getankt hast.«

Wie bitte? Jennifer setzt sich im Bett auf. »Pub? Da geh ich nie hin. Wo ist der überhaupt?«

Mrs. Molloway zerrt die Gardinen auseinander und hebelt die Fensterflügel auf, Vogelzwitschern drängt mit aller Macht ins Zimmer. Unterirdischer Lärm. Haben die Amseln vielleicht im Lotto gewonnen?

Mit einem leicht misslungenen Lady-Lächeln – es liegt ein Hauch zu viel Triumph darin – dreht sich Mrs. Molloway zu Jennifer um.

»Glaubst du, du bist die erste Gaststudentin, die versucht, mich zu beschwindeln? Schon deine Mutter hatte es faustdick hinter den Ohren, aber die war bereits einundzwanzig, als sie hier war, und wirklich wild. Sie hätte sich nicht mit Ginger Ale und Hilfsmatrosen begnügt.«

Jennifer lässt sich stöhnend zurück aufs Bett fallen. Auch das noch, jetzt wird ihr wieder ihre ewig jugendliche Mama unter die Nase gerieben. Und was heißt wild? Wahrscheinlich hat sie sich 1980 oder so eine ganze Barcadi-Cola reingezogen und die Musik lauter gedreht. Muss das ein Schock für Mrs. Molloway gewesen sein. Jetzt glaubt sie wahrscheinlich, sie kennt das Leben.

»Wie wäre es, wenn du dir ein hübsches Kleid anziehst und ein Lächeln aufsetzt – und endlich deinen Hintern aus dem Bett schwingst, bevor du daran festklebst, *my dear*?«

Jennifer unterbricht ihr Stöhnen. Wie bitte? *My dear* ist klar, aber hat Mrs. Molloway gerade *ass* gesagt? Hintern? Kann doch nicht. Gibt's doch nur auf Rapper-Scheiben solche Wörter. Jennifer setzt sich auf und wirft der lächelnden Lady einen scharfen Blick zu.

Könnte sich lohnen, ein bisschen mehr englische Vokabeln zu pauken. Mrs. Molloway sortiert süßlich lächelnd ein paar welke Rosen aus einer Vase aus. Die und *ass*? Nie im Leben.

»Ich könnte natürlich auch deine Mutter anrufen und ihr berichten, dass du mit Ecstasy herumexperimentierst und heimlich Jungs hinter dem Pub triffst. Ich denke, dass würde ihr kaum gefallen. Sie ist ja inzwischen erwachsen. Und die, die in ihrer Jugend sehr wild und ausschweifend waren, sind im reiferen Alter meist besonders streng und altmodisch. Ich habe da so meine Erfahrungen. Wenn ich nur an Lord Fitzwilliam denke! Überhaupt keinen Humor und Sportsgeist mehr. Shocking. Jedenfalls würde das mit den Drogen und dem Sex deiner Mutter so wenig gefallen, dass sie den nächsten Flieger nehmen würde ...«

Jennifer ist mit einem Satz aus dem Bett. Ihre nackten Füße versinken in einem rosafarbenen, verschmuddelten Plüschteppich, der ein Muster hat, das man normalerweise sieht, wenn man sich die Augen zu sehr reibt. Außerdem hat sie den Verdacht, dass man sich bald mit dem guten Stück unterhalten kann. Schlampig sind die Engländer, speziell Mrs. Molloway, nämlich auch gern. Und können sich von nichts Altem trennen, weder von Sperrmüll noch von der Queen.

Zurück zur Gegenwart. In der droht die Lady immer noch mit Mom. Jennifer zwingt sich zu einem hoffentlich herzigen Lächeln.

»Was denken Sie sich nur, Mrs. Molloway! Ich habe noch nie Ecstasy genommen, und Jungs finde ich saudämlich. Erst recht die Dorftrottelparade, die im Hafen abhängt und nach Fisch und Diesel riecht.«

Mrs. Molloway schüttelt leicht indigniert den Kopf. »Es ist wirklich eine Schande, wirklich.«

»Ich lüge nicht, ich habe noch nie ...«

Mrs. Molloway unterbricht sie mit einer energischen Handbewegung. »Das ist ja das Traurige. Du liegst nur im Bett und lässt das Leben an dir vorbeiziehen. Samt aller Jugendsünden. In den Pub schleichen, um Ginger Ale zu trinken! Nennst du das vielleicht ein Abenteuer? Wer soll sich denn darüber aufregen? Ich jedenfalls weigere mich entschieden, das zu tun.«

Jennifer stampft wütend mit dem Fuß auf, eine bessere Antwort hat sie auf Anhieb nicht parat. Keine sehr überzeugende Geste. Der Teppich fängt jedes Geräusch ab und schluckt es gierig.

Gemeinheit! Wer hätte gedacht, dass die alte Dame so hinterhältig und ekelhaft sein kann?

»Ich finde den Pub jedenfalls bei weitem abenteuerlicher als Kinderkarrussells und Gartenpartys! Oder backen die ihre *applepies* mit Ecstasy? Dann könnte ich es ja mal probieren.« Bätsch! Jennifer streckt in Gedanken die Zunge raus.

Mrs. Molloway lächelt nur sehr lieb und geht zum Kleiderschrank, einem antiken Monster, das quietscht und Mottenkugelgas ausstößt, sobald man es öffnet.

Das Zeug ist mindestens so gefährlich wie Ecstasy! Mrs. Molloway schiebt Jennifers Kleidung auf der Stange hin und her, begutachtet eine Hose – »*horrible, indeed*« – und zerrt dann einen H&M-Fummel aus dem vergangenen Jahr raus. Damals waren Pink und Rosenmuster in. Klar, dass sie das gut findet.

»Genau das Richtige für eine Party im Schlossgarten. Müsste dir noch passen. Trotz der ganzen fetten Chips.«

Na toll, eine Engländerin hält ihr Vorträge über gesunde Ernährung. Und was bitte schön ist mit diesen Schwammkuchen – *sponge cake* – voll mit Sirup und Vanillecreme, die sie sich abends reinschaufelt? Und dem *cream sherry* und den Brötchen mit dicker Sahne obendrauf?

»Ich will zu keiner Gartenparty. Schon gar nicht auf irgend so ein dämliches Schloss. Mein Vater sagt, dass der ganze britische Adel eine ausbeuterische Schmarotzerbande ist, die abgeschafft gehört. Die Queen zuerst. Ich glaube, er würde sogar selbst Hand anlegen, falls nötig.« Jennifer zieht ihre flache rechte Hand wie ein Messer über ihre Kehle und rollt mit den Augen.

Mrs. Molloway erstarrt in ihrer Bewegung.

Aha, so muss man der Dame kommen. Majestätsbeleidigung, das zieht hier noch. Echt Asbach diese Briten.

»I never thought!«, stößt Mrs. Molloway aufgebracht hervor. Fast tut sie Jennifer ein bisschen Leid, wo sie doch all diese Sammeltassen im Vitrinenschrank stehen hat: zum Geburtstag der Queen, zum Thronjubiläum, zum Hochzeitstag, zum Angedenken an deren ungezogene Schwiegertochter Di und ihren Sohn Prinz Segelohr. Die ganze Mischpoke mit Goldrand und Wappen.

»Beseitigt? Hat dein Vater das wirklich gesagt?«

Jennifer malt mit dem nackten Zeh Kreise in den Plüschteppisch.

Mrs. Molloway legt Jennifers Rosenkleid aufs Bett und streicht es glatt, dann setzt sie sich daneben und seufzt sehr tief. Hat wahrscheinlich endlich erkannt, wie hoffnungslos überholt das Muster ist.

»After all these years. Your dad must be a very jealous guy!«

Wie bitte? Dad und *jealous*? Was hieß das nochmal, verflucht. Ach ja. Eifersüchtig. Eifersüchtig? Ihr Dad? Auf König und Konsorten? Im Leben nicht. Der hat sich zu Zeiten der Friedensbewegung doch vor jeden Wasserwerfer geschmissen und später Unterschriften gegen Helmut Kohl gesammelt, der überhaupt kein König war, sondern nur der Bukako – Bundeskanzler Kohl. Dem, also Dad, war in jungen Jahren nichts zu peinlich.

»He never wanted to be a king or so!«, sagt Jennifer und kommt sich sofort sehr blöd vor. Klar wollte ihr Vater nie König sein. Er ist schließlich Wissenschaftler und lebt – anders als die Briten – im neuen Jahrtausend, nicht dreihundert Jahre davor.

Mrs. Molloway schüttelt den Kopf, murmelt was von »*you silly girl*« – »du albernes Mädchen«. Ausnahmsweise sind sie mal einer Meinung. Jennifer lenkt ein.

»Na ja, es sind ja eure Lords und Könige und so. Die könnt ihr natürlich behalten, solange ihr wollt, gibt es ja kein Gesetz gegen.«

Mrs. Molloway schenkt ihr einen sehr ernsten Blick.

»Das meinte ich nicht. Dein Vater muss immer noch sehr eifersüchtig auf einen ganz bestimmten Lord sein, wenn er sogar an Mord denkt. Dabei kennt er ihn nicht einmal.«

»Pardon?«

»Nun ja. Ich rede von unserem Lord Fitzwilliam of Ashburton. Immerhin wollte der deine Mutter heiraten. In Gretna Green. Und glaube mir, für einen Briten mit einer Ahnenreihe bis zurück zu William dem Eroberer war diese Idee, wie soll ich sagen, geradezu – *well* – *shocking*. Eine Deutsche. *Scandalous*. Noch dazu bürgerlich, wenn überhaupt das. *Impossible!* Fitzwilliams Mutter hat alles getan, um diese Heirat zu unterbinden. Sein Vater wäre dafür sicher sogar über Leichen gegangen. Ziemlich raue Gesellen diese Ashburtons. Mein Gott, was waren sein Sohn und deine Mom für ein Paar. So jung, so wild, aber natürlich hatten sie keine Chance. Nicht damals. Ich weiß, wovon ich rede.«

Mrs. Molloway streichelt gedankenverloren das Rosenkleid und zupft unsichtbare Flusen.

Jennifer kommt kaum mit dem Übersetzen nach. Heiraten, *to wed*, ist klar, *ancestors* sind Ahnen, und *couple* heißt Ehepaar. Aber das Ganze macht so gar keinen Sinn.

Wer ist denn William der Eroberer, und warum sollte der ihre Mutter heiraten wollen? Wo die doch einen Mann hat. Ach nee, der Eroberer ist einer aus dem Geschichtsbuch, ganz olle Mumie. Lord Ashburton, der war's. Der wollte Mom also heiraten? Cool, ein echter Adliger mit Schloss und Parks und Titeln und Karussells. Voll cool.

Oder nicht?

Immerhin ist er ja ein ausbeuterischer Schmarotzer, meint Papa. Armer Papa. Der hat nur seine Grammatik und eine winzige Villa, die allerdings Mamas Idee war. Mama, die ein Schloss hätte haben können und jede Menge Personal, um es zu putzen. Nicht schlecht, zu Hause haben sie nicht mal 'ne anständige Geschirrspülmaschine. Woran ist das bloß gescheitert? Also, das mit dem Schloss. Man kennt sich einfach nicht mehr aus. Jennifer greift nach der Chipstüte. Leer. Mist.

Mrs. Molloway erhebt sich. »So, how about the garden party?«

Jennifer starrt einen Moment auf die Rosentapete. Will sie die wirklich noch acht Stunden auf sich wirken lassen? Nö.

»Ist dieser Lord auch auf der Party?«

»Of course! It's his great day. He loves roundabouts.«

Muss wirklich debil sein, der Gute, sollte man sich glatt mal anschauen. Viel langweiliger als hier im *cottage* wird's schon nicht werden. Und außerdem kann man ein bisschen Material über Moms Jugend sammeln.

Ihre wilde Jugend – haha – mit einem adligen Volltrottel an ihrer Seite. Pfff. Wahrscheinlich haben sich die beiden mit schwarzen Tee betrunken und getrocknete Rosenblätter gekifft.

5. Kapitel

Frau Böckelkamp ist geizig. Zumindest ihren Gästen gegenüber. Drei vertrocknete Prinzenrollen-Kekse liegen in großzügigem Abstand voneinander auf einem silbernen Platzteller von »Tchibo«. Dazu gibt es lauwarmen Fencheltee.

Die ganze Küche sieht nach »Tchibo« aus – bis auf den Tee. Lauter Pseudo-Designer-Geräte und neomoderner Nippes in Silber und Kobaltblau, was zusammen überhaupt keinen Geschmack ergibt, nicht mal einen schlechten, findet Sophie. Sie kann nicht wissen, dass die Tchibo-Kollektion ein Erbstück von Zaras Mutter Irene ist.

Irgendwie ist Sophie enttäuscht, wenigstens eine Zauberkugel oder Räucherkerzen oder Glaskristalle im Fenster hat sie erwartet. Dazu ein bisschen Zahnschmerz verursachende Sitharmusik. Für hundert Euro, die sie eben in knisterfrischen Scheinen auf den Tisch geblättert hat, müssten ein bisschen Mummenschanz oder ein anständiger Imbiss drin sein. Sophie streckt die Hand nach einem der Kekse aus.

Zara guckt streng. Sophie zieht die Hand wieder weg, anscheinend handelt es sich um Dekorationsgebäck. Frau Zara setzt ihre Version des mildtätigen Lächelns auf. Nicht eben glaubwürdig, es sei denn, man hat Vertrauen in grinsende Rottweiler.

»Sie haben emotional magere Zeiten hinter sich.«

»Vor allem habe ich Hunger.«

Frau Zara versteht den Wink nicht, sie bleibt im Metaphorischen stecken.

»Hunger, genau. Sie haben Hunger nach Gefühlen und Leben. Das strahlen Sie aus. Und das sagen auch die Sterne.« Sie tippt mit einem Zeigefinger auf einem Computer-Zodiac herum, der mit seinem Linienwirrwarr aus Bleistiftstrichen an einen Schnittmusterbogen erinnert. Pfff!

Zara kreiselt mit dem Finger auf dem Papier herum, stößt dann nieder und landet im vierten oder fünften Haus oder was auch immer. Ist ja wurscht, sowieso alles Fopperei.

»Hier herrscht, wie Sie sehen, zurzeit Uranus, der Zerstörer.«

Sophie sieht nur, dass Madams Nagellack blättert.

»Sie gehen großen Veränderungen entgegen, Sophie. Haben Sie irgendwelche Trennungen geplant oder hinter sich?«

Sophie schreckt hoch und wirft Bea einen strafenden Blick zu. Die antwortet mit unschuldigem Augenaufschlag und nippt am Fencheltee. Sophie intensiviert ihren Strafblick – kein Kunststück für die Mutter eines Teenies.

»Guck nicht so,« mault Bea, »ich hab nichts verraten!« Nee, das wird der olle Böckelkamp gemacht haben. Schließlich ist Zara seine Tochter, und außerdem wohnt Leonhart ja nebenan.

Zufrieden lehnt Zara sich zurück. »Wusste ich doch, dass ich mich nicht täusche! Sie haben jede Menge Aufregungen vor sich. Eine Lebenswende steht bevor, wie bei allen Ratten.«

»Ratten?« Die Frau muss irre sein.

»Chinesisches Jahrgangshoroskop. Sie gehören zu den Ratten. Die entdecken ihr Glück bekanntlich erst in den späten Jahren, zweite Lebenshälfte, aber die haben Sie ja nun bald erreicht. Vorher sind die Ratten mehr mit dem Fortkommen in der Welt befasst, vernachlässigen ihre Gefühle und Fantasien. Dabei haben Sie eine gefährlich überbordende Fantasie, Sophie!«

Das hat man von Beas Ausflugsideen: Man zahlt hundert

Euro, um sich als greise Ratte mit Hang zum Irrsinn bezeichnen zu lassen. Toll, ganz toll.

Zara schnellt nach vorne, fixiert Sophie mit bohrendem Blick.

Sophie entdeckt kobaltblaue Mascarakrümmel in Zaras Augenwinkeln. Die Wimperntusche stammt wahrscheinlich auch von »Tchibo«, herrje, die Frau bräuchte wirklich eine Farbberatung.

»Ich spüre Ihre Feindseligkeit, Sophie, aber Sie brauchen keine Angst zu haben, sich zu öffnen. Ich gehöre nicht zu den Scharlatanen, die Ihnen vage Glücksversprechungen machen. Ich bin gerne konkret und halte mich an die Tatsachen. Die sprechen für die Veränderungen, die Sie anstreben. Ich habe nur gute Nachrichten für Sie. Sterne lügen nicht.«

Klingt wie ein deutscher Schlager, findet Sophie und streckt das Kinn vor.

Zara nickt wieder. »Ja, Sie sind eine trotzige Natur. Das ist Ihre stierhafte Seite. Immer direkt aufs Ziel losstürmen und keine Widerworte dulden. Sie wollen mir natürlich nicht glauben, aber ich werde Recht behalten, und Sie werden mir am Ende dankbar sein.«

Bea findet, sie macht ihre Sache gut, direkter Angriff, nur keine Diskussionen, da ist Sophie einem schnell überlegen.

Sophie lupft mit zartem Spott die linke Augenbraue. Madame Zara scheint einen Volkshochschul-Grundkurs in »Rhetorik für Staubsaugervertreter« besucht zu haben. Weiß die Gute eigentlich, dass sie mit einer Marktforscherin spricht? Sophie kennt alle Schmeichel-Tricks und nimmt sich einen Keks. Ha!

Zara spricht weiter: »Guten Appetit. Sie sind ein Stier, wie er im Buche steht. So scheint es. Lebensgierig und ziemlich selbstgerecht. Ganz die starke, zielstrebige, von sich selbst begeisterte Frau. Dabei fallen Sie nur auf Ihren zurechtgebastelten Panzer herein. Sehr anstrengend, den aufrechtzuerhalten, meine Liebe. Sie müssen sehr, sehr müde und erschöpft sein. Wie Leid Sie mir tun.«

Bea grinst in sich hinein. Sophie zieht empört die Luft ein, Kekskrümel krallen sich in ihre Kehle, kratzt gemein. Kein Wunder, die Kekse stammen ja auch von der da.

Die da fingert wieder mit dem Zodiac herum, hochwichtig, als handele es sich um ein Spionagedokument. »Hier, Ihr Aszendent – Fisch – macht Ihnen zunehmend einen Strich durch die Rechnung. Oder sind Sie etwa nicht ziemlich verwundbar, rührselig und verwirrt in letzter Zeit?«

Sophie schürzt verächtlich die Lippen. »Ich nehme an, Sie kennen sich mit geistiger Verwirrung bestens aus. Es ist sogar Ihr persönliches Spezialgebiet, würde ich sagen.«

Bea gibt ihr unter dem Tisch einen Tritt. Sophie lässt sich aber auch von niemandem etwas sagen. Das ist ja das Problem, zu einer stinknormalen Eheberatung hätte man sie an den Haaren schleifen müssen. Sophie hält sich neben vielem anderen auch für die beste Psychologin ihrer selbst. Blind, blind, blind.

Frau Zara fährt ungerührt fort. Sophie ärgert sich. Wenn sie wollte, könnte sie diese Dummfiedel in Grund und Boden argumentieren. Nach allen Regeln der Vernunft, jawohl. So, wie Leonhart es täte, wenn er hier wäre.

Der würde der Dame mit einem einzigen Satz das Licht auspusten. Danach würde er sich allerdings missbilligend und schweigend darüber wundern, dass seine lebenskluge Frau dem Esoterikfimmel anheim gefallen ist, oder er würde dem Scheidungsrichter irgendetwas von Wahnschüben bei der gegnerischen Partei – also ihr – zu berichten haben.

Nur gut, dass Leonhart nicht hier ist.

»Ihr verborgenes Wesen, Sophie, ist das einer versponnenen Träumerin. Sie haben es jahrelang vernachlässigt und sich auf die Seite der vermeintlichen Vernunft geschlagen. Jemand muss Sie einmal schwer enttäuscht haben, seither sind Wünsche und Sehnsüchte Ihnen suspekt, aber Sie vermissen Magie und Leidenschaft in Ihrem Leben.«

»Ich vermisse vor allem meine hundert Euro«, murmelt Sophie.

Bea guckt peinlich berührt, so als müsse sie sich stellvertretend für ihre ungezogene Begleitung schämen. Verräterin.

Zara hat den Einwurf überhört: »Nur gut, dass jetzt Uranus das Regiment übernommen hat. Er wird Aufregung in Ihr Leben bringen. Er ist ...«

»Der Zerstörer, ich weiß«, unterbricht Sophie mit betont gelangweilter Miene. »Olé! Ich werde meine Stierhörner anspitzen, wenn er um die Ecke kommt. Mal sehen, wer von uns gewinnt. Der große Unsichtbare oder ich.«

Zaras Augen werden zu schmalen Schlitzen, Mascara krümelt, Sophie greift nach einer Serviette, das sollte man wegwischen. Überhaupt die ganze Dame sollte man wegwischen. »Uranus entkommt man nicht. Sie sollten aufhören, sich vor Ihrem wahren Gefühlen zu verstecken, junge Frau, sonst werden Sie großen Schaden anrichten und vielen Menschen wehtun, von denen Sie schon immer mit großer Leidenschaft geliebt wurden.«

Bea seufzt. Was gäbe sie für einen wie Leonhart.

»Vertrauen Sie auf Uranus!« Zara hebt theatralisch die Hände und richtet den Blick starr gen Decke – endlich ein bisschen Showeinlage fürs Geld, findet Sophie. Aber oben hängt nur eine Billighalogenleuchte von Tschi..., nein, Ikea, Sophie hat die gleiche, wie ärgerlich, kommt noch heute in den Müll. Zara sieht da oben natürlich ganz was anderes als eine Halogenlampe.

»Uranus«, deklamiert sie, »der Gott, der seine eigenen Kinder frisst!«

»… ist Ihr Leben ziemlich leer«, unterbricht Zara sehr sanft. »So leer, dass jetzt Ihre Tochter das Leben führen soll, das Sie versäumt haben.«

Schlange! Dieser Vorwurf tut wirklich weh.

»Sophie, merken Sie nicht, dass Sie auf ihr eigenes Image der durchorganisierten, das Leben beherrschenden Frau hereingefallen sind? Dass Sie niemandem Raum für die eigene Entfaltung lassen wollen, auch sich selber nicht? Dabei passt das genauso wenig zu Ihnen, wie dieses einfallslose graue Kostüm oder die nachgemachten Designer-Schuhe an Ihren Füßen. Sie sind keine nüchterne, kontrollierte Minimalistin. Sie brauchen viel mehr: Farbe, Fantasie, Verrücktheiten. Und dazu haben Sie Talent! Sehr viel Talent. Hier, sämtliche Planeten im Haus der Kreativität sprechen dafür – und gegen graue Kostüme.«

Sophie schnappt nach Luft. Was fällt dieser Tchibo-Tante nur ein! Ihren dezenten Geschmack anzuzweifeln, in so einer Küche. Grau, das weiß Sophie genau, ist ein unaufdringlicher Kontrast zu ihren hellgrünen Augen und dem rotblonden Haar. Grau ist eine Farbe, in der man sie ernst nimmt. Und überhaupt, soll sie vielleicht rumlaufen wie Bea?

Hilfe suchend schaut sie zur Freundin herüber. Freundin! Pah. Sitzt doch glatt da und nickt wie ein betrunkener Wackeldackel.

Sophie strafft die Schultern. »Bea! Mir reicht's. Kommst du?«

Beas Nicken wird übergangslos zum Kopfschütteln.

»Nö. Ich will schließlich noch wissen, was auf mich zukommt. Vielleicht habe ich mich ja auch immer in mir getäuscht und mich falsch angezogen und zu sehr angestrengt …«

Sophie lacht laut auf.

»… und darum den für mich richtigen Kerl verpasst oder den Traumjob oder …«

»Nein«, unterbricht Zara sie und wendet sich von Sophie ab, als habe die sich in Luft aufgelöst. Unverschämt.

»Bei Ihnen, Bea, liegt der Fall anders. Sie sind von Ihrer Veranlagung ein zutiefst melancholischer Mensch, kein Zweifel. Ihre tiefe Traurigkeit berührt mich sehr. Hören Sie auf, jeden Menschen, vor allem Männer, fröhlich machen zu wollen und die ganze Welt zu reparieren. Sie sollten einmal nur an sich denken und auf die Moral pfeifen, vor allem, was die Männer anderer Frauen betrifft. Dann fällt Ihnen der Richtige sozusagen direkt vor die Füße. Sie müssen sich gar nicht um ihn bemühen.«

Bea seufzt, setzt eine passende Unglücksmiene auf und schaltet auf Piepsstimme. »So habe ich das noch nie gesehen, aber jetzt, wo Sie es sagen, Zara, wird mir vieles klar. Ich bin zu gutmütig.«

Zara wiegt langsam den Kopf. Man weiß nicht, ob es eine zustimmende oder ablehnende Bewegung ist, aber ganz eindeutig ist ihr mitleidiger Blick. In Beas Augen blinkt es verdächtig. »Ich bin so froh, dass Sie mir die Augen öffnen.« So froh, dass sie ihre Empörung über Zaras Vorschläge für Sophie glatt vergisst.

»Wie gut«, haucht sie, »dass ich hergekommen bin. Endlich erkenne ich mich selbst.«

Jetzt ist es an Sophie, mit dem Kopf zu schütteln, langsam und in der Art einer schwer geprüften Kindergärtnerin, die ihrem verstockten Schützling einen Klaps mit der Sandschaufel verpassen sollte – entgegen all ihren pädagogischen Idealen.

»Ich gehe jetzt, Bea, bevor Mama Zara noch herausfindet, dass du in Wahrheit eine verwaiste Zarentochter bist, der man als Einjähriger die goldene Rassel und das Königreich geklaut hat und die von einem Kerl in silberner Rüstung erlöst werden muss. Ich ...«

Ohne Sophie anzuschauen, legt Bea einen Zeigefinger

an die Lippen und macht: »Schscht. Du bist albern!« Ihre Stimme ist ganz klein und zerdrückt. Lächerlich.

Geräuschvoll verlässt Sophie die Küche und knallt die Tür hinter sich zu. Diesmal ist es die richtige, und da – vor ihr – ist auch schon die nächste. Die Haustür. Prima. Kann man noch mal knallen. Vielleicht fällt dabei das peinliche Teig-Klingelschild vom Haken und Frau Böckelkamp zerspringt in tausend Stücke, wenigstens symbolisch.

6. Kapitel

Im Sturmschritt durchquert Sophie den Garten. Der olle Apfel-Birnbaum hat Löcher im Stamm und sieht aus, als grinse er hämisch. Was fällt dem ein! Sophie gibt ihm einen Tritt. Plopp, fällt eine Birne direkt vom Stamm und kollert ihr vor die Füße. Ganz gelb ist die – ein Hölderlin-Gedicht fällt ihr ein.

»Mit wilden Rosen hänget und voll mit gelben Birnen das Land in den See, ihr holden Schwäne und trunken von Küssen …«

Oh nein, ist das lächerlich! Lyrik sollte man nur zu Hause heimlich still und leise zitieren oder in Leonharts Uni-Seminaren, der kriegt jede falsche Romantik klein. Fast sehnt sie sich nach seinem ernsten, schweigsamen Gesicht. Was? Wäre ja noch schöner. Ohne diesen Kerl hätte sie sich nie auf diesen Blödsinn hier eingelassen. Was fällt dem ein, sie so im Stich und sich selbst zu überlassen! Jetzt muss sie sich an ihrem Geburtstag von ihm trennen, um einen anderen zu heiraten. In einer Woche also. Selbst schuld!

Wer ist schuld?, will die innere Sophie wissen.

Sie bückt sich nach der Birne, sieht lecker aus, wäre schade drum.

»Spielst du Aschenbrödel auf der Suche nach den drei Zaubernüssen oder den Besuch der alten Hexe bei Schneewittchen? Dafür bräuchtest du allerdings einen vergifteten Apfel, oder?«, fragt eine heitere Stimme vom Zaun her.

Sophie wirbelt herum. »DU?«

Sie fragt das tatsächlich in Großbuchstaben. So erstaunt

ist sie. DU ist nämlich kein anderer als Leonhart. Ihr Mann. Ausgerechnet. Und dabei sieht er so aus, als sei er hier richtig zu Hause. Die labbrige Wolljacke hat er an, die Sophie in den letzten Wochen mehrfach in die Mülltonne entsorgt hatte, um sie dann doch wieder und wieder auf ihrer heiligen cremeweißen Lesecouch zu finden. Ekelhaft wie der ganze Mann eben.

Wenn sie die Jacke nur sieht, steigt ihr deren Geruch in die Nase. Ein Hauch von Tabac Original – Leonhart ist so etwas von einfallslos in seinem Geschmack! Dass sie das mal gemocht haben soll. Und sogar freiwillig mit ins Bett genommen haben soll, zum Kuscheln. Also, die Jacke. Ihr Herz krampft sich ein wenig zusammen. Im letzten Jahr, als Leonhart in Amerika war.

Ihr Mann lehnt sich von außen gegen den wackligen Gartenzaun. Dabei grinst er richtig frech und sagt – natürlich – nichts weiter.

Reden ist mal wieder ihre Aufgabe. Kennt man ja. »Was machst *du* hier?«

»Wie wäre es zunächst einmal mit einer anständigen Begrüßung so unter Eheleuten? Etwa einem ›Guten Tag, Leonhart, schön dich endlich wieder zu sehen‹? Oder wenigstens einem einfachen ›Hallo, Geliebter, schönes Wetter heute, wollen wir nackt baden gehen und den Mond vom Himmel holen?‹ Vielleicht mit einem Anflug von Lächeln untermalt?«

Sophie stutzt. Hat der Quasselwasser getrunken, Drogen genommen, einen Ziegelstein auf den Kopf bekommen? Da hilft nur unerbittliche Strenge.

»Keine Ausweichmanöver, Leonhart. Ich will wissen, wie du hierher kommst!«

»Gewöhnlich mit der Linie 32 über Wingen-Zentrum, Wingen- Kupferberg, Wingen-Rosenholz, fährt alle 35 Minuten, sonn- und feiertags jede Stunde oder, um genau zu sein, alle 55 Minuten. Dort hinten befindet sich die Bushaltestelle.«

Leonhart deutet mit dem rechten Daumen hinter sich. Der Daumen, nein, die ganze Hand und der dazugehörige Arm sind braun gebrannt. Er muss viel in der Sonne gelegen haben … wie unverschämt!

Dieser Faulpelz, dieser Filou! Macht einfach Ferien. Was sagt man dazu. Statt – wie in Sophies genüsslichen Rachefantasien – in einem heruntergekommenen Stadthotel zu sitzen, um im abgedunkelten Zimmer, möglichst hinter nikotingelben Gardinen und eingeklemmt zwischen Waschbecken und einem Bett mit Schmuddeldecke, zu hadern und zu trauern und seine Fehler zu bereuen! Sophie verschlägt der Ärger die Sprache.

Leonhart redet weiter wie ein Wasserfall: »Der Bus fährt übrigens auch an der Universität vorbei. So hat man mir gesagt, ich war allerdings lange nicht mehr da. Manchmal nehme ich natürlich das Auto in die Stadt mit. Noch schöner war es natürlich, als du mich immer mitgenommen hast. Du hast mich entschieden zu sehr verwöhnt …«

So geht das nicht. Leonhart lässt ihr überhaupt keinen Raum für Widerworte und verwirrt sie mit Busfahrplänen. Schluss damit, sonst platzt man ja. »Ich habe niemanden verwöhnt! Noch nie in meinem ganzen Leben. Ich würde nicht im Traum daran denken, irgendwen zu verwöhnen, dich nicht, mich nicht … überhaupt …«

Wie bitte? Der Mann bringt einen völlig durcheinander mit seinem plötzlichen Redeanfall.

Leonhart grinst noch lauter. »Interessante Bemerkung, Sophie. Sehr interessant. Es scheint, dass du dich und deine Welt in den letzten Tagen aus einem ganz neuen Blickwinkel betrachtet hast. Ich kenne wirklich niemanden, der einen besser verwöhnen kann als du! Und das mit einer Effizienz, die einem die Sprache verschlägt. Ehrlich.«

Treuherziger Augenaufschlag.

Und sie hat Leonhart keine schmutzigen Tricks zugetraut! Das hier ist ja wohl der Gipfel. Kommt einfach längs – ob er sie heimlich verfolgt hat? – und schmiert ihr aus dem Nichts klebrigen Honig ums Maul. Oder meint er es ganz anders? Misstrauisch kneift sie die Augen zusammen. Man kennt sich einfach nicht aus mit einem Leonhart, der das Blaue vom Himmel herunterschwätzt.

Energisch tritt sie auf den Zaun zu, fängt Leonharts Blick ein, hält ihn fest.

»Leonhart, damit ist ab sofort Schluss! Hörst du? Unser bisheriges Leben ist vorbei!«

»Schön! Ich will nämlich nicht mehr verwöhnt werden. Ich will ab sofort nur noch dich verwöhnen. Nach Strich und Faden. Du hast es nötig.«

Das ist unerträglich. Erst Zaras Mitleid und nun Leonharts Spott. »Ich habe von deinem Sarkasmus die Nase voll. Du bist hier nicht der Einzige, der einen scharfen Verstand hat, Herr Professor.«

Leonhart beginnt zu wippen. Die Spitzen zweier Zaunbretter fest umklammert, wippt er vor und zurück, vor und zurück, mit dem ganzen Oberkörper und immer gegen den Holzzaun gelehnt, der ächzt und quietscht. Und dazu summt Leonhart sich was.

»Living for you is easy living, tatatam, it's easy to do, when you're in love, and I'm so in love, there's nothing in life but you, tatatatam …«

Das stammt von Sophies Bryan-Ferry-CD, Lovesongs der Vierzigerjahre, von damals, als es noch Männer gab, die Sinn für Romantik hatten – oder zumindest so taten. Ausgerechnet. Sophies Lieblingssong, dabei hat Leonhart sonst nur die Augen verdreht und seinen Brahms aufgelegt oder Freejazz oder etwas anderes sehr Ernstes.

Leonhart singt mit kräftiger Stimme, nur nicht nach Noten. Leonhart hat nie gesungen. Der Noten wegen, die sind ihm gewöhnlich im Weg. Klingt grauslich. Klarer Fall von Trennungsschaden, völlig irre der Gute. Das hat sie nicht gewollt. Sie streckt die Hand über den Zaun und legt sie ganz sachte auf seinen rechten Arm. Wie nackt sich der anfühlt und sehnig und sonnenwarm. Leonhart wirft sich auf die Knie, breitet die Arme aus. Schmettert die nächste Strophe: »For you maybe I'm a fool, but it's fun.«

Sophie wird ganz heiß. »Leonhart, komm zu dir. Was sollen denn die Leute von uns denken?«

Die Leute sind ein alter Herr in beigem Sommerblouson und Helmut-Schmidt-Kappe, der mit strenger Miene den Bürgersteig entlangtrottet. Eben passiert er Leonharts Rücken. Kopfschüttelnd blickt er auf den Knienden herab. Sophie schämt sich für ihren Mann.

Der Alte öffnet den Mund: »Pack. Unzivilisiertes Pack. Verbrecherbande. Wildwestmanieren. Ha! Sollte man alle an die Wand stellen und erschießen.« Was Besseres fällt Böckelkamp auf die Schnelle nicht ein. Er will ja nur wissen, was der Herr Professor sich gegen seinen Rat hat einfallen lassen, um Sophie davon zu überzeugen, dass er wild und spontan sein kann.

»So eine Frechheit«, poltert er weiter und überlegt fieberhaft, worüber er sich denn so aufregen könnte. »Unglaubliches Verhalten.«

Das hat ihr Leonhart nicht verdient, Sophie wirft sich ins Zeug.

»Erlauben Sie mal! Sie sprechen mit meinem Mann.«

Oho, ganz empört die Gute und verteidigt ihren Leonhart plötzlich wie eine Löwenmutter. Mission erfüllt, er sollte sich zurückziehen. Böckelkamp setzt zum Schlussmonolog an: »Ach, ist doch war! Ein Euro vierzig fürs Bier und sich ›Zum fröhlichen Wilddieb‹ nennen. Fröhlich. Für Einsvierzig kann man nicht fröhlich werden, da sind doch höchstens drei Gläser drin. Die ham se doch nicht alle. Früher waren's noch zwei Mark und zwanzig. Hab nachgerechnet. Da geh ich nicht mehr hin, das sag ich denen. Bande! Sollte man alle an die Wand stellen! Eine Schießpistole habe ich! Schönen Tach auch, Herr Professor.«

Leonhart erhebt sich und nickt halb verärgert, halb amüsiert zum Alten herüber: »Schönen Tach. Wenn Sie Schützenhilfe brauchen, komm ich das nächste Mal mit. Den Wilddieb bringen wir locker zur Strecke. Ich nehm auch unsere Wasserpistole mit, Ihren Revolver lassen wir lieber zu Hause.«

»Nein, lassen Sie mal Herr Professor. Mit, äh, Vernunft kommt man denen nicht bei. Das is nichts für Sie. Schönen Tag noch. Hübsche Frau, die da! Ist das die, die Sie verlassen hat? Sehr dumm.«

Er wartet nicht auf eine Erwiderung, sondern dreht sich um, sehr eilig, als gälte es, einen Bus zu bekommen. »Verbrecher, alles Verbrecher. Sollte man an die Wand stellen.« Weg ist er.

Leonhart wippt schon wieder mit dem hüfthohen Bretterzaun. Ganz weit zurück, ganz weit nach vorne, so nah an ihr Gesicht heran, dass sie die Fältchen um seine blauen Augen zählen kann, und wieder ganz weit zurück, den Zaun nimmt er mit auf die Reise. Der Zaun quietscht, aber wenigstens schweigt Leonhart.

»Leonhart, was zum Teufel machst du hier?«

»Wippen.«

»Höchstens dich zum Narren! Musst du nicht deine Antrittsvorlesung verfassen? Wo wohnst du überhaupt? Woher kennst du diesen seltsamen Alten? Und hör endlich auf, mit dem Zaun zu wackeln.«

»Wie wäre es, wenn du ein bisschen mitwackelst? Ist irre lustig.« Er packt sie beim rechten Arm und zieht sie zu sich hin und nach hinten. Sophie wehrt sich, lehnt sich in Ge-

genrichtung, Leonhart nimmt Schwung und lässt sich nach vorne fallen, reißt Sophie ganz eng an sich.

Der Zaun verliert zuerst die Lust am Spiel und knickt langsam, aber stetig unter Sophies Beinen weg. Im Fallen krallt sie sich in Leonharts anderen Arm, beide landen übereinander auf dem Bürgersteig. Morsche Bretter drücken sich flach gegen Sophies Magen. Leonharts Kopf ist auf dem Pflaster aufgeschlagen. Widerlich dieses dumpfe Geräusch. Sein Grinsen ist wie weggewischt.

Das muss doch wehtun, denkt Sophie. Leonhart sagt nichts, starrt nur in den Himmel und hält sie sehr fest. Im Birnbaum zetert eine Amsel. Hässlich, hässlich, hässlich. Leonhart starrt nur.

Sophie spürt Panik in sich hochkriechen.

Madame Zaras Stimme schleicht sich in ihr Ohr und murmelt was von Unfällen und einem Leben in Trümmern. Bitte nicht so!

»Sag doch was. Leonhart! LEONHART!«

Sie will sich hochrappeln. Er hält sie fest. Tut er das wirklich? Oder gibt es so etwas wie eine plötzlich einsetzende Totenstarre? Irgendeinen mortalen Klammergriff oder so?

»LEONHART!«

7. Kapitel

Echt steil, der alte Kasten da hinten. Ashburton Hall heißt er und sieht aus wie eine eckige Hochzeitstorte, weiß wie frisch geschlagene Sahne, die in der Sonne glänzt. Es ist eine mehrstöckige Torte mit Säulen, Girlanden und Zierrändern zwischen jeder Etage und einer Fahne auf dem flachen Dach. Das Dach hat eine Art Balkonbrüstung. Von da oben kann man bestimmt bis zum Meer sehen, obwohl das ein paar Kilometer weg ist.

Sich vorzustellen, dass das alles Mom hätte gehören können! Obwohl, dann wäre Mom irgendwie nicht ihre Mom geworden, oder sie, Jennifer, wäre eine ganz andere oder wie eine Schwester, die sie nie hatte, oder – Jennifer hält empört die Luft an – sie wäre überhaupt nicht auf der Welt!

Auch blöd, wenn man sich's recht überlegt, selbst wenn das Leben, wie gerade jetzt, etwas langweilig ist. Mrs. Molloway hält Jennifer bei der Anfahrt über eine ewig lange Schlängelstrecke durch dichten Wald und hügelige Weiden einen Vortrag über das Haus, das immer wieder zwischen Büschen und Waldungen durchblitzt. Verschiedene Lords und Ladys haben an dem Kasten seit dem elften Jahrhundert gebaut, zwischendrin sind sie aber immer unvorsichtig mit ihren Kaminfeuern und Kerzen gewesen, und ständig ist das Haus abgebrannt.

Dann mussten sie es neu aufbauen, in anderem Stil und ohne Holz, dafür mit Steinen, und drinnen hängen lauter olle Schinken in Öl von berühmten Malern.

»Winston Churchill und Charles Dickens waren hier häufig zu Gast. In der Bibliothek stehen handsignierte Erstausgaben ihrer Werke und einige Manuskriptseiten aus Kiplings Dschungelbuch, außerdem ein Exemplar von Samuel Johnsons berühmten Wörterbuch der englischen Sprache. Es stammt aus dem 17. Jahrhundert und war das erste Lexikon der Welt. Interessant, nicht wahr?«

Mäßig interessant, findet Jennifer.

Wörterbücher haben sie zu Hause auch, Dutzende, sicher mehr als Lord Fitzwips, wie sie den Hausherrn insgeheim nennt. Außerdem sind Papas Wörterbücher alle ganz neu. Das Ding vom Lord muss doch völlig veraltet sein.

Mrs. Molloway fährt begeistert fort: »Bibliotheken aus aller Welt beneiden Lord Ashburton um diese Schätze, immer wieder fragen Wissenschaftler an, ob sie in den Archiven forschen dürfen. Außerdem ist das alles natürlich ein Vermögen wert, deswegen lässt der Lord auch keinen herein. Es wurden schon einige wertvolle Kunstschätze aus Ashburton gestohlen! Darunter ein Gainsborough. To think of it! Nur gut, dass der Lord versichert ist. Sehr hoch versichert.«

Merkwürdigerweise findet Mrs. Molloway das plötzlich komisch. Sie kichert. Was für eine vertatterte Quasselstrippe. Gibt es ein englisches Wort für: *chatterbox*. Sehr passend. Jennifer schweigt eisern.

»Lady Ashburton würde die Handschriften und Gemälde am liebsten einfach verkaufen, denn der Unterhalt des Hauses verschlingt Unsummen. Aber solche Schätze verkauft man natürlich nicht. Das wäre ein Verbrechen. Und ein so hässliches! Aber, *well*, Lady Ashburton is *greedy*.«

Greedy? Ach ja, gierig. Hm. Jennifer schaltet ab. Die gierige Lady interessiert sie nicht, aber wer hätte gedacht, dass Mrs. Molloway all die Dichter und deren Bücher kennt. Winston Churchill etwa, nie gehört, was der wohl geschrieben hat? Auch egal, jedenfalls scheint er schon lange tot zu sein, und das mögen die Briten bekanntlich besonders.

Sie nehmen eine letzte Kurve im Wald, hinaus auf eine Lichtung geht es. Vor ihnen breitet sich eine sanfte Wiesenlandschaft aus, die jemand mit der Nagelschere manikürt haben muss. Auf Hügelkuppen stehen kleine Tempel und Statuen, dazwischen erheben sich muntere Baumgruppen. Sie sehen aus, als tanzten sie Ringelreihen.

»Wir sind gleich da«, verkündet Mrs. Molloway, »gerade passieren wir nur das Lustschloss. Hübsch, aber winzig, ein einziger Raum. Die Lords of Ashburton verbrachten darin traditionell ihre Hochzeitsnächte. Lady Madeleine hat es abgelehnt, weil sie es zu bescheiden fand. Ein Jammer. Aber wer weiß, demnächst wird es vielleicht wieder gebraucht ... Nun, das große Haus ist da vorne.«

Das seh ich selbst, denkt Jennifer missmutig, sagt es aber nicht. Ihr Missmut gilt der kunterbunten Zelt- und Budenstadt, die auf dem kiesbestreuten Platz vor dem großen Tortenhaus aufgebaut ist. In der Mitte dreht sich das angekündigte Karussell – Kinderquatsch. Zwischen den Buden und Zelten wimmelt es vor Leuten. Mrs. Molloway kurbelt ihre Autofenster herunter. Blechblasmusik weht in Fetzen zu ihnen herüber.

»Oh, how traditional«, jubelt sie und singt mit: »Rule Britannia!«

Wie peinlich, findet Jennifer und möchte im Sitz versinken. Mrs. Molloway, die Erbarmungslose, lenkt sie mitten hinein in die Blasmusik. Nein, jetzt geht es nach links. Auf einen provisorischen Parkplatz, der mit Weidedraht auf einem Wiesenstück abgezäunt ist.

Mrs. Molloway begrüßt mit freundlichem Nicken einen breitschultrigen Oldie in abgewetztem blauen Blazer mit Wappen und karierter Tweedhose. Dazu trägt er grüne Gummistiefel! Diese Engländer. Er wedelt grimmig mit einer Ticketrolle aus Papier. Der Gute will zwei Pfund Parkgebühr. Und dann noch fünf Pfund Eintritt pro Nase für den albernen Budenzauber.

»So ein Gauner«, murmelt Jennifer.

»Falsch, das ist kein Gauner. Im Gegenteil«, zischt Mrs. Molloway und kramt in einem winzigen Geldbeutel nach Pfundnoten. »Das ist Lord Ashburton. Und er braucht jeden Penny, um das Haus in Schuss zu halten, ohne Gemälde oder andere Schätze zu verkaufen. Das Haus ist es wert, es ist das letzte seiner Art in dieser Gegend. Wenn der Lord es aufgeben müsste, würde damit eine ganze Welt verschwinden. Das kann man nicht zulassen.«

Lord Ashburton? Jennifer fingert am Türöffner herum, ist mit einem Satz draußen und beäugt übers Wagendach den adligen Parkplatz-Halunken. Nee, der wird auch bei näherem Hinsehen nicht viel schöner. Allein die Nase. Ziemlich prominente Nase für so ein schmales Gesicht, vielleicht ist er mit Prinz Charlie verwandt, fehlen nur die abstehenden Ohren. Jetzt wendet der Lord ihr das Gesicht voll zu.

Okay, die Augen haben was. Augen so dunkel wie Brombeeren, die richtig funkeln können und riesengroß sind, wenn er sie aufreißt. So wie jetzt. Der Mund sieht allerdings ein bisschen dämlich aus, weil er den gleich mit aufklappt.

Scheint so, als müsse der Gute nicht nur nach Wechselgeld, sondern auch nach Worten kramen. Dabei hat er doch so wertvolle Wörterbücher, sollte er mal drin nachschlagen.

Trotzig schweigt Jennifer zurück, obwohl ihr unter dem unergründlichen Brombeerblick ein wenig mulmig wird. Brombeeren haben gemeine Stacheln – der Fitzwips-Typ da auch?

Mrs. Molloway, die sich aus dem Wagen herausschält, kommt ihnen zu Hilfe.

»May I introduce you to Jennifer, my dear?«

Aha, die alte Dame will sie dem Lord vorstellen, so viel versteht Jennifer. Und den nächsten Satz versteht sie auch, obwohl Mrs. Molloway dafür die Stimme senkt.

»Jennifer is Sophie's daughter. Very disturbing, isn't it? Of course, there is a great likeness. The same features, these fine green eyes, you must remember them ...«

Wie bitte, sie soll ihrer Mutter ähnlich sehen? Jennifer ist empört und würde gern protestieren.

Der Lord verzieht wie unter Schmerzen den Mund und grummelt nur. »I don´t want to remember.«

Er will sich nicht erinnern? An wen? Mom? Der Lord lässt sie einfach stehen. Sogar Mrs. Molloways Wechselgeld nimmt er mit, hastet über den Parkplatz zu einem anderen Auto. Seinem Auto, wie es scheint. Er reißt die Tür des Range Rovers auf, springt – erstaunlich behände – hinein und startet. Rasenstücke fliegen hoch, weil er beim Abfahren so viel Gas gibt.

»The poor meadow«, bemitleidet Mrs. Molloway die Wiese. Typisch!

»Was hat seine Lordschaft Merkwürden denn für'n Problem?«, will Jennifer wissen. Sie ist um Mrs. Molloways Wagen herumgelaufen und starrt dem verschwindenden Rover hinterher.

Mrs. Molloway wendet sich ihr mit einem sehr wissenden Lächeln zu. Alte Katze.

»Ich nehme an, er findet die Ähnlichkeit zwischen dir und deiner Mutter etwas, ähem, irritierend, oder soll ich sagen, aufregend?« Sie kichert albern. »Ich wusste es. *Oh, what fun!*«

Von wegen Spaß! »Pffff. Meine Mutter sieht um Jahre älter aus als ich.«

»You silly girl!«, erwidert Mrs. Molloway kopfschüttelnd und zerrt Jennifer über den provisorischen Parkplatz in

Richtung Budenstadt. »Your mother was not that much older, when he fell in love with her.«

Moment, was heißt hier Mutter und nicht viel älter? Mom war einundzwanzig, glatte sechs Jahre älter als Jennifer, als sie in Liebe mit ihm gefallen ist. Alberner Ausdruck.

Das mit der Liebe ist doch echt übertrieben. Jennifer würde sich den Kerl jedenfalls genauer anschauen, mit dem sie in Liebe fällt. Zunächst schaut sie sich in der Budenstadt um. Wie schrecklich. Nur Greise und Zwerge, die meisten können nur an Krückstöcken laufen oder haben Pampers aus der Hose hängen, während sie an Eierlaufwettbewerben und ähnlichem Schwachsinn teilnehmen.

Die Blechkapelle bläst ihnen dazu den Marsch. »Land of hope and glory«. Lauter Doppelgängerinnen von Mrs. Molloway versichern sich gegenseitig, dass »*lovely weather*« herrscht, dabei liegt deutlich der Geruch von Herbst in der Luft, und sogar die Bäume frösteln.

Eine kühle Brise wölbt das Teezelt, in das Mrs. Molloway entschwindet, nicht ohne Jennifer vorher viel Spaß zu wünschen und ihr zwei Pfund in die Hand zu drücken.

»Hier, *my dear*, dafür kannst du am *marrow-and-cucumber-shooting* hinter dem Haus teilnehmen. Ich nehme lieber die prämierten Apfeltorten in Augenschein. Im letzten Jahr hat die Pfarrersfrau den ersten Preis bekommen. Ein Skandal, wo doch jeder weiß, dass sie sie bei Tesco gekauft hatte, noch dazu aus der Tiefkühltruhe. Ich habe es schließlich selbst gesehen. Eine eiskalte Intrige, die Prämierung, nur um den Pfarrer bei Laune zu halten, der uns mit seinen Strafpredigten jeden Sonntag verdirbt. So ein mürrischer Knochen! Hat nichts als Sünden im Kopf. Noch dazu fremderleuts Sünden. Dabei kennt er die nicht mal.«

Jennifer will sie unterbrechen, um zu erfahren, was – um Himmels Willen – *marrow- und cucumber-shooting* zu bedeuten hat, aber Mrs. Molloway ist bereits eingetaucht in eine Schar aus teetassenklappernden Damen, die sich die Lästermäuler anfeuchten. Nur weg hier.

Unschlüssig schaut sie sich um. Hinter ihr dreht sich das Karussell zu den Klängen einer keuchenden Jahrmarktsorgel. Elefanten, Pferde, Kutschen und jede Menge kreischende Gören machen die Runde. Entsetz… Wow!

Neben einer Kutsche, den Ausmaßen nach eine Königskutsche, steht ein Kerl, der kein Kind mehr ist. Und kein Greis, sondern höchstens so alt wie sie, vielleicht sogar richtige Sechzehn? Wie ein König sieht er nicht gerade aus, sondern spannend, so mit den dunklen Rastalocken und der angemessen verschmuddelten Combathose und dem engen, ärmellosen Army-Shirt, aus dem zwei muskulöse braune Arme vorschauen.

Möchte man glatt mal einen genaueren Blick drauf werfen, auch wenn es peinlich ist, mit fünfzehn Jahren noch für den Karussellwärter zu schwärmen.

Das macht man mit zehn, elf Jahren und wird rot beim Ticketkauf und nimmt noch 'ne Runde »Spinning Space Cups«, obwohl einem bereits todschlecht davon ist, nur um so einem den Fahrtchip in die Hand zu drücken und zu hoffen, dass er einen anschaut, den harten Lebenskampf vergisst und wegschmilzt vor Begeisterung für so viel liebreizende Unschuld, die todesmutig in der wirbelnden Weltraumtasse Platz genommen hat.

Jennifer arbeitet sich näher an das Karussell heran. Kennt man den Kerl vielleicht aus dem Pub im Hafen? Nö, so einer wäre einem kaum entgangen. Jennifer wartet ungeduldig die nächste Runde ab.

Erst kommt der Elefant mit einer kleinen Brillenschlange drauf, dann zwei Esel mit rotgebrüllten Gören, dann die Kutsche und – nö, neben der Kutsche steht keiner mehr. Was fällt dem ein! Einfach die Arbeit im Stich zu lassen. Jennifer rennt zweimal um das Karussell herum. Nichts.

»Are you looking for someone?«, will eine besorgte ältere Dame wissen und schaut sie an, als handele es sich bei Jennifer um ein Kleinkind, das in der Damenoberbekleidungsabteilung eines Kaufhauses seiner Mutter abhanden gekommen ist.

»No, eh, *yes*, doch, also.« Schrecklich, mit völlig Fremden plötzlich Englisch sprechen zu müssen, noch dazu mit Briten. Die ertappen einen doch bei jedem Fehler.

»Where is the young men behind the elephant standing?«, fragt Jennifer. Wie dämlich das klingen muss: Wo ist der junge Mann, hinter dem Elefanten stehend. Aber was soll man machen, wenn einem das Wort für Kutsche nicht einfällt. Kutschen gehören in Märchen, und so was liest Jenny längst nicht mehr, schon gar nicht auf Englisch.

Die ältere Dame gehört zu der höflichen Sorte Briten und korrigiert Jennifers Sprachfehler nicht, sondern antwortet: »Oh, that young man. I guess, he is now into the marrow- and cucumber-shooting. So much fun for young people! It takes place behind the house.«

Schon wieder diese Sache mit der *Marrow*-und-*Cucumber*-Schießerei. *Cucumber*, da ist Jennifer sich sicher, ist irgendein Gemüse. Genau! Salatgurke, jetzt hat sie es. Aber was soll ein Wettbewerb im Gurkenschießen sein? Und will man jemanden kennen lernen, der daran teilnimmt?

Die Engländer haben eine Reihe ausgefallener Hobbys und servieren klebrige Limonadecocktails gern mit einer Scheibe Salatgurke, aber damit in der Gegend rumballern? Nee, da muss sie was missverstanden haben.

Zögernd verlässt sie die Budenstadt. Der Kies knirscht unter ihren Füßen. Langsam, fast ein wenig ehrfürchtig nähert sie sich der Freitreppe zum Haus. Oben steht eine gigantische Doppeltür zur Hälfte offen, darin hängt allerdings eine rote Kordel: »Not open to the public today«. Für die Öffentlichkeit heute nicht geöffnet. Dämlicher Lord, die Öffentlichkeit soll sich also mit vollkommen überteuerten Karussells begnügen. Pah.

Neben der Kordel sitzt auf einem nicht sehr herrschaftlichen Campingstuhl eine weitere alte Dame mit Strickzeug vom Typ Drache, die wahrscheinlich unwillkommene Eindringlinge verscheuchen soll.

Schade. Das Haus wäre schon interessant. Von innen.

Jennifer stapft unschlüssig die Treppe hinauf. Sie könnte dem Drachen einfach sagen, sie gehöre zur Familie sozusagen. Ahnen aus Deutschland. Könnte doch sein. Die ganze britische Königssippe hat schließlich auch Ur-Tanten und Schwipp-Onkel in Hannover.

Jennifer erreicht die letzte Stufe und fixiert den Strick-Drachen mit entschlossenem Blick. Umsonst. Der Drache schnarcht nämlich, und das Strickzeug ist nur Tarnung. Nicht eben Furcht einflößend. Kann man einfach dran vorbeischleichen und unter der Kordel durchtauchen. Geschafft.

Drinnen fröstelt es sie. Kein Wunder, eine so hohe Empfangshalle, gefliest in schwarz-weißem marmornen Würfelmuster, bleibt selbst im Sommer grabeskalt. Und erst recht, wenn der Herbstwind hineinbläst, was er jetzt tut.

Jennifer legt den Kopf in den Nacken. Die Halle hat die Höhe des gesamten Hauses. Zwei Stockwerke. An den Wänden zieht sich eine Treppengalerie entlang. Wow, die haben hier mindestens ..., nee, keine Ahnung, zu wie vielen Zimmern die Treppen führen. Ob sie mal nachzählt?

Vorsichtig schleicht sie sich zu einem der beiden Treppenaufgänge an der Stirnseite der Halle. Die Treppen werden von leeren Ritterrüstungen bewacht und sind mit noch mehr roten Kordelbändern abgesperrt. »Strictly private – No visitors«, steht auf Papptafeln, die von den Kordeln herabbaumeln.

Privat, na und? Sie ist ja zu einem Privatbesuch hier.

Touristisch würde sie das Ganze wohl kaum interessieren. Schlösser, pah, das ist ja was für Omis oder ihre Mutter, aber wo der das Haus beinahe gehört hätte, muss man doch mal …

Oben schlägt eine Tür zu. Jennifer macht einen Satz zur Seite. Fehler. Auf der Seite steht – besser stand – nämlich ein Tisch. So eine funktionsfreie Dekorationsnummer auf drei dürren Beinen mit viel zu schwerer Blumenvase voller Dahlien darauf. Mannshohes Ding. Beeindruckend, mit wie viel Krach so eine Vase zerscheppert, wenn sie ins Trudeln und zu Fall kommt. Jennifers Turnschuhe saugen sich voll Wasser.

»Who's there?«, will eine hohle Stimme von oben wissen.

Jennifer will lieber nicht wissen, wem die Stimme gehört, und läuft los. An der Treppe vorbei, auf eine weitere Flügeltür zu, die nach hinten, tiefer ins Haus, führt. Könnte ja sein, dass vorne am Eingang der Drache erwacht ist.

Hastig drückt sie die Klinke herab, witscht durch die Tür und stolpert mit quietschenden Gummisohlen über poliertes Parkett. Aus den Augenwinkeln heraus erkennt sie dunkelrote Samttapeten, schwere braune Stühle und eine Menge Goldrahmen. Aus den Goldrahmen schauen finstere Gesellen auf sie herab. Alle haben Brombeeraugen. Mit Stacheln. So wie der Lord. Kriegt man die Krise von.

Sie schießt durch den Saal, gerät in den nächsten, der in Grün und noch mehr Gold gehalten ist und einen gigantischen ovalen Tisch beherbergt. Wahrscheinlich das Esszimmer. Die Tafel ist gedeckt. Mit so viel Porzellan, dass einem schwindelig davon wird und man Ohrsensausen bekommt.

Alles hier ist sicher noch viel privater, als die Treppen es waren. Das Herz ist ihr plötzlich in den Hals geraten und klopft da munter vor sich hin. Dann bleibt es zwei, drei Sekunden stehen. So ein Schock aber auch.

Beim Blick in einen trüben Spiegel erscheint Jennifer doch tatsächlich Mrs. Molloways Gesicht. Hinter einem Samtvorhang, sie hält eine Art Topf aus Porzellan in der Hand. Kann doch nicht. In Jennifers Rücken wird wieder die Stimme laut. Jennifer umrundet den Tisch in großem Bogen, stoppt vor einem weiteren Dekotisch mit Glaskaraffen ab und entdeckt mehrere Fenstertüren, die auf eine Terrasse hinausführen.

Dem Himmel sei Dank, denn hinter ihr arbeitet sich die hohle Stimme vor, die ein sehr weibliches, sehr wütendes Timbre angenommen hat. Irgendwie klirrend und schneidend scharf, als seien Vasenscherben hineingeraten. Jennifer hat lediglich zwei Pfund dabei, die dürften kaum reichen, um den Schaden gutzumachen, und mit einer Tube Uhu ist sicher nicht geholfen.

Sie reißt eine der Glastüren auf, springt auf eine gepflasterte Terrasse, rast bis zu einer Brüstung und will darübersetzen, als sie mit einem Blick nach unten erkennt, dass das keine brillante Idee ist.

Zwischen der Brüstung und dem Rasen liegen mehr als fünf Meter, das Haus hat Hanglage, ganz weit unten am Ende des Parks glitzert tatsächlich das Meer. Sie schaut nach rechts, kein Ausweg, dann nach links und entdeckt – das darf doch nicht wahr sein! – einen flammfarbenen Kürbis, der mit mehr als Ortsgeschwindigkeit direkt auf sie zurast. Jetzt weiß sie wieder, was *marrow* heißt, natürlich.

»Interessant. Die schießen wirklich mit Herbstgemüse«, ist der letzte Satz, der ihr durch den Kopf geht.

8. Kapitel

Bea schmeckt der Fencheltee plötzlich sehr bitter, und ihr ist übel. Dabei ist Fenchel doch süß und gut für den Magen. Frau Böckelkamp findet sie ebenfalls ungenießbar. Nach allem, was sie inzwischen so gesagt hat. Bea schluckt.

»Ich muss jetzt gehen. Sophie hatte Recht. War keine gute Idee, herzukommen!«

Madame Zara spielt mit ihren verbliebenen Plätzchen. »Es war die beste Idee, die Sophie seit langem hatte.«

Bea runzelt die Stirn. »Es war nicht Sophies Idee, sondern meine. Ich bin für den Irrsinn zuständig in unserer Freundschaft.«

Zara schüttelt den Kopf. »Was Verrücktheiten betrifft, hat Sophie viel mehr Talent als Sie. Sie muss diese jugendliche Seite ihres Wesens endlich ausleben, um erwachsen zu werden.«

Bea runzelt die Stirn. »Warum haben Sie ihr all diese Sachen erzählt von einem Unfall, der Reise übers Wasser, dem anderen Leben und so? Ich meine, Sie sollten Sophie doch einfach zu ihrem Ehemann zurückbringen!«

Zara lupft die Augenbrauen. »Sollte ich das?«

»Ja, verflucht noch mal.«

»Würde das denn etwas ändern? Sophie will Veränderung, und sie wird sie bekommen – nur anders, als sie denkt.«

Bea schüttelt den Kopf, als säße ein lästiger Hornissenschwarm darin. »Sie können doch Sophie nicht in ihr Unglück rennen lassen. Die Ehe von ihr und Leonhart war immer gut, fantastisch, wunderbar, ich meine …«

Zara wischt unsichtbare Kekskrümel vom Tisch. »Warten Sie ab, was passiert. Es ist auch zu Ihrem Besten. Denken Sie daran, der richtige Mann wird Ihnen praktisch vor die Füße fallen. Nehmen Sie ihn. Er ist der Mann, den Sie brauchen.«

Das kann nur Leonhart sein, denkt Bea und macht eine abwehrende Handbewegung. Ihre Glitzerreifen klimpern. Musste sie diese Dinger anziehen? Jetzt macht sie lauter alberne Geräusche, die nicht zum Anlass passen. Ganz so, als würde man Knackfrösche, Signalhupen und Trillerpfeifen mit zu einer Beerdigung nehmen.

Sie räuspert sich. »Das kann ich nicht tun. Ich kann doch nicht einfach … Es ist *ihr* Mann. Egal, wie sie über ihn herzieht. Sie haben sich einmal sehr geliebt. Ich könnte nicht einfach, nicht einfach so mit ihm glücklich sein.«

Madame Zara schweigt und starrt zur Decke. Zara hat die Audienz beendet. Bea springt auf, als habe es zum Unterrichtsschluss geklingelt, und bringt ihren Stuhl zu Fall. Noch mehr alberne Geräusche. Eilig greift Bea nach ihrer Tasche, sieht Zaras versteinerte Miene und stolpert zur Tür.

Draußen im Garten holt sie tief Luft und verschluckt sich fast bei dem Anblick, der sich ihr bietet. Da stehen – nein, schwanken – zwei Gestalten. Sophie und Leonhart scheinen sich um den Zaun zu streiten. Keiner lässt los, jetzt verkrallen sie sich ineinander. Das muss schief gehen und geht schief, der Zaun bricht weg. Dann schreit Sophie ganz laut.

»Leonhart!«

Und nochmal: »Leonhart!«

Bea rennt los, springt über den Zaun. Macht direkt neben Leonhart Halt. Dann ist alles still bis auf das fröhliche

Vogelzwitschern. Bea sieht Sophies Rücken, sie hat ihr Gesicht ganz eng an Leonharts Brust gedrückt und schluchzt. Aber Bea kann nur an eins denken: Leonhart liegt mir zu Füßen.

9. Kapitel

Gibt's nicht. Man schlägt die Augen auf und liegt plötzlich in einem Himmelbett. Mit vier Pfosten, um die sich geschnitzte Drachen winden, einem goldroten Stoffhimmel darüber und mit brettsteifer Leinenwäsche darin.

Wow, voll steil irgendwie. Nee, nicht das Himmelbett, sondern die brombeerdunklen Augen, die sie von der Seite her unverwandt anschauen.

Sie schwimmen vor Melancholie. Reißt am Herzen, wenn man in so traurige Augen schaut. Traurig, aber nicht kurz vorm Heulen, was Jennifer ziemlich uncool fände. Nee, mehr so traurig, weil man das Schlimmste im Leben schon hinter sich hat oder das Leid der Welt auf seinen Schultern trägt und nichts daran ändern kann.

Ein Traurigsein, das in der Seele festsitzt wie Tintenflecke im Taschentuch. Geht nie mehr raus. Melancholie eben. Hatten sie schon mal im Englischunterricht. Hamlet und Co.

Der olle Shakespeare hatte da so eine Theorie, dass im Körper verschiedene Flüssigkeiten kreisen, vier Sorten, um genau zu sein, und die sind für die Grundstimmung im Leben verantwortlich.

Bei den Flüssigkeiten handelt es sich nicht um Alkoholika, sondern um Lebersaft oder Herzensblut oder Gallenflüssigkeit. Die zum Beispiel macht bitter oder zornig, und eine macht eben schwermütig, wenn zu viel davon in einem fließt – melancholisch eben. »The four humours of the body« heißt das Ganze. Und je nachdem, von welchem

Humor man das meiste in den Adern hat, ist man drauf. Voll tragisch.

Der Typ neben ihrem Bett muss literweise Melancholie in sich gluckern haben. Es ist der Kerl vom Karussell, der mit den Rastalocken. Muss der eine traurige Geschichte haben!

Oder – wie aufregend – ist er traurig, weil sie hier liegt, mit einem Verband um den Schädel und einem Eispack darunter? Sieht sicher schwer nach Tragödie aus. Besonders für einen waschechten Melancholiker.

Der kann so einen erschreckenden Anblick bestimmt nicht ertragen und braucht ein Gegenmittel, dringend. Nur gut, dass man selber einen anderen Humor im Body hat. Ein Gemüt wie Sonnenschein, selbst wenn es am Himmel aus allen Eimern schüttet, hat ihr Vater immer behauptet.

Bis vor kurzem jedenfalls, bis angeblich ihre Pubertät dazwischenkam, zwischen Jenny und den Sonnenschein. Pah. Liegt nur an den Eltern, vor allem an Mom, die Jennifer neuerdings »stur wie einen Panzer und launisch wie einen Maulesel« findet. Unsinn.

Tief innen ist Jennifer weiterhin der reine Sonnenschein, strahlend jung und schön und herzensgut und schwer verletzt. Wie romantisch, das muss man ausnutzen. Jennifer knipst die Sonne an und lässt sie auf den Typ neben dem Bett herabstrahlen.

»Hello, I am Jennifer.«

Der Typ guckt nur. Dann fallen ihm die Rastalocken vor sein Gesicht wie ein Vorhang. Wahrscheinlich hat ihn die Sonne geblendet. Jennifer sucht nach einem Abglanz ihres Lächelns auf seinem düsteren, ein wenig olivfarbenen Gesicht. So wie ihn hat sie sich früher immer Robin Hood vorgestellt oder Shakespeares Romeo oder – he, was macht der Typ denn jetzt?

Er steht auf, hebt kurz die Hand, dann dreht er sich um

und wiegt sich zur Tür. Nee, im Ernst, wiegen stimmt, er hat so einen weichen, rhythmischen Gang, als höre er Musik beim Gehen. Aber einfach so aufzustehen! Frechheit.

Mag er keine schönen, herzensguten jungen Mädchen, die lächeln? Jennifer stemmt sich in ihren Kissen nach oben und runzelt die Stirn.

»Hey!«, ruft sie dem Kerl hinterher. »Who are you?« Man will schließlich wissen, wer einen so schlecht behandelt.

Bevor der Rastajunge sich umdrehen kann, öffnet sich die Tür. Geschirr klappert, eine Stimme plappert. Jennifer lässt sich in die Kissen fallen und stöhnt.

Na prima, da ist sie wieder. Dann, wenn man sie nicht gebrauchen kann. Wie immer. Misses Chatterbox Molloway. Bei so viel guter Laune kann man selber nur melancholisch werden. Oder muffig wie der Rastamann.

»Hello, Nicholas«, chattert Mrs. Molloway, »how nice of you, to keep company with our little girl!«

Jennifer richtet sich wieder im Bett auf. Frechheit! Hat die alte Tante etwa gerade *»little girl«* gesagt? Kleines Mädchen? Was soll denn der arme Mensch jetzt von ihr denken? Dass sie eine unreife Göre ist, die nur noch blöde lächeln kann, weil sie einen Kürbis an den Kopf bekommen hat. Jennifer wird rot, sie merkt es genau. Fett peinlich, hoffentlich guckt er nicht hin. Nee, der ist schon zur Tür heraus.

Wahrscheinlich findet er sie megablöde. Ehrlich! Einen Kürbis an den Kopf zu bekommen muss selten bescheuert aussehen. Der zerplatzt sicher dabei und zerspritzt in der Gegend und saut einen ein. Schnell schaut sie an sich herab. Gott sei Dank, wenigstens sauber gemacht haben sie sie. Das Nachthemd mit dem Blümchenmuster ist allerdings öde, muss Mrs. Molloway ausgesucht haben.

Zurück zum Kürbis! Jennifer hat auf dem Schulhof seit Jahren »Völkerball« gemieden, weil man keine gute Figur abgibt und eine gorillareife Grimasse zieht, wenn einem ein Gymnastikball in den Bauch rast. Aber das ist nichts gegen einen Kürbis am Kopf. Sie muss wissen, ob dieser … dieser Nicholas etwas davon gesehen hat.

»Here you are«, trumpft Mrs. Molloway auf und stellt ihr ein Tablett auf die Knie. »Cream tea and strawberry jam and very good news.«

Der Tee und die guten Nachrichten können warten.

»Wo bin ich hier, und wer ist dieser Nicholas?«

Mrs. Molloway nimmt eine Serviette mit gesticktem Wappen vom Tablett, schlägt sie auf und will sie Jennifer um den Hals binden.

»Ich brauch kein Lätzchen«, entfährt es ihrem Schützling. Mrs. Molloway schaut fragend. Ach so, man muss das Ganze ja in Englisch sagen. Aber was heißt – bitte schön – Lätzchen? Jennifer beschränkt sich auf ein: »No, thank you.« Dann will sie wissen, wer Nicholas ist.

Mrs. Molloway räuspert sich und schenkt Tee ein. Erst nachdem Jennifer drei Schluck getrunken und ein süßes Mürbebrötchen mit Sahne und Erdbeergelee gegessen hat, ist Mrs. Molloway bereit, über Nicholas zu sprechen.

Über den ehrenwerten – *the honourable* – Nicholas Arthur Fitzwilliam, einziger Sohn des elften Grafen von Ashburton. Wie das klingt! Nicht nach Rastalocken und Brombeeraugen, mehr nach Rosshaarperücke und Mottenkugeln. So riecht die Luft hier ein bisschen. Nicholas Arthur Fitzwilliam. Gibt coolere Namen, so viel ist klar.

Mrs. Molloway packt gerade wieder die Ahnentafel aus und berichtet von den Grafen sechs und acht, die ziemlich ruppige Kerle gewesen sein müssen und ihre Hunde, Pferde, Dienstboten und Ehefrauen verprügelten oder ihren Nachwuchs oder alle zusammen. Keine Ahnung, was das jetzt soll.

»They were really wild and rough, I am afraid.«

Wild und roh diese Grafen, so so. Düstere Geschichten,

okay. Kann schon sein, dass man da als Nachfahre Nicholas ein bisschen trübsinnig wird. Geschlagene Hunde und Ehefrauen. Wäre ihr auch peinlich, wenn ihre Urgroßväter so was gemacht hätten, aber davon weiß sie nichts. Ihre Ur- und andere Großväter haben nur ein oder zwei Kriege veranstaltet, aber Hunde schlagen, also wirklich!

»But the marrow was an accident. Nicholas says, it just went off, and that he didn't see you standing on the terrace. He hates shooting – normally. At least shooting at animals. Such a peaceful boy.«

Wie kommt die alte Dame von den wilden Ahnen auf Kürbisse und Tiere erschießen? Da muss man erst mal wieder die Übersetzermaschine anwerfen.

Nicholas hasst Schießen, sehr gut. Vor allem, wenn es um Tiere geht. Ehrt ihn. Und der Kürbis war nur ein Unfall, ist einfach so losgegangen, weil er Jennifer nicht hat auf der Terrasse stehen sehen. Moment mal!

Jennifer zieht die Knie ruckartig an. Mrs. Molloway rettet Tablett und Erdbeermarmelade im letzten Moment. »Nicholas hat auf mich geschossen? Äh. *He shot at me*? Mit einem Kürbis?«

Nicht absichtlich, versichert Mrs. Molloway. Überhaupt hasst er Waffen, sehr zum Missfallen seines Vaters, der ein so begeisterter Jäger ist wie alle seine Vorfahren. Außerdem braucht er Waffen, um das Haus zu verteidigen, in das in den letzten Jahren immer mal wieder eingebrochen worden ist. Was haben die beiden nicht schon für Streitigkeiten deshalb gehabt! Lord Fitzwilliam nennt seinen Sohn einen Schwächling, eine Memme. Dabei ist er nur friedliebend, sehr friedliebend, der Nicholas. Er ist auch sofort bei Jennifer gewesen, als sie – vom Kürbis niedergestreckt – rückwärts in den Palmenkübel gestürzt ist.

»In den Palmenkübel?«

Mrs. Molloway kichert geziert. »It must have looked very

funny, my dear!« Sah also sehr *funny* aus, wie sie mit den Beinen in der Luft und einem Kürbis auf dem Kopf so im Blumenkübel lag. Aber – *of course* – es war nicht *funny*. Nicholas hat sich richtig erschrocken, weil Jennifer sich nicht rührte und so entstellt aussah, gar nicht mehr wie ein Mensch.

Jennifer wird wieder rot – eine lästige Eigenart, die sie von Mom geerbt hat. Kann sie sich gut vorstellen, dass sie schrecklich entstellt aussah. Mit einem Kürbiskopf. Kein Wunder, dass Nicholas sie nicht grüßt und seinen Namen verschweigt.

Und jetzt zu den guten Nachrichten, sagt Mrs. Molloway.

Kann es gar nicht geben. Nie mehr. Ihr Leben ist vorbei. Sie will sofort nach Hause. Sich in jemandes Arme kuscheln und erzählt bekommen, dass alles gut wird und sie eine kleine Prinzessin ist und überhaupt völlig in Ordnung und Mamis liebes Mädchen und …

»Du kannst in Ashburton Hall bleiben, solange du willst«, teilt ihre Krankenpflegerin ihr mit. »Oder wenigstens so lange, bis deine Mutter da ist.«

»MUTTER?!«

Mrs. Molloway nickt. »Der Lord wird sie gleich morgen anrufen. Ich konnte ihn endlich dazu überreden. Dank deines Unfalls. Ist das nicht reizend? Sie werden wieder zusammen sein. Nach all den Jahren. Der Lord ist ein sehr großherziger Mensch. Er muss es nur noch seiner Frau beibringen.«

Mrs. Molloway senkt ihre Stimme. »Die ist ein bisschen weniger großherzig. Vor allem, weil jemand ihre Lieblingsvase kaputtgemacht hat. ›Wedgewood‹, 18. Jahrhundert, ein unbezahlbares Stück. Lady Ashburton ist erzürnt und sehr hysterisch, sie weigert sich, die Versicherung einzuschalten. Sie ist untröstlich über den Verlust, wie sie sagt, aber einen Ersatz könne es nicht geben. Womit sie Recht hat. Es geht schließlich um ideelle Werte.«

»Ich dachte, sie ist *greedy*«, wirft Jennifer gelangweilt ein.

»Ja«, sagt Mrs. Molloway, »das ist sie auch. Sehr gierig sogar.« Die alte Dame runzelt die Stirn und lupft die linke Augenbraue. Wie eine Eule sieht sie aus. Eine sehr nachdenkliche Eule.

»Ehrlich gesagt, ist Lady Ashburtons Verhalten wirklich merkwürdig. Sie hat sich in ihrem Zimmer eingeschlossen, um den Verlust zu verarbeiten, wie sie sagt, aber wahrscheinlich telefoniert sie nur mit ihrem Liebhaber! Als ob das jemanden interessiere.«

Jennifer interessiert der Lover, warum auch immer, durchaus: »Sie hat einen Liebhaber?«

Mrs. Molloway macht eine wegwerfende Handbewegung. »*Of course.* Das ist so üblich in den besseren Kreisen. Du weißt schon, Prince Charles und Camilla, das übliche Arrangement eben. Nun ja, der Lord jedenfalls besteht auf dem Anruf bei der Versicherung. Leider handelt es sich in diesem Fall aber um ihre Vase, da kann er nicht viel machen. Dabei brächte das schönes Geld. Nun ja, erst mal wird er die Polizei einschalten. Man hat seltsamerweise einige winzige Splitter der Vase auf der Terrasse gefunden. Und nun verdächtigt der Lord doch tatsächlich Nicholas.«

Jennifer sagt nichts, schämt sich nur.

»Aber ich weiß«, führt Mrs. Molloway nachdenklich fort, »dass Nicholas die Vase nicht als Zielscheibe dort hingestellt hatte. So etwas Unverantwortliches würde er nie tun, auch nicht, um seinen Vater zu verärgern. Niemals. Nur ein vollkommener Trottel würde so eine Kostbarkeit zerstören. Ein vollkommener Trottel!«

Jennifer hat mit einem Mal rasende Kopfschmerzen. Sagt sie. Mrs. Molloway lässt es ihr durchgehen. Sie ist mit eigenen Gedanken beschäftigt. »To break it – instead of stealing it! So silly.«

Jennifer versteht nur das Wort stehlen. Auch das noch. Die alte Tante wird doch nicht Miss Marple spielen wollen und ein paar Porzellanscherben zum Krimi aufblasen? Egal, noch schlimmer ist es, dass der Lord Mom benachrichtigen will. Mom wäre nun wirklich im Weg, jetzt, wo sie endlich selbstständig werden und Nicholas kennen lernen will.

10. Kapitel

Es ist sehr angenehm, gerade richtig betrunken zu sein. So betrunken, dass der Kopf noch halbwegs mitmacht und das Herz ganz weit und weich und weise wird und die Welt versteht. Manchmal ist es schwierig, diesen Zustand zu erreichen. Vor allem, wenn einem Wein nicht besonders gut schmeckt, man aber die Wirkung schätzt.

Man muss eine Menge Gläser Wein trinken, bevor man das eine erwischt, das glatt und kühl wie ein flüssiger Seidenschal die Kehle herabgleitet und den ersehnten Wonnerausch auslöst. Sophie hat gestern lange nach dem richtigen, erlösenden Glas geforscht und es nicht gefunden. Dabei hat sie sich Mühe gegeben und zwischen den diversen Portionen Pinot Grigio mit verschiedenen Likören und Schnäpsen nachgeholfen, die im Wohnzimmerschrank Staub ansetzten. Brauner Tequila aus Mexiko war dabei, der schmeckte nach staubigem Eichenfass und Gerbsäure. Der Marillenlikör aus Ungarn hatte einen Hauch von Terpentin im Abgang, und dann war da noch eine Rest öliger Eierlikör, mit dem sie vor Urzeiten mal Eisbecher dekoriert haben.

Als Sophie der Eierlikör wieder einfällt, muss sie würgen. Bloß weg damit. Aus dem Magen müsste er längst entfernt sein, da sprudeln lustig vier Alka-Seltzer vor sich hin, aber in ihren Gedanken zerren Schwester Selbstvorwurf und Bruder Schuldgefühl die leere Flasche aus irgendeinem Gehirnfach hervor und schwenken sie herum.

Eierlikör – igitt! Wie konntest du nur, fragen die beiden.

Seit gestern sind sie ihre ständigen Begleiter. Sophie ist zu schwach, um sie in einer der hinteren Gehirnkammern einzusperren und den Schlüssel wegzuwerfen. Sie pochen immer wieder an, mischen sich unter lauter unsortierte Gedanken, die sich nicht rausschicken lassen wie Schuljungen, die eine Stinkbombe geworfen haben.

Da hilft nur eins. An die Arbeit. Sophie hat sich morgens um halb sechs aus dem Bett gequält und mit einem Riesenklecks Make-up, mehreren Pinselstrichen Rouge und Abdeckstift die Verwüstungen des gestrigen Rausches weggeschminkt. Erfolgreich, wie sie annimmt.

Sie darf sich nur nicht im Spiegel anschauen und muss dem Beipackzettel ihrer Teintgrundierung »Instant glow & super smooth« vertrauen. Da wird versprochen, dass die Farbe aus der Tube um Jahre verjüngt. Jetzt sitzt sie in der Agentur, in ihrem winzigen Büro mit Blick in einen Lichtschacht und eine Abluftpumpe. Mehr ist für die Mitarbeiter nicht drin, wenn man sündhaft teure Räume an einer Großstadt-Fußgängerzone mieten muss, um Marktforschung im Auge des Orkans zu betreiben, das heißt, Konsumenten aufzugabeln und mithilfe eines Testmusters als Belohnung über ein Produkt auszuquetschen. Die Befragungen finden im beeindruckend riesigen Vorderraum der Agentur »Good sellers« statt, der Fenster zur Straße hin, hellgrauen Teppichboden und schallgeschützte Kabinen für Einzelgespräche unter Videobewachung hat.

Sehnsüchtig denkt Sophie an den daumendicken Teppich, der ist bestimmt richtig kuschelig für ein kurzes Nickerchen. Es ist sieben Uhr. Vor neun taucht bestimmt niemand auf. Fern von allen Geräuschen schlafen vielleicht auch die aufgekratzten Gedanken ein, die in ihrem Hirn jetzt ein Turnfest mit Purzelbaum-Wettbewerben und Bocksprungtraining veranstalten. Aufdringliche Gedanken. Die meisten laufen mit bleischweren Gewichten herum oder schwingen geistige Gymnastikkeulen, dabei ist Sport – selbst in mentaler Form – das Letzte, was Sophie jetzt braucht.

Sie drückt sich eine 500-Gramm-Packung gefrorene Monsterstäbchen an die Stirn. Das sind neongrün gefärbte Fischnuggets, die ihre Agentur momentan an kritischen Konsumenten zwischen vier und acht Jahren austestet.

Die Packung ist aufgeweicht und hat – wovon Sophie freilich nichts ahnt – bereits fröhliche monstergrüne Streifen in ihrem Gesicht hinterlassen. In ihrem dunklen Büro leuchtet Sophie geradezu.

Sie versucht, aufzustehen, um sich millimeterweise der Tür und damit ihrer ersten Etappe auf dem Weg zu einer der schalldichten Kabinen zu nähern. Ihr Po schwebt zehn Zentimeter über dem Sitz, als sie aufgibt. Mit einem Kopf, der Achterbahn fahren will, begibt man sich nicht auf Wanderschaft.

Sie setzt sich wieder, schließt die Augen, hält die Achterbahn an und knöpft sich mit Todesverachtung die Insassen vor – ihre Gedanken. An gestern. An Leonhart. Wie er dalag und tot war und Bea plötzlich über ihnen stand und harmlos fragte: »Was zum Teufel macht ihr da?«

Sophie hat nur schluchzen können – und wie.

»Wir spielen«, hat an ihrer Stelle Leonhart geantwortet und war gar nicht tot.

Schämen sollte sich der. Sophie nickt ihrem Büro-Computer zu, genau.

Einen Moment ist Sophie an Leonharts Brust erstarrt. Dann ist sie nach oben geschnellt, hat sich mit flachen Händen auf seiner Brust abgestützt, dass er stöhnen musste. Sophie ist aufgesprungen. »Du bist ja überhaupt nicht tot!«

Leonhart hat schief gegrinst. »Nö, in keiner Hinsicht. Habe ich auch nie behauptet. Die Einzige, die das behauptet, bist du! Wie war das noch mit meinem Mangel an Leidenschaft, und unserem ehelichen Gewohnheitssex? Ich konnte nicht alles verstehen, was du Bea auf dem Weg vom Auto hierher gesagt hast.«

Unverschämter Kerl!

Sophie drückt die Monsterstäbchen fest auf ihre geschlossenen Augen – so kühl ist das. Und so grün, aber das bemerkt sie nicht. Sie ist ganz Empörung, so wie gestern: »Du hast uns belauscht, Leonhart? Verfolgst du mich etwa?«

»Ich habe nur im Nachbarhaus hinter dem Fenster gestanden.«

»Du schleichst dich in fremde Häuser, um mich zu beobachten?«

Bea hat die beiden unterbrochen. »Leonhart kann ich dir helfen? Ich glaube, du blutest.«

Dumme Pute, dumme Pute, dumme Pute … endlich ein Gedanke von gestern, der gut tut, man möchte ihn gar nicht mehr weglassen, sondern in Liebe großziehen. Sophie dreht sich in ihrer Erinnerung noch einmal zu Bea um. »Hast du etwa Mitleid? Der Kerl ist völlig durchgedreht. Uns nachzuspionieren …«

Bea hat nicht hingehört, sondern sich neben Leonhart auf den Bürgersteig gekniet, in ihrer Tasche nach einem Tempo gekramt und an seinem Hinterkopf herumgetupft. Leonhart hat dankbar gelächelt. Torfkopf.

Sophie tupft sich mit aufgeweichten Monsterstäbchen Dekolletee und Nacken ab – und grün. Herrlich, diese Kälte. Herrlich, bis Bea sich wieder zu Wort meldet.

»Er ist dir nicht gefolgt, Sophie. Leonhart wohnt hier.«

Sophie zuckt zusammen. Genau wie gestern, da ist sie zur Seite gesprungen, um sich das seltsame Paar auf dem Bürgersteig anzuschauen.

»Woher weißt du, wo Leonhart wohnt?«

Bea hat arglos mit den Schultern gezuckt. »Weil ich ihm

in den letzten Tagen paar Sachen vorbeigebracht habe. Hemden, Hosen, Papier für seine Arbeit über die Liebe.«

Sophie wird schwindelig, in ihrem Kopf saust es, genau wie gestern. Die Informationen rasen über die Datenautobahnen ihres Hirns, flitzen in einem Affentempo durch abenteuerliche Kurven und geraten vom Weg ab. Bea! Leonhart! Liebe?

Bea hat gestern ganz vertraut ihren Arm um Leonhart gelegt, der sich mühsam hochrappelte, sie hat ihn gestützt. Die Freundinnen haben sich nur angefunkelt. Bea hat sich zu einer Erklärung durchgerungen. »Als ich vorige Woche bei Zara war, habe ich Leonhart hier zufällig getroffen.«

»Bei Zara der Vodoo-Schlampe?«

Genau Voodoo-Schlampe, Madame Mummenschanz, besemmelte Eso-Kuh, sagt ihr doch glatt eine Scheidung voraus. *Ihre* Scheidung. Die lässt sie sich doch nicht von jemand vorschreiben.

»Sie heißt Frau Böckelkamp«, meldet sich in ihren Gedanken Leonhart wieder zu Wort, »ist studierte Lebensberaterin und importiert nebenher ausgezeichnete Rotweine«. Unverschämter Depp und – igitt – Rotwein.

Sophie wird wieder ganz heiß vor Wut und Ekel. Heiß ist nicht gut, abwechselnd legt sie die Monsterstäbchen auf ihre Backen und erreicht endlich die gleichmäßige Grüntönung ihres Gesichts. Kein Fleck bleibt mehr frei, es sieht aus, als habe im Zimmer jemand eine neongrüne Party-Glühbirne angeknipst.

Bea quatscht wieder in Sophies Gedanken hinein. Eine zerknirschte Bea.

»Leonhart wohnt nebenan, bei einem seiner Studenten, älteres Semester. Na ja, wir haben uns also zufällig getroffen, großes Hallo, und dann hat er mich gebeten, ihm einige Sachen zu bringen, denn er hat sich nicht getraut, dich anzurufen.«

Sophie ist darauf keine Erwiderung eingefallen. Fällt ihr immer noch nicht ein. Man kennt sich nicht mehr aus. Mit niemandem mehr. Ihr Mann pflegt Kontakt zu einer spiritistischen Rotweinnase, und Bea – vorgeblich ihre Freundin – versorgt ebendiesen Mann mit Unterhosen und wahrscheinlich mit streng vertraulichen Informationen über die Ehefrau.

»Die sind beide verrückt geworden«, murmelt sie und wirft die matschigen Monsterstäbchen in den Papierkorb. Genauer gesagt, sie wirft sie daneben, sodass ein ziemlich schleimiger Fleck auf dem Boden entsteht. Sophies Magen dreht sich um. Bah.

Aber das liegt nicht am Fleck, das liegt an der Entdeckung, die sie – nachdem sie Bea und Leonhart auf dem Bürgersteig hatte stehen lassen – zu Hause gemacht hat. In Leonharts Computer. Den sie sich nur mal so angeschaut hat, weil er dem mehr anvertraut als ihr. Unter anderem eine ganze Reihe von KONTAKTANZEIGEN! FLIRTANZEIGEN! Manche waren Monate alt. Leonhart muss schon ewig auf der Suche sein – nach einer anderen Frau.

»Glaubst du noch an das Märchen der Liebe? Vom Wind des Lebens zerzauster Prinz, nicht unansehnlich, sucht seine Prinzessin für ein stürmisches Happy End.« Wie lächerlich Leonhart sein kann. Sophie hat nach der Lektüre weiterer Anzeigen die erste Flasche Wein aufmachen müssen. Was weiß sie noch von ihrem Ehemann? Nichts, außer dass er ein hinterhältiger Hund ist, der seine Leidenschaft im Internet auslebt – nur nicht mit ihr!

Aber mit Bea. Was fällt der ein, Leonharts Prinzessin zu spielen? Ihren Job ist sie in jedem Fall los, dafür wird Sophie sorgen. Wozu ist man schließlich Chefin, wenn schon nicht in der Ehe, dann zumindest im Büro. Sophie strafft ihre Schultern. Und schafft es glatt, sich vom Stuhl zu erheben, ein Taschentuch hervorzunesteln und sich dem Fleck neben dem Papierkorb zu widmen. Sieht grauslich aus, so als hätte sie versucht, in den Korb …, hinter ihr öffnet sich die Bürotür.

Bea! Muss die ein schlechtes Gewissen haben, dass sie so früh auftaucht. Ha, jetzt wird sie was erleben! Kalte, souveräne Verachtung nämlich. Nur dumm, dass man gerade auf Knien neben dem Papierkorb und um einen schleimgrünen, verdächtigen Fleck herumrutscht, da muss man seine Autorität dringend mit einer herrischen Bemerkung wiederherstellen.

»Oho! Man traut sich also tatsächlich hierher? Sehr mutig. Vor allem, wenn man mit einer Tracht Prügel, einem Tritt in den Hintern und abgeschnittenen Ohrläppchen rechnen sollte«, setzt Sophie an und ist erstaunt über das, was sie sagt. Hat mit Autorität nicht viel zu tun, vor allem, wenn die Stimme schlingert wie eine leere Rumflasche, die über ein Schiffsdeck kollert.

Rumflasche, feixt Bruder Schuldgefühl, du meinst wohl EIERLIKÖR. Sophie unterdrückt ein würgendes Geräusch und reibt spontan am grünen Fleck herum. Sieht nicht nach Siegerin aus, was sie da macht. Besser man richtet sich auf und schnellt herum.

Meine Güte herrscht heute ein Seegang in der Agentur. Muss man glatt den Kopf beim Aufstehen festhalten, damit er nicht runterfällt. Und die Ohren zu, weil just in diesem Moment das Telefon einen mörderischen Dreiklang loslässt. Sophie reißt den Hörer hoch.

»Hallo«, schreit sie den Hörer an. Bea kann sich ruhig schon mal an die eiszeitliche Tonart gewöhnen und in ihrem Rücken auf ihre finale Abreibung warten.

»*Hello, who is speaking*? Mit wem bin ich, äh, verbindet?«, kommt es halb englisch, halb in holperndem Deutsch vom anderen Ende der Leitung. Was für ein Depp, wahrscheinlich wieder ein Herrenhausbesitzer, der sich ihr für ihre

Marketingstudie andienen will.

»Hier ist Sophie Wolkensinger«, brüllt Sophie zurück. »Ich bin nicht in der Stimmung, Englisch zu quasseln. Ich habe *no time.* Keine Zeit, okay! Bin *busy.*«

Sie dreht sich um, um Bea einen strengen Blick zuzuwerfen. Einen, der sie festfrieren wird. Der Blick gelingt Sophie gut. Es handelt sich um eine Mischung aus Göttin der Rache und Engel der Zwietracht mit einem Schuss rasender Megäre und mordlustiger Xanthippe. Der Blick trifft leider den Falschen. Besser gesagt die Falschen. Die völlig Falschen!

11. Kapitel

Heute Morgen serviert Böckelkamp Kaffee statt Tee für alle Beteiligten. Das sind Leonhart, Bea und seine Tochter Zara. Die verstorbene Irene steht silbern gerahmt auf dem Küchenbüfett und schaut zu. Neben ihr spreizt sich eine frisch gepflückte Herbstaster. Irene bekommt jeden Morgen eine Gartenblume der Saison.

»Warum haben Sie gestern nicht ein paar Flaschen guten Rotwein bei mir geholt? Vaters Weinbrand hat immer solch tödliche Nachwirkungen. Man sollte allenfalls Möbel damit abbeizen«, sagt Zara Böckelkamp und schaut in die sehr hellen Gesichter von Bea und Leonhart.

»Zara, du bist ein wenig, ähem, ungerecht. Der echte Cognac für Gäste war mir unvorhergesehenerweise ausgegangen. Ich hatte nur noch meine Notration Asbach zum Flambieren«, mischt sich Böckelkamp ein. »Noch etwas Kaffee, Herr Professor? Vielleicht ein Spiegelei mit Speck?«

Leonhart hebt abwehrend die Hände und sieht sehr elend aus. »Nein, Sie verwöhnen mich schon genug. Und verraten Sie Ihrer Tochter ruhig, dass ich Ihren Gäste-Cognac geleert habe, als ich bei Ihnen eingezogen bin. Ich bin dabei, der Trunksucht zu verfallen.«

Böckelkamp schüttelt protestierend den Kopf, sagt aber nichts. Leonhart fährt fort. »Wenn Sophie das erleben könnte! Hat mir immer vorgeschlagen, mich mal voll laufen zu lassen, um ein bisschen spontaner und unkalkulierbarer zu werden.« Er zuckt hilflos die Schultern. »Aber es funktioniert bei mir nicht. Ich werde nur hundemüde.«

Leider, denkt Bea, schaut ihn mitfühlend an und schiebt vorsichtig die Serviette neben seinem Teller zur Seite und stattdessen ihre Hand dorthin, wo sie Leonharts rechter Hand verdächtig nahe ist. »Du musst dich nicht so quälen, Leonhart. Das nächste Mal klappt es mit dem Alkohol bestimmt. Man muss nur mit klarem Kopf, guter Laune und am richtigen Ort an die Sache herangehen. Ich kenne da zum Beispiel ein thailändisches Lokal direkt am Ott, da hängen Lampions auf der Veranda, die Kellnerinnen tragen bauchfreie Sarongs und …«

Böckelkamp geht mit dem Toastständer dazwischen. Bauchfreie Sarongs gehören nicht an seinen Frühstückstisch. »Noch eine Scheibe, Herr Professor?«

Er platziert den Toastständer zwischen Leonharts und Beas Hand. Gefällt ihm nicht, was er da sieht, ganz und gar nicht. Mit gerunzelter Stirn sucht er Blickkontakt zu seiner Tochter, die mit unbewegter Miene die Achseln zuckt.

»Was Sophie jetzt wohl macht?«, fragt Leonhart in die Runde.

»Arbeiten«, murmelt Bea und knabbert an einer Scheibe Toast, »tut sie doch immer.«

»Wahrscheinlich hat sie eine Stinkwut auf mich«, seufzt Leonhart.

Zara lupft die Augenbrauen. »Ich vermute eher, dass sie mit einer Stinkwut auf sich selber kämpft, aber sie wird sie leider noch nicht zulassen. Noch nicht.«

»Wird sie im Leben nicht«, platzt Bea heraus. »Sophie findet sich in jeder Lebenslage großartig, perfekt, vollkommen. Haben Sie gestern selber gesagt. Sie ist kein Opfertyp!«

Böckelkamp schüttelt betrübt den Kopf und widmet sich mit einem Staubpinsel dem verkrümelten Toaster.

»Was haben Sie denn zu meiner Frau gesagt?«, will Leonhart von Zara wissen. Gestern hat er nur Weinbrand gewollt, wegen des Sturzes und Sophies eiskaltem Gesicht beim Abschied, das einen erfrieren ließ. Jetzt hätte er gern genaue Informationen. Zaras Gesicht wird abweisend, mit spitzen Fingern zerkrümelt sie kalten, zähen Toast auf ihrem Teller. »Außerhalb meiner Beratungsstunden spreche ich grundsätzlich nicht über meine Klienten. Ich wahre die Schweigepflicht.«

»Stimmt ja gar nicht«, protestiert Bea, »eben haben Sie doch über Sophies Wut geredet.«

Zara steht hoheitsvoll auf. »Dass waren nur höchst allgemeine Bemerkungen. Und wenn ich Ihnen etwas raten dürfte, Bea, dann sollten Sie Leonhart ebenfalls nichts über unser gestriges Gespräch verraten. Man muss den Dingen ihren Lauf lassen, dann wendet sich alles zum Besten, denken Sie daran.«

Bea holt tief Luft, sie muss sich jetzt was trauen, sie muss widersprechen, sonst hält sie sich am Ende noch an Zaras Ratschläge, und das wäre, das wäre, ja was? Das Ende einer toten Beziehung oder Anfang einer wunderbaren neuen Beziehung. Sie weiß nicht, was von beidem. Sie muss sich jetzt trauen: »Sie behaupten doch, dass unser Schicksal in den Sternen steht. Wie könnte dann irgendein Verhalten unsererseits daran etwas ändern? Ich meine, demnach ist es piepegal, ob Leonhart weiß, dass Sie seiner Frau einige Unfälle, eine Reise nach England und …«

Leonhart richtet sich auf seinem Stuhl auf. »England?«, stößt er scharf hervor und wendet sich an Zara. »Wie kommen Sie auf England?«

»Ha, das Beste kommt noch, Leonhart«, mischt sich Bea weiter ein. »Zara hat deiner Frau außerdem die Scheid…«

Böckelkamp wirbelt mit dem Staubpinsel in der Hand herum. »Mein Gott, schon Viertel nach acht. Müssen Sie nicht zur Arbeit, Bea?«

Bea wirft ihm einen erstaunten Blick zu. »Arbeit? Was für Arbeit? Ach so. Nö, da fange ich nie vor zehn an. Wir testen zurzeit nur irgendein Kinderfutter.«

»England!«, ruft ein bestürzter Leonhart. »Was sollte sie da noch wollen?«

Bea öffnet den Mund. »Heira…« Böckelkamp droht mit dem Staubpinsel. »Ich glaube, heute sollten Sie einmal früher mit der Arbeit anfangen, Bea.«

Zara tupft sich mit der Serviette Toastkrümel vom schwarzen T-Shirt. »Ich jedenfalls empfehle mich.« In der Tür stehend, wendet sie sich noch einmal an Bea: »Geben Sie dem Schicksal eine Chance. Halten Sie den Mund. Fangen Sie sofort damit an.«

»Was ist denn für mich am besten?«, will eine erschrockene Bea von der Tür wissen, aber die Tür ist zu.

»Pünktliches Erscheinen am Arbeitsplatz«, sagt Böckelkamp. Er steht jetzt hinter ihr. Ganz der Kellner, der der Dame beim Aufstehen den Stuhl unterm Allerwertesten wegzieht. Bea erhebt sich, aber ihr Blick haftet – sehr zum Missfallen Böckelkamps – an Leonhart. Der hat den Kopf in die Hände gestützt und sieht müde aus.

»Ausgerechnet England. Ich kann mir denken, warum! Dieser verfluchte Lord. Meine Güte, als ob der damals nicht genug Unordnung in ihr Leben gebracht hätte und völlig unnötige Gefühle … Dieser verfluchte Lord.«

Bea macht Puppenaugen. »Lord? Was für ein Lord? Ein englischer? Wie aufregend. Sophie kennt einen Lord? Vielleicht ist er es ja, den sie heira…« Sie bremst sich im letzten Moment, vielleicht hat Zara ja recht.

Leonhart beachtet Bea nicht, er ist in ein Selbstgespräch vertieft.

»Es geht Sophie also gar nicht um mich. Es ging nie um mich. Wir hätten darüber reden müssen, aber wir hatten eine Art Pakt, diesen Punkt aus ihrer Vergangenheit nie zu erwähnen, weil es ihr zu wehtat. Ich dachte, das sei die richtige Lösung. Ausgerechnet ich! Ein Kommunikationswissenschaftler. Heilige Fachidiotie. Wir hätten reden müssen! Jetzt ist es zu spät.«

Böckelkamp schaut seine Irene im silbernen Rahmen an, seufzt und schüttelt den Kopf. »Ich muss Ihnen widersprechen, Herr Professor, zu spät ist es nie. Schon gar nicht für Gefühle.«

»Das ist ja das Schreckliche«, murmelt Leonhart. »Sie liebt ihn immer noch, wider jede Vernunft. Deshalb hat sie auch unsere Tochter vorgeschickt, jetzt verstehe ich.« Er stöhnt. »Sie hat alles durchgeplant. Sie plant doch so gerne!«

Böckelkamp strafft die Schultern. »Herr Professor, das können wir auch. Nur besser.«

Leonhart lächelt müde. »Nein, Böckelkamp, im Planen ist meine Frau mir über. Und in romantischen Flausen erst recht.«

»Mit Verlaub, Sie unterschätzen sich. Sie unterschätzen uns Männer überhaupt. Wenn wir einen klaren Kopf bewahren und unsere Logik einsetzen, können wir viel romantischer und verrückter sein, als Frauen annehmen. Die meisten weiblichen Wesen sind zudem ausgesprochen dankbare Objekte. Sie geben sich mit so wenig zufrieden! Ihre Frau mag unbescheidener sein als üblich, aber das macht die Aufgabe umso reizvoller.«

Leonhart richtet sich zu voller Größe und Empörung auf. Das sieht geradezu heldenhaft aus, findet Böckelkamp, dazu dieses säbelartige Blitzen in den sonst so freundlichen Augen. Ja, aus dem Mann lässt sich einiges herausholen. Der Mann hebt drohend die Stimme: »Ich habe meinen Stolz, ich werde in keinem Fall mit einem dekadenten englischen Adligen konkurrieren.«

Böckelkamp poliert gedankenverloren eine gespülte Tasse. »Das sollen Sie auch gar nicht, Herr Professor. Im

Gegenteil, Sie sollten sich mit ihm anfreunden. Sehr gut anfreunden. Aber zunächst müssen wir uns gründlich in die Materie einarbeiten. Wir brauchen Fachliteratur!«

»Fachliteratur? Sophie hasst Fachliteratur! Jedenfalls meine. An was für Fachliteratur denken Sie?«

»Große Frauen- und Liebesromane, Herr Professor.«

»Liebesromane? Sie meinen ›Effie Briest‹, ›Anna Karenina‹, ›Madame Bovary‹?«

»Aber nein, keine Frauenliteratur von Männern. Darin pflegen die Damen an einer einmaligen Liebe zu sterben. Das liefe unseren Interessen entgegen. Nein, Herr Professor, ich denke an so genannte Schundromane. Erfolgreiche Schundromane.«

Er zögert kurz, haucht das polierte Glas an. »›Im Feuer der Leidenschaft‹! ›Brennendes Verlangen‹! ›Geraubte Küsse‹! ›Sturmzeit der Liebe‹! ›Braut wider Willen‹! Literatur dieser Art.«

Leonhart schüttelt den Kopf. »Sie kennen meine Frau nicht.«

»Aber ich kenne Sie, Herr Professor. Und nun an die Arbeit.«

12. Kapitel

Sophie kann kaum glauben, was sie sieht. Es sind fünf oder sechs zunächst erstaunt und dann entsetzt dreinblickende Briten sowie zwei ihr unbekannte Mitglieder der Hamburger Geschäftsführung von »Good sellers«.

Die Briten erkennt Sophie an ihren abgetragenen Nadelstreifen und den Namensschildchen, die sie am Revers tragen »Mr. Holford, British Tourism«, »Mr. Godelbring, Castlemania Travels« und so weiter, daneben stehen noch »Herr Johnson und Herr Gering, Geschäftsleitung, Hamburg«. Angeführt wird der Trupp von einem Jüngelchen im obligatorischen Brioni-Anzug. Der Trendscout mit dem Draht zur Geschäftsleitung – herrje! Das Jüngelchen grinst höhnisch und sehr zufrieden.

»Meine Herren, darf ich sie unserer altbewährten Teamleiterin für Telefonscreenings und Konsumentenbefragung vorstellen? Sophie, das sind die Herren vom Staatlichen Britischen Tourismusbüro, die wegen des Großauftrags zur Vermarktung englischer Herrenhäuser angereist sind und … oh, ich glaube, wir äh, stören Sie gerade beim …« Er deutet auf den Fleck am Boden.

Sophie schüttelt den Telefonhörer, als klebe er in ihrer Hand fest und wolle sich nicht lösen. Was er dank Monsterstäbchen-Resten auch nicht tut.

»Ich telefoniere gerade«, stammelt sie, »beruflich, äh, mit England. Da ist nur etwas umgekippt. Tipp-Ex oder Kopierfarbe.«

Wie groß sollen denn ihre Tipp-Ex-Flaschen sein, und

was kopiert man bitte schön in Monstergrün? Sie schiebt mit dem rechten Fuß den Papierkorb in Richtung Fleck und gerät dank Sauseschädel ins Wanken. Mit der freien Hand klammert sie sich an die Schreibtischkante.

Herrje, die Jungs in der Tür gucken aber auch zu entgeistert, sie starren, als sei sie eine Außerirdische. Haben die noch nie eine gestresste Frau bei einer leitenden Tätigkeit gesehen? Tätigkeit. Gutes Stichwort, sie sollte sich jetzt souverän dem Telefon zuwenden und das Gespräch – mit wem auch immer – sehr wichtig beenden, businesslike.

Mit höflicher Stimme widmet sie sich dem Anrufer. Vom Tonfall her ein knorriger Alter, aber Gott sei Dank Engländer, da kann sie ihre Sprachkenntnisse vorführen. Und heimlich den Taschenspiegel aus der Stifteschublade holen, um ihr Make-up zu kontrollieren.

Briten aus besseren Kreisen – und denen gehören die Herren an der Tür eindeutig an – legen Wert auf Contenance und gepflegtes Äußeres. Das Outfit darf zwar ein bisschen älter sein, sollte aber aus gediegenem Hause kommen und dezent sein, genau wie das Make-up einer Lady.

Sophie schätzt diese konservative Haltung. Sie entspricht ihrem Faible für modischen Minimalismus und Farben wie Grau. Mit spitzen Fingern fährt Sophie in die Schublade, zieht am Spiegel und bemüht zugleich ihr britischstes Englisch, singenden Tonfall und umständliche Ausdrucksweise inklusive.

»Hello again, I am desperately sorry, that I kept you waiting for such a long time. I am afraid …« Sie schließt drei weitere Entschuldigungsformeln an. Kann nicht schaden angesichts der britischen Truppe in ihrem Rücken, die sie neben dem Papierkorb kniend, fluchend wie ein Waschweib und so zurückhaltend wie eine Punkband, kennen gelernt haben.

Endlich hat sie den Taschenspiegel hervorgezupft. Verstohlen schiebt sie ihn auf den Schreibtisch, beugt sich vor, als wolle sie sich einen Notizzettel von einem Papierblock abreißen. Am anderen Ende der Telefonleitung versucht eine englische Stimme, ihren Entschuldigungsmarathon zu stoppen.

»Sophie, now I recognize your voice. This is Fitzwilliam speaking. Fitzwilliam of Ashburton. Erinnerst du dir?«

»Ach du Scheiße«, entfährt es Sophie.

Nicht wegen des Lords. Nein, sie hat eine neongrün leuchtende Marsmännchen-Fratze im Spiegel entdeckt und nach einigen Schrecksekunden kapiert, dass es ihr Gesicht ist.

»Du hast schon gehört die *news*, Sophie? Von Mrs. Molloway, ich nehme an? Eine wertvolle Vase von meine Frau ist *broken.* Aber deine Tochter es geht gut nach die Unfall. Wir seien so fröhlich, dass sie nicht ist tot! Aber die Vase, *for heavens sake*, wenn sie etwas hatte damit zu tun, wird es teuer, Sophie. *You hear me?*«

Sie hört ihn schon, sehr vage, denn was sie da im Spiegel sieht, beschäftigt sie weit mehr. Ein Desaster!

»Das kann nicht wahr sein«, stammelt Sophie und wischt mit ihrer freien Hand in ihrem Gesicht herum. Nutzt nicht viel, ihr Gesicht beginnt nur zu jucken und – mein Gott – schwillt an. Was für eine Farbe haben diese Monsterstäbchen-Produzenten da benutzt? Glatt verklagen müsste man die. Auch wenn der Name Monster zum Produkt genial passt. Sophie sieht ganz danach aus. Im Telefonhörer wird weiter geschwätzt.

»Es war eine riesige *marrow*, der Jennifer hat getroffen an die Kopf und vielleicht auch die Vase. *I don't know.* Der Kürbis war ein *premium one, a sort called little giant.* Es ist so peinlich meine Sohn, dass er hat ihn geschossen auf Jennifer, aber sie war gebrochen ein in die Haus. Es war alles gesperrt ab, aber *your* Jennifer ist durch die Tür gefallen auf die *terrace.* Vielleicht mit die Vase, die sie wollte klauen?«

Sophie hat sich langsam von ihrem monströsen Spiegelbild gelöst. Erst beim Wort Jennifer horcht sie auf, macht Platz in ihrem Kopf für die unsortiert über sie hereinstürzenden Sätze von Fitz... von WEM?

»Du?«, schreit sie in den Hörer. »Wie kannst du es wagen, mich nach all den Jahren einfach aus England anzurufen, um über zerbrochenes Porzellan zu schwätzen? Und was hast du adliger Nichtsnutz mit meiner Tochter zu tun?«

Fitzwilliam seufzt und wiederholt die verworrene Kürbis-Vasen-Geschichte. Sophie strafft die Schultern und liftet die Augenbrauen, zunächst ein wenig, dann bis ins 20. Stockwerk, kurz vor ihrem Haaransatz.

»*You fucking British idiot!* Meine Tochter ist keine Diebin, was fällt dir ein, auf sie zu schießen«, stößt sie hervor.

»Es war nur eine Kürbis, Sophie. *Just a bit of late-summer-fun!*«

Spätsommerliches Kürbis-Schießen, auf so was können wirklich nur Engländer kommen. »*You British idiot!*«

Hinter ihr wird sich geräuspert: betreten, peinlich berührt oder amüsiert. Um genau zu sein, sechsmal betreten, zweimal peinlich berührt und einmal amüsiert. Amüsieren tut sich der feuchte Pups von Trendscout. Er freut sich über seine entstehenden Aufstiegschancen, ärgert sich Sophie. Egal. Sie schreit wieder. »Was ist mit meiner Tochter?«

»Du kannst seien fröhlich«, kontert ein pikierter Lord, »deine Tochter ist nicht tot, unsere Vase schon. Das kann kosten viele hunderttausend Pfund oder noch mehr von eure komische Euro, wenn meine Versicherung nicht tut zahlen. Sie hat schon gezahlt für so viele Diebstähle.«

Hinter Sophie kommt Geschäftigkeit auf, Füßescharren, höfliches Gemurmel »nach Ihnen, meine Herren, gehen Sie schon vor ins Konferenzzimmer«, Türenklappen.

»Ich begreife nichts! Warum ist Jennifer bei dir?«

»Mrs. Molloway sie hat gebracht. Ich habe sie nicht geladen in mein Haus. Ganz und gar nicht!«

»Natürlich nicht, dafür ist sie ja nicht vornehm genug, genauso wenig wie ich, nicht wahr? Wo ist Jennifer jetzt?«

»Sie liegt in eine Bett und ruht sich aus. Da kann sie nichts machen kaputt. Meine Sohn ist an ihre Seite.«

Sophies Stimme wird scharf wie Allzweckreiniger: »Im Bett?«

»*Oh no, not him.* Mrs. Molloway ist auch dabei und passt auf die ganze Zeit.«

»Was sie vorher anscheinend nicht getan hat. Ich komme sofort nach England. Ich nehme den nächsten Flug.«

»Deine Tochter ist in die beste Hände bei mir. Wir sind hoflich mit die Gäste, *you know that.* Solange sie ist krank im Kopf, sie kann bleiben bei uns. Aber du solltest reden mit deine Versicherung wegen die Vase. Nur eine Idiot macht so was kaputt. Ich denke, deine Tochter war die Idiot.«

Sophie holt empört Luft. Jetzt wagt dieser Mann sogar, ihre Tochter zu beleidigen, nach allem, was war. »So? Wer schießt denn mit Kürbissen und entführt Elefanten?«

»Ich habe seit Jahren nicht gekidnappt eine Elefant. Der letzte hat mir ruiniert die ganze Halle mit seine dicke *feet. The beautiful marble tiles, to think of it!* Ich war so eine *pathetic idiot*! Nur um dir zu gefallen. Liebe ist eine große Unsinn. Ich bin geworden viel vernunftiger, Sophie. Das ich habe gelernt von dir.«

»Dafür ist dein Sohn jetzt der Verrückte. Es bleibt alles in der Familie, nicht wahr? Ich komme sofort. *Bye!*«

Sophie knallt den schnurlosen Hörer auf den Tisch. Einmal, zweimal, dreimal, damit das Gespräch wirklich zu Ende ist. Dann greift sie sich den ganzen Apparat und holt aus, um ihn gegen die Wand zu schleudern.

»Das würde ich nicht tun«, sagt eine sanfte Stimme hinter ihr. »Man könnte Ihnen das als mutwillige Sachbeschädigung auslegen. Was angesichts der Szene, die Sie soeben geboten haben, nicht gut aussähe.«

Der feuchte Pups. Sophie schiebt ihn zur Seite.

»Ich muss weg.«

»Das sehe ich auch so, aber finden Sie nicht, dass Sie mir eine Erklärung schulden?«

»IHNEN? Wer hat denn unangemeldet und vor Arbeitsbeginn die britische Horde in mein Büro geschleift? Ohne anzuklopfen. Ich hatte ja keine Ahnung ... Ha, jetzt begreife ich. Sie intriganter Mistkerl! Sie wollten mich gar nicht dabeihaben. Sie wollten ohne mich verhandeln und haben nur hereingeschaut, ob ich auch nicht im Büro bin. Miese Ratte! Und ich soll IHNEN eine Erklärung schulden?«

»Mir, jawohl, dem Teamkoordinator und Supervisor für Marktanalyse, Consulting und Marketing in spe.«

»Was soll denn das sein?«

»Ihr neuer Vorgesetzter, Sophie. Schließlich können wir uns es heutzutage nicht mehr leisten, all diese wichtigen Aufgaben von einer – sagen wir – selbstbegeisterten Autodidaktin erledigen zu lassen.« Er wirft einen beiläufigen Blick auf den Fleck am Boden und dann wieder in Sophies Gesicht. Sein Lächeln ist jetzt geradezu entspannt, sogar großzügig.

»Nicht, dass wir ihre Arbeit nicht immer zu schätzen wuss..., äh wissen, Sophie, aber ... Wollen Sie sich nicht erst einmal zur Toilette begeben? Was haben Sie da nur aufgelegt? Eine Antifalten-Maske? Mit Meeresalgen? Ich verstehe, dass Sie alles tun, um jung auszusehen, aber könnten Sie das nicht nach Dienstschluss machen?«

Sophie greift nach seiner Krawatte, seidenes Blassgrau mit rosa schillerndem Paisleymuster. Sie zieht sie ganz nah an ihr Gesicht heran, der Trendscout japst und sieht mit einem Mal jung und sehr ängstlich aus. Sophie reinigt sich mit der Seide das Gesicht.

»So, da haben Sie Ihre Sachbeschädigung. Und meine Kündigung gleich dazu. Nie würde ich unter, igitt, oder mit Ihnen als Vorgesetztem arbeiten. Ich muss ohnehin weg. Ich muss nach England, heute noch.«

Im Rücken des Jünglings wird eine Tür aufgestoßen. Mitten hinein in seinen Rücken und Sophies letzten Satz. Eine atemlose Bea erscheint, stoppt ab, lässt Sophies letzten Satz auf sich wirken. Sophie geht nach England!

Hat sie den Job auf der Insel also bekommen? So schnell, so problemlos? Bea hat mit Problemen gerechnet, nachdem sie eben in die Tourismusvertreter hineingelaufen ist. Von denen hatte sie Sophie nämlich nichts erzählt. Vergessen. Sophie hatte also keine Chance, sich vorzubereiten. Peinlich. Okay, Angriff ist die beste Verteidigung: »Sophie, rat mal, wer mir auf dem Gang begegnet ist? Zwei Häuptlinge aus Hamburg und ein Trupp Inselindianer aus Great Britain. Hatte ich dir eigentlich gesagt, dass heute die Briten kommen?«

Sophie läßt die Krawatte vom Brioni-Pups fahren und holt mit der rechten Hand aus. Einfach so. Bea weicht nicht aus, obwohl sie könnte. Aber irgendwie, findet sie, hat sie diese Ohrfeige verdient. Zumindest auf Vorrat. Irgendwie tut die Ohrfeige gut, nach allem, was vorgefallen ist und noch vorfallen könnte. Die Sache mit England spricht dafür. Sobald Sophie verschwunden ist, wird Bea sich um Leonhart kümmern. Ganz liebevoll, er ist ihr gestern nicht umsonst vor die Füße gefallen.

13. Kapitel

»When in doubt, always go to the best hotel«, empfahl die unvergleichliche Isodora Duncan. Gehe im Zweifelsfall immer ins beste Hotel! Sophie hat im Moment erhebliche Zweifel, wohin sie gehen soll. Vielleicht sollte sie sich an den Rat der legendären Tänzerin und Lebedame halten und im Londoner Claridge absteigen?

Auf dem Flughafen Heathrow kann sie unmöglich die Nacht verbringen. Zu ärgerlich, dass sie gestern gar keinen und heute erst den Flieger um elf Uhr abends buchen konnte. Der Anschlussflug nach Plymouth, von wo aus sie morgen früh nach Ashburton weiterreisen könnte, fällt ärgerlicherweise aus. Mangels Passagieren. Dabei ist Heathrow voll davon.

Es ist laut hier, mittelmäßig schmutzig und wuselig. Die halbe Welt scheint sich am Flughafen verabredet zu haben. Indische Ehepaare mit ihrem privaten Bevölkerungsüberschuss von sechs bis sieben Kindern und Kofferelefanten im Schlepptau schieben sich an ihr vorbei. Unkaputtbare japanische Touristen fotografieren sich und einen Souvenirshop mit britischen Flaggen und Royal-Kitsch zu Tode.

Saudis in Bettlaken-Gewändern flanieren durchs Gewühl und lassen Rolexuhren blitzen. Geschäftsreisende von überallher auf dem Weg nach überallhin trinken Bier aus Plastikbechern, lesen Zeitung, verstellen die Gänge mit Aktentaschen. Ein paar irische Fußballfans feiern noch immer einen Auswärtssieg. Über allem wabert die atonale Sinfonie modernen Reisens, komponiert aus Lautsprecherdurchsagen, ohrenbetäubenden Bing-Bongs, Kaufhausmusik in Endlosschleife, dem Zischen der Kaffeemaschinen aus Snackbars, dem Surren elektrischer Kofferwagen und den multikulturellen Flüchen des Personals.

Nein, hier will sie keine Nacht verbringen. Es würde ihr den Schwung nehmen, mit dem sie sich gestern aus ihrem Job, der Villa, aus ihrem ganzen bisherigen Leben verabschiedet hat. Das hat sich sehr lebendig angefühlt. Jetzt setzt Erschöpfung ein.

Nach Devon kann sie nicht weiterreisen. Der letzte Überlandbus ist vor einer halben Stunde aufgebrochen. Der nächste startet morgens um fünf Uhr. Ab Victoria Station in London könnte es einen Nachtexpressbus geben, aber wie leicht verfängt man sich im komplizierten britischen Busnetz und landet am Ende in Inverness! Sie könnte auch ab Paddington Station einen Regionalzug nehmen, aber bis dahin ist es mindestens eine Stunde Fahrt mit U-Bahn oder Schnellbahn oder … Herrgott, sie kennt sich nicht aus.

Sie weiß nicht mehr, wie spontanes Reisen geht. Solo und auf eigene Faust, ohne Pauschalarrangement, ohne Leonhart, ohne Familienticket. Sie wusste gar nicht, wie viel Ängstlichkeit in ihr steckt. Sophie schämt sich.

Fühlt sich so eine unabhängige Frau von Welt? Eine trendbewusste Kosmopolitin im Fast-Designer-Outfit mit Frauenmagazin unterm Arm und Rollenkoffer im Schlepptau? Verlegen starrt sie auf ihren Trolley mit den Plastikbeschlägen hinunter, den sie bislang nur auf Geschäftsreisen und Teamkonferenzen in so wenig exotische Städte wie Düsseldorf oder Hamburg mitgenommen hat.

Der Trolley ist auf diesem internationalen Flughafen fehl am Platz, viel zu hausbacken, genau wie sie. Der Trolley ist von »Tchibo«. Ausgerechnet. Ein Imitat, »wie alles an Ihnen«, höhnt in ihrem Kopf Madame Zara Böckelkamp.

Sophie ist zu müde, um sich zu wehren, und Zara macht

weiter: »Sie sind auf Ihr eigenes Image als perfekte Karrierefrau hereingefallen, dabei passt das gar nicht zu Ihnen.«

Unsinn. Sophie strafft die Schultern, streckt kühn das Kinn.

Vielleicht sollte sie sich ein Auto leihen? Wäre ohnehin die beste Lösung, denn von Plymouth bis zu dem kleinen Fischerort Ashburton-on-Sea sind es noch einmal zwei Stunden Fahrt. Auf nadelfeinen Landstraßen und Weidewegen, über denen sich Brombeer und Ginster zu Blätterdecken wölben. Nur an wenigen erhöhten Stellen hat man freien Blick auf die Landschaft, die von Steinmauern in eine Patchworkdecke zerteilt wird und bis zum Meer herabreicht.

Zum Schluss kommt dann diese abschüssige Küstenstraße voller Holpergestein im gespenstischen Licht einer einzigen Straßenlaterne. An der hat Fitzwilliam mal eines der Ahnenporträts seiner Familie aufgeknüpft. Einen Ur- oder Urururgroßvater, der seinem Vater ähnlich sah.

Ziemlich teurer Scherz, schließlich handelte es sich bei dem Porträt um ein Gemälde von Gainsborough, und dem hat die frische Seeluft nicht zu mehr Farbe im Gesicht verholfen.

Der Restaurateur hat eine Rechnung von zehntausend Pfund geschickt, nachdem er den Ahnen aufgefrischt hat. Kein Wunder, dass der alte Lord ihr von da an Hausverbot erteilt hat, um seinen Sohn von weiteren Liebesbeweisen mit Familienerbstücken abzuhalten.

Ob der neue Lord Ashburton immer noch ein so rebellischer Hitzkopf mit Hass auf das Familienerbe ist? Seine besorgte Story von der Vase klang ganz anders. *Ich bin geworden vernunftiger. Das ich habe gelernt von dir, Sophie!*

Was fällt ihr nur ein, jetzt an den Lord zu denken! Sie ist doch wegen ihrer Tochter hier. Jawohl. Jennifer hatte einen Unfall, sie liegt allein in einem Himmelbett, wenn auch nicht schwer verletzt, ist sie vielleicht verängstigt und eingeschüchtert. Sophie schüttelt langsam den Kopf und weicht einem Kehrwagen aus, der Zigarettenkippen, Pappbecher, Airline-Broschüren und Bonbonpapier mit kreisenden Wischmobs vor sich herfegt.

Eine eingeschüchterte Jennifer, greift Sophie ihren Gedanken wieder auf, ist so wahrscheinlich wie ein Schneesturm im August.

Wahrscheinlicher ist, dass Jennifer zwischenzeitlich den gesamten Haushalt des Lords mit ihren Frechheiten, Launen und Kapriolen dermaßen eingeschüchtert hat, dass alle sehnsüchtig die Ankunft einer Erziehungsberechtigten erwarten. Vielleicht klang die Stimme des Lords deshalb so mürrisch am Telefon.

Vielleicht klang die Stimme aber auch nur so abweisend, weil er hinter Jennifers Auftauchen in seinem Haus eine Absicht vermutet. Die Absicht ihrer Mutter, sich in Erinnerung zu bringen, nachdem die Erinnerungen sie selber heimgesucht haben.

Blödsinn, versucht Sophie, sich zurechtzuweisen. Was denkt sie sich für ein Zeug zusammen? Sie hat Jennifer lediglich nach Ashburton geschickt, weil sie dort diese hervorragende Schule haben. Und Mrs. Molloway. Man will ja schließlich wissen, wo sich das eigene Kind aufhält. So ganz allein und im Ausland – oder?

»Ihr Leben ist so leer, dass Ihre Tochter jetzt das Leben führen soll, das Sie versäumt haben«, hallt Zaras Stimme durch ihren Kopf.

Und schon grinsen auch Bruder Schuldgefühl und Schwester Selbstvorwurf um die Ecke. Haben die beiden den Alkoholexzess überwunden, um jetzt Arm in Arm mit neuen Gemeinheiten anzustolpern?

»Wanna share a drink, love?«

Wie bitte? Jetzt wollen die beiden Nervensägen einen Drink mit ihr nehmen?

Nee, das Angebot kam direkt von der Seite, und schon landet ein Teil des angebotenen Getränks – dunkelbraunes Guinness – auf dem Ärmel ihres Kostüms. Sophie dreht sich unwirsch zu dem aufdringlichen Zecher um, öffnet den Mund, um ihn zurechtzuweisen, schließt den Mund wieder, als ihr Blick auf ausdrucksstarke Tattoos und muskulöse Oberarme fällt.

»No thanks«, presst Sophie hervor, umklammert nervös den Griff ihres Koffers und rollert davon. Zeit, hier wegzukommen. Scheint so, als sammele sich nicht mehr nur an Bahnhöfen das Gelichter der Großstadt. Sie hat sich Reisen anders vorgestellt. Heroischer, beflügelnder, freier.

Ihr Blick fällt auf die Budenfront der Hotelagenturen und Autoverleiher. Vor den Schaltern sind die Rollgitter heruntergefahren. Lediglich ein Mann mit pakistanischem Turban und freundlichem Lächeln macht in einer der Buden Überstunden, er poliert seine Theke, sogar die Prospekte darauf. Fleißig, diese Asiaten, das muss man ihnen lassen.

»Ali Baba's cars« steht in arabisch verschnörkelten Neonlettern über der Bude. Ein Märchenfreund als Autoverleiher, na ja. Auf Werbezetteln, die sich auf der Theke stapeln, verspricht Ali Baba, dass seine Autos schneller als fliegende Teppiche seien, »at fairy tale prices«, also märchenhaft günstig. Was für ein naives Marketingkonzept!

Sophie schüttelt sich, man sollte dem Herrn mit Turban ein paar Tipps geben. Wer will schon Autos von einem Märchenonkel leihen?

Sie!

Entschlossen zieht sie ihren Koffer auf die Bude zu, als sich ein Herr in Tweed und Trenchcoat vordrängt. Mit einem Gepäcktrolley, auf dem eine riesige Holzkiste und eine kleine Reisetasche thronen, verbaut er Sophie den Weg zu Ali Baba.

Unverschämt und überhaupt nicht die feine englische Art. Der Tweedtyp, ein drahtiger, dunkelhaariger Mann mit störrischem Kinn, verlangt nach einem Auto, sofort, egal, zu welchem Preis, das schnellste will er haben, welche Typen denn zu bekommen seien.

Ali Baba lächelt lieblich, wiegt den Kopf, streicht seinen sehr langen Bart, fragt dann überrascht: »Sie möchten also mein Auto?« Lächelt wieder.

Sophie tippt auf hohe Schule des Zen. Der Tweedtyp zeigt Nerven, spuckt Fragen über Wagentypen heraus wie eine Pumpgun die Patronen. »Haben Sie einen BMW, einen Mercedes oder – meinetwegen – einen Jaguar?«

Ali Baba schüttelt sehr bedauernd, aber nach wie vor freundlich den Kopf. »No.«

Tweedy, wie Sophie den Drängler nennt, schleudert Ali Baba weitere Wagentypen entgegen.

No, No, No.

Männer! Beim Thema Auto verlieren sie samt und sonders den Verstand. Sophie tritt vor und lächelt ihre asiatischste Version des Lächelns – Typ: Die-Sonne-geht-auf-über-dem-Fujiyama.

»Welche Automarke haben Sie denn, Mr. Baba?«

Ali Baba wendet sich ihr mit sichtlicher Erleichterung und voll naiver Lebensfreude zu. »I have a beetle.«

Einen Käfer, aha.

»Neu?«

»*Oh no*, sehr, sehr alt!« Er lässt das Wort *old* genüsslich über seine Zunge gleiten, dehnt das o zärtlich und verleiht dem Käfer damit einen lächerlichen Anflug von Kostbarkeit. Der Mann braucht eindeutig mehr Marketing oder andere Autos.

Der Tweedtyp dreht sich zu Sophie hin. »Den alten Käfer können Sie nehmen«, sagt er abfällig. »Aber lassen Sie mich zunächst einen richtigen Wagen mieten, okay? Haben Sie wenigstens einen schnellen Japaner?«

Ali Baba schüttelt bedauernd den Kopf. »Just the beetle.«

The? Sophie runzelt die Stirn. »Soll das heißen«, kramt sie ihr Englisch zusammen, »Sie haben nur den Käfer?«

Ali Baba nickt zum ersten Mal. Sehr heftig und sehr stolz. »Ein Wunder von einem Auto. Man kann damit sogar nach Schottland fahren.«

Wie er das sagt, klingt es so, als entscheide das Auto, wohin es will und wohin nicht, was wiederum zum fantasievollen Namen der Verleihfirma passt. Sophie muss lächeln, sie entspannt sich, vor allem, als sie den Angeber an ihrer Seite betrachtet. Herr Wichtig sieht im Moment so dynamisch wie ein Dreirad aus. Er erinnert sie an den Trendscout aus dem Büro, geschieht ihm recht, so ausgebremst zu werden.

»Und Sie wollen ein Autovermieter sein?«, empört sich Tweedy eben, sein energisches Kinn reckt er vor wie eine Stoßstange.

»No, no«, macht Ali Baba. Er ist nämlich gar kein Autovermieter, er ist auch nicht Ali Baba, er ist nur die Putzkraft.

»Aber er hat einen *beetle*«, sagt Sophie und lacht. Sie wendet sich Mr. Singh, so heißt der falsche Ali Baba, wieder zu. »Würden Sie mir den Käfer gegen ein entsprechendes Entgelt leihen? Ich zahle Ihnen auch eine Bahnfahrt nach Plymouth, dort können Sie ihn dann am Wochenende wieder abholen.«

»Plymouth? Sie wollen nach Plymouth?«, fragt Mr. Singh skeptisch, als gefiele ihm oder seinem Auto diese Stadt nicht.

»Sie haben wirklich keinen anderen Wagen als Ihren Käfer?«, vergewissert sich der Mann in Tweed, nachdem er die Sprache wiedergefunden hat. Mr. Singh zuckt traurig mit den Achseln und scheint seine Kunden zu bedauern.

»Just the beetle. A very old beetle.« Scheint so, als wolle er dem lieben alten Auto Plymouth nicht zumuten.

»Nun, ich will nicht direkt nach Plymouth«, sagt Sophie deshalb, »sondern Ashburton-on-Sea, das ist ein kleines Fischerdorf auf der Grenze zwischen Devon und Cornwall. Ich fahre über sehr kleine, sehr alte Straßen« – sie dehnt das o in *old* – »und nicht sehr schnell. Wenn Sie also …«

Der Tweedtyp schaltet sich ein. »Ashburton? Sie wollen nach Ashburton?«

Meine Güte, was für ein Interesse an ihren Reisezielen auf einmal besteht.

»Genauer gesagt, muss ich nach Ashburton Hall, Sie wissen schon – der Stammsitz von Lord Fitzwilliam Ashburton. Ich werde dort in dringenden Familienangelegenheiten erwartet«, sagt sie vornehm. Adel macht in England bekanntlich Eindruck. Vielleicht sogar bei Mr. Singh.

Bevor sie weiter auf den pakistanischen Putzmann einwirken kann, zieht ihr Mitbieter eine Geldbörse heraus, kramt eine Hundert- und eine Fünfzigpfundnote hervor, legt sie auf die Theke und sagt knapp: »Wir nehmen Ihren *beetle*.«

Mr. Singh betrachtet traurig das Geld, Sophie runzelt die Stirn. »Was heißt hier wir?«

»Oh, verzeihen Sie, wo bleiben meine Manieren. Ich habe mich wohl noch nicht vorgestellt. Mein Name ist Kirkus Hagerty, Versicherungsagentur ›Hagerty and Hagerty‹, Sachverständiger für Antiquitäten, Diebstähle und Sachgutbeschädigungen. Ich befinde mich ebenfalls auf dem Weg nach Ashburton Hall. Es ist ebenfalls sehr dringend und handelt sich um einen Unfall. Da fällt mir ein, vielleicht hat der Unfall ja mit Ihnen und Ihren Familienangelegenheiten zu tun?«

Sophie wird es heiß und kalt. Hat der Lord ihr die Schwere von Jennifers Unfalls verschwiegen? Warum bestellt er bei Nacht und Nebel einen Versicherungsvertreter ins Haus? Einen Sachverständigen für Antiquitäten? Himmel, die Vase!

Sie bemüht sich, kühl zu erscheinen. »Was für einen Unfall meinen Sie?«

»Oh, nichts weiter, nur die Zerstörung einer ungemein wertvollen ›Wedgewood‹-Vase. 18. Jahrhundert, mehrere hunderttausend Pfund wert. Eine knifflige Sache. Versicherungen zahlen in solchen Fällen nicht gern, wie Sie sicher nachvollziehen können. Und in diesen Fall soll ein junges Mädchen verwickelt sein. *A german girl.* Könnte das zufälligerweise die Familienangelegenheit sein, die sie vorhin meinten? Handelt es sich bei der jungen Dame vielleicht gar um ihre Tochter?«

Bevor Sophie nachdenken kann, stößt sie hervor: »Ich habe keine Tochter!«

Was ist sie nur für eine Mutter? Eine panische. Und irgendwie hat sie Jennifer verleugnet, um sie vor Schaden zu schützen. Sie oder sich? Herrje, wenn diese dämliche Vase wirklich so viel wert ist … und der Lord inzwischen genauso ein Grimmbart wie sein alter Vater … Sie muss sich zurückhalten, erst recht gegenüber einem Versicherungsvertreter, der sie wie ein lauernder Fuchs beobachtet.

»Das ist aber schade.«

»Wie bitte?«

»Na, dass Sie keine Tochter haben. Die wäre bestimmt ein bildhübsches Mädchen.«

Sophie atmet hörbar Luft ein, war das jetzt ein Kompliment oder eine Ohrfeige? Ganz eindeutig war es eine Bemerkung, die nicht zu einem seriösen Versicherungsvertreter passt, höchstens zu einem der windigen Sorte, der einem überteuerte Lebensversicherungen andrehen will.

Merkwürdig, dieser Mr. Hagerty. Wirklich, man muss auf der Hut sein.

»Genug geplänkelt«, sagt der Mister, »ich schlage vor, dass wir gemeinsam reisen. Eine ziemliche Strecke, da ist es angenehm, wenn man sich beim Fahren abwechseln und plaudern kann, man kommt auf diese Weise schneller voran. Besonders, wenn es sich um ein Auto wie diesen äh … handelt.«

»Beetle«, schaltet sich Mr. Singh zuvorkommend ein und wird gesprächig. »Ich denke für vierhundert Pfund würde ich mich ganz von ihm trennen. Es wäre schrecklich, ihn wiederzubekommen und ihm wäre ein Leid geschehen. Auf dem Weg nach Plymouth. Er würde mir das nie verzeihen und ich mir auch nicht. Es ist besser, ganz loszulassen, denken Sie nicht auch?«

Mr. Hagerty guckt misstrauisch, seufzt, legt Geld nach, lässt sich den Schlüssel geben und den Weg zum Auto erklären.

Draußen empfangen sie eine kühle Nacht, der kaum gedämpfte Höllenlärm startender Flugzeuge und ein kräftiger Hauch von Kerosin. Sophie wundert sich, während sie versucht, mit Tweedy Schritt zu halten. Sechshundert Euro für ein schätzungsweise schrottreifes und sicher sehr langsames Auto!

Mr. Hagertys Angelegenheiten in Ashburton Hall müssen wirklich sehr dringend sein. Und was zum Teufel ist in der sperrigen Holzkiste, die der Versicherungsvertreter eben auf der Rückbank des Käfers verstaut und festschnallt? Sieht ja fast nach Kindersarg aus. Mein Gott, was für morbide Gedanken. Sie muss dringend ein Nickerchen auf dem Beifahrersitz machen und sollte nur nicht mit dem Kerl plaudern, der will sie bestimmt aushorchen.

Mr. Hagerty unterbricht ihre Träume. »Sie fahren!«

»Wie bitte?«

»Sie fahren die erste Strecke. Die Autobahnen sind beleuchtet und gut beschildert. Wenn es auf die Landstraßen geht, übernehme ich. Für Fahrer vom Kontinent eignen sich diese Strecken nicht. Schon, weil Sie es gewöhnt sind, überall auf der falschen Seite zu fahren.«

Sophie atmet empört auf, dann muss sie wider Willen auflachen. Mr. Hagerty meint das mit dem Kontinent und der falschen Straßenseite nämlich todernst. Unverbesserlich, diese Briten. Wie hat sie sie vermisst!

14. Kapitel

Schön blöd, wenn man nicht schlafen kann. Aber wie soll man auch müde werden, wenn man den ganzen Tag im Bett bleiben musste und nicht fernsehgucken durfte. Das ist fast schon Folter, findet Jennifer. Noch grausamer ist die Literaturauswahl, die Mrs. Molloway ihr auf die Marmorplatte des Nachttischs gelegt hat: »Pu der Bär« – Frechheit –, »Das Dschungelbuch« mit Eselsohren – ist sie vielleicht zehn Jahre? – und »Die Tote in der Bibliothek« von Agatha Christie – so einen Omaschrott für Grenzdebile liest ihre Mutter!

Jennifer spielt mit der Kordel der Nachttischlampe, zählt vor lauter Langeweile die Füchse im Gobelinvorhang des Bettes, fünfunddreißig, sechsunddreißig, halt, da hat sich noch einer im Wald versteckt, siebenunddreißig, und einer liegt tot unter einer gestickten Eiche – fertig. Und jetzt? Im Haus herrscht Totenstille, dabei ist es erst kurz vor Mitternacht. Was für ein langweiliges Leben diese Lords und Ladys führen.

In einem solchen Herrenhaus darf man ja wohl mit rauschenden Ballnächten rechnen, lustigen Dinnerpartys, lauten Billardtreffen und so weiter, wofür sonst haben die diese vielen Zimmer und Säle und Porzellansammlungen und Tische von der Größe eines Fußballfeldes?

Jennifer zieht die Knie unter der Decke an und grabbelt nach einem der *biscuits,* die Mrs. Molloway ihr, bevor sie nach Hause gegangen ist, mit einem Glas heißer Milch ans Bett gebracht hat. Die Milch ist jetzt eiskalt, und die *biscuits*, die man in England auf keinen Fall amerikanisch *cookies* nennen darf, schmecken nach – überhaupt nichts. Außer vielleicht Sägespänen. Seltsam, diese Vorliebe für geschmacksarme Backwaren. Die einzig aufregenden Zutaten, die Engländer für Kuchen und Kekse kennen, sind Rosinen und Marmelade. Ob sich Nicholas Ashburton junior auch damit abspeisen lässt?

Nicholas! Der Gedanke an den Rastalocken-Lord macht sie munter. Der wird doch wohl kaum schon im Bett liegen! Vielleicht sollte sie eine Erkundungstour unternehmen. Die Schlüssellöcher an diesen alten Türen sind groß wie Türspione, da dürfte es leicht sein, festzustellen, wer in welchem Zimmer schläft oder – noch besser – wach ist.

Sie schwingt die Beine über die Bettkante, betrachtet ihr bodenlanges Blümchennachthemd – scheußlich – und tappt zu einer Kommode mit Spiegelaufsatz. Nein, in dem Nachthemd kann sie unmöglich auf Entdeckungstour in Sachen Nicholas gehen.

Suchend schaut sie sich nach ihren Klamotten um, aber die sind in der großen Wäsche wegen der Kürbisflecken. Mann-o-Mann, Nicholas muss sie in einem halbwegs coolen Outfit zu Gesicht bekommen, sonst hält er sie für eine minderjährige Löffelente. Ihr Blick fällt auf eine vergoldete Nagelschere, und sie schreitet zur Tat. Wenn man Jeans durchlöchern, abschneiden und an strategisch wichtigen Stellen auftrennen kann, kann man das auch mit Nachthemden machen.

Zehn Minuten später schleicht sie in einem ziemlich luftigen Nachtgewand durch dunkle Gänge mit knarzenden Eichendielen.

Ihre Augen haben sich an die Dunkelheit gewöhnt, trotzdem kann sie sich keinen Plan von diesem Labyrinth aus Treppchen, Durchgängen, Abzweigungen und Seitentrakten machen. Die Gänge scheinen ein eigenes Wind- und

Wettersystem zu haben, es zieht an den merkwürdigsten Ecken, in windstillen Nischen herrschen dafür Gerüche, die unter Denkmalschutz gehören, alter Honig gehört dazu, vertrocknete Rosen und Staub, Staub, Staub.

Jennifer beschleicht das Gefühl, in diesem alten Kasten, der an allen Ecken tickt, knarrt oder seufzt, ganz allein zu sein. Nirgends ein menschliches Geräusch. Vor ihr schraffiert ein fahler Mond den Dielenboden mit bleigrauen Streifen. Das Rasseln und Schleifen einer schweren Metallkette lässt Jennifers Herz kurz aussetzen. Sie überlegt nicht lange und rast den Gang zu ihrer Rechten hinab. Herrje, gibt es sie wirklich, die Gespenster in Ketten? Mörderische Urahnen, die ihre Strafe als durchsichtige Bettlaken abbüßen?

Vielleicht, aber in diesem Fall handelt es sich um das mechanische Werk einer Standuhr, die nun mit voluminösen Pendelschlägen die Zeit verkündet: pong, pong, pong. Zwölf Schläge sind es genau.

Jennifer bleibt atemlos stehen. Sie ist glücklicherweise in das Treppenhaus über der Eingangshalle vorgedrungen, hier kann sie sich einen Überblick verschaffen. Sie zwingt sich, langsamer zu atmen, und ist froh, allein zu sein. Wie peinlich, wenn jemand, vor allem jemand namens Nicholas, sie auf der Flucht vor einer Standuhr erwischt hätte.

Vorsichtig beugt sie sich über das steinerne Treppengeländer. Mächtig tief hinab geht es von hier. Zwischen ihr und dem Marmorboden der Halle liegt noch ein Stockwerk voller Zimmer. Man hat sie also knapp unter dem Dachboden einquartiert. Im Dienstbotentrakt sozusagen. Frechheit! Darum ist sie allein hier oben, außer ein bisschen Tagespersonal haben die keine dienstbaren Geister. Die vornehmen Herrschaften wollen unter sich bleiben. Die werden sich noch wundern.

Beherzt tappt sie die Treppe hinab, ihre nackten Füße

verwandeln sich auf dem Marmor zu Eisklumpen, von denen sie nur noch annehmen kann, dass sie Teile ihres Körpers sind. Im ersten Stock angekommen, reibt sie ihre Fußsohlen auf einem dicken Läufer warm. In ihrem frisch durchlöcherten Nachthemd zieht's, einen Moment sehnt sie sich nach einem Stepp-Morgenmantel im Stil von Mrs. Molloways. Igitt.

Vielleicht hat der Sohn des Lords ja ein warmes Zimmer. Mit Kamin und Eisbärfell davor. Eisbären und Rastalocken? Na ja, eine Heizung würde reichen.

Links oder rechts ist die Frage. Sie späht in die dunklen Gänge zu beiden Seiten. Wenn sie sich nicht täuscht, lockt am Ende einer dieser endlosen Schächte aus Nacht und Staub ein winziger Lichtschimmer. Nicholas?

Sie hat Recht gehabt. Am Ende des Ganges scheint tatsächlich Licht unter dem Spalt einer Tür hervor. Sie schaut sich noch einmal um, keine Vasen oder Hausbewohner im Weg, dann beugt sie sich vor und späht durchs Schlüsselloch. Herrlich, im Hintergrund flackert ein Feuer. Und davor hockt eine schmale Gestalt.

Wie öde! Da kauert kein Nicholas auf einem Teppich von ausgesucht schlechtem Geschmack, sondern eine Lady in rosafarbenem Nachthemd, von der Jennifer annimmt, dass sie die Herrin des Hauses ist. Sie trägt den Kopf sehr hoch und ihr blasses blondes Haar zu einem elegant lockeren Nackenknoten geschlungen. Sehr ladylike, wenn auch reichlich nervös, die Gute.

Sie raucht hektisch eine Zigarette und spielt lustlos Puzzle.

Nein, nicht direkt Puzzle, sie spielt mit – Jennifer kneift die Augen zusammen – Scherben. Vasenscherben! Und sieht dabei sehr verzweifelt aus.

So verzweifelt, dass sie sich, kaum dass sie die eine Zigarette ausgedrückt hat, die nächste anzündet. Dann steht sie auf und marschiert rastlos zwischen den Scherben hin und her. Immer hin und her, der Nackenknoten löst sich, die blassen Haare fallen ihr wirr auf die Schultern. Sie wirft die Zigarette in das Kaminfeuer und reibt sich die Handflächen. Geht auf und ab und reibt sich die Handflächen, als müsse sie sie von Schmutz befreien.

Das rosa Nachtgewand hat eine Rüschenschleppe, die hinter ihr über den Teppich schleift und sich in den Scherben verfängt. Die Lady merkt das nicht mal. Gosh, so viel Verzweiflung wegen einer dämlichen Vase, die sich nicht zusammenkleben lässt.

Also, mal ehrlich, soll sich doch locker machen, die Lady. Und an all die armen Menschen auf der Welt denken, die nicht mal einen Teller besitzen, geschweige denn, einen *biscuit* darauf – oder? Vater hat Recht, diese Adligen sind widerlich selbstbezogen, nur auf ihr eigenes Wohlergehen bedacht und wollen für nichts die Schuld übernehmen.

Jennifer drückt ihr Auge näher an den Messingbeschlag des Türschlosses. Der Lady geht es immer schlechter. Jetzt fängt sie auch noch an, vor sich hin zu murmeln. Jennifer dreht den Kopf und presst zur Abwechslung das Ohr an das Schlüsselloch. Kann die Tante nicht lauter sprechen?

Macht gar keinen Sinn, was sie da vor sich hin leiert. »Hagerty, oh, Hagerty, I need you now«, versteht Jennifer. Wahrscheinlich ist das der Liebhaber der Lady, von dem Mrs. Molloway palavert hat. Es könnte aber auch ganz was anderes sein. Jennifer erinnert sich dunkel, dass es ein schottisches Gericht mit Schafsdärmen gibt, das ähnlich klingt. Vielleicht hat die dürre Blondine Hunger und keinen *biscuit* zur Hand. »Hagerty, oh, Hagerty«, stöhnt sie wieder und dann noch: »I have to wash my hands of it.«

Nee, völlig plemplem, die Gute, wieso denkt sie jetzt ans Händewaschen? An irgendwen erinnert das Jennifer. An wen nur? Sie wirft einen letzten Blick auf die rastlos und händeringend durchs Zimmer streifende Lady im schleppenden, mit Scherben gespickten Nachtgewand, dann hat sie es. Na klar, Lady Macbeth. Der olle Shakespeare mal wieder, hätte sie nie geglaubt, dass Schulbildung irgendwas mit dem richtigen Leben zu tun hat.

Na ja, fast. Die Dame Macbeth hatte wirklich Grund, verrückt zu werden, schließlich ging es bei der nicht um eine kaputte Vase, sondern um Mord und Totschlag, Vernichtung und Krieg, den sie aus einem blödsinnigen Anfall von Ehrgeiz angezettelt hat.

Jennifer richtet sich mit gutem Gewissen und voller Entrüstung wieder auf. An der sollte sich Lady Ashburton mal ein Beispiel nehmen. Wegen so was wird man verrückt, aber nicht wegen ein paar Porzellanscherben.

Was jetzt? Unschlüssig schleicht Jennifer an den benachbarten Zimmertüren vorbei, legt hier und da das Ohr ans Holz. Hinter einer ist ein leichtes Schnarchen zu vernehmen. Der Lord wahrscheinlich, Nicholas wird ja wohl nicht so rasseln, nö, passt nicht ins Bild. Sie zuckt mit den Achseln. Das war's dann wohl für diese Nacht, nicht besonders aufregend, eine verrück…

Ein kurzer, heftiger Knall zerreißt die Stille. Der Knall kommt aus dem anderen Gang, dem, der rechts von der Treppe abzweigt. Im Zimmer des Lords neben ihr geht das Licht an. Teufel, was tun? Jennifer gibt Fersengeld. Scheint so, als drehe sie hier eine Fortsetzung von »Lola rennt«, ständig wird man auf Trab gehalten. Sie schafft es in Sekunden bis zur Treppe, greift zum Geländer, als ihr Blick in den rechten Gang fällt.

Dort hat sich eine Tür geöffnet, Qualm dringt heraus, jemand macht Licht an. Im funzligen Schein einer – wahrscheinlich antiken – Glühbirne erkennt sie Nicholas! Seine Rastalocken sehen anders aus als am Vormittag, nicht so – na ja, ordentlich, wenn es überhaupt ordentliche

Rastalocken gibt. Jetzt sind sie kürzer und leicht angekokelt. Sie sind genauso schwarz wie sein Gesicht. Was da wohl passiert ist?

Nicholas hustet und hält sich an einer Art Blechbüchse fest, aus der Drähte heraushängen. Er hustet lauter und rasselt dabei. Für einen friedliebenden Jagdgegner und Tierfreund hat er eine Menge mit Munition und Explosionen zu tun. Jennifer zögert kurz, soll sie ihm zu Hilfe eilen? *Tit for tat* sozusagen, Wurst wider Wurst, nachdem er sie von seinem Kürbisgeschoss befreit hat. Geschoss! Was genau hält Rastaman da in der Hand? Jennifer kommt nicht dazu, näher hinzuschauen. Hinter ihr werden stampfende Schritte laut. Herrische Schritte.

Solche ehrfurchteinflößenden Gehgeräusche kann nur ein Lord produzieren. In Nicholas Gang geht das Licht wieder aus. Feiger Verräter! Am Ende wird man wieder sie verdächtigen! Jennifer springt und rennt.

Sie ist schon die halbe Treppe zum zweiten Stockwerk hinauf, als sie einen Blick nach unten riskiert. Da steht er, im Schein des Mondlichts: Fitzwilliam of Ashburton im Schlafanzug, aber mit Jagdstiefeln an den Füßen, und in der Hand hält er eine Flinte mit Doppellauf, der genau auf sie gerichtet ist.

Statt einer Kugelladung fliegt ihr ein gewaltiges Donnerwetter entgegen: »What the hell have you done this time?« Na toll, sie soll schon wieder was angestellt haben! Hat sie aber nicht, stottert sie.

»No-, no-, nothing.«

»And why is your nightgown torn to pieces and you are half naked?«

Mit klapperndem Kiefer übersetzt es sich schwer, sogar im Stillen. Endlich ist es so weit. Jennifer versteht: »Warum ist denn dein Nachthemd in Stücke zerrissen und du bist halb nackt?«

Der Lord arbeitet sich mit grimmigem Gesicht die Treppe hinauf. Sehr langsam und Stufe für Stufe, was die Sache viel beängstigender macht, als wenn er sie einfach hinaufstürmen würde. Noch vier Stufen, noch drei, noch zwei …

Jennifer zittert am ganzen Leib, so wie sie noch nie in ihrem Leben gezittert hat, die Brombeeraugen des Lords brennen auf ihrem Gesicht, aber sie brennen in eisiger Kälte, so etwas hat sie noch nie erlebt. Nur noch eine Stufe.

»Stopp!«

Nie hätte sie gedacht, dass sie diese Stimme einmal so heiß und innig lieben würde. Eine sehr vertraute Stimme, die den Lord von der Eingangshalle aus zum Stehen und Fluchen bringt. Jennifer ist so erleichtert, so schwebend erleichtert, dass sie erst am nächsten Morgen zu wissen glaubt, was der Lord als Antwort auf die Stimme mehr ausgespuckt als ausgesprochen hat.

Ein Wort, das sich in der Flut von Schimpfwörtern versteckte, die nicht ihr, sondern der Stimme von unten galten, gibt ihr besondere Rätsel auf. Das Wort ist einfach, das muss sie nicht nachschlagen.

»*Mother!*« Mutter!

Wie bitte? Eins ist klar, im Haus Ashburton sind sie alle nicht ganz dicht im Kopf und nachts mit allen möglichen Dingen befasst, nur nicht mit Schlafen. Nur gut, dass sie aus einer völlig normalen Familie stammt. Einfallslose Langweiler wie Mom und Dad haben so etwas Beruhigendes.

15. Kapitel

Am Horizont glühen im rosafarbenen Licht der aufgehenden Sonne die weißen Klippen von Dover. Die Sicht ist so klar an diesem Morgen, dass man Englands Küstenlinie bereits wenige Seemeilen außerhalb des Hafens von Calais zum Greifen nahe glaubt. Das Meer ist spiegelglatt und mit Segelschiffen betupft. Was für eine herrliche Art, sich der Insel zu nähern – reisen statt rasen.

Vor den Panoramafenstern der Bord-Cafeteria im Bug des Schiffes drängeln sich Erwachsene und Kinder, die Nasen und Händchen gegen die gischtbesprühten Fenster drücken. Die britischen Passagiere unter ihnen versichern sich mit zurückhaltenden Mienen, aber hohen Stimmen, die innere Bewegtheit verraten, *»how lovely«* die coastline ist und *»how nice«* das *weather*, *»isn't it?«*.

Sie freuen sich auf ihr *»real English breakfast«*, von dem Gerüche nach knusprigem *bacon*, brutzelnden Eiern und zu viel Bratfett künden. Mit kindischer Aufregung nehmen die Heimkehrer ihre ersten Tassen tintenschwarzen Beuteltee entgegen.

Keine Nation entwickelt so viel echte Vorfreude bei der Aussicht auf ein Heißgetränk, denkt Leonhart amüsiert. Man könnte glauben, diese Insulaner hätten Jahre in der Verbannung verbracht und nicht nur zwei, drei Wochen Urlaub in Frankreich oder sonst wo auf dem Kontinent.

Ein strenges Räuspern Böckelkamps zwingt Leonharts Aufmerksamkeit an den kleinen festgeschraubten Tisch zurück, den sie für die Überfahrt mit Beschlag belegt haben.

Kaffee steht darauf, und daneben stapeln sich Bücher, auf deren Umschlägen halb nackte Damen in Fantasiekostümen ihre schwellenden Brüste an halb nackte Männer mit muskulösen Oberkörpern drängen.

Zwei der Bücher haben Böckelkamp und Bea ihm während der Autofahrt nach Calais bereits vorgelesen, jetzt soll es weitergehen. Grauenhaft, erbärmlich, nicht auszuhalten. Träumen Frauen, die das Zeug, so versichert Böckelkamp, millionenfach lesen, wirklich davon, auf diese Weise erobert und verführt zu werden? Von arroganten, zunächst gefühlskalten und wortkargen Adelsmännern, die im Laufe des Romans den durchweg freiheitsliebenden, sagenhaft erotischen und redegewandten, um nicht zu sagen redseligen, Heldinnen verfallen?

Seine Sophie sicher nicht, seine klare, gerade Sophie in ihren hellen grauen Kostümen, die für schwellende Brüste so gar nicht gemacht sind. Warum auch, er liebt ja ihre schmale Linie, ihren biegsamen Körper, sogar die weißen T-Shirts, in denen sie schläft und sich an ihn kuschelt, gekuschelt hat. Ach, Sophie!

Gleichmäßig stampfen im Bauch des Fährschiffs die Motoren, und ähnlich monoton deklamiert Böckelkamp aus der von ihm ausgewählten Fachliteratur.

»Julia schob die Hände widerstrebend unter die Jacke des Lords und streichelte seinen breiten Rücken, während ihre Zunge die seine umspielte, die mit wildem Verlangen die sanfte Höhlung ihres Mundes erforschte, über ihre Zähne strich und tief in ihrem Inneren die Sehnsucht weckte, sodass ihr Körper sich fordernd an den seinen schmiegte.

Als sich die so zarte, wie wagemutige Schmugglerin an ihn drängte, umfasste er ihre Hüften, tief gruben sich seine Finger in ihr festes, sahnefarbenes Fleisch.

Lord Damian hob langsam den Kopf, ohne ihr seinen Körper zu entziehen. Dann befreiten seine schlanken, doch kräftigen Finger ihre Brüste aus dem engen Mieder. Er nahm sie in seine Hände. Das flackernde Licht der Laterne warf seinen Schein auf die Wände der Schmugglerhöhle und die rosigen Knospen ihrer Brüste. ›Ich wusste, dass du schön bist, kleine Schmugglerin‹, raunte er heiser, ›aber wie vollkommen und verlockend du bist, fühle ich erst jetzt‹. Langsam bewegten sich seine forschenden Hände zum feuchten Quell ihrer Weiblichkeit …«

Ein tiefer Seufzer unterbricht Böckelkamp. Ein äußerst störender Seufzer, wie er meint. Er kommt von Bea. Böckelkamp klappt das Buch zu. »Ich glaube, was nun kommt, hatten wir oft genug und können es überspringen.«

»Bitte nicht!«, protestiert Bea und räkelt sich in einem Kunststoffsessel, der von schräg einfallenden Sonnenstrahlen erwärmt wird. Sie sieht aus wie eine faulenzende Katze. »Kraul mich«, steht in ihren Augen zu lesen. Die Augen sind fest auf Leonhart gerichtet.

Böckelkamp war strikt dagegen, sie auf diese Mission mitzunehmen, aber Bea hat die Adresse von Ashburton Hall herausgefunden und sich geschickt als selbstlose Eheretterin aufgespielt, als Kennerin der weiblichen Seele, speziell der von Sophie. Der Professor – das Lämmchen – ist natürlich darauf hereingefallen.

Er fühlt sich sogar verantwortlich für Bea, weil die zum Zwecke der Reise und der ehelichen Wiedervereinigung ihren Job gekündigt hat. Als ob das ein Verlust für sie wäre! Ach, der Professor, er würde eine Lüge nicht einmal dann erkennen, wenn sie ihn in die Nase bisse.

Böckelkamp wird wieder wissenschaftlich, das gefällt dem Professor doch: »Ich denke, wir wenden uns nun einem weiteren Buch zu. ›Braut wider Willen‹ oder ›Im Sturm erobert‹ scheinen mir vom Muster der Verführung her sehr anregend, denn es handelt sich bei den Heldinnen einmal mehr um äußerst widerspenstige Frauenfiguren, die, wie mir scheint, den widersprüchlichen Bedürfnissen heutiger Frauen nach romantischer Hingabe und gleichzeitiger Selbstbehauptung sehr nahe kommen.«

Leonhart fasst sich leidend an die Stirn. »Das will ich nicht hoffen.«

Böckelkamp klappt seine lederne Bügeltasche auf und zieht ein Buch in metallicfarbenem, knallrotem Umschlag mit Spitzenverzierung hervor. So aufreizend und vulgär aufgemacht wie eine Hure, die in Fantasiekostümen Dame spielen will.

Leonhart, der in das Kunstlederpolster der Bank zurückgesunken ist, stöhnt. Nicht vor Lust, sondern weil er ehrlich leidet. »Hören Sie auf! Wie viel Paarungsszenen zwischen arroganten Lords und aufreizenden Schmugglerinnen, Diebinnen und rebellischen Dienstmädchen soll ich denn noch ertragen?«

Böckelkamp hebt beschwichtigend die Hand. »Wir können den Sex gerne weglassen. Ich nehme nicht an, dass Sie da zusätzliche Informationen benö…, äh, also … Nun, es geht vor allem um das bei Frauen beliebte Muster des Sich-Streitens, Aufbegehrens und dennoch Erobert-sein-Wollens. Wir müssen versuchen, uns in dieses psychologische Phänomen einzufühlen. Männer halten Streitigkeiten gemeinhin nur für Streitigkeiten, nicht aber für eine verkappte Form des Flirts oder der Leidenschaft. Ein tragisches Missverständnis, will man diesen Büchern trauen.«

Leonhart runzelt die Stirn. »Interessante Überlegung, Böckelkamp, aber zurzeit steht mir nicht der Sinn nach geschlechtertypischen Kommunikationsanalysen. Wie viele Seiten braucht denn der begriffsstutzige Lord in diesem Buch für die Eroberung eines Dienstmädchens?«

»Dreihundertfünfzig, Herr Professor.«

Leonhart greift nach seinem Kaffeebecher, nimmt einen

Schluck und verzieht das Gesicht. Er hätte den Tee nehmen sollen, schließlich sind sie auf dem Weg nach Great Britain. Immerhin geben die Spurenelemente von Koffein in der durchscheinenden Flüssigkeit ihm die Kraft, aufzubegehren.

»Böckelkamp, ich glaube, Sie haben ein falsches Bild von meiner Frau. So ein halb pornografisches Machwerk würde sie im Leben nicht lesen. Sie hegt keine derartigen Fantasien und wäre entrüstet, wenn man sie mit solch einem Unsinn in Verbindung brächte. Außerdem würde sie sich nie in die Figur eines Dienstmädchens hineinträumen. Meine rationale, pragmatische, erfolgsorientierte Sophie! Das ist doch wahr, oder, Bea?«

Er wendet seinen Blick der verträumt dreinschauenden Bea zu, die noch mit der Höhlenszene von vorhin beschäftigt ist und den Händen des Lords auf den Brüsten der Schmugglerin. Jetzt wird sie rot unter Leonharts fragendem Blick.

»Nun, äh, also das Buch da«, sie zeigt auf die rote kleine Hure, »das habe ich aus eurem Schlafzimmer. Ich glaube nicht, dass du es in Sophies Nachttisch gelegt hast, oder?«

Leonhart ist sprachlos.

»Das sollten wir uns nun aber wirklich näher anschauen.« Böckelkamp ruckelt an seiner Lesebrille. Leonhart erhebt sich aus seinem Kunststoffsitz. »Ich habe genug von diesem Blödsinn. Wenn Sophie etwas Ähnliches auch nur in Ansätzen von mir erwartet, dann muss sie mit ihrem echten, zweifelsohne generativ verkümmerten und – wie ich annehme – emotional völlig erkalteten Lord vorlieb nehmen. Der eigenen Frau den Abenteurer und Verführer vorspielen – lächerlich! Ich gehe an Deck und schnappe etwas Seeluft.«

Böckelkamp starrt traurig dem Professor hinterher, der mit festen Schritten einem Ausgang zustrebt. »Wenn er nur wüsste, wie herrlich glaubhaft er den arroganten, in seiner Leidenschaft gebremsten Liebhaber geben könnte! So ganz und gar männlich und dabei doch sanftmütig. Die Frauen würden sich um ihn reißen.«

Bea springt auf, will Leonhart hinterher. Böckelkamp hält sie mit eisernem Griff zurück.

»Er muss das mit seiner Frau und diesen Büchern allein verkraften.«

»Jemand muss sich um ihn kümmern.«

Böckelkamp starrt sie streng über den Rand seiner Lesebrille hinweg an. »Das tue ich bereits.«

»Mit ausgesprochen geringem Erfolg. Eine Frau kann so was besser!«

»*Seine* Frau vielleicht, aber nicht Sie. Nehmen Sie wieder Platz, dann spendiere ich Ihnen ein Croissant. Auf dem zweiten Deck gibt es eine französische Kaffeebar.«

Bea macht einen Schmollmund, setzt sich auf die Kante ihres Sessels. »Ich weiß, dass Sie mich nicht leiden können, Böckelkamp. Sie halten mich für eine herzlose Schlange und Ehebrecherin, aber das bin ich nicht.«

Böckelkamps Mienenspiel setzt sich zu einem rein rhetorischen Fragezeichen zusammen. Wie beleidigend. Bea holt Luft und spielt mit dem knallroten Taschenbuch aus Sophies Nachttisch. »Sie wissen nicht, was ich über die Ehe der beiden weiß.«

Böckelkamp putzt sorgfältig seine Brille. »Ich weiß, dass Professor Leonhart seine Frau aufrichtig liebt und etwas verändern will. Das genügt mir.«

»Aber Sophie genügt es nicht. Sie hat mir mehr als eindeutig zu verstehen gegeben, dass diese Ehe für sie vorbei ist. Und außerdem hat mir Ihre Tochter Zara versichert, dass ich – ob ich will oder nicht – den Mann meiner besten Freundin bekommen werde. Meine beste Freundin ist Sophie.«

Böckelkamp lässt die Brille sinken. »Meine Tochter hat gesagt, dass Sie und Leonhart definitiv zusammenkommen? Sprach sie nicht vielleicht von einer kurzen Episode, oder könnte sie nicht doch einen anderen Mann gemeint haben?«

Ganz verzweifelt sieht er plötzlich aus und richtig alt. Fast bekommt Bea Gewissensbisse, vor allem, weil sie sich nicht daran erinnern kann, dass Zara wirklich definitiv von einem Happy End mit Leonhart gesprochen hat. Aber welchen fremden Ehemann, der ihr vor die Füße fällt, und welche beste Freundin könnte sie sonst meinen? Nein, es gibt keinen Zweifel.

Sie kann sich Leonhart nicht einfach durch die Finger gehen lassen. Schon gar nicht Böckelkamp zuliebe. Trotzdem tut der alte Mann ihr Leid. Er ist so rührend vernarrt in seine Rolle als Liebesstifter und Englandreisender. Heute trägt er einen »Burberry«-Trench, weiße Seglerhosen und eine Art Marineblazer. Wahrscheinlich ist das seine Vorstellung eines Gentlemans an Bord einer Kanalfähre. Irgendwie süß und ihrem Hang zu situationsgerechter Kostümierungen nicht unähnlich. Sie macht dem alten Herrn ein Friedensangebot: »Hören Sie, Böckelkamp. Ich will Ihnen etwas versprechen: Ich werde mich nicht an den Professor heranschmeißen! Ich werde ihn nicht verführen, bevor er keine eindeutigen Anstalten dazu macht. Einverstanden?«

Böckelkamp kaut auf dem rechten Brillenbügel herum, dann gleitet sein Blick in die Ferne. Donnerwetter, jetzt haben die kurzsichtigen Altmänneraugen ein täuschend echtes Hans-Albers-Schimmern, wässrig, aber von kühner Entschlossenheit. Der Mann ist gut. Wer seine Rollenspiele so ernst nimmt, dem muss man trauen, schließlich spielt jeder Mensch eine Rolle, nur die ganz Verlogenen tun so, als wären sie echt.

Möwen gleiten im Sturzflug an den Fenstern vorbei. Bea

greift nach dem Fernglas, das zu Böckelkamps Reiseausrüstung gehört. Die weißen Klippen von Dover sind so nah, dass man sehen kann, wie schmutzig sie stellenweise sind. Und doch ist diese Küste unnachahmlich schön.

Wo sonst in der Welt reichen grüne Weiden in sanften Wellen bis zum Meer herab? Grasen Kühe bis kurz vor dem Saum der Brandung?

Und wo sonst steht ein Mann mit Angelrute in den kalten Wellen, splitterfasernackt bis auf seine schenkelhohen Gummistiefel und eine Doppelschirmmütze? Bea reibt sich die Augen, kneift sie zusammen und wirft wieder einen Blick durch das Fernglas. Kein Zweifel, der Kerl trägt Hut und Gummistiefel und sonst nichts. Es wird nicht die letzte Offenbarung sein, die England für sie bereithält.

16. Kapitel

Sophie friert. Als sie es bemerkt, wird sie wach. Mit steifen und verrenkten Gliedern. Dass die Heizungen in den Käfern nie funktionieren. Dafür sind die Motoren leiser geworden. Sophie hört nicht das vertraute hohe Rasseln der Ventile und das sonore Motorknattern, sie spürt nicht einmal schaukelnde Bewegungen.

Sie öffnet die Augen und sitzt in Mr. Singhs altem Käfer, nur fährt der nicht. Sonnenlicht scheint ihr mitten ins Gesicht, mit halb geöffneten Augen klappt sie die Blende hinunter und schaut zum Fahrersitz hinüber. Er ist leer.

Wo zum Teufel ist Mr. Hagerty? Und wo zum Teufel ist sie? Außer in einem alten, kalten Käfer. Fröstelnd richtet sie sich auf und starrt durch die Windschutzscheibe in einen klaren, hellen Morgen. Es muss mindestens, sie schaut auf die Uhr ... tatsächlich! Es ist bereits Viertel nach neun. Sie hat vier Stunden geschlafen.

Kurz vor fünf war es, als sie auf einem Rastplatz vor Exeter und dem Ende der Autobahn Halt gemacht haben, um starken Lastwagenfahrertee zu trinken und die Plätze zu tauschen. Die Strecke bis dahin ist sie gefahren. Was für ein Albtraum voller Kreisverkehre, von denen sie manche zweimal durchfahren musste, bevor sie die Ausfahrt erwischt hat!

Die Engländer sind nicht der Meinung, dass man auf zwei aufeinander folgenden Hinweisschildern zweimal den gleichen Ort nennen sollte. Sie sind so demokratisch gesinnt, dass sie auf einem Weg von London nach Exeter wechselweise alle Dörfer und Ortschaften nennen, die auf der Strecke liegen, und nicht immer wieder Exeter.

Somit hat Sophie ein paar Stunden geografische Nachhilfe hinter sich und kennt jetzt Orte wie Titwell-on-Brook, Pin-over-Pan, Upper-Biddersley oder Tweeterswither. Was sie amüsiert hätte, wäre da nicht die zehn Meilen lange Baustelle mit Gegenverkehr gewesen, auf der am Ende zwei Bauarbeiter bei Nacht und Nebel die Scheinwerfer eines Kranwagens reparierten! Die Briten sind nicht eben Meister der Effizienz, dafür stehen sie ohne Widerwillen gern Schlange oder im Stau.

Mr. Hagerty war nach einem ausführlichen Nickerchen der Ansicht, sie seien sehr gut vorangekommen. Kaum hatte Sophie auf dem Beifahrersitz Platz genommen, war sie eingeschlafen.

Und jetzt? Steht sie dumm in der Gegend herum, allein. Hat das Auto eine Panne, sucht Mr. Hagerty Hilfe? Hier mitten im Niemandsland? Denn so schaut es aus rings um das Auto. Sophie wird energisch. Sie muss herausfinden, wo sie ist.

Als sie dem Auto entsteigt, empfängt sie eine frische Brise, deren Jod- und Tanggeruch unverkennbar ist. Das Meer kann nicht weit sein. Sie geht ein paar Schritte. Hoppla, es liegt direkt unter ihr. Am Fuß einer sicher zwanzig Meter hohen, rot leuchtenden Steilklippe, die den Weg, auf dem der Käfer abgestellt ist, abrupt beendet.

Für einen Moment starrt Sophie fasziniert auf das weite, silbergraue Meer, Funken glitzern und tanzen darauf, am Himmel treiben Wolken weiß wie Bettlaken, und die Luft bringt alles um sie herum zum Strahlen. Ein bereits herbstkühler, aber auch herbstklarer Tag in perfekter Landschaft.

Sophie dreht sich um, meilenweit wellen sich die grünen Hügel von Devon wie eine Daunendecke, die ausgeschüttelt und dann auf ein Bett gelegt worden ist. Von Hecken und Bruchsteinmauern gesäumte Landstraßen zerteilen die Hänge. Die Landschaftskaros sind betupft mit goldgelben Kühen, wollweißen Schafen, roten Farmhäusern und erdverbackenen Dorfkirchen. Genau so hatte sie Devon in Erinnerung. Einen Moment jubelt ihr Herz, es kann nicht anders, und ein Gedicht fällt ihr ein:

»*For I have travelled and*
Great beauty seen.
But, oh, out of England
Is it anywhere green?«

Nein, so strahlend grün ist es nirgends außerhalb von England. Das feuchte Klima, der Golfstrom und ein ganz besonders dunkles Chlorophyll sind die Zutaten dieser Bilderbuchlandschaft. Was für ein Tag zum Draußensein, man würde am liebsten direkt losspazieren, immer die Küstenpfade entlang, so wie sie es früher mit Fitzwilliam gemacht hat.

Der Lord!

Ihre Freude bekommt einen Dämpfer. Was für eine ineffizient Reisende sie doch ist! Jetzt ist es bald halb zehn Uhr, sie ist mehr als sechzehn Stunden unterwegs und immer noch – wie viele Meilen? – von ihrem Ziel entfernt. Wo ist überhaupt das Ziel? Und wo steckt Mr. Seltsam Hagerty? Wütend stapft sie zum Auto zurück, öffnet die Fahrertür und entdeckt einen zusammengefalteten Zettel auf dem Sitz. Eine Nachricht des Versicherungsagenten.

»*Sorry*«, beginnt sie knapp und ohne Anrede. Der Mann war in Eile, schreibt er, so sehr, dass er sie nicht weiter belästigen oder aus ihrem wohlverdienten Schlaf hatte reißen wollen, schreibt er, und da der Wagen eine Panne hatte, sei er vorgegangen, um Ashburton Hall zeitig zu erreichen. Hilfe würde er von dort aus schicken. Unverzüglich. Gegen Mittag wäre sie dann sicher auch da, und – übrigens – im Handschuhfach lägen zweieinhalb Kitkats und eine Flasche Panda-Cola zum Frühstück.

»*Thanks for joining me, it was a most delightful trip*«, endet das unverschämte Machwerk. Der Dank für die Begleitung kann nur höhnisch gemeint sein. So ein Schuft, sie einfach am Ende von Irgendwo sitzen zu lassen. Die Panne ist sicher eine Lüge.

Sophie quetscht sich in den Käfer und will den Zündschlüssel drehen. Es gibt keinen. Weder im Schloss noch unter den Sitzen, den Plastikfußmatten, im Handschuhfach, auf der Rückbank oder im Kofferraum.

Diese Ratte! Er hat sie und den Käfer mit Absicht hier geparkt, weil er aus irgendeinem Grund nicht mit ihr in Ashburton Hall auftauchen wollte. Der Grund ist Sophie im Moment schrecklich egal, sie will nur weg von hier, die Idylle ringsum hat allen Glanz verloren. Sie muss zu ihrer Tochter. Weiß der Himmel, was die ihrer kleinen Jennifer sonst noch alles anhängen: Sachbeschädigung, Diebstahl, schweren Raub. Sie muss nach Ashburton! Sofort.

Wütend trinkt sie die klebrige Panda-Cola, isst ein Kitkat und fragt sich, ob eine Zuckervergiftung tödlich enden kann. Kein Wunder, dass die Engländer europaweit die schlechtesten Zähne haben – und zwar seit den Zeiten von Königin Elisabeth der Ersten. Die trug bereits ein Holzgebiss, weil sie den *sweets* nicht widerstehen konnte.

Sophie zerrt ihren Trolley aus dem Kofferraum in der Schnauze des Käfers, öffnet den Koffer und kramt nach einem Wollpullover. Ihr Blick fällt auf ihre Füße. Nein, entscheidet sie vernünftig, ihre halbhohen Pumps im Escada-Stil sind nicht für einen Fußmarsch über Hügel und durch Wälder gemacht. Also nimmt sie ein Paar Turnschuhe heraus und wechselt die Schuhe.

Muss schrecklich aussehen, diese Kombination aus dunkelblauen Reisekostümrock zu graugrobem Shetlandpullover und rosa Turnschuhen. Was soll's, sie ist in England, auf dem Land, da besteht kein Bedarf an Designermode, im Gegenteil, zum guten Ton gehört beim britischen Landadel die völlige Abwesenheit derselben.

Ein kurzes Stück Weg bewältigt Sophie mit dem Trolley im Schlepptau, der bei jedem Kiesel ins Hüpfen und Springen gerät und schlingernd seine eigenen Wege sucht. Entnervt bringt sie ihn zum Auto zurück. Mehr als die Handtasche kann sie nicht mitschleppen, sie nimmt sie mithilfe der Trageriemen huckepack. Der Weg könnte weit sein, sie weiß ja nicht, wo sie ist, und der verfluchte Mr. Hagerty hat keinen Straßenatlas zurückgelassen.

Der Weg ist weit, das bemerkt Sophie, nachdem sie zwanzig Minuten später einen Hügel hinauf- und wieder hinabgelaufen ist und sich immer noch irgendwo im Nirgendwo befindet, ohne dass ein Farmhaus in Sicht ist. Der Weideweg, den sie entlangläuft, wird keinen Zentimeter breiter und taucht in einen Wald ein.

Ein bemerkenswert hübscher Wald, in dem sich Buchen, seltene Kiefernarten, Eichen, Haselsträucher und dichtes Unterholz mischen. England hat noch solche Wälder, überhaupt Landschaft im Überfluss. Im Moment fast ein wenig zu viel *countryside* für Sophies Geschmack. Bunte Kreise und Pfeile auf den Bäumen kennzeichnen einen Wanderweg – nur, wohin? Ein murmelnder Bach quert den Weg.

Die mehr als schlecht gelaunte Sophie muss ihn auf drei glitschigen Steinen überqueren. Mit Turnschuhen, die eher dekorativen als sportlichen Zwecken dienen. Sie rutscht aus, landet auf dem Po und betrachtet fluchend das Ergebnis: Ihr Rock zeigt im Einklang mit der Landschaft nun modische Herbsttöne, von mokkabraun bis schlammgrün, genau wie ihre Hände. Ärgerlich streicht sie sich das Haar aus dem Gesicht. Wie ein Landstreicher wird sie aussehen, wenn sie das nächste Farmhaus erreicht, um sich ein Taxi herbeizutelefonieren!

Frustriert setzt sie ihren Weg fort und ärgert sich sogar über das Pfeifkonzert der letzten Sommervögel. Der Wanderpfad wird schmaler, führt bergauf und dann sehr tückisch bergab. Brombeersträucher krallen sich in Sophies Nylonstrümpfe, peitschen ihr ins Gesicht und hinterlassen hässliche Schrammen. Sie kämpft mit dem Dickicht und dem schlammigen, abschüssigen Pfad.

Auf Mr. Hagerty wird großer Ärger zukommen. Er kommt geradezu angerollt, denn jetzt gerät Sophie auf ihren glatten Turnschuhen ins Rutschen, fällt mit rudernden Armen nach hinten und legt einen beträchtlichen Teil der Strecke schlitternd auf ihrem Po zurück. Das Krachen einer Naht verrät das schmähliche Ende ihres engen Kostümrocks. Immerhin lichtet sich am Ende des Teufelspfades das Dickicht, und – gesegnete Zivilisation – eine asphaltierte, zweispurige Straße wird sichtbar.

Sophie rappelt sich hoch, hält den geplatzten Rock zusammen, sprintet auf die Straße und bremst im letzten Moment scharf ab. Genau wie der klapprige Lieferwagen, der ihr von rechts entgegenkommt. Ein vor Schrecken starrer Fahrer in blauweißer Kittelschürze springt aus dem Wagen.

»Anything wrong, love?«, schreit er heiser.

Sophie hat kaum Zeit, sich zu vergewissern, was alles *wrong* und verkehrt an ihr ist, da hat er sie schon beim Arm gepackt, betrachtet sie kurz und zieht sie zum Auto. Er schiebt sie mit sanfter Energie in die zugige, türlose Fahrerkabine auf den Beifahrersitz, kramt eine Decke unter dem Sitz hervor und legt sie Sophie über die Beine.

»*Heavens!*«, brummt er und »was für ein Schreck das war« und ob »*my love*« und »*my dear*« vielleicht eine Tasse Tee wolle, er habe eine Kanne dabei. Sophie ist so verwirrt und erleichtert, dass ein Mann von Tatkraft und mit Händen so groß wie Sandschaufeln die Regie übernimmt, dass sie den Fischgeruch, der der Decke entströmt, überriecht. Sie trinkt willig Tee mit Kabeljau-Aroma und lässt es sich gefallen, dass der gutmütige Mr. Penlow, so stellt der Riese sich vor, den Wagen startet und losfährt.

Er hat noch einige Auslieferungen vor sich, sagt er und deutet mit seinem dicken Daumen nach hinten zum Laderaum. »Fresh fish, you know«, erläutert er. Das mit dem Fisch hat Sophie sich denken können, das Adjektiv frisch hingegen wäre ihr nicht unmittelbar in den Sinn gekommen.

Eine Weile lässt sie sich von Mr. Penlows *»my dears«* und *»my loves«* aufmuntern. Es ist am Ende einer so abwegig verlaufenen Reise sehr wohltuend, als Liebchen und Schätzchen tituliert zu werden. Erst recht, wenn man eher wie ein entlaufener Waldschrat oder das »Ding aus dem Sumpf« aussieht.

Von heißem Tee und warmen Worten gestärkt, wagt Sophie einen Blick auf ihr Outfit. Unglaublich, was ein bisschen Natur aus einer zivilisierten Erscheinung machen kann.

Nur gut, dass Engländer im Allgemeinen und Mr. Penlow im Besonderen zu höflicher Diskretion neigen. Sie haben sie schließlich erfunden. Nicht mit einem Wort hat der Fischlieferant bislang auf ihr Aussehen angespielt. Er macht nur die berühmte englische Konversation, die den Insulanern den Ruf der Einfallslosigkeit eingebracht hat: »You are here on holiday?«

Sophie nickt vage, eine Art Ferien ist es schließlich.

»Fine weather, isn't it?«

Natürlich ist das Wetter schön, sie würde gegenüber einem Briten nie etwas anderes behaupten, und heute hat Mr. Penlow zweifelsohne Recht. Herrlich, diese Zurückhaltung, dieses dahinplätschernde, unaufgeregte Gespräch. Sie wird ihm ein großzügiges Trinkgeld geben, ungefähr fünfzig englische Pfund hat sie dabei, in ihrer ... Sophie schreit auf.

Mr. Penlow wird bleich. »*Oh, my dear*, haben Sie Schmerzen? Fehlt Ihnen doch etwas?«

»My handbag!«, ruft Sophie. Sie hebt die fischige Decke an und schaut darunter nach, so als könne sie sie zwischen ihren Knien vergessen haben. Aber da ist sie nicht und auch sonst nirgendwo. Sie muss die Tasche bei ihrer rasanten Rutschpartie verloren haben.

»Wir müssen zurückfahren«, stöhnt Sophie in Gedanken an den Brombeer-Dschungel und die Schlammpfade.

Mr. Penlow kratzt sich den Kopf, fährt aber mit unverminderter Geschwindigkeit weiter.

»Sorry«, brummt er – oh, wie Sophie dieses Wort hasst –, »sorry«, but first I have to go to Ashburton Hall, they are very fussy about their fresh fish and the smoked kippers. Last time the lady ...«

Sophie schreit noch einmal auf. Sie will nicht wissen, was die Lady von Ashburton Hall zuletzt über die Frische von Mr. Penlows Fisch und seine geräucherten Heringe zu sagen hatte, sie will nur wissen, ob er wirklich nach Ashburton Hall fährt und wie weit es bis dahin noch ist.

Drei Meilen, erklärt Mr. Penlow und wundert sich nun doch ein wenig über die wirren Wünsche und die barsche Stimme der lädierten Ausländerin, die aus dem Wald auf die Straße und vor seinen Lieferwagen gefallen ist. Erst will sie unbedingt weg aus dem Wald, dann direkt wieder hin, und jetzt interessiert sie sich für seine Lieferadressen. Noch dazu in einem Ton!

Sophie überlegt kurz. Um ihre Handtasche kann sie sich später kümmern. Es ist kaum anzunehmen, dass in den nächsten Stunden noch irgendjemand diesen verschlammten Wanderweg benutzen wird, falls dieser Trampelpfad überhaupt ein Wanderweg war. Sie hat genug Zeit mit Umwegen verloren, sie will endlich ankommen, Jennifer in die Arme nehmen, Mr. Hagerty massakrieren, den Lord begrüßen und dann ein heißes Bad mit Duftöl nehmen.

Verstohlen schnuppert sie an ihrem Pullover, der sich für eine Schellfischnote als Parfümierung entschieden hat. Das Bad sollte sie dringend vor der Begrüßung Fitzwilliams nehmen, vielleicht erkennt ein alter Diener sie wieder und veranlasst alles.

Einen genüsslichen Moment lang denkt sie an die herrlich altmodischen Badewannen von Ashburton Hall.

In einer davon haben Fitz und sie Verlobung gefeiert und Heiratspläne geschmiedet. Wildromantische Heiratspläne, einschließlich nächtlicher Flucht nach Gretna Green und vor dem zornigen Vater Fitzwilliams, ganz so, als spielten sie die Hauptrollen in einem Roman des frühen 19. Jahrhunderts.

Was in etwa der Epoche entsprach, in der der alte, bärbeißige Lord mit seinen liebevoll gepflegten Vorurteilen und Standesdünkeln noch zu leben schien. Vor einem solchen Hintergund war Fitzwilliam ein makelloser, feuriger Held. Vielleicht abgesehen von seiner Leidenschaft dafür, seinen Vater zu ärgern, die brennender war als seine Leidenschaft für sie oder sonst jemanden auf der Welt.

An dieser Stelle unterbricht Sophie ihre sentimentalen Erinnerungen. Den schmerzhaften Teil will sie sich ersparen, zwei Jahre ihres Lebens hat sie sich damit aufgehalten, Fitzwilliam hinterherzutrauern und den Betrug mit der Hochzeit zu vergessen. Bis Leonhart auftauchte. Warum hat sie es nie geschafft, wütend auf Fitzwilliam zu sein? Sie hätte allen Grund gehabt.

Aber wütend ist an ihrer Stelle Leonhart auf den Lord gewesen. Das tat gut und war so einfach. Ach, Leonhart. Er hat ihr all die Jahre ihrer Ehe ein Gefühl von Sicherheit, Normalität und unerschütterlicher Ruhe gegeben. Aber das

Leben ist kein Leben, wenn es zu sicher, normal und ruhig ist. Madame Zara hatte Recht, es gibt eine andere Seite in ihr, die sie lange unterdrückt hat.

»Drive me to Ashburton Hall!«, weist sie Mr. Penlow – ganz tatkräftige Chefin – an und bemerkt erst bei einem Seitenblick in sein gutmütiges Bärengesicht, dass ihn ihr Ton kränkt. Der Fischlieferant zuckt mit der Nase und stülpt die Lippen vor wie ein Butt, um sein Missfallen auszudrücken. Das kommt davon, wenn man täglich von Fischen umgeben ist. Aber Mr. Penlow ist gern von Fischen umgeben und nicht von angeschmutzten jungen Frauen, die sich grundlos für vornehme Fahrgäste halten.

Er ist doch kein Chauffeur für Kontinentaleuropäer mit schlechtem Benehmen, sondern ein kreuzbraver Händler, der tote und sehr höfliche Meerestiere ausfährt. Das ist ein himmelweiter Unterschied, eine Frage der Berufsehre.

»*Sorry!*«, sagt jetzt Sophie. Und erklärt einem wildfremden Fischfahrer, dass sie höchst ernste Familienangelegenheiten auf Ashburton Hall hat und dass jede Minute kostbar ist, weshalb ihre Handtasche Nebensache sei. Und ihre Manieren leider auch. *Sorry!*

Mr. Penlow nickt nur. Er will gar nicht mehr wissen. Auf Ashburton Hall treiben sich von jeher seltsame Gestalten herum, auf eine mehr oder weniger wird es nicht ankommen. Der Adel pflegt seine Spleens und liebt – hin und wieder – entsprechende Hausgäste. Vor allem zu Beginn der Jagdsaison. Heute soll eine ganze Busladung kontinentaleuropäischer Jäger ankommen, da braucht es eine Riesenportion *kippers* für die zahlenden Gäste, denn die sollen England von seiner typischen Seite erleben.

Die junge Frau hier wird er zusammen mit seinem Fisch am Hintereingang abliefern. Lady Ashburton hätte noch weniger Verständnis für eine dermaßen verschmutzte

Dame in ihrer einschüchternd prachtvollen Eingangshalle als für seinen angeblich nicht immer fangfrischen Fisch.

Mr. Penlow schnaubt. Wütend drückt er auf die Hupe. Was für ein kontinentaler Trottel ruckelt und hoppelt denn da mit fünfzehn Meilen die Stunde vor ihm über die Straße?

Typisch Ausländer: Fahren einen alten Protzmercedes, trauen sich auf diesen Wegen nicht, Gas zu geben, und versammeln hinter sich einen kilometerlangen Konvoi einheimischer Fahrer, so als wollten sie schon immer mal eine britische Parade anführen. Gehört sich nicht. Mr. Penlow greift beherzt ins Lenkrad, tritt das Gaspedal und überholt. Der Mercedes drückt sich vor Schreck tief in die Hecke zur Linken, drei Augenpaare starren dem vorbeibrummenden Lieferwagen nach. Sophie wirft keinen Blick auf das Auto, sondern schaut auf die Uhr am Armaturenbrett. Gleich Viertel nach zehn.

Wie es wohl sein wird, dem Lord wieder zu begegnen? Nach so vielen Jahren und einer so abrupten Trennung, die ihm doch wenigstens peinlich sein müsste. Peinlich oder vielleicht sogar schmerzhaft? So schmerzhaft, wie es für sie einmal war?

Es war mehr als schmerzhaft. Sophie richtet sich alarmiert in ihrem Sitz auf. »*Es hat mich für Jahre in einen Stein verwandelt, ich war gefühlskalt wie, wie …*«, sie sucht nach einem Vergleich. Ihr fällt nur toter Fisch ein.

17. Kapitel

Das in dem Fischlaster war doch meine Sophie! Wie sieht sie nur aus! Das passt gar nicht zu ihr. Völlig verdreckt und zerzaust, so als habe man sie in einem finsteren Wald überfallen. Sie müsste doch schon in Ashburton Hall sein. Irgendwie muss sie, entgegen allen ihren Plänen, schrecklich vom Weg abgekommen sein.«

»Zweifelsohne, Herr Professor!«

»Oje, ich glaube, ich habe bei dem Ausweichmanönver den Lack Ihres schönen Mercedes leicht verkratzt! Die Hecke hat ja lauter Dornen.«

»Gewiss, Fräulein Bea. Ich nehme sogar an, dass Sie den linken Kotflügel völlig verschrammt haben, aber machen Sie sich nichts daraus. Sie werden mein wundervolles Auto heute mit Sicherheit noch weit übler zurichten.«

Bea dreht den Kopf und schaut Böckelkamp auf dem Rücksitz verdutzt an. Der alte Mann sieht gelassen aus, und hinter seinen dicken Brillengläsern funkelt es verdächtig fröhlich.

»Sie nehmen mir den Schlenker in die Brombeeren nicht übel?«

»Es handelt sich um Weißdorn, und ich nehme nicht übel. Der Zweck heiligt die Mittel. Mein Auto und Ihr, mit Verlaub, eigenwilliger Fahrstil sind unsere Garantie dafür, in Ashburton Hall problemlos vorgelassen zu werden.«

Leonhart, der sich langsam von Sophies Anblick erholt hat, knurrt unwillig. »Nun rücken Sie doch endlich mit der Sprache raus, Böckelkamp. Wie wollen Sie es schaffen, dass wir hineinkommen und ins Privateste vorgelassen werden, ohne unsere Identität und unsere wahre Absicht preiszugeben?«

Man merkt Leonhart an, dass ihm die offizielle Variante die liebste wäre. Die Klingel drücken oder den Glockenstrang ziehen oder was immer ein Lord an seiner Haustür anzubringen pflegt, sich vorstellen, hineinstürmen, Kind und Frau einpacken und nach Hause fahren. Ein kurzes, heftiges Handgemenge mit dem adligen Herzensbrecher wäre in Betracht zu ziehen, mehr aber auch nicht. Alles andere wäre lächerlich, unvernünftig und völlig unpraktikabel.

»Herr Professor, es ist von äußerster Wichtigkeit, uns nicht als die zu erkennen zu geben, die wir sind. Der Lord würde uns dann sicher nicht als Hausgäste einladen oder sich für Sie erwärmen, was ein wesentlicher Punkt unseres Planes ist.«

Leonhart schüttelt den Kopf. »Ihre Logik ist mir zu hoch, Böckelkamp. Spätestens wenn wir meiner Frau oder meiner Tochter begegnen, wird doch klar, wer wir sind!«

Böckelkamp streicht einen Straßenplan glatt, den er auf den Knien hält, und schürzt die Lippen.

»Was ihre Gattin angeht, bin ich zuversichtlich, dass sie eine Konfrontation zwischen Ihnen und dem Lord zu vermeiden wünscht, vor allem, wenn Sie den Eindruck von Unberechenbarkeit zu erwecken verstehen. Sie wird unsere kleine Scharade wütend mitmachen, entweder um Sie vor dem Lord oder um den Lord vor Ihnen zu schützen.«

Leonhart schnaubt verächtlich. »Was für eine schmeichelhafte Alternative!«

»Sophies Wut ist ein ausbaufähiges Gefühl, Herr Professor, es ist eine Leidenschaft, die sich verwandeln lässt. Sie könnte in Hass umschlagen, und wenn wir erst einmal beim Hass sind, ist es bis zur Liebe nur ein Katzensprung. Denken Sie an ›Im Sturm der Leidenschaft‹!«

»Nur das nicht.«

Unbeirrt schraubt Böckelkamp eine Thermoskanne auf, gießt Tee in den Schraubbecher und fährt fort: »Ihre Tochter ist mir leider unbekannt, aber einen Teenager zu einer haarsträubenden Dummheit zu überreden scheint mir nicht im Bereich des Unmöglichen zu liegen. Außerdem können Sie Jennifer ja Ihre wahre Absicht hinter der Maskerade anvertrauen, nämlich, dass Sie Ihre Frau zur Vernunft bringen wollen. Wie ich aus meiner Zeit als Vater einer Teenagertochter weiß, hat man als Mann in dieser Lebensphase seiner Tochter gewisse Vorteile. Zara neigte, nun ja, zu einer gewissen Parteilichkeit für mich, während sie mit meiner Irene eher den Zank suchte.«

Leonhart reckt den Hals, um Böckelkamp über seine Schulter hinweg anzuschauen.

»Und was genau ist meine, respektive Ihre wahre Absicht hinter der Maskerade?«

Böckelkamp bietet Tee an, Bea greift zu, schlürft entspannt an dem Becher und schaut den alten Mann aufmunternd an. »Weiter im Text!« Sie ist überzeugt davon, dass Leonhart kurz davor ist, die Reise abzubrechen und umzukehren. Je absurder die Pläne des Alten, umso besser.

»Nun, Ihre Absicht ist die Eroberung Ihrer Ehefrau in der Rolle des romantischen Liebhabers. Ich glaube annehmen zu dürfen, dass Sie diese Rolle zu Anfang Ihrer Ehe irgendwie ausgelassen haben, deshalb müssen wir es nachholen. Nun, und romantische Liebhaber klingeln nicht an der Haustür, um ihre entlaufene Frau abzuholen. Im Gegenteil.«

»Was zum Teufel tun sie denn dann?«

Bea murmelt was von »mir würde das reichen«. Böckelkamp geht über beide Einwürfe hinweg und sonnt sich in der Rolle des Dozenten.

»Wie wir aus unserer Lektüre der Fachliteratur wissen, scheint der sicherste Weg in das Herz einer selbstbewussten, eigenwilligen Frau eine arrogante, abweisende, verschlossene, rätselhafte Haltung mit gelegentlichen Ausflügen ins erotisch-verführerische Rollenfach. Wobei ich in diesem Punkt eine gewisse Zurückhaltung an den Tag legen würde. Sophie muss erst wieder auf den Geschmack kommen. Dann könnten Sie sie nach einer Weile zum Beispiel entführen oder etwas in der Art.«

Leonhart starrt finster auf die Landstraße, die vor ihnen liegt. Bea grinst in sich hinein. Leonhart als Entführer, pah! Sophie hat schließlich ihren Lord, von dem kriegen keine zehn Pferde sie weg, so ehrgeizig und aufstiegsorientiert, wie sie ist! Bea startet den Wagen, würgt ihn ab, startet erneut, gibt Gas und lässt die Kupplung so plötzlich los, dass der Mercedes auf die gegenüberliegende Hecke zuschießt. Im letzten Moment reißt sie das Lenkrad wieder nach links und findet die Mitte der Straße.

»Ausgezeichnet«, lobt Böckelkamp. »Sie sind genau die Fahrerin, die wir brauchen, ich selber würde es nicht übers Herz bringen, meinem oder sonst einem Wagen Derartiges anzutun.«

»Ich weiß nicht, ob es das alles wert ist«, bemerkt ein halb miss-, halb entmutiger Leonhart. Bea lässt den Lenker los und streichelt mit der Rechten ganz vorsichtig seinen Arm.

»Sie müssen jetzt rechts abbiegen«, geht Böckelkamp wie ein Lehrer auf Klassenfahrt dazwischen. »Bitte mit beiden Händen. Die Kurve ist laut Karte tückisch, und Ihnen fehlt die Übersicht. Aber leider ist es noch zu früh, um das auszunutzen. Und nun werde ich Sie genauer instruieren, Bea. Ich nehme doch an, Sie besitzen ein gewisses Schauspieltalent und sind geübt im Vortäuschen falscher Tatsachen?«

Der Mercedes hüpft in ein Schlagloch. Bea bemüht sich, das Lenkrad und ihren Ärger zu bändigen.

»Wenn Sie damit andeuten wollen, dass ich eine heimtückische Schwindlerin bin, dann ist das …«, sie sucht nach Worten und dem Mittelstreifen, »dann ist das gemein«, schließt sie lahm.

Böckelkamp rückt unbeeindruckt seine verrutschte Brille zurecht. »Ich wäre sehr enttäuscht, wenn Sie nicht eine ebenso brillante Schwindlerin wie schlechte Fahrerin wären. Es würde meinen kleinen Plan sozusagen aus der Bahn werfen!« Bea umklammert eisern das Lenkrad.

In seiner Manteltasche kramt Böckelkamp nach den Ketchup-Tütchen, die er beim hastigen Frühstück in einem »Happy Eater«-Rasthaus hat mitgehen lassen. Hoffentlich reicht das.

18. Kapitel

In einem englischen Herrenhaus kommt man weder zum Schlafen noch zum Nachdenken, findet Jennifer. Um acht Uhr morgens stand bereits Mrs. Molloway an ihrem Bett. In einem Rock, der an einen karierten Sesselbezug erinnerte, und mit einer Tasse Tee – was sonst. Wann schläft die nur? Und wo hebt sie ihre riesigen Vorräte an Teebeuteln auf? So einfallslos in Sachen Heißgetränken ist ja nicht mal ihre Mutter.

Morgenmuffel Jennifer hatte sich trotzdem aus dem Bett gequält. Weil sie Mrs. Molloway so allerlei über die Nacht zu fragen und zu erzählen hatte, aber die hatte nur – »*make haste, make haste*« – zur Eile angetrieben, etwas von erwarteten Gästen gemurmelt und Jennifer ihre gewaschene und – fett peinlich – auf Kniff gebügelte Jeans angereicht.

»*We talk later, my dear*«, »wir reden später, Schätzchen«, hat Mrs. Molloway versprochen, oder handelte es sich um eine Drohung? Das durchlöcherte Blümchennachthemd hatte die alte Granteltante eingepackt und gemeint, so tauge es nicht mehr für die *charity* und der Löcher wegen auch nicht zum Putzlumpen. Keine Ahnung von modischem Pep, die Gute.

Ein kurzer Blick in den Kommodenspiegel bewies es auch an diesem Morgen. Mit gebügelter Jeans sah man aus wie im »Quelle«-Katalog. Sollte Nicholas denn sämtlichen Respekt vor ihr verlieren? Obwohl, hatte sich Jennifer mit gekrauster Nase gedacht, obwohl sie sich langsam die

Frage stellte, wie viel Respekt der schieß- und knallwütige Kerl selber verdiente.

Mit verrußtem Gesicht und angekokelten Rastalocken hatte er gestern ein wenig von seinem Charme eingebüßt und mehr wie ein verdutzter Zwölfjähriger nach einem Experiment mit Zündhölzern und leeren Haarspraydosen ausgesehen. Solche Streiche lässt man normalerweise mit dem Verlassen der Grundschule hinter sich!

Und dann war er nicht mal am Frühstückstisch erschienen. Jennifer hatte das übernächtigte, kantige Gesicht eines gewissen Mr. Hagerty, die gouvernantenhaften Zurechtweisungen Mrs. Molloways – »nimm die Gabel für dein Rührei« –, die Strafrichtermiene des Hausherrn und das Geplapper seiner übernervösen Lady ganz für sich. Na prima, statt endlich ohne eigene Familienregierung und in Frieden zu leben, muss sie sich die Erziehungsfehler von andererleuts Eltern gefallen lassen.

Und das zu nachtschlafender Zeit, obwohl Ferien sind. Morgens um Viertel nach neun mit Leinenserviette auf dem Schoß rumsitzen und Messer und Gabel benutzen – ohne Frühstücksfernsehen und Nutella! Wie schlimm muss es noch kommen?

Im Haus des Lords legen sie mordsmäßig Wert auf ein großes *breakfast* mit Tischdecke, silbernem Toastständer, gebratenen Eiern, Schinken und – würg – geräucherten Heringen.

»Try the kippers«, hatte Mrs. Molloway ihr die toten und unvollständig mumifizierten Meeresbewohner aufgedrängt. »Es sind die letzten, heute kommt hoffentlich eine neue Lieferung. Für die Gäste. Mr. Penlows *kippers* sind legendär.«

»No, thanks«, hat Jennifer erwidert, »I'm vegetarian.« Als Gelegenheitsvegetarier ist man fein raus, wenn es Fleisch oder Fisch in einer anderen Form als Burger und Stäbchen zu essen gibt.

»Seit wann?«, wollte der Lord mit interessiertem Blick auf die Ei- und Schinkenreste auf ihrem Teller wissen, dabei war er doch vorher ganz in die Zeitung vertieft. Hinterhältiger Mensch, ganz der strenge Vater – ha!

»Seit eben«, hat Jennifer zurückgemufft.

Der Lord hat energisch die Zeitung auf den Tisch geknallt.

»Will die heutige Jugend denn nur noch Gras essen? Armes England!« Ohne eine Antwort abzuwarten, ist er aus dem Zimmer gestürzt.

»Fitzwilliam«, hat ihm Mrs. Molloway in schrillstem Dur tadelnd hinterhergerufen und Jennifer damit auf eine ganz entscheidende Frage gebracht, die sie wegen gestern Nacht noch stellen wollte.

»Warum nennen Sie ihn …«, hat sie angesetzt, aber Mrs. Molloway hat ihr statt einer Antwort einen Hering vorgesetzt. »Eat your kippers. The police will be here every minute.« Und: »Wir müssen die Polizisten los sein, bevor unsere Busgäste kommen, wie sieht denn das aus, wenn man die Polizei im Haus hat!«

Bei der Erwähnung der Polizei war plötzlich die plappernde Lady Ashburton aus dem Takt und ins Stottern geraten. »The po… po…?«

»Police, my dear«, war ihr der bis dahin stumme Mr. Hagerty zu Hilfe gekommen, »wegen der Vase, you forgot?«

Nee, hat sich Jennifer gedacht, das mit der Vase hat die Lady bestimmt nicht vergessen. Deshalb schlug sie sich schließlich halbe Nächte um die Ohren und spielte Puzzle mit den Scherben, wobei ihr die nächste Frage einfiel: »Warum …«

»Your kippers!«, hatte Mrs. Molloway sie wieder unterbrochen. Und dann war die alte Tante der Lady und Mr. Hagerty hinterhergeeilt, die plötzlich ganz dringend etwas auf der Terrasse zu bereden hatten. Wobei sie allein sein wollten, denn als Mrs. Molloway in der Flügeltür aufgetaucht ist, haben sie sich zu einem morgendlichen Spaziergang im Park entschlossen. Im Laufschritt.

Jetzt hat Jennifer das Frühstückszimmer für sich allein – mit einem Haufen Heringe! Schrecklich, mit diesen Stinkedingern das alte Porzellan zu versauen, das nach dem Frühstück rasch gespült und dann so um zehn auf die antiken Tische zurückgestellt und mit roter Kordel umzäunt werden wird, damit die zahlenden Touristen es später bewundern können.

Wenn sie das zu Hause in Wingen machen würden, käme eine lustigere Ausstellung dabei heraus: Ikea-Teller mit Müslikrümeln, Kaffeebecher mit grinsenden Kühen drauf und Papas sorgfältig gefaltete Bananenschale.

Keine Ahnung, warum die Menschen hier Geld dafür zahlen, sich das abgegessene Frühstücksgeschirr anderer Leute anzuschauen, nur weil es alt ist. Jennifer hat um halb elf mehr als genug davon. Zeit, sich auf die Suche zu machen. Nach Nicholas. Dem muss sie auch ein paar Fragen stellen.

Pech nur, dass ihr in der Eingangshalle die Polizei über den Weg läuft. Mit dem Lord. Und der hat eine Frage an sie.

»Jennifer! Könntest du diesen Herren bitte schildern, was sich zugetragen hat, als du widerrechtlich in mein Haus eingedrungen bist? Wir haben heute Morgen festgestellt, dass nicht nur die Vase zerstört ist, sondern dass außerdem eine noch viel wertvollere Porzellanschüssel entwendet wurde. Wir müssen von einem sehr schweren Diebstahl ausgehen. Also?«

Da kann man sich nur dumm stellen! »*I can't understand a word!* Ich wurde von einem Kürbis am Kopf getroffen!«

Zieht beim Lord aber nicht: »Du verstehst mich sehr gut, *young miss!* Der Kürbis hat weder deine Englischkenntnisse noch deinen Verstand beeinträchtigt.«

Jennifer entschließt sich zum Rückzug und dafür, eine kleine Bombe zu zünden. Eine Überraschungsbombe: »Ich habe keine Zeit, Fragen zu beantworten, Sir. Ihre Mutter erwartet mich im Park. Und wie Sie wissen, legt Ihre Mutter Wert auf Pünktlichkeit und gutes Benehmen«, sagt Jennifer. Sie genießt ein paar Sekunden lang das Gesicht des Hausherrn – eine Studie ungläubigen Entsetzens – und ist weg.

19. Kapitel

Diese behäbigen Kastanien entlang der Alleen, die stillen Buchenhaine auf den Hügeln und dazwischen die majestätischen Ahornbäume: Herrlich wie eh und je ist Ashburton Park und noch gepflegter und größer als in Sophies Erinnerung. Das mag daran liegen, dass die Bäume gewachsen sind. Sie klammert sich an das Armaturenbrett und lehnt sich aus der seitlich offenen Fahrerkabine von Mr. Penlows Laster.

Noch eine Kurve, dann müsste das Haus auftauchen. Ein Meisterwerk georgianischer Eleganz in weißrosa Stein, hell und licht und ebenmäßig überschaut es den Park und die Waldungen, wundervoll platziert wie ein Schmetterling am Rande eines Brunnenbeckens. Wie gepflanzt und allmählich gewachsen sieht es in Sophies Gedächtnis aus, nicht einfach hineingewuchtet in die umgebende Natur, sondern ein Lächeln über der Landschaft.

Sophies Laune hebt sich, als sie das Haus endlich sieht – unverändert in all seiner Würde. Langsam atmet sie aus, wie albern von ihr, sich vorzustellen, in einer solch kultivierten und zurückhaltenden Umgebung könnten sich Dramen um ihre Tochter abgespielt haben. Jennifer wird wohlauf sein und begeistert von so viel Schönheit.

Genau wie sie damals.

Bis Fitzwilliam das Haus, den Park, seine Abstammung und seinen Titel und eine standesgemäße Ehe dann doch ein wenig wichtiger fand als … *eine nach Fisch riechende, übel zugerichtete, beinahe vierzigjährige Frau, meldet sich Schwester Selbstvorwurf höhnisch zu Wort.*

Sophie beißt sich auf die Lippen, rubbelt an ihrem verschmutzten Rock herum. Wenn sie nur jemanden im Haus findet, der ihr ein Badezimmer zeigen kann, bevor sie Fitzwilliam begegnet. Und, ach, ein Königreich für Nähzeug und einen Kamm! Sie kann ja immer noch sehr hübsch sein, wenn sie etwas dafür tut. Sogar hübsch genug für dieses Märchenschloss. Irgendwer kichert hohl in ihren Hirnkammern.

Mr. Penlows Lastwagen biegt nach links ab, geradewegs vorbei an der hell gekieselten Zufahrt und dem Platz mit dem Springbrunnen davor.

Sophie protestiert: »Ich dachte, wir fahren nach Ashburton Hall!«

Mr. Penlow kratzt sich den Schädel. »Aber das tun wir ja. Wir fahren zum Lieferanteneingang im Stallhof. Lady Ashburton legt, nun ja«, er zögert, was soll's, einmal muss selbst er mit der Wahrheit heraus, »Lady Ashburton legt Wert auf Etikette. Ein Fischlaster und nachlässig gekleidete Menschen machen sich nicht gut vor dem Haupteingang. Außerdem kommen gleich die ersten Hausbesucher. Ein Bus voller Jagdtouristen, die eine Woche bleiben, um adliges Landleben, ein echtes Dinner und das *breakfast* mit *kippers* zu genießen. Denen will man ein perfektes Bild bieten, schließlich zahlen sie zweihundert Pfund pro Nacht und Nase«.

Sophie hält empört die Luft an. Sie und nachlässig gekleidet! Nachlässiger als irgendwelche Bustouristen. Wie unverschämt und wie wahr! Seufzend fügt sie sich in ihr Schicksal. Mr. Penlow hat Recht, und außerdem, so wird ihr zum ersten Mal bewusst, hat sie gar kein Recht auf den Haupteingang.

Sie hat keine zweihundert Pfund pro Nacht – dreihundert Euro, was für eine Summe – bezahlt und ist auch nicht Herrin von Ashburton Hall. Die wirkliche Lady würde ihr wahrscheinlich sogar den Zutritt durch den Lieferanteneingang verwehren, nach allem, was gewesen ist.

Überhaupt Lady Ashburton! Was wird sie zu einem so unwillkommenen Besuch sagen! Leichte Panik steigt in ihr hoch. Was weiß Lady Ashburton von ihr, der ehemaligen Verlobten und … Halt! Nicht daran denken. Sophie spürt ein ängstliches Zittern in sich hochsteigen. Wenn sie so weiter macht, wird sie nicht nur schrecklich zerzaust aussehen, sondern sich auch genauso fühlen und am Ende in Tränen ausbrechen. Nur das nicht. Fitzwilliam hasst Tränen.

Mr. Penlow stoppt den Wagen in einem Hof, dessen Stirnseite von den Stallungen und ehemaligen Remisen begrenzt ist. Ein paar ordentlich polierte Kaleschen und aufgeputzte Landauer stehen davor – zur Besichtigung. Die ehemaligen *cottages* der Stallmeister und -burschen, die den Hof zur linken und zur rechten Seite begrenzen, sind zu Toilettenhäuschen, in einen *tearoom* und einen Souvenir-Shop verwandelt worden. In einer Küche wird mit Tassen und Töpfen geklappert, Kaffeegeruch mischt sich mit Stalldüften, alles bereitet sich unverkennbar auf den Ansturm der Besucher vor.

Ein junger Bursche mit wirr von seinem Kopf abstehenden Haaren führt einen roten Hengst aus einem der Ställe, klopft ihm die Flanken. Er führt das tänzelnde Pferd am Zügel in Richtung Einfahrt, vorbei an Mr. Penlows Laster. Der Fischhändler steckt den Kopf raus und nickt grüßend. Der junge Kerl verzieht den Mund zu einem mühsamen Grinsen, das Pferd reißt den edlen Kopf hoch und stößt ein Wiehern aus.

»Doesn't like my fish, bloody vegetarian«, brummt Mr. Penlow. Es ist nicht klar, ob es sich bei dem Pferd oder dem Reiter um den vegetarischen Fischgegner handelt. Keine Manieren, diese modernen Stalljungen, findet jedenfalls Sophie, blickt dem unfrisierten Kerl hinterher und schaut dabei zu, wie er den Fuchs zu einem Satteltisch führt und aufzäumt. Nun, eine romantische Gestalt ist er, kein Zweifel, wild und ungezähmt sieht er aus.

Mr. Penlow springt aus seinem Wagen und stapft zu einer zweigeteilten Tür, deren obere Hälfte sich auf sein Klopfen hin öffnet. Schwer lehnt er sich von außen auf den unteren Teil und beginnt ein heiteres Schwätzchen mit dem Küchenpersonal. Ein Kaffee wird herausgereicht.

Mr. Penlow hat seine Fische vergessen und erst recht Sophie. Die reckt den Hals, um in der Küche ein altbekanntes, wohlwollendes Gesicht zu erspähen, aber, nein, sie kennt keines von den jungen Dingern, die hier die Verpflegung der Touristen zubereiten.

Dafür kennt sie das junge Ding, das in atemberaubendem Tempo aus einem Hintereingang des Hauses stürzt, als gälte es, einem verheerenden Brand zu entkommen.

Die Stimme des jungen Dings kennt Sophie auch.

»Nicholas! I want to talk to you«, brüllt die Stimme. »About last night.« Sie will über die letzte Nacht reden? Ein Gefühl der Panik paralysiert Sophie. Der Kerl am Satteltisch fährt ebenfalls erschrocken herum. Seine Haare mögen aussehen wie verfilzte Drähte, aber diese Augen! Brombeeraugen.

Sophie wird mit einem Schlag eiskalt ums Herz. Der junge Kerl setzt den Fuß auf einen Schemel, schwingt sich elegant auf den noch ungesattelten Rücken des Pferdes und galoppiert durch die Einfahrt, als sei der Teufel ihm auf den Fersen.

Es ist freilich nicht der Teufel, sondern Jennifer.

Und Sekunden später auch deren Mutter, die nur stolpernd vorankommt, weil sie mit einer Hand ihren rutschenden Rock festhalten muss. Sophie ist aus Mr. Penlows Lieferwagen gesprungen und ihrer Tochter nachgesprintet. Endlich leisten ihr die rosafarbenen Turnschuhe gute Dienste. Nun ja, die ehemals rosafarbenen Turnschuhe. Im Nu hat sie ihre Tochter beim rechten Ellbogen gegriffen und hält sie an.

»Jenny! Bleib hier! Wie kannst du nur so hinter einem Jungen herlaufen? Was hat dir dieser Kerl angetan?«

Das Mädchen dreht sich um, mit offenem Mund und einem »Nic…« auf den Lippen. Dann klappt der Mund zu. Als er wieder aufgeht, hat sich das darüber stattfindende Mienenspiel stark verändert. Eine eigenwillige Stupsnase zittert, zwei steile Falten haben sich zwischen den Augenbrauen gebildet. Sophie kennt diese Falten gut, sie bekommt sie selber, wenn sie sehr wütend ist und von etwas Lebenswichtigem abgehalten wird – etwa der Steuererklärung.

Die zornigen Energien ihrer Tochter verdanken sich anderen Leidenschaften. Sophie fühlt, wie sich ihr die Kehle zuschnürt. Sie hat diese brombeerfarbenen Augen sofort erkannt. Den ganzen verfluchten Mann, samt der arroganten Adlernase, hat sie in dem jungen Kerl wiedererkannt. Dieser Nicholas muss Lord Ashburtons Sohn sein. Einem mächtigen Impuls folgend, will sie ihr kleines Mädchen fest an sich drücken, um sie vor solchen Augen, Nasen und Leidenschaften zu schützen.

»Mein süßer Liebling«, murmelt sie in die Haare ihrer Tochter. »Mein süßer, lieber Liebling. Mein Baby.«

Jennifer lässt sich das etwa fünfzig Sekunden gefallen, nestelt sich dann energisch aus der Umarmung ihrer Mutter, verschränkt die Arme vor der Brust und reckt trotzig das Kinn. Immerhin sieht sie gesund aus, denkt Sophie, geradezu strahlend mit ihren vom Laufen geröteten Wangen. Ansonsten ist sie ganz wie immer – ein höchst ermüdender Teenager eben.

»Was willst *du* denn hier, Mom? Und wie siehst du aus?

Ich hoffe, das ist kein Versuch, Shakira im Schlamm nachzuahmen? Vorsicht, dein Rock macht sich selbstständig, und du riechst fett nach Hering! Igitt.« Jennifers rechte Hand schnellt nach oben, sie hält sich demonstrativ die Nase zu.

Sophie hat mit einer unterkühlten Begrüßung zwar gerechnet, aber jetzt, wo sie stattfindet, noch dazu nach all den Schwierigkeiten, die sie auf sich genommen hat, um herzukommen, ist sie enttäuscht. Jedes Mal empfindet sie diesen kleinen Stich, wenn Jennifer sie abwehrt, als sei sie etwas Lästiges, ein aufdringlicher Fahrkartenkontrolleur oder der Mann von der Hamburg-Mannheimer.

Wie kommt sie auf den? Ach ja! Immerhin hat sie die Nacht in einem sehr engen Käfer mit einem Versicherungsagenten verbracht. Mr. Hagerty, der es vielleicht in irgendeiner Weise auf ihre Tochter abgesehen hat, der zerschmetterten Vase wegen.

»Jennifer«, beginnt sie streng, »was in drei Teufels Namen hast du im Haus von Lord Ashburton angestellt? Alle scheinen in Aufruhr, weil du irgendeine immens kostbare Vase zerstört hast, für die jetzt jemand aufkommen muss, und zwar im Zweifelsfalle ich und dein Vater. Stimmt das?«

Jennifer kneift trotzig die Lippen aufeinander. Diese ganzen Kalkleisten können einem auf den Keks gehen mit ihrem Porzellanwahn, lauter Antikopathen.

Ihre Mutter packt sie mit stahlhartem Griff an beiden Oberarmen. Jennifer beißt die Lippen zusammen. Hat Mom Kräfte, wenn es darum geht, die eigene Tochter zu bestrafen! Von wegen Liebling, mein Baby, ha!

»Jennifer, antworte mir! Es geht unter Umständen um sehr viel Geld, Ashburton Hall ist bekannt für seine Schätze, von denen einige mehr wert sind, als ein Einfamilienhaus mit Swimmingpool. Ich muss alles wissen, dann können wir zusammen überlegen, wie wir dich da herausboxen. Hat dich jemand gesehen, als du die Vase umgeworfen hast? War es ein Unfall?«

Jennifer malt mit der Fußspitze Kreise in den Kies. Schön blöd, ausgerechnet Mom in die Arme zu laufen, deren Verhöre können Stunden dauern, und mit mangelnden Sprachkenntnissen kann sie sich diesmal nicht herausreden. Vielleicht sollte ihr unglaublich schlecht werden? Rasende Kopfschmerzen nach Kürbisbeschuss? Nimmt Mom ihr garantiert nicht mehr ab, dafür hätte sie im Bett bleiben müssen, mit dem Verband. Soll sie trotzdem einen Schwächeanfall probieren?

Sie greift sich an die Stirn, verzieht mit einem Wimmern den Mund. Aber bevor sie in die Knie gehen kann, verdoppelt sich ihr Dilemma. In Form des Lords, der in derselben Hintertür auftaucht, die sie eben gewählt hat. Fitzwips sieht nach spanischer Großinquisition unter Androhung leichter Folter aus, die Augen glühen kohlrabenschwarz. Seine Kinder und Frauen prügelnden, barbarischen Ahnen wären sicher stolz auf ihn, wenn sie ihn so sehen könnten.

Er stapft mit entschlossenen Schritten auf das Paar in der Mitte des Stallhofes zu. Hinter Sophie knirscht der Kies, aber die merkt nichts, sondern schüttelt leicht an Jennifer herum, die etwas von »Kopfweh« murmelt.

Bis in Sophies Rücken ein Donnerwetter niedergeht. »Here you are!«

Wow. Wer hätte das gedacht, der Lord ist ihre Rettung. Jennifer bemerkt das schmerzhafte Zucken im Gesicht ihrer Mutter, sie sieht aus, als sei eben ein Blitz durch sie hindurchgegangen oder ein Hexenschuss wie im letzten Winter. Aber ein Hexenschuss macht krumm, die Stimme des Lords hingegen lässt Sophie kerzengerade werden.

Sie lässt sehr plötzlich die Arme ihrer Tochter los – woraufhin Jennifer kurzzeitig ins Taumeln gerät – und dreht sich fließend langsam wie in Zeitlupe zum Lord herum.

Hu, ganz vergessen, in den war Mom doch mal verknallt. Und er in sie? Jennifer starrt gebannt in das Gesicht des Lords. Genau wie Sophie.

20. Kapitel

»Who are you?«

Wer sind Sie?!

Forschend und mit ungläubiger Missbilligung gleitet der Blick des Lords an Sophie herauf, tastet sich von rosaschlammfarbenen Turnschuhen über zerrissene Strumpfhosen bis zu dem zerschlissenen Rock vor und bleibt da hängen, wo sich das Kostüm auf ihren Hüften selbstständig zu machen droht.

Wer sie ist? Wer *sie* ist? Verdammt!

Derangierte Kleidung ist keine Entschuldigung für so eine bodenlose Beleidigung. Sophie hat mit vielem gerechnet, Schweigen, zerknirschtem Knurren, abwehrenden Gebärden, sogar mit einem Rauswurf, aber nicht damit, dass er sie nicht erkennt – oder zumindest so tut.

Sie hat ihn wiedererkannt, trotz der hinzugewonnenen Falten und des abgewetzten Tweedsakkos, das sogar Leonharts labbriger Wolljacke Konkurrenz machen könnte. Die Brombeeraugen sind dunkel wie einst und die Nase prominent wie immer. Was fällt Fitzwilliam ein!

Mit herausfordernd gerecktem Kinn schaut sie ihm ins Gesicht und räuspert sich, damit er ihren Blick erwidert. Sie räuspert sich außerdem, weil irgendetwas in ihrem Hals steckt, gemein kratzt. Wie eine sehr harte Teppichfluse oder ein vertrockneter Brotkrümel. Ein so banales wie böses Folterinstrument, das einem die Tränen in die Augen treiben könnte.

Jennifer verkneift sich in Sophies Rücken ein Feixen,

jetzt wird der Lord etwas erleben. Wütend ist ihre Mutter ungefähr so angenehm wie ein bengalischer Königstiger auf Futterentzug. Man darf gespannt auf ihre ersten Worte sein, sie faucht schon leise.

»Sophie! Du bist es! Nach all den Jahren! Ich hätte es wissen müssen, schließlich ...«

So ein Mist, der Kerl hat sich im letzten Moment aus der Schlinge gezogen, und die Verblüffung in seinem Gesicht ist echt. Woran hat er Mom wohl erkannt, am Fauchen?

Lord Fitzwilliam macht einen Schritt auf die bebende, schmutzige Gestalt im rutschenden Rock zu, streckt die linke Hand aus, als wolle er sie am Arm berühren, um festzustellen, dass sie kein Gespenst ist, zieht die Hand aber im letzten Moment zurück.

Er strafft die Schultern, als müsse er sich gegen einen gefährlichen Gegner wappnen, und setzt die schärfste Verteidigungswaffe des von Gefühlen bedrohten Upperclass-Briten ein – ein völlig ausdrucksloses Gesicht: »Nun, du also. Willkommen, willkommen. Etwas unerwartet, diese Begegnung.« Er weiß nicht weiter, greift sich ans Kinn, sieht sehr verwirrt aus und nur noch halbwegs wütend. »Hat meine, äh ..., hat Mrs. Molloway dich also geholt? *Well*, willkommen, *anyway*.«

Jennifer versteht jedes Wort, der Lord spricht Schulbuchenglisch und neigt zu Wiederholungen. Auch das zögernde »äh« nach »*my*« für meine hat sie mitbekommen. Seltsam, warum ist der Lord so ein Geheimniskrämer, wenn es um seine nächste Verwandschaft geht? Ist ihm seine eigene Mutter peinlich?

Verstehen kann man so etwas, aber mit seinen über vierzig Jahren sollte er doch darüber hinweg sein. Und seine Mutter ist voll weniger peinlich als ihre, die im Moment an eine obdachlose *baglady* erinnert, die ihre gesamte Habe in Tragetaschen herumschleppt und unter Brücken schlafen muss. Mit dem Unterschied, dass Mom nicht einmal ein paar Plastiktüten dabeihat!

Nun, um die Mutter des Lords muss sie sich später kümmern, genau wie um Nicholas. Jetzt ist Mom dran. Deren Englisch würde Jennifer sogar verstehen, wenn sie keinen Unterricht gehabt hätte. Sophie meißelt jedes Wort einzeln zurecht, bevor es hart und spitzkantig wie ein Kieselstein aus ihrem Mund geschossen kommt.

»Mich musste niemand holen! Glaubst du etwa, dass ich ruhig zu Hause sitzen bleibe, wenn meine Tochter einen Unfall hatte und von dir der schweren Sachbeschädigung verdächtigt wird?«

Der Lord geht unter dem Wortbeschuss in Deckung. Moms Tonfall ist so scharf, dass er sogar eine der Ritterrüstungen im Eingang durchlöchern würde. In der Kaffeeküche verstummt das Klappern der Tassen. Der Lord schaut sich panisch im Hof um, entdeckt, dass Mr. Penlow und Teile des Küchenpersonals aufrichtiges Interesse an dem Dialog zeigen, und knickt ein. Seine breiten Schultern fallen nach vorn. Er verlegt sich auf höfliches, beinahe tonloses Murmeln: »Oh, oh, natürlich musstest du kommen. Wie mir scheint, hast du allerdings auf deinem Weg ebenfalls ein kleines Missgeschick erlitten. Sicher möchtest du dich ein wenig frisch machen?« Er senkt seine Stimme noch weiter: »Wir sollten unsere Angelegenheiten woanders besprechen. Hier ist es ein wenig zu öffentlich, nicht wahr? Komm doch bitte mit ins Haus.«

Er greift halb beschützend, halb nötigend nach Sophies rechtem Arm. Die erstarrt unter der Berührung kurz, sucht seinen Blick und versinkt darin.

Ins Haus! Jennifer überlegt kurz. Es ist verlockend, den weiteren Dialog zu verfolgen, aber leider schnüffeln zwischen den Marmorsäulen und Holzdielen wahrscheinlich immer noch die Polizisten herum und sammeln Scherben.

Jennifer entschließt sich zum Rückzug, solange die beiden vor ihr noch in den Augen des anderen ertrinken. Wenn so wahre Liebe aussieht, muss sie eine Menge mit Wut, schlechter Laune, Vorsicht, Kritik, Enttäuschung und Zweifeln zu tun haben.

Kein Wunder, dass Nicholas vor der Liebe – also vor ihr – davongaloppiert, sein Vater muss ihm in dieser Hinsicht ein tolles Vorbild gewesen sein. Liebe kann aber auch Spaß machen, da ist sich Jennifer sicher.

Zwei, drei Schritte vollzieht sie rückwärts und in vorsichtig staksendem Storchengang – nur nicht den Kies zum Knirschen bringen –, dann dreht sie sich um und wetzt zur Einfahrt, dass die Steinchen nur so aufspritzen. Sophie lässt die unergründlich dunklen Augen des Lords fahren, wirbelt herum und ruft: »Liebling, bleib hier!«

Im gleichen Moment fasst Fitzwilliam sie sehr hart an der Schulter und lenkt sie unnachgiebig zum Hintereingang des Hauses.

»Es wäre mir lieber«, zischt er auf dem Weg zur Tür, »wenn nicht jeder mitbekäme, dass dieses Kind deine geliebte Tochter ist. Besser gesagt, dass du die liebende Mutter bist.«

Sophie funkelt ihn an: »Beides gehört gemeinhin zusammen, ich meine Mutter- und Tochtersein. Und ich liebe Jennifer tatsächlich! Du tust so, als wären sie und ich eine schwere Heimsuchung! Könntest du dich nicht wenigstens um den Anschein bemühen, ein gesitteter, adliger Gentleman zu sein, nachdem du für diese gesellschaftliche Position alles geopfert hast – einschließlich mich!«

Der Lord schiebt sie in einen schmalen, hohen Gang, der zum Küchentrakt führen muss. Die Tür fällt knarzend hinter ihr und dem Lord ins Schloss. Es riecht nach sehr altem Bohnerwachs, aufgewärmten Kartoffeln und ganz leicht nach Schellfisch. Ach herrje, das ist sie ja selber. Sophie stöhnt kurz auf.

Der Lord scheint das misszuverstehen. Er umklammert ihre Oberarme und zieht sie an sich heran. Sein Gesicht ist ganz nah an ihrem, sein Blick flackert, im einsamen Dunkel des Küchentrakts fällt die starre Maske des Unbeteiligten. Gefühle gehören bei ihm also in den Dienstbotentrakt zu den abgestandenen Gerüchen. Wie armselig. Wütend funkelt Sophie ihn an.

»Du scheinst mich zu hassen! Mich! Warum?«, fragt der Lord mit heiserer Stimme. Bevor Sophie antworten kann, verschließt er ihren Mund mit einem harten, beinahe wütenden Kuss, öffnet ihre Lippen mit seiner Zunge und beißt sich schließlich in ihrer Unterlippe fest.

Sophie ist so überrascht vom ungelenken Ansturm seiner Leidenschaft, dass sie mehr mechanisch, als von seinen Gefühlen übermannt, die Arme um ihn legt. Hat sie sich das in den letzten Wochen nicht insgeheim gewünscht, einen von Gefühlen überwältigten Fitzwilliam? Eine Wiederholung der Vergangenheit mit neuem Ausgang? Jetzt fühlt es sich komisch an. Er fühlt sich komisch an. Sehr fremd und ungewohnt und angespannt.

Sie will sich an ihn schmiegen, um zu prüfen, wie fremd sich anfühlt, was ihr vor achtzehn Jahren so vertraut und begehrenswert vorkam, da schiebt er sie von sich weg, hält sie mit den Armen auf Abstand und schüttelt sie ein wenig, so wie sie es vorhin mit Jennifer getan hat. Moment mal, sie ist doch kein unreifer Teenager!

Der Lord wirkt wieder wütend. »Warum bist du zurückgekommen? Was willst du plötzlich von mir? Ich habe genug Sorgen, Sophie, verdammte Sorgen. Du kannst doch nicht einfach so in mein Leben platzen, nach allem, was war. Nicht jetzt.«

Er bringt all ihre wohlsortierten Fantasien durcheinander. Sophie weiß nicht, was sie sagen soll, weil sie nicht weiß, was sie von ihm will. Vom Schütteln ist ihr ohnehin haltloser Rock ins Rutschen geraten. Der Lord missversteht das als Antwort, hilft dem Rock auf dem Weg nach unten ein wenig nach, und sie steht unzulänglich bekleidet, an ihn gelehnt und sprachlos im Dienstbotenflur des Hauses.

So müssen sich die unzähligen Küchenmädchen gefühlt haben, die in diesem Gang über die Jahrhunderte Beute der wechselnden Hausherren wurden, schießt es ihr durch den Kopf. Nur dass dieser Hausherr nicht so recht weiterweiß. Zögernd legt er seine Hände auf ihre Hüften, streichelt unbeholfen ihre Pobacken unter den Resten ihrer Nylonstrumpfhose.

Und du hast nicht einmal ein Spitzenhöschen an, sondern praktische weiße Wäsche – von »Tchibo«! Sind das jetzt wirklich ihre Gedanken? Nicht wirklich. Aber erbärmlich muss das hier schon aussehen. Nicht die Nylonstrumpfhose und die weiße Wäsche, sondern diese unentschlossene, verhaltene Leidenschaft.

So hat es vor achtzehn Jahren sicher nicht ausgesehen. So ratlos, unbeholfen und – alt. Ja, irgendwie alt. Es sieht überhaupt nicht nach dem aus, was Madame Zara ihr prophezeit hat. Wie war das noch: *»Sie werden an Ihrem neununddreißigsten Geburtstag auf einem Schloss dem Mann, den sie schon immer geliebt haben, einen Heiratsantrag machen und die Scheidung von ihrem Ehemann verlangen.«* Ihr Geburtstag ist in vier Tagen! Wenn der Lord so weitermacht, wie soll er dann bis dahin wieder ein Mann zum Träumen und Heiraten werden?

Soll er das? Natürlich nicht! Also wirklich! Madame Zara hat die albernsten Fantasien in ihr geweckt – oder war sie schon immer so erbarmungswürdig? Sophie kann nicht anders, sie muss weinen. Entsetzt weicht der Lord zurück.

Natürlich, er mag ja keine Tränen und Gefühlsausbrüche. Mit einem Brief hatte er die Sache zwischen ihnen damals beendet. Besser gesagt, Mrs. Molloway hatte es getan. Sie schickte Sophie einen ganz speziellen Brief, den Sophie erhielt, als sie gerade einen Monat wieder in Deutschland war, um weiterzustudieren und über ihre Zukunft in England und mit Fitzwilliam nachzudenken.

Es war zwischen ihnen alles ein bisschen schnell gegangen. Mit einundzwanzig Jahren zieht man nicht eben mal in ein anderes Land, um nur noch Ehefrau eines ziemlich durchgeknallten Edelmanns zu sein, oder? Sie nicht. Sie hatte doch noch so viel vor, und das Ganze war zu verrückt gewesen.

Ist das nicht genau das, was dir jetzt in deinem Leben fehlt? Blödsinn. Sophie wischt sich die Augen, der Mann vor ihr hat keine Tränen mehr verdient. Der Brief enthielt die Einladung zu Fitzwilliams Hochzeit mit Lady Madeleine of Dingsbums, der heutigen Lady of Ashburton.

Das war nicht verrückt, das war ein Mordanschlag auf ihre Seele. In einer beiliegenden Notiz hatte sich Mrs. Molloway für die unbeständigen Gefühle des Lords entschuldigt. Mrs. Molloway, nicht er. Eine alte Jungfer mit guter, großzügiger Seele, die die Affäre zwischen der Studentin und dem Adelssohn – wahrscheinlich mangels eigener Liebesgeschichten – so romantisch gefunden und gefördert hatte. Sophie schluchzt noch einmal auf.

Die Haltung des Lords versteift sich weiter. »*Sorry*, Sophie, *sorry*. Ich habe mich soeben gehen lassen. Das war nicht meine Absicht. Die Erinnerung muss mich übermannt haben. Ich hatte das wirklich nicht vor. Höchst unpassend nach allem, was du getan hast.« Nicht eben glaubhaft zerknirscht, beugt sich der Lord herab und nestelt an dem Rock herum, der sich um ihre Knie gewickelt hat.

Vom anderen Ende des Ganges mischt sich eine forsche

Stimme in die Szene. Sie biegt um die Ecke, bevor das Trappeln von schätzungsweise sechs oder acht Fußpaaren folgen kann.

Die Stimme weist den Füßen und den dazugehörigen Schlossbesuchern den Weg. »Und jetzt, meine Herren, kommen wir zum Küchentrakt, wo auch das von Ihnen erlegte Wild in den nächsten Tagen zubereitet werden wird. Keine Angst, Sie werden sich nicht damit befassen müssen, dennoch lohnt sich ein Blick in die Küche.«

Kehliges Lachen arbeitet sich in dem Gang vor.

»Sie werden sich um Jahrhunderte zurückversetzt fühlen, wenn Sie den gewaltigen Kamin mit seinen Röstvorrichtungen und Drehspießen sehen. Mein Mann und ich sind bestrebt, alles in dem Zustand zu belassen, den sie schon vor hundert Jahren hier angetro…«

Die Stimme verstummt. Das Fußtrappeln gerät aus dem Takt, das Lachen ins Stolpern, beides staut sich hinter einer Biegung des Ganges und Lady Ashburton, die gerade genug Zeit hat, um den knienden Lord und die immer noch unvollständig bekleidete Sophie in Augenschein zu neh men.

Nach wenigen Sekunden der Erstarrung nimmt die Lady mit nur leicht erhöhter Stimme die Führung wieder auf.

»Meine Herren, ich sehe gerade, dass unser Küchenpersonal sehr stark in Anspruch genommen ist,, und möchte Sie bitten, den Gang zu ihrer Linken zu nehmen. Wir besichtigen zunächst die Kühlkeller, in denen das Wild ausgeweidet und abgehangen wird. Danach können wir dann einen Spaziergang zu den Jagdgebieten machen.«

Eine gehorsame Kehrtwende erfolgt, man hört es an den sich entfernenden Schritten. Die Lady verharrt einen Moment im Gang: »Du betrügst mich also neuerdings mit einem Küchenmädchen? Was für ein bescheidener Geschmack, Darling! Und Sie sollten aufhören zu schluchzen,

Liebchen. Niemand bezahlt Sie dafür, sich für den Hausherrn zu entkleiden. Schon gar nicht in ihrem Alter.«

Sophie steht da wie eine Statue und fürchtet ernsthaft, bei der kleinsten Bewegung in tausend Stücke zu zerspringen. Der Lord richtet sich mit sichtlicher Anstrengung auf.

»Lieber ein aufrichtiges Küchenmädchen als dein windiger Versicherungsvertreter, den ich sogar am Frühstückstisch erdulden muss«, zischt er mit kaum unterdrücktem Abscheu in Richtung seiner Lady, aber die ist bereits um die Ecke gebogen.

21. Kapitel

Endlich kommt Bewegung in Sophie. Zuerst in ihre rechte Schulter, dann in den ganzen Arm und zuletzt in die Hand. Sie holt aus und versetzt dem Lord eine so heftige Ohrfeige, dass er Halt an der Wand suchen muss.

Das muss wehgetan haben, aber im Einstecken von Backpfeifen ist der Lord – ganz den Gesetzen seines Standes verpflichtet – besser geübt als im Trösten weinender Damen. Er hebt lediglich die linke Augenbraue. »Ich habe das gewiss verdient. Aber darf ich fragen, wofür genau ich diese Strafe erhalten habe?«

Sophie rafft ihren Rock um sich und weiß es selber nicht. Im Grunde wäre die Ohrfeige zunächst die Sache seiner Frau gewesen. Aber die scheint an der Bestrafung ihres Mannes nicht interessiert. Nun ja, Grund zum Wütendsein hat sie auch selber! Als Küchenmädchen vorgestellt zu werden in einem Haus, als dessen künftige Herrin man sich für kurze Zeit einmal fühlen durfte, ist verletzender als eine Ohrfeige. Lord Fitzwilliam war ihr im Verursachen nachhaltiger Verletzungen schon immer über.

»Sophie, es tut mir Leid«, dringt Fitzwilliams Stimme betörend sanft an ihr Ohr. Er beherrscht den Tonfall also – wenn er will – immer noch. Und immer dann, wenn es zu spät ist. »Ich konnte dich in dieser Situation unmöglich vorstellen. Meine Frau verzeiht mir sicher eine Küchenaushilfe als Zeitvertreib, aber eine andere Ehefrau würde ihre eisernen moralischen Grundsätze erschüttern! Und das brächte Ashburton in beträchtliche Gefahr. Es brächte alles in Gefahr, wofür ich lebe.«

Sophie würde gern zu einer zweiten Ohrfeige ausholen, aber das nützt ja nichts.

»Eure Moral ist wirklich beeindruckend eisern. Sie ist völlig unempfindlich gegen die Gefühle, die sie bei ihren Opfern auslöst! Aber natürlich, Ashburton ist jedes Opfer wert. Ich nehme an, du siehst es auch heute noch als hochmoralische Handlung an, dass du mich damals in Gretna Green nur spaßeshalber und zum Schein geheiratet hast, um deinen Vater zu verärgern, und mich hast fallen lassen, als es um das Erbe ging. Lügen und Betrügen scheinen unverzichtbare Bestandteil deiner Moral zu sein.«

Die Miene des Lords zeigt für einen kurzen Moment nichts als Verblüffung, dann wird sie wieder zur Festung – undurchdringlich.

»Du machst *mir* Vorwürfe?«

»Dir und deinem Vater und deinen Ahnen und euren verschrobenen Standesbegriffen, die ihr euch zusammen mit euren mottenzerfressenen und holzwurmgeschädigten Antiquitäten vermacht«, kontert Sophie.

»Ich muss sagen, du erstaunst mich. Du erstaunst mich ehrlich. Oder ist diese Vortäuschung von Gefühlen ein geschickter Trick, um an mein Geld zu kommen? Ich warne dich, ich bin weniger vermögend, als man gemeinhin annehmen mag.«

»GELD?« Sophies Stimme hallt so schrill von den Wänden des Ganges wider, dass der Lord sich ein wenig duckt.

Verwirrt starrt er Sophie an. »Ich dachte ... oder ... ist es möglich, dass du, oh nein! Ich muss mit Mutter reden!«

Er will mit seiner Mutter reden? Was soll man dazu sagen? Sophies Mund öffnet sich und klappt wieder zu. Der Mann wirkt mit einem Mal völlig abwesend und sehr verstört. Kein Wunder. Seine Mutter war nämlich schon tot, als sie sich kennen lernten. Kann es sein, dass der gute Fitzwilliam neben dem Haus entweder einen Geist oder die beschädigten Gene seiner durchgedrehten Ahnen geerbt hat? Wie jede alte Adelsfamilie verfügen auch die Ashburtons dank gelegentlicher Inzucht über eine kleine Auswahl an unschlagbaren, mehr oder weniger harmlosen Irren. *Und es gab Zeiten, in denen dieser Mann Elefanten aus einem Zirkus entführt hat, um sie an der Dinnertafel vorzuführen, nicht wahr?*

Der Lord scheint wieder in der Wirklichkeit anzukommen: »Nun, wir werden uns später über die Vergangenheit unterhalten. Es gibt anscheinend einiges, das du nicht zu wissen scheinst. Merkwürdig, sehr merkwürdig.«

Er unterzieht sie mit zusammengekniffenen Augen noch einmal einer genauen Musterung. Sophie wird flau unter seinem dunklen Blick.

»Nun, zunächst müssen wir dich irgendwo einquartieren, bevor die Führung hier wieder durchkommt. Es handelt sich um sehr wichtige Gäste. Eine Jagdgesellschaft, von der ich mir viel für Ashburton Hall verspreche. Mein Haus soll eines der Highlights bei ›Castlemania Travels‹ werden. Wenn sich alles so entwickelt, wie ich es mir erhoffe, dann lässt sich vielleicht einiges nachholen zwischen uns. *My stubborn little wife!*«

Er beugt sich kurz zu ihr hinunter und haucht ihr einen ärgerlich väterlichen Kuss aufs Haar. Für wie alt hält er sie denn, sie ist nicht mehr einundzwanzig und kein Spielzeug. Sophie schnappt nach Luft, will etwas sagen, aber Fitzwilliam kommt ihr zuvor. Mit seinem sanften Tonfall.

»Du riechst interessant, Darling. Ein wenig verwildert, aber das warst du ja schon immer. Leichtsinnig, ungestüm und launenhaft. Insgesamt sehr reizvoll. Nun komm schon.«

Er wartet keine Antwort ab. Verwirrt folgt Sophie dem

Lord über den rot gefliesten Flur. Sie biegen nach rechts ab, die Schritte Fitzwilliams sind so ausgreifend, dass Sophie kaum mitkommt. Atemlos stellt sie seinem Rücken Fragen: »Wieso hast du mich eben Ehefrau genannt? Das bin ich nie wirklich gewesen!« Egal, ob irre oder nicht, über diesen Punkt herrscht doch wohl Klarheit.

»In der Tat«, murmelt der Lord zustimmend. »Nicht im biblischen Sinne, nicht wahr? Du weißt schon, wir haben uns nach der überstürzten Zeremonie nicht im Fleische erkannt, so heißt es doch, oder? *So sorry!* Wenigstens das hätten wir uns gönnen sollen. Aber die Zeiten waren höllisch kompliziert. Ich wusste damals gar nicht, wer ich genau war!«

Sophies Verwirrung wächst weiter. *Little wife.* Das heißt doch Ehefrau, und er hat eben *my wife* gesagt! Zu ihr. Über sie! Wie kann er nur? Und dann auch noch diese Anspielung auf die verpasste Hochzeitsnacht. Sie musste damals nach Deutschland zurück, studieren und nachdenken, wie ernst es ihr mit dem verrückten Fitzwilliam war – *ganz die Vernünftige, was?* Oh, *shut up*, Schwester Selbstvorwurf!

Der Lord legt eine Hand auf eine mächtige Türklinke, dreht sich langsam zu ihr um und schaut sie eindringlich an.

»Du bist inzwischen anderweitig verheiratet?«

»Entschuldige mal, ich habe eine Tochter!«

»Das muss nichts heißen, mein Kind. Das muss gar nichts heißen. Schließlich habe auch ich ein Kind. Einen Sohn!«

»Und eine Ehefrau!«

Fitzwilliam lächelt bitter. »Mir scheint, ich habe sogar eine zu viel.«

Scharf treten die Linien in seinen Mundwinkeln hervor. Fitzwilliam of Ashburton sieht elend aus in diesem Moment. Vielleicht meldet sich nun doch sein Gewissen? Er öffnet die Tür und lässt Sophie vorgehen. In der imposanten Eingangshalle stapeln sich Koffer und Gewehrtaschen. Zwei junge Burschen kämpfen mit dem Gepäck der Jagdgesellschaft, Mrs. Molloway dirigiert sie über die Treppe ins zweite Stockwerk.

»Das Gepäck von Mr. Wiesinger gehört ins blaue Zimmer. Vorsicht mit dem Gewehr, es könnte geladen sein. Bei den Jägern vom Kontinent weiß man so etwas nie!«

Sie verfolgt die Gepäckträger mit Luchsaugen, dann wendet sie sich geschäftig um.

»Oh, du meine Güte, Sophie! Da bist du ja endlich. Aber wie siehst du nur aus? Ich werde mich sofort um dich kümmern. Hast du kein Gepäck dabei? Lord Ashburton, die Polizei wartet in der Bibliothek auf Sie, es geht noch um die verschwundene Porzellanschüssel. Da muss es sich wirklich wieder um einen dieser Diebstähle handeln. Sie wollen einen Versicherungsexperten aus London anfordern, einen Sachverständigen für Antiquitätenraub, der sich besser auskennt als sie. Der kann sich dann auch Lady Madeleines zerbrochener Vase annehmen, egal, was sie sagt. Schließlich wollen wir für beides Ersatz, nicht wahr?«

Der Lord stößt einen missmutigen, fast drohenden Laut aus.

»Ja, sehr ärgerlich, das Ganze. Vor allem die Schüssel war so wertvoll«, kommentiert die alte Dame das Geräusch ausgesprochen munter, »nahezu unersetzlich, aber natürlich muss die Versicherung zahlen, sagt Hagerty. Unbezahlbar, der Gute.«

Der Gute? Dieser Lump! Nur eine harmlose Frau wie Mrs. Molloway kann sich so in Menschen täuschen. Sophie wundert sich außerdem über die bemerkenswerte Menge von Porzellan, um die man sich in diesem Haus sorgt. Mrs. Molloway chattet unbekümmert weiter, wie es ihre Art ist.

»Ich habe den Herren von der Polizei einen Imbiss bringen lassen, damit sie niemandem im Weg sind. Vielleicht kann Lady Ashburton sich später um die Verteilung des Gepäcks hier kümmern? Ich muss der armen Sophie helfen. Es scheint ja eine Himmelfahrt gewesen zu sein, die das Kindchen hinter sich hat.«

Sophie muss lächeln. Liebe alte Mrs. Molloway! Endlich jemand, dem sie vertrauen kann. Eine rosige alte Dame, die so unnachahmlich und unverwüstlich britisch ist, dass man sie glatt in einer Vitrine ausstellen müsste. So britisch, dass sie Sophie »eine nette Tasse Tee« verspricht und vom Lord wegzieht. Endlich, endlich heißt sie jemand aus ganzem Herzen willkommen in Ashburton Hall. Ein Gefühl seligen Friedens macht sich in ihr breit. Ein wenig Tee und solide Mütterlichkeit, dazu ein englisches Lavendelbad, was will sie mehr?

Sie wirft einen Blick über die Schultern. Fitzwilliam steht mit elender, bleicher Miene da, sein Gesicht hat er so fest zusammengefaltet wie einen Pappkarton für den Altpapiercontainer. Er sieht nun mehr nach körperlichen als geistigen Leiden aus. Beinahe könnte er einem Leid tun. Tut er einem auch, bis zum nächsten Satz, den er sagt.

»Sophie muss in eins der alten Dienstbotenzimmer im dritten Stock einquartiert werden.«

Mrs. Molloway wird stocksteif vor Entrüstung.

»Aber, Mylord! Das können wir nicht tun. Es wäre sehr ungastlich. Die Räume sind nicht einmal geheizt.«

»Alle anderen Zimmer sind belegt. Wir haben zahlende Gäste, darunter einen Vertreter des britischen Touristenverbandes, und Madeleine hält Sophie für ein Küchenmädchen, was nur gut ist. Oder sollten wir ihr alles erklären? What a scandal! Mein Ruf wäre ruiniert, nicht wahr, Mrs. Molloway?«

Skandal? Moment mal, Sophie schaut mit wütend zurückgehaltenem Atem und flehendem Blick Mrs. Molloway an. Sie ist doch kein Skandal, oder? Irgendwer muss Fitzwilliam mal den Marsch blasen, eine ältere Respektsperson. Mrs. Molloway aber ist unter der Miene des Lords sichtbar kleiner geworden.

So ein verfluchter Mann. Wie kann er eine reizende, harmlose alte Dame so wutentbrannt anstarren und dann wortlos weggehen? Der Mann hat keine Manieren, warum hat sie das früher nie bemerkt?

Weil sie selber keine hatte? *Du warst schon immer*, klingt die Stimme des Lords – diesmal in seiner gefährlich sanften Tonlage – in ihrem Ohr, *ungestüm, leichtsinnig und launenhaft*.

Was hat man nur von solchen Komplimenten zu halten? Sie fühlen sich an wie Ohrfeigen, wenn sie es recht bedenkt.

22. Kapitel

Die Luft ist frisch auf den Feldern hinter Ashburton Hall. Das Wetter ist umgeschlagen, wechselt vom ausklingenden Sommer in den beginnenden Herbst. Frischer Wind weht Jennifer ins Gesicht, treibt von Westen graue Wolkenschleier vor sich her, während sie über Steintritte schiefe Weidezäune und wuchernde Hecken überquert, in denen Brombeeren erfrieren.

Jennifer öffnet ein Gatter, stapft über Getreidestoppel und durch hohes, hartes Gras, das ihr um die Beine streicht. Heugeruch liegt in der Luft und eine Ahnung von Salz und Meer. Die letzten Sommerblumen nicken freundlich, Haselsträucher verneigen sich vor ihr im Wind, ein Rebhuhn hastet übers Feld.

Es tut erstaunlich gut, so allein und auf eigene Faust durch die Landschaft zu wandern, man fühlt sich groß dabei, weil die Lungen weit werden und einem nichts und niemand den Weg verstellt, so wie in Ashburton Hall. Das Haus ist nur noch ein kleiner weißer Würfel auf einem Hügel in ihrem Rücken.

Sie hält kurz inne und sucht den Horizont vor sich ab. Noch mehr Felder und wellige Hügel breiten sich aus, zu ihrer Linken wird die Landschaft karger und ist mit lila Heidekraut durchsetzt.

Irgendwo dahinter beginnt das Moor. In einer Senke zu ihrer Rechten erheben sich Ulmen, Nadelbäume und Eichen, die Ausläufer eines dichten Waldes, der bis zu einem Hügelkamm hinaufreicht und wahrscheinlich weit darüber hinaus. Wo ist Nicholas mit seinem Pferd nur hin?

Mit zusammengekniffenen Augen sucht sie die schokobraune, frisch aufgepflügte Ackerkrume vor sich ab. Sie ist ein wenig feucht vom darin gespeicherten Regen. Den Blick auf den Boden geheftet, wendet sie sich nach rechts. Ihre Detektivarbeit wird belohnt, sie entdeckt Hufabdrücke. Sie führen in Richtung des Waldes.

Fröhlich hopst sie den abschüssigen Weg entlang. Wow, zu Hause in Wingen hätte sie so etwas nie gemacht. Da beginnt der Wald allerdings auch hinter dem Klärwerk des Flüsschens Ott, dient als allgemeine Hundetoilette und Müllabladeplatz für funktionsuntüchtige Küchengeräte und endet an einem Stacheldrahtzaun vor dem Gewerbepark. Außerdem verbergen sich im heimischen Wald keine geheimnisvollen Kerle mit Rastalocken auf roten Pferden.

Sah schon scharf aus, wie Nicholas auf diesem Riesenross davongaloppiert ist. Ihr müsste so ein Pferd auch gut stehen, mit offenen Haaren dazu, leicht zerschlissenen Combathosen und nackten Füßen oder ein paar Westernboots mit Fransen?

Schade nur, dass sie nicht reiten kann. Nicholas müsste es ihr beibringen. Wenn sie ihn findet, kann er damit gleich anfangen, sie hinter ihm und die Arme um seinen Bauch gelegt. Nicht zu fest, nur so zum Halten, man will ja nicht aufdringlich erscheinen, wäre uncool.

Von diesen Bildern erfrischt, taucht sie munter ins Dunkel des Waldes ein. Ein verwittertes Blechschild mit Pferd und Reitersmann weist ihr den Weg zum Reitpfad. Die Erde ist so feucht, dass sich die Hufabdrücke deutlich abzeichnen. In den Erdrillen kräuselt sich herabgefallenes, gelbliches Laub. Hier hat der Herbst bereits begonnen, den man auf den Weiden nur eben erahnen kann. Der Wald ist so voll von Dickicht und Unterholz, dass die Sonne nicht die Kraft hat, ihn zu erwärmen.

Leicht fröstelnd läuft Jennifer den Weg entlang, mit jedem Meter wird der Wald dichter und ein winziges bisschen unheimlicher. Es ist sehr still hier, bis auf das gelegentliche Knacken eines Zweiges und etwas Geraschel im Unterholz. Stand im Reiseführer nicht etwas von Schlangen? Beißen Füchse? Natur kann auch Angst machen, findet Jennifer und sehnt sich nach einem vertrauten Anblick, etwa einem umgekippten Kühlschrank oder vermodernden Plastiktüten.

Nonsense, ruft sie sich zur Ordnung, das einzig wirklich Furchterregende sind diese nass glänzenden schwarzen Riesenkäfer, die einem geschäftig vor den Füßen herumkrabbeln. Und vielleicht die Stimmen, die sich von rechts nähern. Stimmen? Vor allem eine Stimme. Eine hohe, dünne Stimme, die sie am Frühstückstisch so schrecklich nervös fand. Lady Ashburtons Stimme. Sie hält Vorträge. Für Mr. Hagerty? Nö, dem würde sie wohl kaum so hochoffiziell das Wesen des englischen Waldes erläutern.

»In unseren Waldungen finden sich selbstverständlich noch unzählige Füchse, aber zurzeit verfügen wir noch nicht über einen angemessenen Reitstall, der uns das Vergnügen einer echt britischen Fuchsjagd erlauben würde. Außerdem müsste das Dickicht zu diesem Zweck gelichtet werden, eine aufwändige und teure Unternehmung. Nun, meine Herren, Sie werden auf den Lichtungen bequeme Hochsitze und auch Aufsitzgruben finden. Zudem gibt es genug mit den Wildvögeln im Moor und auf den Feldern zu tun. Eine erstaunliche Menge reizvoller Beutetiere findet hier Unterschlupf …«

Jennifer schaut sich stirnrunzelnd nach einem Ausweg um. Nicht noch so eine unverhoffte Begegnung mit der älteren Sippschaft vom Haus. Sie will endlich in Ruhe mit

Nicholas reden. Bleibt einem nichts übrig, als sich ins Gebüsch zu schlagen, querfeldein, vielleicht findet sich ja eine Abkürzung.

Beherzt springt sie ins Dickicht, biegt Äste und Zweige beiseite, quetscht sich durch Gestrüpp und mannshohe Farnbüsche und stellt erfreut fest, dass dieser Abweg ihrer Kleidung erstaunlich gut tut. Die Bügelfalten in den Jeans weichen anständigen Knitterfalten, und der Saum hat sich moosig verfärbt, muss ganz schön verwegen aussehen.

Ein heller Glanz bringt vor ihr den Farn zum Leuchten. Sie schaut nach oben. Tatsächlich, Sonnenstrahlen bohren sich über ihr durchs Blätterdach, werfen ein fächerartiges Raster ins Dickicht. Sie läuft auf die Helligkeit zu, zerteilt verschlungenes Gesträuch und findet sich auf einer Lichtung wieder, auf der weich schnaubend ein fuchsrotes Pferd grast. Bingo! Nicholas kann nicht weit sein.

Sie tritt aus dem Dunkel und muss im hellen Licht kurz die Augen zusammenkneifen. Dann entdeckt sie den Junior-Lord, er macht sich an einem Baum zu schaffen, sein rechter Arm steckt bis zur Schulter in einem Loch im Stamm.

Sie schlendert lässig auf ihn zu. »Spielst du Schatzsuche?«

Rastaman ist alles andere als lässig. Mit einem Satz dreht er sich zu ihr um, seine Augen schreckgeweitet.

»Du nur. Verdammt.« Nee, um den zu verstehen, braucht man wirklich kein Lexikon, ein Wortschatz von hundert Vokabeln dürfte reichen. Sie steckt die Hände in ihre Jeanstaschen und legt abschätzig den Kopf schief.

»Ja, ich nur.«

Er klopft sich seine Hände an der Hose ab. »Wie hast du mich gefunden? Ziemlich abgelegen hier.«

Jennifer zieht eine Fußspitze wie eine Sichel durchs Gras. Der soll sich mal ja nichts einbilden.

»Och, so einsam finde ich es hier nicht.« Sie macht eine vage Kopfbewegung nach hinten. »Eben habe ich noch deine Mutter mit einem Trupp Touristen hier rumkrauchen gehört. Sie erklärt ihnen, wie man Füchse und Moorhühner totschießt.«

Ooops, das hätte sie wohl besser nicht gesagt. Mit einem Mal kommt echtes Leben in Nicholas. Er bläht die Brust und die Nüstern, nein, die Nasenflügel, er erinnert, so wie er jetzt schnaubt, aber an sein Pferd – oder an seinen Vater. Schlechte Laune und schlechtes Benehmen scheinen in dieser Familie ebenso erblich wie Brombeeraugen.

»Verdammt, verdammt, verdammt! Sie kommt doch sonst nie hierhin. Als ob sie sich für die Jagd interessiert! Oder den Wald. Sie hasst den Wald, er schadet ihrer Schuhsammlung.«

Sophie schaut ihn mit einem Anflug echter Sympathie an. »Du scheinst deine Mutter nicht besonders zu mögen.«

Er zuckt mit den Achseln: »Mutter ist so weit in Ordnung. Sie ist nur am Geld interessiert, deshalb lässt sie sich auch nicht scheiden. Sie hat Angst, dass sie dabei schlecht wegkäme. Mein Vater ist schlimmer, ein verbohrter Fanatiker, der nichts als das dämliche Haus und seinen Stammbaum im Kopf hat. Komm, wir hauen ab.«

Er greift sie beim Handgelenk und zerrt sie zum Pferd. Jennifers Magen krampft sich zusammen. Uh, das ist ja viel aufregender, als sie gedacht hat. Fast wie im Kino.

»Kannst du reiten?«

»Nee, aber du darfst es mir beibringen. Wie komm ich zum Beispiel da hoch?« Sie zeigt auf den schwindelnd hohen Rücken des Pferdes. Nicholas sagt nichts, verschlingt seine Hände einfach zur Räuberleiter. Hui, so was hat sie seit zehn Jahren nicht mehr gespielt. Beherzt setzt sie einen Fuß hinein, er hebt sie so schwungvoll an, dass sie bäuchlings über dem Pferd zu liegen kommt.

Verdammt glatt, so ein Pferderücken, sie muss mit den Beinen rudern, um nicht einfach über ihn hinweg auf die andere Seite und den Boden zu rutschen.

»Nun mach schon, Krabbe, schwing dein linkes Bein rüber, ich halte dein rechtes hier fest«, knurrt Nicholas. »Und dann greif in seine Mähne. Ich sitz hinter dir auf.«

Jennifer gehorcht, kommt längsseits auf dem tänzelnden Tier zu liegen, schiebt ihr linkes Bein über die Flanke des Pferdes und krallt sich in seine strohige Mähne. Der Fuchs hebt protestierend den Kopf, bis es seinen eigentlichen Reiter über sich spürt. Nicholas greift um Jennifers Bauch herum nach den Zügeln, presst das Mädchen fest an sich und los geht es. Im Schritttempo. Jennifer muss die Beine fest an den Körper des Tieres drücken, das Pferd hat Seegang.

Sie überqueren die Lichtung, erreichen einen breiten Weg, Nicholas drückt dem Fuchs die Fersen in die Flanken, weiter geht es in munterem Trab. Jennifer schlingert knapp hinter den Schultern des Tieres hin und her wie eine kollernde Flasche auf einem Schiffsdeck.

»Halt dich gerade, du bist doch nicht betrunken«, kommandiert Nicholas und legt seinen linken Arm fester um ihren Bauch. Uh, das ist viel besser, als hinter ihm zu sitzen. Wenn dieses blöde Pferd nur nicht so hart wäre. Bei dem Gehopse bekommt man blaue Flecken, und außerdem hätte sie gern einen Griff zum Festhalten, die Mähne will das Pferd nämlich lieber für sich behalten und schüttelt sich ständig.

Bis zum Ende des Waldes hat Jennifer alle Hände voll zu tun, die Balance zu wahren. Aber alles in allem ist das besser als jedes Rummelplatz-Karussell. Als sie offenes Feld erreichen, strafft Nicholas kurz die Zügel, das Pferd verfällt wieder in behäbiges Schritttempo.

»Das war gar nicht schlecht fürs erste Mal. Galopp will

ich dir aber lieber ersparen«, stellt er trocken fest. Jennifer ist ein bisschen beleidigt, protestiert aber nicht, den Galopp will sie sich auch ersparen.

Eine Weile reiten sie schweigend über eine bucklig gepflasterte Straße, die von so hohen Mauern und Wald gesäumt ist, dass man nichts von der umliegenden Landschaft sieht. Die Hufe des Pferdes klappern gemütlich über den Kopfstein. Jennifer würde es nicht wundern, wenn an der nächsten Biegung eine Postkutsche auftauchen würde. Auch nett, sich so aus Raum und Zeit geschleudert zu fühlen. Die altmodischen Briten haben was für sich. Nicholas Stimme unterbricht ihre Gedanken.

»Wie lange hast du mich da auf der Lichtung beobachtet?«

Jetzt fängt der Sohn der Sippschaft auch schon mit Verhören an. Ha, sie kennt sich inzwischen aus.

»Lang genug«, antwortet sie vage.

Sie passieren eine Tränke, die aus einem Waldbächlein gespeist wird. Nicholas zügelt das Pferd und springt ab. Jennifer gerät ins Schwanken, als der Fuchs sich mit abrupter Drehung der Tränke zuwendet. Nicholas fasst sie um die Hüfte und hilft ihr, von dem Tier herabzugleiten. Als sie vor ihm steht, mustert er sie prüfend.

»Ich schätze, du willst wissen, was ich im Wald so treibe?«

Jennifer schüttelt ihr Haar und wirft es provokativ nach hinten – so wie es Madonna, Shakira oder Britney Spears in ihren Videos zu tun pflegen, endlich hat sie mal aus nächster Nähe Gelegenheit dazu.

»Ich möchte auch gern wissen, was du nachts auf den Gängen von Ashburton Hall mit Knallkörpern treibst. Warum du mit Kürbissen in der Gegend rumballerst, obwohl du angeblich Waffen hasst und insgesamt so gesprächig wie ein toter Nachtfalter bist.«

Nicholas starrt sie einen Moment mit zusammengekniffenen Augenbrauen an. Dann muss er lachen. Einfach so. Lauthals, den Kopf in den Nacken gelegt, die Reste seiner angebrannten Rastalocken schüttelnd.

»Oh, das war gut. Toter Nachtfalter. Well. Ich werde dir erzählen, was ich treibe. Vielleicht hast du Spaß daran, mir zu helfen.«

»Ich spiele nicht mehr mit Knallkörpern. Das ist albern. Ich baller auch nicht mir Kürbissen herum. Ich finde es absolut bescheuert, auf bewegliche Ziele zu schießen.«

Nicholas nickt. »Du hast vollkommen Recht. Nur dass ich nicht bescheuert bin. Mein Vater ist der Verrückte. Ein gefährlicher Verrückter, den man stoppen muss.«

Und das findet Jennifer am Ende, nachdem Nicholas ihr erklärt hat, was er im Wald treibt und warum er dafür Sprengstoff braucht, auch. Was Nicholas tut, ist vollkommen vernünftig und außerdem für einen guten Zweck.

Da schließt man sich gerne an. Vor allem, wenn der gute Zweck heimliche Treffen und nächtliche Ausflüge mit einem charismatischen Kerl einschließt, der aussieht wie Nicholas Fitzwilliam of Ashburton in Combathosen, mit zerzauster Sturmfrisur und blitzenden Augen. Sie muss nur noch schießen lernen. Jetzt kommen diese blöden Ferien in Schwung.

23. Kapitel

Es ist kurz nach sechs. Endlich setzt die Dämmerung ein. Die seit dem Mittag heraufgezogenen Wolken türmen sich vor der Sonne und helfen der Dunkelheit nach. Ein leichter Nieselregen setzt ein. Auf den umliegenden Hügeln blinkt ein Licht nach dem anderen auf in Bauernhäusern und Cottages. Viereckig und gelb leuchten Fenster, auf fernen Heckenwegen bohren sich Autoscheinwerfer in die Dunkelheit. Im Osten schwebt ein halber Mond am Himmel.

Auch in Ashburton Hall flammen Lichter auf. Das Haus sieht aus wie der strahlende Mittelpunkt einer nächtlichen Festgesellschaft. Es ist atemberaubend elegant und einladend.

Zum ersten Mal ahnt Leonhart, mit welcher Konkurrenz er es aufnehmen muss, wenn er Sophie zurückgewinnen will. Was, wenn der Lord sie noch liebt oder doch liebt oder wieder liebt? Vielleicht steht es mit dessen Ehe auch nicht zum Besten. Könnte Sophie ihm und all dem hier, dieser weltentrückten Romantik und Magie, widerstehen?

Nun, einfach hineingehen und sie abholen, wie er es sich am Vormittag vorgestellt hat, kann er nicht, das sieht er ein. Aber Böckelkamps Plan ist nicht besser. Im Gegenteil, der ist vollkommen unmöglich, und er – der einzig Vernünftige im Trio – muss ihn verhindern, egal, wie viel Spaß seinen beiden Mitreisenden die Vorbereitung gemacht hat.

»Böckelkamp, was Sie da vorhaben, ist hochgradig unvernünftig und unglaubwürdig. Schauen Sie sich Bea doch nur an! Kein Arzt wird darauf hereinfallen. Der sieht doch auf einen Blick, was los ist.«

Bea mustert sich im schwachen Licht der Innenbeleuchtung im Rückspiegel des geparkten Mercedes. »Außerdem riecht er es«, sagt sie und verzieht die Nase. »Scheußlich, dieser saure Geruch.«

Böckelkamp spitzt die Lippen und kneift seine Augen zusammen wie ein Künstler, der den letzten Pinselstrich vollführen will. Dann tupft er noch einen Klecks Ketchup über Beas rechte Braue.

»So, das dürfte reichen. Zu viel Blut wäre abstoßend. Und was den Arzt angeht, der bin natürlich ich. Niemand wird die Erlaubnis erhalten, sich der Patientin zu nähern, bevor ich sie nicht eingehend untersucht und fachgerecht verbunden habe. Bevor ich mich zum Studium der Sprachphilosophie entschlossen habe, habe ich einige Vorlesungen in Medizin belegt, Herr Professor. Ich weiß mich entsprechend zu benehmen, und Sie müssen mich einfach als befreundeten Kollegen von der Universität vorstellen, der sie und ihre reizende Assistentin zu einem wissenschaftlichen Symposium über die ›medizinischen und psychischen Folgen von Sprachverlust‹ in Exeter begleitet hat. Und jetzt sind wir auf Urlaub hier.«

Leonhart schüttelt verzweifelt den Kopf. »Aber was ist, wenn Bea oder uns wirklich etwas passiert?«

»Unmöglich, Herr Professor, ich werde rechtzeitig die Handbremse ziehen, falls sie es mit dem Tempo übertreibt oder das Bremspedal nicht findet. Kommen Sie, schauen wir uns die Szenerie noch einmal an.«

Die drei steigen aus dem Mercedes, atmen die herbstliche Abendluft und den Geruch von Kaminfeuern und feuchten Blättern ein. Böckelkamp schaut begeistert in den dunklen Himmel.

»Ausgezeichnet, der Regen macht alles noch glaubwürdiger. Wir müssen uns einfach das letzte Stück des Hügels herabrollen lassen und dann auf den vorletzten Baum rechts zuhalten. Eine prachtvolle Buche mit kräftigem Stamm. Unser Tempo muss nicht höher als etwa 15 Stundenkilometer liegen, um einen völlig ungefährlichen Aufprall zu erzeugen. Bei Dunkelheit wird niemand etwas anderes erkennen als ein beschädigtes Auto. Das schafft Fräulein Bea mit links.«

Leonhart schaut kritisch den von einer einzelnen Straßenlaterne beleuchteten Hang und die Baumallee hinunter, die direkt auf Ashburton Hall zuführt.

»Wenn es schon sein muss, dann verursache ich den Unfall, und ihr kommt zu Fuß hinterher.«

Bea schlingt einen Arm um Leonhart und drückt ihn kurz. »Aber, Leonhart, ich tue das gern für dich, ehrlich. Es macht mir sogar Spaß, und es wäre nicht das erste Auto, das ich zu Schrott fahre.«

Böckelkamp seufzt. »Herr Professor, Fräulein Bea hat Recht. Wir brauchen eine hinreichend versehrte Dame im Auto, sobald sich Zeugen nähern. Einem leicht angeschlagenen Herrn könnte man abverlangen, dass er sich zusammenreißt und ins nächste Krankenhaus transportieren lässt. Außerdem könnte man Ihnen die Zerstörung einer etwa zweihundert Jahre alten Buche übel nehmen. Hinwiederum einer verletzten, leicht verwirrten Dame am Steuer nicht.«

Bea wird wütend. »Was Sie Dame nennen, würde ich nicht einmal als gehbehinderten Dackel durchgehen lassen!«

Böckelkamp hebt abwehrend die Hände. »Meine liebe Bea, es liegt nicht in meiner Absicht, Sie zu beleidigen. Sie sind natürlich keine Dame!«

»Sie verstehen es, Komplimente zu machen.«

Leonhart greift sich verzweifelt an die Stirn. Was für

Kindsköpfe hat er sich da nur eingehandelt. Warum sitzt er jetzt nicht im Lampenschein an seinem Schreibtisch in seiner kleinen Villa, mit Dickens zu seinen Füßen, einem Lexikon vor der Nase und seiner schmökernden, Pralinen naschenden, gemütlichen Sophie auf der Lesecouch … Natürlich. Darum sitzt er jetzt nicht in Wingen, weil Sophie nicht auf der Couch sitzen würde und alles andere als gemütlich war in letzter Zeit. Vielleicht wird sie nie mehr auf seiner Couch sitzen, wenn er nicht endlich etwas dafür tut. Etwas Verrücktes.

Und dann hat er eine viel einfachere Idee, als Bea ans Steuer des Autos zu lassen. Warum ist Böckelkamp nicht darauf gekommen? Er hat sich zu sehr in sein selbst inszeniertes Drama verliebt.

Leonhart schüttelt den Kopf, dann springt er schnell auf den Fahrersitz und startet das Auto.

24. Kapitel

Sie könnte den Lord umbringen! Vierteilen, köpfen, in winzige Stücke filetieren. Mit diesem Messer. Es ist scharf, es ist spitz, es hat eine breite Klinge und liegt schwer in der Hand. Genau das richtige Messer, um damit den Berg Blumenkohl zu zerteilen, der sich vor Sophie auftürmt. Den Blumenkohl hat Fitzwilliam ihr eingebrockt und diese ganze verdrehte Situation.

Er will sie ihr heute Nacht erklären, im Gartentempel auf dem Hügel, hat er gesagt, als er ihr eine Flasche sehr alten Port in ihre Dienstbotenkammer gebracht und sie um Geduld gebeten hat.

»Das ist ein vorzüglicher Portwein, fünfundzwanzig Jahre alt. To keep you warm. Um dich warm zu halten, solange ich es nicht tun kann. Glaub mir, du wirst dich prächtig amüsieren, wenn du erst alles weißt! Es wird so sein wie früher.«

Und sie ist auf die Geste, die Versprechungen und die sanfte Stimme hereingefallen. Von Blumenkohl war keine Rede gewesen. Am besten, sie nimmt das Messer heute Nacht mit. Bewaffnete Dialoge sind vielleicht die einzigen, die der unberechenbare Kerl versteht. Wütend hackt sie einen Strunk vom Kohl. Ha!

Neben ihr am langen, gekachelten Arbeitstisch treibt Lady Ashburton die Küchengeister, bestehend aus drei jungen Aushilfen, Mrs. Molloway und ihr, zur Eile an.

»Um acht muss alles fertig sein, ich will mich noch in Ruhe umziehen und Martinis mit den Gästen nehmen. Das gehört zum Programm. Scharfe Cocktails und laue Konversation, *very british*. Genau das, was Ausländer von uns erwarten. Nun, solange sie uns gut dafür bezahlen.« Sie kichert geziert.

Na toll, spielt ganz die große Dame, trotz verschmierter Küchenschürze. Seit einer Stunde wird Fisch geputzt, Sahne geschlagen, werden nach Anweisung der Hausherrin Soßen gerührt, Rebhühner mit Speckscheiben belegt, am Spieß geröstet und dressiert. Auf einem ehrwürdigen Herd mit schwarz polierter Eisenfläche simmern Töpfe voller Geflügelbrühe, Kartoffeln, Erbsen und Möhren. Im kupferfarbenen Ofen darunter schmurgelt ein Roastbeef von der Größe eines Rinderschlegels. Ein feudales, aber familiäres Essen für zwölf Personen steht auf dem Programm.

Sophie wischt sich den Schweiß von der Stirn und spielt gedankenverloren mit dem Messer. Sie zum Gemüseputzen abzukommandieren, was für eine Frechheit. Sie hasst Kochen, wenn es mit aufreibenderen Arbeiten als dem Entfernen einer Plastikfolie von einem Tiefkühlgericht für Jennifer oder dem Studium einer Pizza-Lieferliste im Büro verbunden ist. Warum hat sie sich nur auf so einen Unsinn eingelassen?

Wegen Fitz... nein!

Nicht nur jedenfalls.

Sie hat sich auch darauf eingelassen, weil Jennifer der Unsinn sehr gefällt und anscheinend gut tut. Am Nachmittag, als Sophie allein und nach einem ausführlichen Schläfchen in einem Lavendelschaumbad saß, ist Jennifer hineingestürmt und hat darauf bestanden, in Ashburton Hall zu bleiben. Nicht wegen Nicholas, das hat sie hoch und heilig versprochen, der sei nämlich völlig plemplem und öde. Die Natur hat es ihr angetan, die Umgebung, der Wald. Was für eine Verwandlung von einer fernsehsüchtigen *couch potatoe* zur naturbegeisterten Romantikerin.

Noch begeisterter war Jennifer von der Idee, dass ihre Mutter hier als Küchenhilfe auftritt. »Cool, wusste gar nicht, dass du Sinn für Humor hast, Mom. Ich dachte immer, du wärst total vernünftig. Echt stark, mit dir macht Urlaub Laune.«

Ein Kompliment, dem Sophie nicht widerstehen konnte.

»Und du kriegst den Lord sicher rum.«

Wie bitte? Sophie hat sich vor Schreck fast an einer frei schwebenden Seifenblase verschluckt. Was weiß Jennifer über ihr Verhältnis zu Fitzwilliam? Nicht viel, wie es scheint.

»Ich meine, er wird das mit der scheißteuren Vase schon verschmerzen, wenn du dich so für mich ins Zeug legst und das Ding quasi abarbeitest. Abgemacht?«

Kuss und abgemacht. Ein Kuss von ihrer kleinen Jenny! So ein Sonnenschein kann sie mit einem Mal wieder sein – und das Leben heiter.

Aber dass Sophie jetzt tatsächlich kochen soll, das war nicht abgemacht. Zu Hause war Leonhart für die richtige Küche zuständig, ihn entspannt es, Möhren zu hacken, Kalbsschnitzel zu klopfen und mit Gewürzen zu experimentieren. Natürlich nicht täglich, fürs Grobe und die langweilige Hausmannskost war immer sie zuständig. Ha. *Und hier für den Blumenkohl.* Nur zur Tarnung.

Leonhart, zum Teufel mit ihm, der hat sie in diesen Wahnsinn überhaupt hineingetrieben. Wenn der sähe, was sie hier machen muss – würde er sich totlachen. Sie schnitzt einen Blumenkohl millimetergenau in Grund und Boden.

Wahrscheinlich würde Leonhart diese Küche hier sogar lieben, die blinkenden Kupferpfannen, die an schwarz verrauchten Balken von der Decke hängen, die polierten Messingkessel und die Steingut- und Keramikschüsseln, die in Reih und Glied auf meterhohen Regalen thronen.

Allerdings würde er sie – Sophie – zuerst mit einem Vortrag über die tyrannische Ausbeutung der Dienstboten durch eine degenerierte Adelsklasse langweilen. Womit er sogar ausnahmsweise Recht hätte!

Sophie fühlt sich beim Anblick des Blumenkohls ausgebeutet und vor allem tyrannisiert von Lady Ashburton, die allerdings selber nach Leibeskräften mitarbeitet. Tyrannisch ist sie trotzdem.

»Ich habe wirklich keine Ahnung, wo mein Mann Sie aufgelesen hat.«

Mrs. Molloway, die gerade Eier aufschlägt, räuspert sich verlegen. »Mylady, das war ich. Lord Fitzwilliam gab mir sozusagen den Auftrag, nach einer passenden Person für ihn, also seinen Haushalt, zu suchen.«

Lady Ashburtons Blick ruht weiterhin auf Sophie. »Passend? Eine Deutsche? Ihre Nation ist nicht gerade für seine Köchinnen berühmt!« Murmelnd fügt sie hinzu: »Für ausgefallene Liebeskünste allerdings auch nicht.«

Sophie kontert ebenso leise: »Bei uns sagt man das Gleiche über ihre Nation, wobei wir uns uneinig sind, was lausiger ist: das britische Essen oder euer Wetter.«

Über die Liebeskünste will sie lieber nicht diskutieren, sie muss dann zwangsläufig an zerrissene Nylonstrümpfe und hilfloses Herumgefingere in dunklen Gängen denken. Eine gute Figur hat dabei weder die beteiligte Deutsche noch der betroffene Engländer gemacht. *Vielleicht wird es heute Nacht im Park besser* – ooops, wer denkt denn so was?

Die Lady an ihrer Seite hebt die Augenbrauen.

»So, sagt man das über uns? Dafür scheint aber eine erstaunliche Anzahl ihrer Landsleute ganz vernarrt in Großbritannien zu sein. Die heutige Jagdgesellschaft besteht zum größten Teil aus Deutschen. Der anwesende Vertreter vom »British Tourist Office« geht von enormen Wachstumsraten bei deutschen Urlaubern aus, die das vornehme und kultivierte Leben in einem eleganten englischen Herrenhaus wie Ashburton kennen lernen möchten, in dem man stolz auf seine Ahnen, seine große Vergangenheit und seine höfliche Zurückhaltung sein darf. Traditionen, an denen bei Ihnen ein gewisser Mangel zu herrschen scheint.«

Sophie schaut alarmiert auf. »Ein Vertreter der Tourismusbehörde ist hier? Wie heißt er?«

Könnte es sein, dass sie ihn kennen gelernt hat? Bei »Good sellers«, an dem verhängnisvollen Morgen ihrer Kündigung. Nein, Unsinn, die haben jede Menge Mitarbeiter. Aber wenn sie an den schönen Auftrag denkt! Die Vermarktung englischer Herrenhäuser in Deutschland – das wäre der Job für sie gewesen.

Lady Ashburton hat sich zu voller Größe und Steifheit aufgerichtet. Imitiert sie jetzt Königin Elizabeth?

»Der Name unseres Gastes dürfte für Sie nicht von Interesse sein, Sophie. Ich möchte Sie um äußerste Zurückhaltung bitten, wenn Sie bei Tisch aufwarten. Keine Fragen außer nach den Wünschen bezüglich des Gemüses. Mit dem Dienstpersonal spricht man an einer traditionellen Dinnertafel nicht. Und wir wollen sehr traditionell sein, verstanden?«

Sophie hebt empört das Messer: »Ich soll den Lord und seine Gäste bedienen? Ich denke gar nicht daran.«

»Meine Liebe, Sie werden uns alle bedienen. Auch mich. Es gehört zu Ihren Aufgaben, hat mein Mann Ihnen das nicht erklärt? Wie nachlässig.«

Sophie schnaubt und lässt das Messer auf einen weiteren Kohlkopf niedersausen. Sauber durchtrennt, na also. Lady Ashburton runzelt missbilligend die Stirn.

»Jeder minderjährige Dorftrampel ist schneller und geschickter als Sie. Nun los, zerlegen Sie den Blumenkohl in kleine Röschen, er muss nur gesiedet und mit etwas Butter verfeinert werden. Ich hoffe, dass Sie das dort gelernt haben, wo Sie herkommen, oder muss ich Ihnen ein Kochbuch geben?«

Jetzt reicht es. Sie wollte sich wirklich zurückhalten, weil die ahnungslose Lady ihr ein wenig Leid tut und weil sie selber sich auf diese hirnverbrannte Maskerade als Gemüsemagd eingelassen hat, aber deshalb muss sie sich nicht bis auf die Knochen beleidigen lassen. Sie war schließlich selber bis vor kurzem Chefin. *Und auch gern ein bisschen tyrannisch, nicht wahr?* Ruhe!

Mit finsterem Spott schaut sich Sophie in der riesigen, von Dampfschwaden duchzogenen Küche um. Mit lauter Stimme, die von den Küchenwänden widerhallt, sagt sie: »Ein Kochbuch? Wo haben Sie denn das versteckt? Noch dazu ein englisches! Es kann ja wohl kaum dicker sein als ein Kompendium der niederländischen Berge oder die Geschichte der schweizerischen Seeräuberei.«

Mrs. Molloway schüttelt am anderen Ende des Tisches tadelnd den Kopf. Die Küchenaushilfen kichern, es handelt sich um pakistanische Britinnen, die zu Hause sicher schärfere Speisen gewöhnt sind. Lady Ashburton, die Brotteig in einer trogähnlichen Keramikschüssel knetet, hält kurz inne und wirft einen kühlen Blick in die Runde.

»Witzig können die Deutschen also auch sein. Ich will Ihnen mal was sagen – wir Engländer brauchten nie raffinierte Kochbücher, weil wir immer genug anständige, von Natur aus wohlschmeckende Dinge zu essen hatten und nicht wie die Franzosen Frösche und Schnecken so kompliziert zubereiten mussten, dass niemand bemerkt, was er da isst. Nichts ist köstlicher als ein anständiges englisches Dinner mit Fleisch, selbst gezogenem Gemüse und Kartoffeln.«

»Und erst unsere Pasteten und Puddings«, mischt sich

betont munter Mrs. Molloway ein, die mit sehr rosigem Gesicht und sichtlichem Vergnügen Eierteig für Yorkshirepuddings in kleine Förmchen gießt. »Oh, es wird ein köstliches *welcome-dinner* werden, das unsere kleine Jagdgesellschaft heute Abend genießen wird. Ich selber werde natürlich auch bei Tisch aufwarten. *What fun!* Es ist sehr lustig, den perfekten Dienstboten zu spielen und den Gästen Respekt einzuflößen. Hinterher genehmigen wir uns dann in der Küche die besten Stücke selbst. Du musst nämlich wissen, Sophie, dass unsere strengen Tischmanieren und unser altes Porzellan so einschüchternd auf Kontinentaleuropäer wirken, dass sie gewöhnlich kaum etwas zu sich nehmen.«

Sophie zuckt mit den Achseln. »Nun, ganz so einschüchternd kann das Porzellan wohl nicht auf die Gäste wirken, wenn es ständig gestohlen oder umgeworfen wird. Vielleicht sollte man die Originale durch bruchsicheres Plastik ersetzen.«

Und in eben diesem Moment geht neben ihr eine Keramikschüssel zu Boden und zerspringt. Teig quillt über den Arbeitstisch und tropft zähflüssig zu Boden. Lady Ashburton ist weiß wie eine Wand und zittert ein wenig, sie ringt ihre teigverklebten Hände.

Meine Güte, denkt Sophie, die Schüssel sieht nun wirklich nicht nach wertvoller Antiquität aus. Mrs. Molloway kommt mit einem Geschirrtuch herbeigeeilt.

»*My dear*. Was für ein Missgeschick, der schöne Teig.« Eifrig wischt sie an der Arbeitsplatte und der Lady herum, schiebt diese ein wenig zur Seite. Die Lady leistet keinen Widerstand, bebt nur leise wie ein erlöschender Vulkan.

Verstohlen schiebt Sophie sich ein Röschen Blumenkohl in den Mund. Gekocht wäre er besser, vor allem mit ein paar Scheiben rosa Roastbeef dazu und der wundervollen braunen Soße, die Mrs. Molloway eben in Angriff nimmt.

Sophie steckt den Finger kurz in die Brühe und leckt ihn genüsslich ab.

»*Oh dear*, Sie sind einfach hoffnungslos.« Lady Ashburton hat sich wieder im Griff. Sie entwindet Sophie das Gemüsemesser und macht sich selber an die Arbeit. Tschack, tschack, tschack, flitzt das Messer durch den Kohl.

Muss ganz schön hart arbeiten, die Gute, so hatte sich Sophie das Leben einer Lady nicht vorgestellt. Kommandieren ist der einzige Luxus, den sich Madeleine Ashburton in großem Stil zu gönnen scheint: »Nehmen Sie sich ein Körbchen und die Taschenlampe, es wird bald dunkel. Dann gehen Sie in den Kräutergarten hinter den Ställen. Wir brauchen noch frische Petersilie für den Brotpudding. Ich hoffe, Sie wissen wenigstens, wie Petersilie aussieht?«

Ziemlich fade, genau wie du, denkt Sophie gehässig, greift nach dem Körbchen, das auf einem Schemel neben der Tür steht, und ist froh, dem Küchentrubel zu entkommen.

25. Kapitel

Heftiger Regen trommelt auf die Stalldächer, Nässe verklebt den Kies im Hof, sammelt sich in kleinen Bächen und bildet Rinnsale zwischen den Steinchen. So kennt sie das englische Wetter, morgens vielversprechend sonnig, mittags leicht bewölkt und abends »back to normal« oder umgekehrt. Im Herbst ist es besonders abwechslungsreich.

Sophie zieht die Schürze aus und bedeckt ihren Kopf damit, dann schlüpft sie in ein Paar Gummistiefel, die am Hintereingang bereitstehen – für wen auch immer. Hoffentlich erreicht sie den Küchengarten einigermaßen trocken. Wenn sie sich richtig erinnert, muss sie nach rechts gehen und dann um die Ställe herum.

Sie knipst die Taschenlampe an, überquert mit beherzten Sprüngen den Hof, hopst über Pfützen, stiefelt an spärlich beleuchteten Stallboxen vorbei, in denen sanft einige Pferde schnauben, und erreicht einen Geräteschuppen, unter dessen Tür Licht hervorquillt. Der Gärtner hat spät zu tun, denkt sie, als ein scharfer Knall das monotone Pladdern des Regens zerreißt.

Sophie macht einen Satz. Das war ein Schuss, ganz klar. Er kam aus dem Schuppen und wird mit einem herzhaften Mädchenlachen quittiert. Stimmen werden laut.

»*Caution!* Pass doch auf. Du hättest beinahe die Lampe heruntergeholt. Du solltest die Schießscheibe treffen.«

»*What fun.* Das ist großartig! Reißt einen fast von den Füßen. Klasse. Schade, dass du keine Pumpgun hast. Darf ich noch mal.«

Nicht, wenn es nach Sophie geht. Mit einem Ruck reißt sie die Schuppentür auf und entdeckt im Schein einer baumelnden Petroleumlampe ihre feixende Tochter an der Seite von Nicholas Fitzwilliam junior, der eine Pistole mit beachtlichem Lauf in der Hand hält. Die beiden drehen sich mit ertappten Mienen um.

»Mom, bist du das? Oh, Scheiße.«

Sophie zieht sich die Schürze vom Kopf. »Ja, allerdings. Was macht ihr hier? Seid ihr wahnsinnig geworden?« Sie ist mit zwei Schritten bei Nicholas und zerrt dem verdutzten Rastamann die schwere Pistole aus der Hand.

»Vorsicht, sie ist geladen«, sagt Nicholas und hebt angriffslustig das Kinn.

»Das habe ich gehört. Was fällt dir ein, meiner Tochter eine Schusswaffe zu geben?«

»Oh, Mama, bitte, wir üben doch nur ein bisschen Schießen. Wir haben auch einen Schalldämpfer dabei, falls es zu laut wird. Irre nicht? Guck mal, eben habe ich sogar die Scheibe da getroffen, links unten, das Loch, das aussieht wie ein Fleck Taubenschiss. Riesig, oder? Ich wusste gar nicht, dass ich das kann.«

Sophies Mund wird zu einem harten Strich. Sie umklammert bebend vor Wut die Pistole. »Dann ist es das Beste, wenn du es gleich wieder vergisst. Du glaubst doch nicht im Ernst, dass ich dir so einen gefährlichen Unsinn durchgehen lasse. Noch dazu mit diesem Irren an deiner Seite, der dich bereits mit einem fliegenden Kürbis verletzt hat. Die Ashburton-Männer sind unberechenbare Spinner.«

»Das sagt Nicholas selber. Er ist nämlich klar bei Verstand, im Gegensatz zu seinem Vater! Der ist tatsächlich irre.«

Sophie beißt sich kurz auf die Lippen. An diese Möglichkeit hat sie zugegebenermaßen auch schon gedacht. Aber hier geht es um etwas anderes. Hier geht es um Erziehungsarbeit: »Keine Diskussionen, Jennifer. Ab in dein Zimmer.«

Jennifer zieht eine Schnute und stampft mit dem linken Fuß auf. Nur gut, dass Nicholas kein Deutsch versteht, sonst müsst er sie ja für ein Wickelkind halten.

»Sonst sagst du immer, ich soll mir endlich ein Hobby suchen, rausgehen und nicht immer Fernsehen gucken. Scheibenschießen ist ein Sport wie jeder andere, man kann ihn prima im Freien ausüben, etwa im Wald. Und außerdem darfst du mir hier keinen Stubenarrest erteilen. Das Haus gehört dir nämlich nicht.«

Sophie spart sich eine Antwort, hebt nur den Zeigefinger und deutet Richtung Tür. »Marsch, aber dalli.«

Jennifer zockelt ab, nicht ohne vorher noch einmal die Haare nach hinten zu werfen. Madonna wäre in so einer Situation sicher auch nichts Besseres eingefallen, außer singen natürlich, passt aber momentan nicht.

Als die Tür hinter ihr ins Schloss fällt, dreht Sophie sich zu Nicholas um. Das Licht fällt schräg auf sein Gesicht und lässt seine typische Ashburton-Nase scharf hervortreten. Auch in Sachen Arroganz hat er den Vater großzügig beerbt.

»Darf ich um die Pistole bitten? Sie gehört Ihnen nicht.«

Nein, vom Sohn lässt sie sich nicht ins Bockshorn jagen. »Ich nehme an, sie gehört deinem Vater. Wie wäre es, wenn wir sie ihm gemeinsam zurückbringen?«

In Nicholas Augen zuckt es ganz kurz. »Behalten Sie das Ding, okay?« Sophie lässt die Pistole ins Kräuterkörbchen gleiten und wendet sich zum Gehen. Als sie die Tür aufstößt, hält Nicholas Stimme sie noch einmal zurück.

»Es wäre mir lieb, wenn Sie meinem Vater nichts von unseren Schießübungen sagen würden. Es könnte ihn auf falsche Gedanken bringen.«

Sophie dreht den Kopf. »Und das wären welche? Vielleicht, dass man dir gehörig die Meinung sagen sollte, weil du gefährlichen Blödsinn mit Schusswaffen treibst?«

»Das geht Sie nichts an. Und übrigens, warum sind Sie eigentlich als Küchenmädchen hier, MOM?! Das wäre doch auch ein interessantes Gesprächsthema, zum Beispiel für meine Mutter.«

Nicholas drängt sich an Sophie vorbei und ist durch die Tür, bevor sie ihn zurückhalten kann.

Ob sie dem Lord von der Sache erzählen soll? Was soll's, solange sie ihre eigene Tochter im Griff hat, gehen sie die Erziehungsprobleme anderer Eltern nichts an. Sie wird in den nächsten Tagen ein Auge auf Jennifer haben. Oder am besten ganz bald mit ihr abreisen.

Genau, egal, was Jenny dazu sagt. Aber will sie selber schon nach Hause? Wo wäre das überhaupt? In der Villa, bei Leonhart? Sophie greift unruhig nach dem Kräuterkorb. Wenigstens weiß sie, was sie im Moment zu tun hat. *Petersilie pflücken!*

Im Küchengarten tropft der Regen auf Bohnenblätter, wäscht Rosenkohlstauden und abgeerntete Johannisbeersträucher. Zwei Reihen Apfelbäume recken ihre knorrigen Äste ins Dunkel. Mit der Taschenlampe sucht Sophie die sauber unterteilten Beete ab.

Verdammt, die Kräuter drücken sich ganz hinten unter einer Glasabdeckung an die Bruchsteinmauer. Ihr steht das Regenwasser schon in den Stiefeln, die Küchenschürze über ihrem Kopf ist bereits durchweicht. Ärgerlich stapft sie über die matschigen Pfade. Bei ihr zu Hause wächst die Petersilie in der Tiefkühltruhe und schmeckt ebenfalls.

Am Beet angekommen, geht sie in die Hocke, reißt wütend und mit klatschnassen Händen ebenso nasse Büschel Petersilie aus, legt sie zu der Pistole im Korb und macht sich auf den Rückweg. Das Wasser läuft ihr nun bereits durch den Kragen des schmalen schwarzen Kleides, das Mrs. Molloway ihr besorgt hat. Den Tod wird sie sich holen. Überhaupt. Wenn sie geahnt hätte, dass es sich bei dem Kleid nicht um das berühmte »kleine Schwarze« für eine stilvolle Dinnerparty, sondern um den Teil einer Servieruniform handelt, hätte sie ...

»Verdammt!«

Sophie bleibt gleichzeitig mit ihrem Herzen stehen. Der Fluch kam nicht von ihr, sondern von der Rückseite eines gläsernen Gewächshauses. Wer ist das schon wieder? Bestimmt nicht der Gärtner.

Nach Nicholas klingt es auch nicht, nur nach einem Mann, der ziemlich wütend mit einem Spaten in der Erde herumknirscht und herumwühlt. Nicht mit dem von ihm gewünschten Erfolg, wie es scheint, jetzt verflucht er die *bloody stones*. Mit der Schaufel scheint er auch unzufrieden zu sein, er wirft sie fort, man hört es an dem Klirren, mit dem sie auf die Scheiben des Glashauses trifft. Dann ertönt ein scharrendes, schleifendes Geräusch. Man könnte auf ganz dumme Gedanken kommen bei so einem Geräusch, das klingt, als würde jemand einen Sarg durchs Gebüsch ziehen.

Ein lautes Ächzen und Stöhnen ist das Nächste, was Sophie hört. Dann quatschende Schritte, die sich auf sie zu bewegen. Nichts wie weg. Sie löscht die Taschenlampe und läuft los, schliddert über Matschpfade, das Körbchen in ihrer Hand schwankt bedenklich, und plötzlich ist es federleicht. Sophie weiß, warum, sie hat die Pistole verloren.

Jetzt flucht sie, dreht sich im Matsch, gerät auf den Gummistiefeln gefährlich ins Kreiseln. Egal, sie braucht die Waffe, also knipst sie die Taschenlampe wieder an, findet die Pistole unter einem Apfelbaum und hebt sie auf.

»*So you found us at last?*« Sie haben uns also doch noch gefunden? Wen?

Als Sophie sich aufrichtet und die Taschenlampe nach oben richtet, weiß sie es. Mr. Hagerty! Grinsend steht er da und hat eine Kiste geschultert. Die Kiste, die er schon auf dem Flughafen dabeihatte, die Kiste, die er auf der Rückbank des Käfers zärtlich und umsichtig wie ein Baby in seinem Maxi-Cosi angeschnallt hat und die wirklich wie ein zu klein geratener Sarg aussieht. Die Kiste muss sehr schwer sein, sie drückt seine rechte Schulter herab. Sophie umklammert unwillkürlich die Pistole in ihrer Rechten.

»Was für ein nettes Wiedersehen«, murmelt der Versicherungsvertreter, seine Anstrengung überspielend, »aber wozu benötigen Sie denn an einem so bezaubernden Fleckchen Erde diese wunderhübsche kleine Pistole? Lassen Sie mal sehen! Oho, damit lässt sich aber weit schießen, es ist eine …«

Sophie zieht die Pistole weg und versteckt sie hinter ihrem Rücken.

»Sie sind eine viel geheimnisvollere kleine Lady, als ich dachte«, sagt Mr. Hagerty und grinst wieder. »Ich mag geheimnisvolle Frauen, sie sind so unterhaltsam.«

Sophie hält ihn mit der Taschenlampe auf Abstand, im Lichtkegel bildet sich ein kleiner Regenbogen. »Und was, wenn ich fragen darf, haben *Sie* hier Geheimnisvolles zu tun? Mit einer Holzkiste?«

Mr. Hagerty wirft einen betont beiläufigen Blick auf die Kiste, auf die munter der Regen trommelt.

»Oh, die Kiste? Nun, darin befindet sich nur ein altes Hündchen, das ich begraben wollte. Ein Hündchen von Lady Ashburton. Ich habe es in London präparieren lassen und bin nun gekommen, um es beizusetzen, *you know*. Die Briten hängen so sehr an ihren Haustieren, sogar, wenn sie sehr alt und gebrechlich sind und die Teppiche verschmutzen.«

Sophie lacht laut auf. »Ihr altes Hündchen können Sie jemand anderem aufbinden. Ich gehe jetzt zurück in die Küche und frage die Lady, wie ihr Hündchen geheißen hat.«

Sie geht ein paar Schritte rückwärts. Die Taschenlampe im Anschlag, bückt sie sich mit Blick auf Hagerty nach dem Kräuterkorb und wirft die Pistole hinein. Blitzschnell ist sie wieder oben, aber genauso blitzschnell ist Mr. Hagerty bei ihr und verstellt ihr den Rückweg. Er grinst immer noch, aber sein drohender Blick straft die Munterkeit Lügen.

»Hören Sie, ich möchte nicht, dass Sie diesen Hund und die Kiste im Haus erwähnen. Lady Ashburton ist immer noch außer sich wegen des Verlustes. Sie ist eine so gefühlvolle Dame.«

Sophie setzt ein triumphierendes Gesicht auf. »Ach ja? Vielleicht hat ja Lord Ashburton stärkere Nerven und weniger sentimentale Gefühle. Was ist in der Kiste wirklich drin? Vielleicht eine verschwundene Porzellanschüssel?«

Da sieht man mal, wie lohnenswert es ist, Agatha Christie zu lieben. Macht richtig Spaß, Detektiv zu spielen.

Mr. Hagerty schürzt kurz die Lippen, er sieht aus wie ein ausgefuchster Viehhändler, der um den Preis eines Pferdes feilschen will.

»Hören Sie, meine Liebe, ich habe gehört, dass Sie in diesem Haus als Küchenaushilfe firmieren. Nun, nach unserer Begegnung am Flughafen hätte ich nicht darauf geschlossen, dass Sie zu dieser schlecht ausgebildeten und noch schlechter bezahlten Berufsgruppe gehören. Und sagten Sie nicht auch, dass Familienangelegenheiten der Zweck Ihres Besuches wären? Höchst merkwürdig. Ich könnte mir vorstellen, dass Lady Ashburton meinen Eindruck teilen würde. Und dann wäre da noch die Sache mit Ihrer Tochter Jennifer, die eine kostbare Vase auf dem Gewissen hat, für die meine Versicherung sicher nicht aufkommen wird, wenn ich davon abrate!«

Sophie erkennt, dass sie in die Defensive geraten ist.

Verfluchte Vase, verdammtes Porzellan, man kommt sich ja selbst wie der Verbrecher vor und ist gezwungen zu lügen.

»Ich sagte ihnen bereits, ich habe keine Kinder.«

»Na, Sie müssen es ja wissen, als Mutter dürfte einem so etwas kaum entgehen. Und nun entschuldigen Sie mich, ich will mich noch umziehen, bevor es zum Dinner läutet. Wir möchten doch alle pünktlich unsere Plätze einnehmen und den Gästen ein perfektes englisches Nachtmahl vorspielen, nicht wahr?«

Er rückt die Kiste auf seiner Schulter zurecht. Ein Schwall Wasser schwappt vom Deckel herab, ergießt sich über und in Sophies Gummistiefel.

»Scheußliches Wetter übrigens, Sie könnten sich hier draußen den Tod holen, wenn Sie nicht auf sich aufpassen. Guten Abend.« Hagerty nickt kurz, dann verschwindet er fröhlich pfeifend in der Dunkelheit. Sophie starrt ihm hinterher. Wo ist sie hier nur hineingeraten? Verrückt, völlig verrückt. Dieser Versicherungsvertreter ist entschieden unheimlich, verlogen und bestimmt nicht das, was er zu sein vorgibt.

Genau wie du, nicht wahr?

26. Kapitel

Der Unfall ist wirklich ein Unfall. Er ist nämlich anders verlaufen als geplant. Das Auto hat ihn nicht überlebt.

Drei aufgeregte Gestalten hasten keuchend den Hügel hinunter, immer dem Wagen hinterher, der führerlos und pfeilschnell, aber ohne auf einen Baum zuzuhalten, geradewegs vor ihnen den Hang hinabgeschossen ist, um am Fuß des Hügels noch einmal Schwung zu nehmen, die Auffahrt hochzuschnellen und sich in den Springbrunnen vor Ashburton Hall hineinzubohren.

Böckelkamps Beine arbeiten wie Trommelstöcke auf dem nassen Pflaster, er läuft beachtlich schnell für einen so alten Mann und hat sogar noch Luft zum Schimpfen.

»Sie hätten wenigstens das Lenkrad einschlagen müssen, Herr Professor. Das Lenkrad! Mein Gott, sehen Sie sich nur diese Bescherung an. Die Göttin ist vom Sockel herabgestürzt, das Wasser sprudelt aus dem Brunnen wie nach einem Vulkanausbruch. Ein Werk der Zerstörung.«

»Mein Blut geht ab, mein Blut. Scheißregen«, prustet eine verzweifelte Bea in seinem Rücken. »Böckelkamp haben Sie noch Ketchup?«

Im Hauseingang über der Freitreppe ist schon zusätzliche Beleuchtung aufgeflammt. Kein Wunder bei dem Knall, dem Geräusch von berstendem Glas und Stein, untermalt von ohrenbetäubendem Blechgeschepper. Die rechte Radkappe ist mehrere Meter hochgeflogen und auf den Stufen gelandet, wo sie einen klappernden Kreiseltanz vollführt.

»Eine Schnauze hat das Auto bestimmt nicht mehr«, stößt Bea zwischen einigen Atemzügen hervor.

Leonhart packt Bea am Ellbogen und beschleunigt beider Lauftempo. »Quassel nicht, renn! Wir müssen in dem Auto sein, bevor jemand da ist. Mach voran!«

Oho, Herr Professor kann aber ganz schön umgangssprachlich werden, wenn er in Panik ist, gefällt ihr gar nicht.

Sie erreichen den Fuß des Hügels, Bea bekommt Schluckauf, Leonhart muss sie das letzte, ansteigende Wegstück hinaufzerren. Böckelkamp ist als Erster beim Auto, verharrt einen Moment in stummer Trauer, dann zerrt er an der verbeulten Fahrertür. Regen und Springbrunnenwasser gehen auf ihn nieder. Mit Mühe kann er die Tür einen Spalt weit öffnen. Mit aufgeregten Bewegungen winkt er Bea heran.

Japsend und hicksend erreicht sie den Wagen, zwängt sich mit Leonharts Hilfe ins Auto. Böckelkamp öffnet die unversehrte Beifahrertür und nimmt Platz, Leonhart reißt eine Hintertür auf, als von der Haustür her Rufe laut werden. Taschenlampen blitzen auf.

»Bea, leg deinen Kopf aufs Lenkrad!« Sie gehorcht und lässt mit theatralischer Wucht den Kopf nach vorne fallen. Die Hupe des Mercedes ist unversehrt und sehr, sehr laut. Bea schreckt hoch und lässt den Kopf noch einmal fallen, aufs Armaturenbrett, der Heckscheibenwischer beginnt quietschend, die Scheibe zu polieren. Leonhart wirft verzweifelte Blicke in den schwarzen Regenhimmel, dann stößt er möglichst aufgeregte Schreie aus.

»Oh Gott, Bea, sagen Sie doch was! Und Böckelkamp. Böckelkamp, leben Sie?«

Der alte Mann gibt ein sehr glaubwürdiges Stöhnen von sich und lässt sich aus der Beifahrertür fallen, bleibt einen Moment liegen und rappelt sich dann mit gekonntem Schwanken wieder auf.

»Mein Gott, ich meine, *good gracious*, ein Unfall, *an accident*!

Help, help!« Ein Text wie aus einem Lehrbuch für Anfänger.

»Genug«, zischt Leonhart. »Und schreien Sie nicht nach Hilfe, Sie sind doch hier der Arzt!«

Böckelkamp klopft sich geziert den Trenchcoat ab. »Ich bin aber auch Mensch, Herr Professor. Ein bisschen Schock muss sein.« Hoffentlich weiß Sophie dieses Affentheater zu würdigen. Ein hoch gewachsener Mann in dunklem Dinnerjacket nähert sich mit weit ausgreifenden Schritten. Ohne Zweifel der Hausherr. Der Strahl seiner Taschenlampe fährt zunächst über die zerschmetterte Diana zu seinen Füßen.

»Nun, ich schätze, für diese Dame kommt jede Hilfe zu spät. Meine Herren, ich darf mich vorstellen, Lord Fitzwilliam von Ashburton, ehemaliger Besitzer eines Springbrunnens aus der Schule von Sir Humphrey Repton, 18. Jahrhundert. Und wer, wenn ich fragen darf, sind Sie?«

Ein hysterisches »autsch« und ein lautes Stöhnen sind die Antwort. Es klingt täuschend echt. Bea hat sich beim Aufprall aufs Armaturenbrett nämlich einen Glassplitter in die Schläfe gerammt. Das tut nicht mal so sehr weh, aber es blutet, dass einem schlecht davon werden kann. Böckelkamp kämpft sichtlich gegen eine leichte Übelkeit an, als er sich über die junge Frau beugt.

»Respekt, das war sehr tapfer, Fräulein Bea. So viel Leidenschaft für ihre Rolle als Opfer hätte ich Ihnen nicht zugetraut«, flüstert er.

»Das war ein Versehen, Böckelkamp, und jetzt holen Sie, verdammte Scheiße, das Verbandszeug!«

27. Kapitel

Als Sophie in die Küche zurückkehrt, ist sie leer bis auf zwei der pakistanischen Küchenaushilfen, die mit einigen Teigkugeln Ball spielen. Sie werfen sich die gelblichen Kugeln in hohem Bogen geschickt von einem Ende des Arbeitstisches zum anderen zu. Aber war es nicht Hockey, wofür die Pakistanis berühmt sind?

Sophie fängt eine Teigkugel ab und schüttelt streng den Kopf. Die Gouvernantenrolle scheint heute Abend ihr Hauptprogramm zu sein, immer noch besser als Blumenkohl. Mit Jennifer wird sie auch noch reden müssen.

Sie stellt den Korb ab, die Pistole hat sie vorsichtshalber in den Gummistiefeln vor dem Hintereingang versteckt, sie wird sie später hervorholen und verstecken. Mit einem Geschirrtuch rubbelt sich Sophie die nassen Haare trocken.

»Wo ist die Lady?«

Die pakistanischen Mädchen rühren wieder brav in den Töpfen. »Zieht sich zum Dinner um.«

Zeit für ein bisschen Entspannung. Sophie setzt sich auf einen Hocker und schenkt sich Tee aus einer großen Keramikkanne ein, ein Whisky wäre ihr lieber. »Und Mrs. Molloway?«

»Oh, die hat der Lord geholt. Es gibt noch ein paar Überraschungsgäste für die Nacht. Aus Germany. Sie muss Betten machen. Wir sollen hier aufpassen, dass nichts anbrennt.«

Ihre Kollegin nickt und wird gesprächig. »Sie hatten einen Autounfall. Eine Frau ist verletzt. Aber es soll nicht schlimm sein. Sie muss sehr vornehm sein, sie hat nämlich einen eigenen Arzt dabei. Aber für das Roastbeef ist die Warterei der Tod, ja.«

Sie öffnet kurz die schwere Ofenklappe. »*Well done*, würde ich sagen. Wenn es noch lange braucht, müssen sie es mit der Axt transchieren.«

Sophie schüttelt den Kopf. »Himmel, das Roastbeef ist doch in so einem Fall völlig egal. Gibt es hier irgendwo einen Whisky? Ich meine, auf den Schreck mit dem Unfall.«

Gemeinsam durchsuchen sie die Küchenanrichten und entdecken Brandy und Koch-Sherry. Sophie gießt sich einen Aperitif in ihren Teebecher. Weich wie ein Seidenschal rinnt der goldene Brandy ihre Kehle herab und entfacht ein Feuer in ihrem leeren Magen. Ihr Gewissen regt sich ein wenig, legt sich aber bald wieder schlafen, nachdem sie den zweiten Brandy gekippt hat. Schließlich sind es mehrere Schrecken, die sie zu überwinden hat. Der Brandy tut seine Wirkung, sie fühlt sich mit einem Mal viel leichter, jetzt wäre ein Scheibchen Roastbeef gut.

Als sie den Ofen öffnet, erscheint Mrs. Molloway in der Küche. »*Oh, my dear!* Liebe Sophie, wie geht es dem Roastbeef? Wie umsichtig, dass du es beobachtest. Aber nun mach den Ofen wieder zu, sonst wird es zäh.«

Sophie klappt ein wenig verärgert und mit deutlich knurrendem Magen den Herd zu.

»Kann denn hier jeder nur ans Essen denken? Ich dachte, es gab einen Unfall und Verletzte.«

Mrs. Molloway gießt sich einen kräftigen Brandy ein, schnuppert kritisch daran. Sie bekommt sonst wohl nicht viele harte Sachen zu trinken, die Gute. Sie leert ihre Tasse mit einem Zug.

»Ach, meine Liebe, so schlimm scheinen die Verletzungen der jungen Dame nicht zu sein. Sie will sogar am Dinner teilnehmen, aber das habe ich untersagt. Wir mussten sie bei deiner, ähem, bei Jennifer, du weißt schon, unserem ersten Unfallopfer, einquartieren. Die Kleine zieht dafür in eine Dachkammer neben deiner. So kannst du vielleicht ein Auge auf sie werfen? Sie ist bemerkenswert unternehmungslustig, seit sie hier ist. Und nun gebe ich dir eine kleine Schürze und das Häubchen.«

Sie wandert zu einem Wandschrank und öffnet ihn.

»Das was?«, fragt eine entsetzte Sophie.

»Nun, das Häubchen natürlich. Wir haben sehr schöne alte Häubchen aus Spitze, sehr traditionell, ich werde dir nur noch die Haare feststecken, dann bist du fertig und kannst schon mal die Martinis im Kaminzimmer herumreichen.«

Mrs. Molloway nähert sich mit einem weißem Spitzenungetüm und Haarnadeln. Sophie hebt abwehrend die Hände. »Ich verkleide mich doch nicht als Kammerkätzchen. Und solch ein albernes Schürzchen binde ich mir auch nicht um. Meine Güte, vor ein paar Tagen war ich noch eine gut verdienende Marktforscherin mit eigenen Angestellten!«

Mrs. Molloway scheint sie nicht zu hören und zwirbelt Sophies Haare zusammen. Mit gesenkter Stimme flüstert sie auf Sophie ein.

»*Darling*, tu es mir zuliebe. Es wird alles gut werden. Es ist so schön, was du für den Lord tust. Genau das Richtige. Er hat eine so lieblose Ehe geführt in den letzten Jahren, dazu ständig diese Geldsorgen. Zum Verzweifeln, es hat ihn ganz krank gemacht. Der Magen, weißt du? Ein bisschen Aufmunterung tut ihm gut. Und wenn es dir wirklich zu viel wird, kannst du ja jederzeit gehen. Wie damals vor achtzehn Jahren.«

Sophie schließt kurz die Augen, der Brandy durchströmt heiß ihre Adern, weitet ihr den Kopf, löst ihre Zunge. »Sie tun so, als sei es meine Schuld, dass er drei Monate, nachdem ich weg war, nichts Besseres zu tun hatte, als eine lieblose Ehe einzugehen, statt auf mich zu warten.«

Mrs. Molloway schiebt Nadeln in ihr Haar, so fest, dass Sophies Kopfhaut prickelt. »Er wird dir alles erklären, *my dear.* Zu gegebener Zeit. Es war eine Ehe, zu dem ich ihm raten musste. Madeleine hatte damals ihre Qualitäten. Aber jetzt wird alles gut.«

»Au«, die letzte Haarnadel, mit der die alte Dame das Häubchen feststeckt, scheint sich in ihren Hinterkopf zu krallen. Mrs. Molloway ist bereits mit dem Polieren von Servierschüsseln beschäftigt, sodass Sophie sie nicht fragen kann, was sie damit meint, sie habe dem Lord zu der Ehe geraten.

Der Lord hat doch wohl nicht wegen der altjüngferlichen Mrs. Molloway geheiratet. Sie nimmt einen Brandy gegen die Haarnadel-Kopfschmerzen.

Dann gibt die alte Dame ihr die letzten Anweisungen, und Sophie findet sich im Gang zur Halle wieder, in den Händen trägt sie ein ausladendes Silbertablett mit Salzmandeln, Oliven und Fischhappen, die nach Mr. Penlows Lieferwagen riechen. Macht nichts, Sophie stopft sich trotzdem drei, vier davon in den Mund, bevor sie – das Tablett balancierend – mit dem rechten Ellbogen die Tür zum vornehmen Teil des Hauses niederdrückt.

Leicht schwankend, heftig kauend und mit entnervtem Gesichtsausdruck, stolpert sie in die Treppenhalle. Sie muss einer Ritterrüstung ausweichen und entdeckt erst im letzten Moment drei Herren in Abendkleidung, die lachend und murmelnd beieinander stehen.

»Oh, vergessen Sie den Springbrunnen, Professor von Humboldt.«

»Sagen Sie einfach Wilhelm.«

»Oh, gern, was für ein deutscher Name! Fitzwilliam ist allerdings mindestens so britisch. Nun, ich habe diesen

Springbrunnen nie sonderlich gemocht. Um ehrlich zu sein, handelte es sich um eine Nachbildung.«

»Das habe ich mir schon gedacht, Repton und seine Werkstatt pflegten keine Abgüße, sondern stets massive Statuen zu fertigen!«

Der Lord ist sichtlich beeindruckt. »Sie kennen sich mit Antiquitäten aus, Wilhelm? Wie interessant. Das Original habe ich in meinen *wild years* selber zur Strecke gebracht, mithilfe eines Elefanten, den ich zum Dinner eingeladen hatte.«

»Oh, darum die geräumige Eingangshalle! Ich würde mich freuen, heute einen Elefanten zu treffen.«

»Es sind recht einsilbige Gesellen, Wilhelm, und ihre Tischsitten lassen zu wünschen übrig.«

Die Herren verbrüdern sich mit lautem Gelächter. Sophies Tablett gerät gefährlich ins Wanken, Fischhäppchen pladdern auf den Marmorboden, ein Glas mit Salzmandeln schliddert hinterher, sie stoppt es im letzten Moment. Ihre Hand zittert dabei.

Sie kennt nämlich das Gelächter des Herrn Professor Humboldt. Wilhelm von Humboldt! Sich nach dem berühmtesten deutschen Sprachphilosophen des 19. Jahrhunderts zu benennen. Leonhart muss übergeschnappt oder der Sünde maßloser Eitelkeit verfallen sein. Was soll überhaupt das Inkognito?

Der Aufschneider trägt sogar eine Smokingjacke, gebügelt. Der ältere Herr neben ihm gibt den Butler und klopft ein Stäubchen von Leonharts Schulter. Das ist ja dieser verrückte Nachbar von Madame Zara. Was wollen die hier? Und was für eine Geschichte ist das mit dem angeblichen Autounfall?

Wenn Leonhart glaubt, sie mit so einem Schmierenstück beeindrucken zu können, dann macht er es sich mal wieder zu einfach. Obwohl, sie zittert leicht, der Brandy macht sie ein wenig rührselig: Schmeichelhaft ist es schon, dass er hier auftaucht und sich unter falschem Namen einschleicht. Noch dazu in einem Schloss, wo er den Adel doch so verachtet. Mit Ausnahme vom Lord, dem klopft er gerade freundschaftlich auf die Schultern. Hat der Unfall sein Hirn beschädigt?

Sophies Tablett kippelt, die Salzmandeln folgen – pardauz – den Fischhappen, die sie mit der Fußspitze schnell unter ein Tischchen kehrt, als der Lord sich umdreht.

Er zwinkert ihr kurz zu. Sophie blinkert ihre Rührungstränen wegen Leonhart weg. Der Lord lächelt erfreut, so als ob die Rührung ihm gälte. Sie gilt genauso wenig ihm wie sein Lächeln Sophie. Seine Freude bezieht sich auf die Häppchen.

»Oh, wie herrlich, da kommen die Hors d'œuvres. Sie müssen nach der ganzen Aufregung und dem Unfall hungrig sein. Wenn ich die Herren ins Kaminzimmer bitten darf? Unsere Servierkraft folgt uns auf dem Fuße, es wäre unhöflich von uns, nicht vor dem Personal da zu sein. Ich denke, wir warten bei einem Cocktail auf meine Frau. Sie hat sicher erfreuliche Neuigkeiten über den Zustand von Miss, wie war noch der Name?«

»Bea, das ist eine Kurzform von Beatrice. Und meine Untersuchung hat ergeben, dass ihr kaum etwas fehlt«, erklärt der alte Herr an Leonharts Seite beflissen.

Der Lord neigt lächelnd den Kopf. »Beatrice. Was für ein hübscher Name für eine Wissenschaftlerin, und sie sieht sogar gut aus, Wilhelm. Wirklich beneidenswert, dein Job.«

»Oh, Bea ist nur einer der Vorzüge an meiner Arbeit.«

»Ich freue mich schon, dir morgen die Bibliothek zu zeigen. Es gibt da einige sehr rare Erstausgaben und bemerkenswerte Lexika.«

»Lexika! Wie wundervoll.«

Sophie zieht hörbar die Luft ein. Die Herren würdigen sie keines Blickes, sondern schlendern Fitzwilliam entspannt hinterher. Das Ganze ist eine bodenlose Frechheit. Bea mit hierher zu bringen! Die ist nun wirklich kein überzeugendes Argument für eine Rückkehr zu Leonhart, an die sie ohnehin nicht denkt. Von wegen wissenschaftliche Assistentin, ha, darum wird sie sich später kümmern. Erst mal wird sie Professor von Humboldt die Meinung sagen.

Der tut ja so, als wären Dienstboten Luft für ihn und der Lord sein allerbester Freund. Er hält ihm sogar die Tür auf. Erst als Fitzwilliam und der alte Herr im Zimmer verschwunden sind, dreht Leonhart sich wie beiläufig um, entdeckt Sophie. Sein Blick gleitet an ihr und ihrer Serviermädchenaufmachung hinab. Er öffnet erstaunt den Mund.

Jetzt bin ich aber mal gespannt, denkt Sophie und ist schon wieder ein winziges bisschen gerührt. Leonhart sieht richtig smart aus in diesem nachtblauen Smoking. Ein wenig der verwegene Gentleman, so wie James Bond. Wegen ihr?

Oder wegen Bea! Blöder Brandy.

Sie strafft wehrhaft den Rücken, umklammert Halt suchend das Tablett und macht einen unwillkürlichen Schritt nach vorn. Es gibt so viel, was sie bereden müssen. Sie will mal nicht so sein und den Anfang machen.

In diesem Moment schließt Leonhart hastig die Tür. Hinter sich. Er ist im Kaminzimmer verschwunden. Sophie nimmt auf der Treppe Platz und kaut Fischhappen, über diese Frechheit muss sie erst mal nachdenken.

28. Kapitel

Jennifer sitzt in Nicholas Zimmer. Coole Nummer. Lord junior hat die Wände schwarz gestrichen, über seinem Bett hängt die rot-grün-gelbe äthiopische Flagge, weil Rastas Afrika für ihre Heimat und irgendeinen toten König von da für Gott halten. Im Hintergrund läuft laute Reggae-Musik, und sie rauchen selbst gedrehte Zigaretten, die zunächst nach Kuhdung und dann ziemlich würzig schmecken. Wenn das Mrs. Molloway wüsste, würde sie sicher mächtig stolz auf sie sein. Von wegen sie verpasst das Leben. Erlebt keine Abenteuer. Traut sich nichts. Kicher.

Schön, dass Nicholas so abseits wohnt, da kann man machen, was man will, und stört niemanden. Von dem Unfall vor dem Haus haben beide nichts mitbekommen, was auch an den Zigaretten liegen kann. Ihre Wirkung besteht zum Teil darin, die Welt sehr klein zu machen und das Universum hauptsächlich im eigenen Kopf stattfinden zu lassen. Jennifer muss wieder kichern. »Voll abgefahren, wie Mom uns eben erwischt hat. Die ist bestimmt jetzt noch auf hundertachtzig. Möchte bloß wissen, wo sie die Pissole versteckt.« Huch, Pistole meint sie natürlich.

Nicholas nimmt einen tiefen Zug von der Zigarette und steht vom Bett auf. »Glaubst du, sie hält die Klappe?«

»Klar, Mann, die zieht hier doch eine ganz eigene Betrügernummer durch.« Noch mehr Kichern, alles so lustig im Moment. »Ist echt auf Abenteuer, meine Mom. Mrs. Mollomay, äh, way hat gesagt, sie war früher ein echter Hippie. Also Mom.«

Nicholas zuckt die Achseln.

»Das behaupten sie alle. Ich glaub kein Wort davon. Meinen Vater, den müsstest du mal reden hören, was der alles angestellt haben will. Die Wahrheit ist, dass er ein vertrockneter, snobistischer Traditionalist ist und jetzt auch noch mit dem Jagen anfängt wie alle halb senilen *aristocrats*. Fehlt nur noch, dass er Prince Charles einlädt. Noch so ein grüner Heuchler, angeblich Naturfreund, der mit Blumen und Gemüse spricht, aber nebenher Tiere totschießt.«

»Vielleich' hat ihn eins ma' beleidigt oder seine Lieblingstomate vernascht?« Hoho.

Jennifer dreht sich auf den Bauch und schaut zu, wie Nicholas seine Hosen auszieht. Gute Beine, aber auch zum Kichern. Nee, eigentlich todernst, der will doch jetzt nicht zum Äußersten schreiten. Kicher. Sie zieht noch mal an der Zigarette und muss husten, wirklich scharf, der Tabak.

Nicholas öffnet einen Schrank, schiebt Kleidung auseinander und zieht am Ende einen schwarzen Anzug vor.

»Puh, was'n das? Willse auf 'ne Beergigung?« Seltsam, dass ihre Sprache plötzlich so eiert. Nicholas zieht erstaunt die Augenbrauen hoch.

»Ich ziehe mich fürs Dinner um, was sonst. Du hast nicht zufällig auch was Passenderes dabei als die dreckigen Jeans da? Vielleicht ein Abendkleid?«

Jennifer muss so sehr lachen, dass sie fast vom Bett rollt. »Ein Abendkleid? Ich soll ein Kleid anziehen? Guter *joke*, Mann. Bin ich ein Aristokrat?«

Nicholas wirft den Anzug aufs Bett, streift sich den Pullover über den Kopf und knöpft ein weißes Hemd auf, das vor ihm liegt. Jennifer reißt die Augen auf.

»Du meins' 'as ernst, was?«

»Ich glaube, ich hätte dir nichts zu Rauchen geben sollen, Kleine. Besser, du gehst ins Bett.«

Jennifer wird zu ihrem Entsetzen rot. Keine Frage, alles

Blut schießt ihr in den Kopf. Der Kerl schickt sie ins Bett, und »Kiddie« hat er sie auch noch genannt.

»Ich finnen Kleid! Irnswo. 'N morsmäßiges Kleid mit Schliss, nee, Schlitz.« Sie rappelt sich mühsam hoch. Wow, das schwarze Zimmer kann sogar Karussell fahren. Und Nicholas steht wieder neben einer mordsgroßen Kutsche, nee, ist der Schrank. Der dreht sich auch. Rastaman hat es wirklich mit Rummelplätzen. Kicher.

»Geh lieber mal an die frische Luft, das Zeug bekommt dir wohl nicht. Und wenn du das mit dem Dinner ernst meinst, dann beeil dich, in einer halben Stunde ist Showtime. Eine Minute nach dem Gongschlag musst du unten sein, sonst …«

»Sons' was?«

Nicholas steigt mit ärgerlichem Gesichtsausdruck in die Anzugshose. »Sonst muss ich meine Nummer da unten alleine durchziehen.«

»Welche Nummer?«

»Agitation«, sagt Nicholas grinsend und bindet sich vor einem Spiegel eine rote Schleife. »Ich werde der Jagdgesellschaft ordentlich den Marsch blasen. Es handelt sich nämlich um einen Spähtrupp, der auskundschaften soll, ob Ashburton zum Vier-Sterne-Jagdgrund taugt. Wenn die positiven Bericht erstatten, schickt uns Castlemania demnächst ganze Busladungen mit Tiermördern. Ich muss kämpfen.«

»Im Schmoking?«

Nicholas grinst. »Schlechtes Benehmen kommt in guter Kleidung besonders wirkungsvoll zur Geltung. Und in anderen Klamotten würde mein Vater mich sowieso rausschmeißen.« Er zupft seine weißen Hemdmanschetten zurecht. »*See you.*« Weg ist er. Geschniegelt und gestriegelt.

Und da macht man sich die ganze Zeit Gedanken über coole Outfits! Wo um Himmels willen soll sie ein Kleid herbekommen? Muss sie auf Pirsch gehen. Pirsch? Nur gut, dass Nicholas das nicht gehört hat, beim Thema Jagd wird er immer fuchsteufelswild. Kicher. Vielleicht gibt es was in Lady Ashburtons Zimmer?

Mom braucht sie nicht zu fragen, deren Koffer ist noch immer verschwunden, außerdem ist Mom in der Küche beschäftigt. Ihre Mutter in der Küche, das ist gut. Hoffentlich haben die hier Tiefkühlkost, alles andere überfordert sie. Kicher. Und die soll mal die Geliebte vom Lord, dem ollen Griesgram, gewesen sein. Tss, in ihrer Fantasie vielleicht. Hu, sie braucht wirklich frische Luft und etwas zu Essen, aber zunächst ein Kleid.

29. Kapitel

Nicht zu fassen, sie liegt tatsächlich in einem Himmelbett mit Brokatvorhang. Und neben ihr sitzt eine waschechte englische Lady im eleganten, schlichten Cocktailkleid – Bea tippt auf Armani. Die Lady will sie mit Suppe füttern.

»Sie sollten wirklich etwas zu sich nehmen, meine Liebe.«

Bea öffnet den Mund, schließt ihn wieder und schüttelt den Kopf. Ein bisschen Appetitlosigkeit wirkt sicher glaubwürdiger nach dem fast verpatzten Unfall. Bea lässt den Kopf in die Kissen sinken.

»Ich möchte nur noch schlafen, schlafen«, murmelt sie matt.

Lady Ashburton erhebt sich von der Bettkante und streicht ihr Kleid glatt. »Wie Sie wollen, ich lasse das Tablett einfach stehen. Wenn Sie hungrig werden, können sie sich selbst bedienen.«

»Au ja. Ich meine, vielen Dank, wirklich. Wäre schade, wenn die Suppe umkommt, sie riecht so gut. Also, ich hoffe, ich mache keine Umstände.«

Lady Ashburton betrachtet sich im Spiegel und greift nach ihren Ohrläppchen. »Ich habe meine Perlenstecker vergessen. Ich muss mich beeilen. Das Dinner beginnt gleich, und wir haben die Gäste lange genug warten lassen.«

Auch eine Antwort, denkt Bea. Die kühle, schmale Blondine mit diesem hinreißend kühlen Grace-Kelly-Charme würde Bea am liebsten achtkantig hinauswerfen, das ist klar. Nur gut, dass sie die Assistentin eines berühmten Sprachprofessors ist, das verleiht ihr eine gewisse Immunität. Und die Verletzung natürlich auch. Als die Tür hinter der Lady ins Schloss fällt, steht Bea auf und betrachtet sich im Spiegel.

Ein bisschen hat Böckelkamp mit dem Verbandszeug schon übertrieben, sie sieht ja aus wie eine Mumie. Morgen muss das Ding einem Pflaster weichen, wegen Leonhart. Unsichtbare Kopfschmerzen tun es auch und verderben nicht das Aussehen. Wo wohl Sophie steckt? Beim Dinner wahrscheinlich, flirtet mit dem Lord. Die Dumme, na, soll sie mal. Wie Leonhart und sie wohl bei ihrer ersten Begegnung aufeinander reagieren?

Böckelkamp hat Leonhart beschworen, sich nichts, gar nichts anmerken zu lassen. Bea würde zu gerne Mäuschen unterm Tisch spielen oder wenigstens an der Tür lauschen.

Warum eigentlich nicht? Zur Stärkung löffelt sie erst mal die Suppe. Köstlich. Kochen können die Engländer also doch.

30. Kapitel

Mit so was hat Jennifer wirklich nicht gerechnet. Lady Ashburtons an sich schon großes Zimmer besteht zur Hälfte aus einem Kleiderschrank, in den man hineingehen und Licht anschalten kann. Was da unter hellen Deckenstrahlern so herumhängt und in Schubfächern verstaut ist! Eine halbe Boutique, eine sehr vornehme Boutique. Jetzt weiß Jennifer, was Nicholas damit meinte, dass seine Mutter an Geld interessiert sei. Das meiste davon scheint sie für Klamotten zu brauchen.

Jennifer zieht ein Schildchen aus einem weißen Nichts aus weichem Leder hervor und liest »Versace«. Junge, Junge. Ist aber wahrscheinlich zu freizügig für ein Dinner. Außerdem wird es mit Sicherheitsnadeln zugemacht. So etwas ist gerade richtig bei der Verleihung des MTV-Awards für die größte Schlampe der Popmusik. Voll gut. Könnte aber dem Lord mal wieder zu löchrig sein. Wann seine Gattin das wohl tragen darf? Jennifer braucht was Klassisches.

Sie zieht weitere Kleider und Schildchen hervor. »Escada«, »Dior« und da, »Chanel«. Auf so was stehen Oldies doch. Ihre Mutter würde morden für so ein Kleid. Es handelt sich um ein wadenlanges, rotes Samtdress mit Neckholder, das ist beinahe züchtig. Jennifer begutachtet das Kleid. Könnte gehen. Ooops, da fehlt aber eine Menge. Hinten.

Egal, wird sie einen von den schwarzen Blazern hier drüberziehen. Dior. Nobel, nobel. Nicholas wird Augen machen. Die Lady allerdings auch. Egal, vielleicht merkt sie nichts – und falls doch, kann sie erst mal nichts machen, der guten Tischsitten wegen. Kennt Jenny vom Frühstück, kein Mensch sagt, was er wirklich denkt, nicht einmal über die Heringe, die zum Himmel stinken.

Jennifer steigt aus Jeans und Pullover, schlängelt sich in das hautenge Kleid und bewundert sich aufrichtig vor der Spiegelwand, die die Stirnseite des Ankleidezimmers bildet. Davor stehen auf einem kleinen Tischchen etwa fünfzig Parfümflaschen. Bei solchen Mengen kriegt die Lady bestimmt Rabatt. Kritisch schnuppert Jennifer unter ihren Armen, riecht ein bisschen nach Achselterror und Pferderitt. Sie probiert sich durch die Düfte, bis sie nichts mehr riechen kann und dieses seltsam schwummrige Gefühl von vorhin wieder einsetzt. Puh, sie bräuchte wirklich endlich frische Luft.

Aber zunächst braucht sie was an die Füße. Die Schuhsammlung an der rechten Wand sieht vielversprechend aus. Das müssen mindestens hundert Paare sein, noch dazu in Größe 39. Passt. Sagenhaft. Sandaletten sind schwer in Mode, sie wählt ein Paar mit Zehenteiler und Fesselriemchen aus. Schwarz mit Strasssteinchen, die wie richtige Diamanten funkeln. »Manolo Blachnik«. Ganz angesagte Marke. Toll. Aber leider nur zum Stehen oder Sitzen, beim Gehen hapert es. Keine Frage, sie braucht frische Luft!

Vorsichtig stakst sie aus dem Ankleidezimmer, löscht das Licht. Das Zimmer braucht auch frische Luft, wer hat denn hier so viel Parfüm versprüht? Ach ja, sie. Vorsichtig durchpflügt sie den dicken Teppich, zu ängstlich, die Füße zu heben und in den sehr hohen Schuhen umzuknicken.

Sie öffnet eines der bodentiefen Fenster und tritt auf einen kleinen Balkon heraus. Herrlich, die Nachtluft. So kühl und klar, wie vom Nordpol importiert. Draußen ist es nachtstill. Der Regen hat ausgesetzt. Licht schimmert aus den unteren Fenstern auf den Kies, dessen Steine wie Perlen glänzen. Herrlich, dieser Blick in den Park. Irgendwie kann man Mama glatt verstehen. Hier zu leben muss verdammt friedlich und beschaulich sein.

Na ja, bis auf die schwelenden Streitigkeiten zwischen Lord und Sohn, die Diebstähle, die durchgedrehte Lady, die ständige Schießerei mit Kürbissen, Patronen und Sprengstoff. Ob sie Nicholas besser von seinem Plan abhalten soll? Ihr Dad behauptet, man könne die meisten Konflikte zwischen halbwegs gesitteten Menschen mit Gesprächen lösen.

Weltweit und in der Ehe von Mom und Dad sieht das natürlich anders aus. Aber bei Nicholas' Problemen handelt es sich schließlich nicht um den Nahostkonflikt. Sie beugt sich über das Balkongitter, wundervoll, diese Nacht, man möchte sie am liebsten umarmen.

»Madeleine?«

Jennifer zuckt zusammen. So versunken war sie in die Nacht, dass sie das Klopfen an der Zimmertür nicht gehört hat. In ihrem Rücken flammt Licht auf. Mist! Sie presst sich an die Außenmauer und hält die Luft an.

»Madeleine?«

Ist der Kerl schwer von Begriff? Mach die Biege, die Lady ist nicht da.

»Liebling, ich rieche doch, dass du hier bist. Sogar überdeutlich. Ich muss mit dir reden.« Der Besucher lädt ächzend einen schweren Gegenstand auf dem Bett ab und tappt über den Teppich in Richtung Ankleidezimmer.

Himmel! Sie hat ihre Jeans und die Turnschuhe da drin vergessen. Nichts wie weg von hier, bevor der Kerl auf die Idee kommt, auf dem Balkon nach jemandem zu suchen, der schmutzige Jeans und Turnschuhe trägt.

Jennifer streift die Sandaletten ab und setzt einen Fuß über die Schwelle der Balkontür ins Zimmer, als wieder die Tür aufgeht. In letzter Sekunde schafft sie es zurück auf den Balkon und zu ihrer Außenmauer. War nicht von

Dinner die Rede? Warum versammelt sich dann das halbe Schloss im Schlafzimmer der Dame?

»Hagerty, was machst du hier? Und was soll das da auf meinem Bett? Willst du, dass wir entdeckt werden? Wir können es auf keinen Fall hier tun. Allein der Lärm. Ich hab dir gesagt, wir müssen es im Garten tun! Nimm das Ding weg. Los, pack es weg!«

Oh nein, wie peinlich, will dieser Hagerty kurz vor dem Essen noch den Lover für die Lady machen? Zeigt er gerade seine Kronjuwelen vor? Darauf hat Jennifer wirklich keine Lust, außerdem ist die Nacht hier draußen zwar friedlich, aber saukalt. Vor allem am Rücken und an den nackten Füßen. Hat Nicholas nicht was von einem Gongschlag zum Essen erzählt? Hoffentlich ist es bald so weit.

»Gut, lass uns reden«, verkündet im Zimmer Mr. Hagerty. Jennifer atmet auf.

»Wir müssen sofort ein sicheres Versteck finden, damit wir nicht auffliegen.«

Sehr weise. In einem Haus wie diesem oder dem Wald wird es für l'amour ja wohl genug geheime Orte geben, ohne Balkon und Zuschauer. Wer will so alten Menschen schon dabei zusehen? Die sind doch zusammen fast achtzig.

Lady Madeleines Stimme wird dünn und steigt die Tonleiter hinauf, nach Schrill-Dur. Wirklich hysterisch, die Gute. Was sie dann so von sich gibt, löst allerdings auch bei Jenny eine milde Form von Hyperventilation aus.

»Hagerty, ich habe dir schon mal gesagt, es gibt nur einen Weg: Nimm einen Golfschläger oder sonst einen harten Gegenstand und schlage zu, so fest du kannst, dann haben wir alle Probleme beseitigt. Der Lord kann uns nichts mehr anhaben. Und wenn du es richtig machst, auch die Polizei nicht. *Once and forever.*«

Jennifer japst so geräuschlos wie möglich nach Luft. Sie spricht stumm die Sätze nach, um nichts zu verpassen, und übersetzt sie einmal, zweimal, obwohl sie schon beim ersten Mal alles verstanden hat. Zuschlagen? Mit einem Golfschläger? Den Lord kaltstellen? Ein für alle Mal? Die Polizei austricksen? Hat sie da jetzt ein paar Vokabeln durcheinander gebracht, oder redet die Dame wirklich von … von einem MORD!?

Ein Feuerzeug klickt. Dünne Rauchschwaden kräuseln sich an Jennifer vorbei auf den Balkon, bilden zierliche Kringel. Die Lady inhaliert süchtig und steht in der Balkontür. Jennifer zieht den Bauch ein, drückt sich beinahe in die Wand.

Als Hagerty antwortet, dreht die Lady sich zu ihm um. Hagerty klingt ehrlich entsetzt. »Madeleine, das kann ich nicht. Glaub mir, ich habe es eben versucht. Mit einer Schaufel, aber so etwas zu tun, widerspricht meiner Berufsehre! Allem, was mir heilig ist, außer dir natürlich.«

»Berufsehre? Du willst mich wohl zum Lachen bringen. Seit wann haben professionelle Betrüger so etwas wie eine Ehre? Wenn du mich für dich haben willst, dann schlag endlich zu. Schaff uns die Sache vom Hals, bevor Fitzwilliam uns auf die Schliche kommen kann. Diese verdammte, blöde kleine Göre hat alles durcheinander gebracht, als sie ausgerechnet die Vase umgetreten hat. Wir könnten längst mit allem durch sein. Wir waren so kurz davor, endlich frei zu sein. Ich könnte sie erwürgen.«

Jennifer spürt wie Gänsehaut an ihren Armen hochkriecht, alle Härchen richten sich auf und zittern. Meine Güte, hier geht es wirklich um ein Verbrechen und um sie! Hat sie damals mit dem Umstoßen der Vase einen Mordversuch mit einer Schaufel verhindert? Sollte der Lord im leeren Haus erschlagen werden, während draußen der Rummel tobte?

Hagerty räuspert sich sehr laut. »Madeleine, ein Mann von meinem Geschmack, ein Kenner und Liebhaber der

Kunst kann so etwas nicht tun. Zuschlagen! Es wäre ein Akt höchster Barbarei, hässlich, grausam, unverzeihlich. Es wäre geradezu, ich scheue mich, es auszusprechen, aber es wäre eine Form von Mord.«

»Du übertreibst, Hagerty.«

Nennt man das etwa englisches Understatement? Eine Zigarette fliegt an Jennifer vorbei über den Balkon und in die Nacht. Als glühender Punkt taumelt sie in den Kies hinab.

»Madeleine, lass uns einfach verschwinden. Auf Nimmerwiedersehen. Wir haben über die Jahre genug eingesammelt. Man muss wissen, wann es genug ist.«

»Ich will aber keine Scheidung, bei der ich leer ausgehe. Wenn ich einfach verschwinde, hat Fitzwilliam alle Trümpfe in der Hand.«

»Er ahnt doch nichts! Und einige der Sachen aus diesem Haus gehörten ohnehin dir, nicht wahr?«

»Ein paar Erbstücke. Aber nicht die wirklich wertvollen Dinge, wie diese Porzellanschüssel, die gestohlen wurde. Du hast keine Idee, wo sie sein kann?«

»Madeleine, du glaubst doch nicht, dass ich etwas mit deren Verschwinden zu tun habe? Ich bin kein schnöder Dieb. Was für eine einfallslose Beschäftigung, sie entbehrt jeder Eleganz!« Junge, kann der Kerl empört klingen, genau wie man sich den beleidigten Gentleman vorstellt. Die Lady meckert trotzdem weiter.

»Ich dachte ja nur. Seltsam, dass das Ding ausgerechnet verschwindet, während wir unseren finalen Coup planen. Die Polizei will wegen der verflixten Schüssel jedenfalls einen Sachverständigen für Antiquitätenraub schicken. Der könnte alles herausfinden, und dann wären wir erledigt. Ich würde keinen Pfennig Unterhalt bekommen. Dafür habe ich diesen aufgeblasenen Hochstapler nicht geheiratet und ihm Nicholas geboren.«

Hagerty räuspert sich, klingt, als habe er was verschluckt – ein Lachen nämlich.

»Liebes, ein bisschen Hochstapelei war auf deiner Seite wohl auch dabei. Fitzwilliam musste doch annehmen, dass deine Familie nicht nur sehr adlig, sondern auch sehr reich ist, nicht wahr?«

Aufgeregte Schritte werden vernehmbar, die Lady gibt wohl wieder Machbeth und ringt die Hände. »Niemand, der bei Verstand ist oder den Adel wirklich kennt, hätte uns für sehr reich gehalten …«

»… oder Fitzwilliam für einen geborenen Gentleman und Lord, wie ihr.«

»Ja, wir haben uns alle ineinander getäuscht. Egal, das ist Vergangenheit. Ich will jedenfalls bei einer Scheidung meinen Anteil an dem Besitz. Erst recht, wenn er Ashburton in ein Luxusressort verwandelt und am Ende sogar Geld damit macht.«

Hagerty eilt über den Teppich auf sie zu. Jennifer hört es an den schlurrenden, vom Teppich gedämpften Schritten.

»Liebling, meine Schöne, deine hemmungslose Gier ist beflügelnd. Aber wir haben auch so längst genug. Und wenn wir *nicht* zuschlagen, sogar noch mehr. Genug, um irgendwo anders von vorne anzufangen. Ich habe bereits einen sehr interessierten Kunden ausgemacht für die …«

Das leise Klirren der Balkontür und das metallische Schnappen einer Türklinke verschlucken die folgenden Worte. Die Lady hat die kühle Nachtluft ausgesperrt – und Jennifer. Verdammt. Jenny verharrt wie erstarrt in ihrer Warteposition. Jetzt, wo es nichts mehr zu belauschen gibt, spürt sie die feuchte Nachtluft noch deutlicher an ihren Beinen heraufkriechen, ihr Rücken wird von scharfen Eiswinden massiert.

Sie kann unmöglich hier bleiben. Vorsichtig tapst sie zu

der Balkonbrüstung zu ihrer Linken. Nee, da geht es mindestens sechs Meter in die Tiefe, und von Efeuranken oder Mauervorsprüngen fehlt jede Spur. Aus ihrem Samtkleid lässt sich sicher auch kein Seil drehen.

Hilfe! Entschlossen dreht sie sich zur Balkontür um. Sie hat überhaupt keinen Grund zur Panik. Die beiden können ihr gar nichts. Das Schloss ist voller Gäste. Mom ist da. Jennifer wird einfach sagen, Nicholas habe sie ins Zimmer seiner Mutter geschickt, um ein Kleid auszusuchen. Und wenn die beiden da drinnen Hand an sie legen wollen, wird sie kreischen wie ein bedrohter Ninjakämpfer. Wozu hat sie schließlich die AG »Asiatische Kampfsportarten« am Gymnasium von Wingen absolviert? Um Jungs zu beeindrucken, aber die sind bei ihrem Geschrei laufen gegangen. Genau.

Sie pumpt literweise Luft in ihre Lungen und streckt die Hand aus, um gegen die Glastür zu pochen, als das Licht im Zimmer erlischt. Das Mordgesindel macht sich also doch noch auf den Weg zum Dinner. Wie schlecht die Menschen sind! Setzen sich an einen Tisch mit ihrem Opfer, reichen ihm wahrscheinlich noch die Kartoffeln an und bitten um den Salzstreuer für den Braten.

Jennifers Magen knurrt. Wie, verdammt noch mal, kommt sie in dieses blöde Zimmer, bevor sie sich eine Lungenentzündung holt oder verhungert?

31. Kapitel

»Was um Himmels willen machen Sie hier auf der Treppe mit einem halb leeren Serviertablett? Müssen Sie nicht die Gäste versorgen?«

Lady Madeleines Stimme erwischt Sophie von hinten. Jäh dreht sie sich um. Da steht die Dame des Hauses am Kopf der Treppe, ekelhaft zauberhaft anzusehen und eskortiert von ihrem Liebhaber, dem verfluchten Schlitzohr Hagerty. Manche Frauen haben einfach zu viel von allem: dezente Kleider, hingebungsvolle Liebhaber, ausreichend Zeit und stahlharte Nerven. Das Schlitzohr grinst Sophie vielsagend an.

»Ich, äh, mache nur meine gesetzlich erlaubte Pause«, stottert sie und erhebt sich. Das Paar schreitet voll königlicher Verachtung die Treppe herab.

»Nehmen Sie das Tablett und folgen Sie uns. Ich nehme an, die fehlenden Häppchen auf der Platte waren Teil Ihres Pausensnacks. Ich werde sie Ihnen vom Lohn abziehen. Penlows Fische sind ein teures Vergnügen.«

So eine Terrorwachtel – würde Jennifer sagen. Recht hätte sie. Mit geschickten Fingern ordnet die Lady die verbliebenen Hors d'œuvres neu an und drückt Sophie mit tadelndem Kopfschütteln das Tablett in die Hand.

»Was sollen die Gäste nur denken«, wendet Madeleine sich an Hagerty, der ihr den Arm anbietet. »Man wird uns für hoffnungslose Geizkragen halten oder für unfähig, unsere Dienstboten im Zaum zu halten.«

Sophie streckt den sich entfernenden Rücken die Zunge

heraus. Die Lady hat ihre Stimme zu einem Tuscheln gesenkt. Aber Sophie kann sich denken, was sie ihrem Lover eben über sie erzählt hat. Über Sophie und den Lord. Hagerty dreht sich nämlich, bevor er an der Seite Madeleines im Kaminzimmer verschwindet, noch einmal um und sagt mit einem Ton, der zwischen Erstaunen und Belustigung schwankt: »*She and Fitz?* Ich dachte, er wäre ein wählerischer Snob! Nun ja, das erklärt einiges.«

Sie und Fitz, jawohl. Was ist denn daran verflucht noch mal so undenkbar? Warum sollte sie nicht zu einem wählerischen Snob passen? Der sie sogar mal geheiratet hat – wenn auch nur zum Spaß. Die Eheurkunde aus der berühmten Schmiede von Gretna Green war natürlich nur ein Souvenir für kontinentale Dummköpfe. Solche Dummköpfe, wie sie einer war. Als Ehering hat der Lord ihr damals den Ring einer Getränkedose über den kleinen Finger gesteckt. Und alle haben gelacht. War ja auch lächerlich.

Hilflos starrt sie auf das Tablett herab. Der Lachs hat eine wässrige Farbe angenommen. Müssen die Herrschaften eben mit ihren Martinis für Würze sorgen. Entschlossen wirft sie den Kopf zurück. Sie wird denen da drinnen mal zeigen, was es heißt, ein Dienstmädchen zu sein und dennoch eine formidable, ehrfurchtgebietende Persönlichkeit. Leonhart kann sich auf etwas gefasst machen. Seinen Martini wird sie ihm mit besonderem Nachdruck einschenken und nicht nur den.

Als sie das Kaminzimmer betritt, schaut sich niemand zu ihr um. Die Herrschaften, in der Mehrzahl Männer und Jäger, sind in lebhafte Diskussionen über Gewehre und Wildgeflügel vertieft. Es herrscht ein Stimmengewirr wie im Pub, nur etwas gedämpfter.

Der Lord lauscht, die rechte Hand auf dem Kaminsims und in der linken ein Cocktailglas, höflich dem in stoppelndem Englisch vorgetragenen Jägerlatein deutscher Gäste. Er sieht hochherrschaftlich aus in seinem langweiligen Ernst, so britisch, dass es fast schon übertrieben wirkt.

Lady Madeleine hat sich Leonhart und dem alten Faktotum an dessen Seite zugesellt und parliert mit sparsam eleganten Gesten. Der einzige Mensch, der Sophie bei ihrem Eintreten kurze Beachtung schenkt, ist Nicholas.

Der junge Mann ist erstaunlich gut gekleidet und erstaunlich schlecht gelaunt. Er hat sich in einen Sessel neben dem Kamin verzogen und betrachtet die versammelten Gäste mit unverhohlenem Abscheu. Vor ihm hat sich ein hochgewachsener Gast mit Stiernacken postiert, der mit ausgebreiteten Armen die Größe eines Lachses andeuten will, den er kürzlich in Norwegen geangelt hat.

Nicholas hebt sein leeres Glas in Sophies Richtung und winkt sie damit heran. Mit mühsam unterdrücktem Widerwillen nähert sich Sophie, presst ein »*you wish?*« hervor, das im Normalfall sogar einen sozial benachteiligten Jugendlichen mit Vorliebe für feststehende Messer zur Räson gebracht hätte.

»*Another Martini*«, antwortet Nicholas kalt. So viel zur Erziehung und Anstand des adligen Nachwuchses, denkt Sophie.

»Ich habe keine Martinis hier, nur ein bisschen Lachs!«

»Sie meinen die von Menschenhand verstümmelten Leichen ermordeter Fische?«, kontert Nicholas sehr laut. Der Angler vor ihm schaut sich irritiert auf Sophies Tablett um. Sophie zuckt zusammen. Nicht aus Scham über den Lachs, sondern weil sie den Mann kennt, nur woher?

Natürlich! Ihr Tablett zittert. Das ist Herr Gering oder Herr Johnson, so genau kennt sie ihn nun auch wieder nicht, aber dass er zur Geschäftsleitung von »Good sellers«, Hamburg gehört, weiß sie nur zu genau. Sie müssen ihr

Exposee über englische Herrenhäuser also gelesen haben. Ashburton war darin erwähnt. Eigentlich könnte sie stolz darauf sein. Ist sie aber nicht, schließlich hat sie gekündigt und trägt jetzt eine Schürze und ein Häubchen, nicht gerade ein Karrieresprung.

Wie peinlich muss das denn noch alles werden? Am liebsten würde sie sich das Tablett vor das Gesicht halten. Sie wendet den Kopf ab, als müsse sie husten.

Eine unnötige Maßnahme, Herr Johnson oder Herr Gering erkennt sie nämlich ganz und gar nicht. Kein Wunder, als er sie beim letzten Mal gesehen hat, war sie ganz grün im Gesicht. Jetzt scheint sie unsichtbar zu sein – wahrscheinlich wegen der Servierschürze.

Der Herr aus der Geschäftsleitung würdigt sie keines Blickes, er ist in den Lachs vertieft: »Nun, sehr frisch sehen die Fischhäppchen wirklich nicht mehr aus, aber Ashburton soll ja auch nicht als Anglerparadies vermarktet werden«, sagt er und greift zu. »Um auf Norwegen zurückzukommen …«

Nicholas stemmt sich wortlos im Sessel hoch und lässt den Lachsfischer einfach stehen.

Der Hamburger schüttelt den Kopf. »Hat wohl ein Glas zu viel gehabt. Ich dachte immer, die Briten seien höflich.«

»Nur zu sich selbst«, murmelt Sophie auf Deutsch.

»Oh, eine Landsmännin. Wie nett. Was hat sie denn hierher verschlagen, als …«, er mustert ihr Outfit, »… Dienstmädchen?«

Typisch – im Ausland verbrüdern sich deutsche Manager sogar mit deutschem Personal. Sophie überlegt, ob sie Herrn Johnson-Gering erzählen soll, wer sie ist oder besser war und dass sie hier sozusagen undercover recherchiert, um festzustellen, wie vermarktbar Ashburton wirklich ist. Könnte Pluspunkte bringen. Nun, später vielleicht. Ein bisschen Plaudern kann jedenfalls nicht schaden, Sophie legt los.

Scharf geht Lady Madeleines Stimme dazwischen. »Sophie! Wir brauchen Sie hier drüben. Der Herr Professor hätte gerne noch einen Cocktail, bevor wir dann das Essen servieren.«

Wir! Frechheit. Sie soll das doch machen, während die Lady ihr Kleid zur Schau stellt und ihre feinen Manieren, oder?

Sophie sucht Leonharts Blick. Schämt der sich jetzt wenigstens ein bisschen? Also für sich, nicht für seine Frau in Servierschürze. Schwer zu sagen. Leonharts Blick geht nämlich auf Madeleines kühlem Dekolletee spazieren, tastet sich erfreut an ihrem Schwanenhals hoch und endet anerkennend in ihrem Gesicht.

So eingehend liebevoll pflegt er sonst seine Wörterbücher zu inspizieren. Ist ihr Mann völlig übergeschnappt? Erst sucht er per Internet Anschluss bei einsamen Damen, dann lässt er sich von Bea Unterhosen besorgen, und jetzt flirtet er mit einer Dame von Adel. Unter den Augen des Lords, der bestenfalls desinteressiert dabei zuschaut. Das kann sie ihm nicht durchgehen lassen. *Wem?*

Keinem von beidem, aber erst recht nicht ihrem Mann, ihrem Noch-Ehemann. Also Leonhart.

Die plaudernden Jäger umrundend und Lachshäppchen verteilend, steuert Sophie den Servierwagen mit den Getränken an. Die bereitstehenden Martinis lässt sie unberührt. Rasch erforscht sie das Flaschenaufgebot, entdeckt Gin, Whisky, Sherry, Angostura Bitter, Grenadine-Sirup, Creme de Menthe und – wunderbar – Tabasco-Soße.

Leonhart soll seinen Cocktail haben. Verstohlen füllt sie den Cocktailshaker, schüttelt kurz und heftig, gießt ein Glas ein und platziert es auf ihrem Silbertablett. Es würde sie nicht wundern, wenn das Gebräu eine chemische Reaktion hervorrufen und zischen, qualmen oder explodieren würde.

Mit einem sorgfältig gewählten Lächeln – Medusa-meets-Mona-Lisa – stolziert sie durch die Grüppchen in Richtung Kamin. Leonhart blickt auf, und endlich scheint er sie zu erkennen, sein Gesicht beginnt zu leuchten, sein Mund verzieht sich nach oben, das Grübchen in seiner rechten Wange zeigt sich, endlich ein vertrauter Anblick. Er öffnet den Mund: »Was für ein wundervoller Anblick und so hübsch zurechtgemacht. Ein Gedicht.«

Sophies Lächeln verrutscht ein bisschen mehr in Richtung Mona Lisa.

»Es geht eben nichts über einen erfrischenden Cocktail vor dem Essen, nicht wahr, Böckelkamp?«

Der alte Mann verneigt sich in Richtung Lady Madeleine: »Und noch dazu in solch ausgesucht reizender weiblicher Gesellschaft.«

Leonhart verneigt sich ebenfalls. »Wie Recht Sie haben. Ein Toast auf eine englische Rose. Wie sagte noch Shakespeare so schön: ›Soll einem Sommertage ich vergleichen dich? Du bist weit lieblicher und sanfter noch.‹«

Der ist völlig durchgedreht. Gut, dass sie eine viertel Flasche Tabasco für seinen Cocktail genommen hat!

»Na endlich, wurde auch Zeit, Mom«, raunt eine Stimme neben Sophie. Nicholas greift sich das Cocktailglas und leert es in einem Zug. Sophies kleiner Entsetzenslaut kommt eindeutig zu spät, genau wie der Tadel seines Vaters. »Nicholas, was fällt dir ein! Der Drink war für unseren Gast hier bestimmt.«

Bevor Sophie die Wirkung ihrer Spezialmischung am lebenden Objekt beobachten kann, öffnen sich die beiden Flügel der Speisezimmertür.

Mrs. Molloway erscheint – ganz vornehme Haushälterin

im langen schwarzen Kleid – und bittet laut und munter zu Tisch. Die Gäste strömen zur Tür. Leonhart bietet der Lady seinen Arm, sie dankt enzückt. Mit großem »Oho« werden das Essen, der Tischschmuck und die flackernden Kerzen im Speisezimmer begrüßt. Man könnte wirklich neidisch werden.

Nur der Lord verabschiedet sich von seiner Servierkraft mit einem kaum merklichen Zwinkern, scheint eine Manie zu sein. Sophie bleibt allein zurück. Mit Nicholas. Der ringt mit krebsrotem Gesicht nach Atem. Tränen stehen in seinen Augen.

Sophies Gewissen meldet sich zurück. »Bist du okay?«

»Gosh, Sie verstehen es wirklich, einen flotten Cocktail zu mixen.« Er schüttelt sich kurz. »Bekommt ihre Tochter regelmäßig solche Sachen zu trinken? Das würde eine Menge erklären. Sehr anregend, genau das Richtige, um die eigene Stimmung anzuheizen.«

Mit unternehmungslustigem Grinsen verschwindet er in Richtung Speisesaal. Bevor die Tür sich schließt, steckt Mrs. Molloway den Kopf noch einmal ins Kaminzimmer.

»Sophie, *my dear*, die Suppe habe ich aufgetragen, das Fleisch steht bereit, wenn du bitte in fünfzehn Minuten das Gemüse servieren würdest? Und schau bitte noch einmal nach dem Blumenkohl.«

Blödsinn, Blumenkohl. Erst mal wird sie nach ihrer Tochter schauen. Wo bleibt die? Haben die Herrschaften es etwa gewagt, Jennifer bei Tisch auszuladen? Frechheit. Mit ihrer Tochter macht man so etwas nicht, dafür wird sie sorgen.

Außerdem könnte Jennifer bei ihrem treulosen Herrn Papa die Wirkung erzielen, den Sophies Cocktail verfehlt hat. Jennys Anblick muss Leonhart doch aufschrecken und zur Vernunft bringen. Er wird sich ja kaum seiner eigenen Tochter als Professor Wilhelm von Humboldt vorstellen.

Sophie reicht das Theater allmählich. Zeit, damit Schluss zu machen. Kann der Lord so viel zwinkern, wie er will. *Wirklich?*

32. Kapitel

So viel ist klar, die Tür ist und bleibt zu. Jennifer hat den Balkon auf den Knien abgesucht, nach einem Stein, nach einem Blumentopf oder irgendeinem Gegenstand, mit dem sie das Glas zertrümmern kann. Aber da ist nichts. Im Gegensatz zu Mrs. Molloway sind diese Briten hier peinlich sauber und, wie es scheint, nicht an Pflanzenaufzucht interessiert, kein Blättchen Efeu rankt sich an der Fassade empor. Mit dem Absatz ihrer linken Sandalette traktiert sie nun vergeblich die Scheibe. Der Erfolg beschränkt sich auf ein paar Kratzer im Glas. Wütend schleudert sie die Sandalette über die Brüstung. Mode kann aber auch so was von unpraktisch sein.

»Au!«

Der Schmerzensschrei kommt von unten.

Jennifer beugt sich über die Brüstung. Egal, wer da jetzt herumlungert, sie braucht Hilfe, bevor sie sich in Tiefkühlkost verwandelt.

»Hello! I need help!«

Schritte knirschen im Kies, eine Gestalt gleitet aus dem Schatten unter dem Balkon, taucht in den Lichtkreis ein, der sich vor einem der unteren Fenster ausbreitet, reckt den Kopf.

Jenny schreit auf. »Du? Hier?«

Die Gestalt legt warnend einen Zeigefinger an die Lippen und macht »schscht!«

Jennifer senkt die Stimme: »Du siehst aus wie ein schlecht geschminktes Gespenst.«

»Ich würde eher sagen wie eine gut zurechtgemachte Mumie.«

»Was machst du in Ashburton Hall?«

»Dasselbe könnte ich dich fragen! Ich dachte, du seist in einem Internat!«

»Bin ich auch, nur nicht gerade jetzt. Kannst du bitte sofort hochkommen und mich vom Balkon holen? Die Tür ist zu, und ich komme nicht mehr rein. Mit meinem Popo kann man schon Drinks kühlen oder Steaks frisch halten.«

»Du armes Kind. Wie finde ich denn dahin? Das Haus ist riesig.«

»Sogar scheißgroß.« Jennifer erklärt den Weg. Die nächsten Minuten vergehen quälend langsam, obwohl Rettung in Sicht ist. Jennifer hat allerdings ein paar Zweifel an den Pfadfindertalenten ihres hilfreichen Geistes.

Zu Unrecht, Bea braucht nur fünf Minuten, um ins Zimmer der Hausherrin zu gelangen, vielleicht, weil sie ausnahmsweise nicht mit dem Auto unterwegs ist. Weitere fünf Minuten vergehen, bis sie den Schließmechanismus der Balkontür begriffen hat. Wer – außer den Briten – käme auf die Idee, eine Klinke nach oben und nach links zu drehen, um eine Balkontür zu öffnen. Jennifer fällt fast ins Zimmer, als Bea es endlich herausgefunden hat.

»Liebes, komm, du brauchst eine Decke, du bist ja wirklich ein Eisklotz. Was hast du dir nur dabei gedacht, dich in so einem Kleid auf dem Balkon aufzuhalten? Tolles Kleid übrigens, aber du könntest dir den Tod geholt haben. In so was geht man nicht an die Luft.«

Puh, klingt fast wie Mom, nur noch übertriebener besorgt. Ist doch sonst nicht Beas Art, früher hätte sie sich erst mal für den Designer des Fummels interessiert und dann gefragt, wann sie sich ihn mal leihen könne. Aber das ist im Moment alles unwichtig.

»Bea, ich bin gerade Zeuge eines entsetzlichen Mordplans geworden.«

Bea zieht die riesige Steppdecke vom Bett und hüllt die zitternde Jenny darin ein. »Komm erst mal zu dir, Kleines.«

Also langsam reicht es. Kind! Kleines! Sie ist doch kein Hosenpuper mehr, sondern erwachsen und tragische Zeugin eines geplanten Schwerverbrechens. Jennifer zieht die Decke ganz eng um sich und lässt sich aufs Bett plumpsen.

»Es ist wirklich wahr. Lady Madeleine und Hagerty wollen den Lord umbringen, damit er ihnen nicht auf die Schliche kommt. Sie haben ganz deutlich davon gesprochen.«

Bea kennt keinen Hagerty, aber die Lady hat sie gesehen, und die sieht nun wirklich nicht nach Mord aus. Nicht einmal nach Totschlag, sie ist viel zu beherrscht.

»Du musst dich täuschen, Süße.«

Jennifer schreit empört auf. »Tu ich nicht!«

»Was haben die beiden denn gesagt?« Bea seufzt und nestelt fürsorglich an der Decke herum, man muss schon mal üben, Geduld mit Kindern zu haben, könnten ja bald sozusagen die eigenen sein.

»Wobei mir einfällt, Jennifer, dass es sich natürlich überhaupt nicht gehört, an Türen zu lauschen, auch nicht an Balkontüren!« Streng muss man schließlich mit Kindern auch mal sein. Lauschen gehört sich frühestens ab ihrem Alter. Erziehung ist ganz schön anstrengend.

Jennifer kraust die Stirn, mit einem Mal ist sie sich nicht mehr genau sicher, was die beiden denn gesagt haben. Aber das Wort Mord ist gefallen.

»Die Lady hat Hagerty aufgefordert, mit einem Golfschläger zuzuschlagen.«

Bea setzt sich neben sie und guckt streng, runzelt sogar die Stirn, was sie sonst zu vermeiden versucht, nachts klebt sie sich dagegen Heftpflaster auf die Stirn.

»Mein Kind, Golfschläger sind dazu gemacht, um zuzuschlagen. Aber wer ist denn dieser ominöse Hagerty überhaupt?«

Jennifer winkt gelangweilt ab. »Der Liebhaber der Lady.«

»Sie hat einen Liebhaber? Hier im Haus?«

Meine Güte, Jennifer will über Morde reden, und Bea interessiert sich für das Liebesleben der Täter. Die hat doch nicht alle Gurken im Glas. Jennifer lässt sich entrüstet in die Kissen fallen. AU! Sie hat sich den Kopf gestoßen, dass es nur so brummt. Füllen die ihre Kissenhüllen mit Wackersteinen?

Ärgerlich greift sie hinter sich und ertastet einen harten Gegenstand unter den Bergen von Kissen. Sie schiebt sie beiseite. Oh Gott, das sieht ja aus wie ein Sarg. Kreidebleich richtet Jennifer sich im Bett auf.

»Was, was, was ist denn das?«, stottert sie heiser.

Bea hört nicht hin, sie ist mit erotischer Logistik beschäftigt. Wenn Lady Madeleine einen Liebhaber hat, dann ist sie kein Hindernis mehr für Sophie. Deren Weg zum Lord wäre frei und ein betrogener Ehemann sicher nicht abgeneigt, eine alte Flamme neu zu entfachen, und sei es nur, um sich zu trösten.

Hübscher Kerl übrigens, der Lord. Sophie hat wirklich einen beneidenswert sicheren Männergeschmack, gleich zwei solcher Prachtexemplare gehabt zu haben. Bea würde einer von der Sorte genügen. Nun, Leonhart müsste nur einsehen, dass es sinnlos ist, Sophie nachzustellen, statt bei Bea zu bleiben, der er schon vor die Füße gefallen ist, wie Zara es prophezeit hat.

Ein schriller Aufschrei unterbricht sie. Jennifer ist vom Bett gesprungen und deutet mit zitterndem Zeigefinger auf eine längliche Holzkiste: »Bea, hörst du nicht? Wir liegen mit einem Sarg im Bett! EINEM SARG! Die beiden haben schon jemanden ermordet.«

Bea wendet ein wenig ärgerlich den Kopf, betrachtet die Kiste, dann lacht sie. »Einen Liliputaner? Die Kiste ist doch viel zu klein für eine Leiche! Komm zu dir, Jennifer. Ich weiß, dass die Pubertät anstrengend ist, aber du übertreibst.«

Kinder sind wirklich eine große nervliche Herausforderung, findet Bea. Sie dachte immer, dass sie für Chaos, Humbug und ein gefährliches Übermaß an Fantasie zuständig sei, aber Jennifer schlägt sie um Längen. Zeit, erwachsen zu werden – nur, für wen von ihnen?

33. Kapitel

Die Suppe hat er noch durchgehen lassen, wenn auch nicht angerührt, schließlich ist sie aus Geflügel gekocht. Beim Roastbeef hält er seine Zeit jedoch für gekommen. Der Lord lässt sich eben das Transchierbesteck reichen, um in guter patriarchalischer Manier den Braten zu zerteilen, als sein Sohn mit seinem Dessertlöffel gegen ein Glas klopft und alle Aufmerksamkeit auf sich zieht.

Aufrecht stellt er sich hinter seinem Stuhl auf, strafft die Schultern, zupft an seinen Manschetten und übersieht den drohenden Blick seines Vaters.

»Meine Herren, ich heiße sie auf Ashburton Hall willkommen.«

»Das habe ich bereits getan«, knurrt der Lord, »und jetzt setz dich, Junge. Ich will hier keinen Vortrag.«

Nicholas überhört ihn. »Sie sind gekommen, um dem blutigen Sport der Jagd zu frönen, wie ich höre. Ein Sport, den man als typisch englischen Zeitvertreib betrachtet. Aber ist es wirklich ein Sport, wehrlosen Geschöpfen, deren Mitgesellen wir hier auf Erden sind, mit Gewehren, Fallen und Pistolen nachzustellen? Waffen, gegen die sie keine Abwehr kennen? Denen sie nicht einmal durch Flucht entkommen können?«

»Worüber spricht der junge Herr, ich habe gerade nicht hingehört?«, will Herr Gering von »Good sellers« von seinem Tischnachbarn erfahren. Sein Tischnachbar ist Böckelkamp. »Nun, es scheint, er spricht über die Jagd.«

Gering schiebt sich Messer und Gabel zurecht, schaut mit Appetit auf den dampfenden Braten.

»Muss das jetzt sein? Hätte nicht gedacht, dass der Knabe sich dafür interessiert, nach dem, was er vom Angeln hält. Hat kaum hingehört. Unverschämt. Nur gut, dass wir ihn nicht als typisch britischen Adligen vermarkten müssen. Der Lord allerdings ist perfekt, sehen Sie nur, wie herrlich arrogant der gucken kann. Ein steifer Brite, wie er leibt und lebt!«

»Ich finde eher, dass er nach chronischer Gastritis und starker nervlicher Beanspruchung aussieht.«

»Ach so, nun ja, Sie sind der Arzt hier, nicht wahr?«

Böckelkamp schaut verwirrt hoch. »Ich? Ach so, ja, natürlich, ich bin Arzt.«

Nicholas hebt seine Stimme, um den schwatzenden Angler und seinen Tischnachbarn zu übertönen.

»Meine Herren, Sie sehen vor sich nicht eigentlich einen Braten, sondern ein Leichenteil. Mehr noch, Sie sehen die Überreste eines fühlenden, leidenden, hilflosen Mordopfers. Nur die Gewürze überdecken den Geruch der Verwesung. Wussten Sie, dass das Schmerzempfinden eines Rindes …«

Lady Madeleine unterbricht ihren Sohn: »Nicholas, es reicht! Du kennst die Regel: keine Politik bei Tisch. In einem englischen Landhaus herrschen beim Dinner Frieden und gute Sitte. Politisiert wird erst beim anschließenden Portwein und nur dann, wenn es mehrheitlich gewünscht wird, verstanden?«

Nicholas zupft sich wieder die Manschetten gerade.

»Frieden? Es gibt keinen Frieden, solange wir Fleisch essen, solange wir Tiere töten. Wir befinden uns im Krieg mit der Kreatur. Und wofür? Es ist nachgewiesen, dass der Verzehr von Fleisch nicht nur dem menschlichen Körper schadet. Viele an diesem Tisch scheinen an Bluthochdruck zu leiden, an Verfettung, an Arterienverkalkung und einer Übersäuerung durch die im Fleisch enthaltene Harnsäure, aber noch schlimmer ist die Vergiftung unserer Seelen durch Aggression, Mordgier ...«

Der Lord hebt ganz leicht das Transchiermesser an. »Nicholas! Halte deine Zunge im Zaum und setze dich! Niemand zwingt dich, von diesem köstlichen Roastbeef zu essen, es gibt genug Gemüse, dem niemand mit dem Gewehr nachgestellt hat. Mrs. Molloway, reichen Sie mir bitte die Platte für das Fleisch, ich werde nun transchieren.«

Nicholas ist noch immer nicht am Ende. »Schon Tolstoi hat gesagt, ›solange es Schlachthöfe gibt, wird es auch Schlachtfelder geben‹.«

»Oh, Nicolas«, seufzt seine Mutter. Die Miene des Vaters ist undurchdringlich wie Granit, nur seine Mundwinkel sind deutlich nach unten gerutscht.

»Gastritis«, murmelt Böckelkamp, der sich in die Rolle des Mediziners verliebt hat, »wenn nicht sogar akute Magengeschwüre. Ein Wunder, dass er sich so auf den Beinen halten kann.«

Leonhart, der Nicholas gegenübersitzt, muss schmunzeln. Der zornige junge Kerl gefällt ihm, aber einen Dämpfer hätte sein etwas übertriebener Fanatismus schon verdient. Den anderen Gästen so den Appetit zu verderben! Hätte er selber früher auch gemacht, aber man wird älter und – ein bisschen nachsichtiger. Oder so boshaft wie Böckelkamp, der jetzt das Wort ergreift: »Es ist sehr interessant, junger Mann, was Sie da sagen, und ich teile Ihren Respekt vor der Kreatur, aber wussten Sie eigentlich, dass auch Hitler ein erklärter Vegetarier war?«

»So viel zu den Schlachtfeldern«, erklärt der Lord und versenkt die Transchiergabel mit großem Geschick im nur noch leise dampfenden Roastbeef.

Nicholas wird bleich. Kurz strafft er die Schultern, dann stolziert er um den Tisch herum.

»Verdammte Ignoranten«, zischt er und öffnet mit Schwung die Tür. Sophie, die eine schwere Platte mit heißen Erbsen, Möhren, Blumenkohl und Bohnen balanciert, kann ihm erst in letzter Sekunde Platz machen. Er dreht sich noch einmal zu den Tischgästen um: »Die Natur wird sich an Ihnen allen rächen! Sie werden schon sehen. Eines Tages werden Sie die Gejagten sein und um ihr Leben bangen!«

Nicholas zwängt sich ungestüm an Sophie vorbei in die Halle.

»Das hätte beinahe einen Unfall gegeben!«, zischt Sophie dem sich entfernenden Nicholas hinterher und tariert die schwankende Servierplatte aus.

»Sozusagen einen Gemüsemord«, wirft vom Tisch her ein fröhlicher Hagerty ein. »Leben die Bohnen noch?«

Es wird vereinzelt geschmunzelt. Der Lord wirft strenge Blicke in die Runde. Leonhart kann sich denken, warum. Die Gäste findet der Hausherr entschieden nervenaufreibender als seinen Sohn. Vor allem diesen Hagerty, dessen Munterkeit seine fahrigen Gesten und seine angespannte Nervosität nicht übertünchen kann. Leonhart kennt sich auch mit Körpersprache aus. Seltsame Versammlung insgesamt, alles so übertrieben traditionell, als hätten sich alle entschieden, ein Theaterstück aufzuführen – nicht nur er und Böckelkamp. Was seine Frau an dieser Runde nur so interessant findet, dass sie sich als Serviermädchen verdingt, um daran teilzuhaben?

Er wirft einen verstohlenen Blick zur Tür. Sophie sieht so anders aus. Nicht wegen der Schürze. Sie sieht bekümmert aus und sehr verletzlich, was sie jünger und hilfloser erscheinen lässt, als sie ist. So hat er sie in den letzten Monaten, ach was, Jahren selten zu Gesicht bekommen.

Sollte er sie trösten, Böckelkamps Plan einfach sausen lassen?

Sophie wirkt doch schon viel zugänglicher und ziemlich überfordert mit ihrem Tablett, das sie einfach nicht in eine stabile Position gerückt bekommt. Leonhart erhebt sich ein wenig von seinem Stuhl.

Als er Sophie kennen lernte, war sie auch sehr verletzt, das weckte nicht nur seine Beschützerinstinkte. Es hat ihn auch außerordentlich beglückt, die verunsicherte Sophie zu einer selbstbewussten Frau und Mutter werden zu sehen – an seiner Seite. Liebe vermehrt sich, wenn sie in so schöner Form erwidert wird und Früchte trägt. Oder Gemüse, denkt Leonhart schmunzelnd.

In diesem Augenblick eilt Mrs. Molloway seiner Frau zu Hilfe.

»Na endlich. Der Blumenkohl! Wir brauchen ihn dringend. Zur Ablenkung.«

Sophie runzelt ärgerlich die Stirn und setzt eine kalte Miene auf, könnte sie endlich jemand wichtiger nehmen als diesen verdammten Blumenkohl?

Da ist sie wieder, die abweisende, unterkühlte, verbitterte Sophie, die sich aus heiterem Himmel von ihm getrennt hat. Böckelkamp zieht verstohlen an Leonharts linkem Smokingärmel. »Sagen Sie nichts«, flüstert er, »einfach ignorieren. Bleiben Sie mysteriös und vertrauen Sie mir.« Der Professor lässt sich auf seinen Stuhl zurückziehen.

Sophie sucht den Tisch nach Jennifer ab. Sie ist wirklicht nicht hier. Wo steckt ihre Tochter bloß? In ihrem neuen Zimmer im Dachgeschoss jedenfalls nicht. Vielleicht in ihrem alten? Bei BEA! Dem angeblichen Unfallopfer. Sophies Miene verfinstert sich zusehends. Wenn sie ihre Tochter mit dieser Verräterin entdeckt, dann kann Leonhart wirklich etwas erleben. Das Kind lässt sie sich nicht wegnehmen. Niemals.

Ihr Blick fällt auf Leonhart, ihren verräterischen Gatten. Nicht zu fassen, der schaut schon wieder so, als kenne er sie nicht! Hat der Mann denn überhaupt keine Gefühle?

Vielleicht nicht für dich.

Warum ist er dann hier?

Um seine Tochter abzuholen!

Weg von einer nicht mehr zurechnungsfähigen Mutter, die im Kostüm eines Serviermädchens einem alten Liebhaber nachstellt, weil eine windige Wahrsagerin ihr einen Heiratsantrag und eine Reise über das Meer prophezeit hat.

So sieht es doch aus, oder? Ein mehr als einfacher Fall für ein Scheidungsgericht. Alles spricht gegen sie und ihren Verstand. Das ist schmerzlich für Sophie.

Sie beginnt, mit fahrigen Gesten großzügige Portionen Erbsen auszuteilen, um schnell fertig zu werden und Jenny zu suchen. Sie verteilt Erbsen auf Tellern, neben Tellern und in den Schößen der Tischgäste. Munter hopsen ein paar besonders unternehmungslustige Exemplare über den Tisch auf den Fußboden. Sophie übergeht Leonharts Teller und die frostigen Blicke der Hausherrin.

Zum ersten Mal wird ihr gerade klar, was sie riskiert, wenn sie diesen Unsinn hier mitmacht. Wegen eines Mannes, der mit der Ehrfurcht eines Weihepriesters an seinem Roastbeef herumsäbelt und sie keines Blickes würdigt. Ausnahmsweise meint sie diesmal nicht Leonhart, sondern den Lord.

34. Kapitel

Bea und Jennifer knien auf dem Bett und betrachten fasziniert den Inhalt der sargförmigen Holzkiste.

Bea nickt anerkennend. »Ziemlich schnieke, kostet bestimmt ein Vermögen so was.«

Jennifer schüttelt mit offenem Mund den Kopf. »Das fass ich nicht! Die Lady hat die Vase repariert. Man sieht nicht mal die Klebestellen. Wie haben sie das nur hingekriegt?«

Bea betrachtet irritiert die blauweiße Bodenvase in einem Nest aus Holzwolle. »Geklebt? Wovon sprichst du?«

Jennifer rollt genervt die Augen. »Na, von dieser Vase hier. Völlig antik, ich habe sie vor ein paar Tagen versehentlich zerbrochen. In winzige Einzelteile. Hier war was los, sag ich dir. Die sind ganz besessen von ihrem blöden Geschirr. Beinahe hätten sie mir auch noch den Diebstahl einer Porzellanschüssel angehängt. Sogar die Bullen waren heute da, um mich zu verhören. Die tun glatt so, als hätte ich einen Mord begangen.«

Moment mal, jetzt hat sie selber Mord gesagt. Jennifer befreit die Vase von der Holzwolle, hievt sie vorsichtig aus der Kiste und betrachtet sie eingehend. Hat dieses Monster etwas mit den Plänen Lady Madeleines zu tun?

»Kleines, die ist nicht geklebt, das würde man sehen. Du musst eine andere Vase zerbrochen haben. Diese ist makellos und besonders hübsch, schau mal die Geisha-Szenen hier und die japanischen Gärten. Alles handgemalt, man sieht es an winzigen Ausrutschern des Pinsels. Hier und da. Ein Meisterwerk.«

Jennifer kreuzt die Beine und legt einen Zeigefinger an die Nase. »Hier ist was oberfaul, Bea. Die zerdepperte Vase sah haargenau so aus, vielleicht ist das ja eine Fälschung?«

Bea zieht die Vase vorsichtig zu sich heran. »Lass mich mal den Stempel am Boden sehen. Wow, das ist eine echte Wedgewood. Keine Frage, die ist ein Vermögen wert. Aber sie deshalb gleich mit ins Bett zu nehme?« Sie schüttelt den Kopf.

Jennifer reibt an der Vase herum, als wolle sie ihr einen Geist entlocken. »Die Lady hängt dermaßen an diesem Ding, das kannst du dir gar nicht vorstellen. Vielleicht hat sie sie deshalb nachmachen lassen. Oder Hagerty hat ihr eine Neue geschenkt, um sie zu trösten!«

»Jennifer, das ist keine Kopie, glaub es mir. So edles Porzellan bekommt man nicht mal eben nachgemacht, und die Alterungsspuren sind unverfälscht. Sieh mal, die winzigen Abnutzungen am Boden. Die Vase, die du zerbrochen hast, könnte natürlich das Gegenstück gewesen sein. Bodenvasen gibt es oft in Paaren, damit man sie zu beiden Seiten einer Tür oder eines Treppenaufgangs aufstellen kann.«

Jennifer packt die Vase zurück in die Kiste. »Am liebsten würde ich stracks runtergehen und denen die Vase auf den Dinnertisch knallen, damit sie mir die Sache erklären! Irgendeine krumme Nummer muss dahinterstecken, und vielleicht wollen die Lady und ihr Lover darum den Lord umhauen. Ich muss herausfinden, was hier vor sich geht, sonst wachen wir alle eines Morgens ermordet in unseren Betten auf. Mich will die Lady erwürgen.«

Bea schüttelt energisch den Kopf. »Rede keinen Unsinn, Jennifer. Niemand in diesem Haus denkt an Mord, ganz bestimmt nicht. Das sind alles höchst zivilisierte Menschen, die keiner Fliege etwas zu Leide tun.«

Jennifer verschränkt trotzig die Arme vor der Brust: »Außer den Füchsen, den Rehen, den Wildschweinen, den

Moorhühnern und allen anderen unschuldigen Lebewesen, die nicht schnell genug wegrennen können. Das ist ein blutrünstiger Haufen hier, der mehr Mitleid mit altem Porzellan als mit einem lebenden, flauschigen Kaninchen hat. Oder mir, einer minderjährigen Austauschschülerin in unvertrauter Umgebung unter lauter gefährlichen Fremden!«

Bea seufzt auf und streichelt die Vase, als sei diese eben schwer beleidigt worden. War sie als Teenager auch so kraus im Kopf und so überaus schnell eingeschnappt? Kann ja heiter werden, wenn sie Jennifer demnächst auf regelmäßiger Basis um sich haben wird ... Ja, wenn. Ob Jennifer da überhaupt mitspielen würde? Vielleicht sollte sie schon mal einen Hinweis fallen lassen? Himmel! Die Kleine weiß ja bis jetzt noch nicht einmal, dass ihr Vater hier ist.

»Jennifer?«

Spielt mit der Holzwolle aus der Kiste und flicht sie sich als Locken in ihre Haare, bei so was kann man gut nachdenken. Wenn diese Vase echt ist, warum hat sich die Lady eben nicht gefreut, als Hagerty sie angeschleppt hat? Und warum verstecken sie die Vase im Bett? Gehört sie vielleicht gar nicht Lady Madeleine, sondern ihrem Gatten Fitzwips? Ist Hagerty am Ende doch nur ein gemeiner Dieb? Mein Gott, was für ein Durcheinander.

Sie braucht jemanden, der ihr beim Sortieren hilft. Nicholas! Nee, geht nicht, schließlich kann sie seine Mutter nicht als Diebin hinstellen. Könnte ein Sohn übel nehmen, auch wenn er den eigenen Vater als Mörder beschimpft und sogar Waffen und Sprengstoff gegen ihn einsetzen will, aber das ist was anderes.

Ob sie mit ihrer eigenen Mom reden soll? Die hängt doch sehr am Lord und hätte vielleicht was dagegen, wenn ihn jemand bestiehlt und mit einem Golfschläger bedroht.

»Jennifer, ich muss mit dir reden.«

»Mmmh?«

»Über diese dumme Vase habe ich ganz vergessen, dir zu sagen, warum ich, äh, also wir hier sind.«

»Na, du willst Mom besuchen, nehme ich an. Aber wer ist wir?«

Bea schluckt. »Na, dein Vater, der alte Herr Böckelkamp und ich. Wir, also dein Vater natürlich, also, er will deine Mu…« Halt! Muss sie das überhaupt verraten? Nö, sie hat eine bessere Idee. »Also er will dich nach Hause zurückholen, weil …«

»Mein Vater ist HIER?!«

Jennifer hopst so schnell vom Bett, dass sie nicht an die Decke denkt, die sie um ihre Schultern hängen hat. Auf einem Zipfel der Decke lagert die Vase. Lagerte die Vase. Jetzt liegt sie – von der Decke mitgerissen – in mehrere Bruchstücke zerschmettert auf dem Boden.

»Jennifer!« Sagt zunächst nichts, sondern starrt nur auf die Bescherung zu ihren Füßen herab.

»Oh, Jenny, was hast du da nur angestellt! Scheiße!« Bea läuft ums Bett herum. Und sie dachte immer, dass die hemmungslose Sachenzerstörphase mit dem dritten, spätesten sechsten Lebensjahr von Kindern abgeschlossen wäre. Sie geht in die Knie und sammelt die Scherben auf, hält sie gegeneinander, schüttelt den Kopf – hoffnungslos.

»Eh, mach dich locker«, brummt Jenny über ihr, »das war nun echt ein Unfall. Genau wie beim ersten Mal. Ich schwöre. Voll unabsichtlich, du bist meine Zeugin!« So cool, wie sie tut, ist Jennifer nicht. Bea sieht genau, dass das Mädchen zittert.

Jennys Stimme wird schriller, während sie weiterredet. »Am besten, wir geben Schuh, bevor hier jemand reinschneit. Und sag bloß nix zu meinem Vater! Moms Strafpredigten reichen mir völlig. In Stereo brauch ich das echt nicht.«

Sie spurtet zur Tür. Bea wirft einen letzten Blick auf die Scherben, vielleicht werden die Besitzer denken, sie sei einfach vom Bett gefallen, rasch zerrt sie das Bettzeug ein wenig zurecht. Dann hebt sie die hübschen Sandaletten auf, die Jennifer einfach zurückgelassen hat, und folgt dem Mädchen.

Die Kleine braucht Trost. Vielleicht ist das ja kein schlechter Beginn für eine lange Freundschaft zwischen ihnen. Schließlich kennt sich Bea bei dummen, völlig unverschuldeten Unfällen mit erheblichem Sachschaden aus. Vom Autofahren her. So etwas kann passieren. Da muss man Verständnis haben und eine gute Versicherung. Nicht jeder ist so ekelhaft perfekt und selbstkontrolliert in seinem Tun wie Sophie. Erdrückend perfekt. Wahrscheinlich sitzt sie jetzt unten am Dinnertisch und macht vor, wie man sich als Lady richtig benimmt, besser als Lady Ashburton selber.

Bea hat vor, eine nachsichtige Mutter zu werden, das macht wahrscheinlich auch weniger Arbeit. Na ja, sie wird nicht Jennifers Mutter, sondern eine Art Freundin oder Vertraute oder jedenfalls jemand, dem Jenny nicht übel nimmt, dass sie Sophies Platz an Leonharts Seite einnimmt.

35. Kapitel

Endlich ist dieses dämliche Dinner vorbei. Die Gäste haben sich um zehn Uhr zurückgezogen, weil es morgen zeitig auf die Jagd geht. Sophie lädt gähnend einen letzten Stapel schmutziger Teller in der Spülküche ab. Die drei jungen Pakistanerinnen waschen es vor und verstauen es flink in zwei riesigen Spülmaschinen. Wenigstens diese Tätigkeit darf in Ashburton Hall nach Sitte des 21. und nicht nach Art des 19. Jahrhunderts erledigt werden. Sophie nickt ihren Kolleginnen kurz zum Abschied zu.

Am liebsten würde sie sich in ihr Bett unter dem Dach fallen lassen, so elend müde ist sie. Selbst der Lord und seine Erklärungen können warten, sie wird ihn nicht bei Nacht im Park besuchen. So ein Unsinn überhaupt, man wird sich ja wohl in einem Haus wie diesem auch in der Bibliothek ungestört unterhalten können. Der Mann ist schließlich Hausherr hier.

Sie wird sich erst ausruhen, sie will ihren nüchternen Verstand zurück. Diese Gefühlsduseleien sorgen nur für Chaos. Sophie mag überhaupt kein Chaos, das ist ihr inzwischen klar. Nur ihre Tochter muss sie noch finden. Vielleicht hat die sich zu weiteren Schießübungen entschlossen.

Schießübungen! Ihr fällt die Pistole ein. Sie muss das Ding endlich aus dem Gummistiefel beim Hinterausgang herausfischen, sonst passiert noch etwas. Hastig will sie die Küche durchqueren, doch Mrs. Molloway hält sie mit einem Lächeln zurück.

»Meine Liebe, das hast du heute Abend sehr gut gemacht. Bis auf die Sache mit den Erbsen, aber ansonsten haben die Gäste dich kaum wahrgenommen. Ganz so, wie es sich bei deiner Rolle als Hausmädchen gehört. Ich bin sehr glücklich, dass du so ein vernünftiger und schauspielerisch begabter Mensch geworden bist. Früher schienst du mir immer gefährlich gefühlvoll und offenherzig, so verdammt bürgerlich, weißt du? So und nun können wir endlich gemütlich essen. Setz dich.«

Sophie ist zu müde, um dem Geschwätz der alten Dame zu folgen, genießt nur das einlullende Gefühl, das der Singsang ihrer Stimme auslöst, und betrachtet mit Sehnsucht den üppigen Teller, den Mrs. Molloway für sie zurechtgemacht hat. Das sieht wirklich noch verlockender aus als das, was sie vorhin den Gästen in äußerst überschaubaren Portionen serviert hat. Muss man sich in den besseren Kreisen sicher erst einmal dran gewöhnen, hungrig vom Tisch aufzustehen, weil es zum guten Ton gehört. So verlockend ist das Lady-Dasein gar nicht. Sophie seufzt.

»Es tut mir Leid, aber ich möchte zuerst nach Jennifer sehen. Ich habe keine Ahnung, wo sie steckt.«

Mrs. Molloway legt Messer und Gabel neben Sophies Teller. »Mach dir keine Gedanken, ich habe sie eben in ihrem alten Zimmer verschwinden sehen. Es scheint, dass sie sich um diese verletzte Miss Beatrice kümmert. War das ein Getuschel und Geschnatter zwischen den beiden. Einen solchen Hang zu Gesprächigkeit und Fürsorge hätte ich Jennifer gar nicht zugetraut, um ehrlich zu sein. Aber vielleicht wollte sie ja auch nur ein paar Sachen holen, die sie vergessen hatte.«

Sophies Magen krampft sich kurz zusammen. Bea, diese Schlange, hat sich also an Jennifer herangemacht. Zum Tuscheln oder für eine neckische Pyjamaparty. Ekelhaft, sich so anzubiedern. Was soll sie jetzt tun? Dazwischengehen? Als zornbebende Mutter ihr Kind an den Haaren aus Beas Zimmer schleifen? Sich ihre beste Freundin – beste Ex-Freundin – als neue beste Freundin von Jennifers Vater vorstellen? Ist sie das überhaupt?

Sie weiß es nicht, sie weiß nur, dass sie Jennifer nach einem Auftritt bei Bea eine Menge Dinge erklären müsste, die sie noch nicht erklären will und kann. Außer, dass sie Leonhart natürlich überhaupt nicht mehr liebt, nach diesem Abend. Im Gegenteil, ihr Herz beginnt, vor Wut zu rasen, wenn sie nur an ihn denkt mit seinem nachtblauen Smoking und seinen nicht minder blauen Augen, die auf Lady Madeleines schwanenweißem Dekolletee ruhen.

Sie liebt Leonhart bestimmt nicht mehr. Ganz klar. Nur, dass sich so was schwer erklärt vor der eigenen Tochter.

Nun, es gibt genügend Dinge, die Leonhart dem Kind selber erläutern muss. Etwa, warum er Bea hierher gebracht hat – als neue Mami? Lächerlich. Jedenfalls ist das sein eigenes Vergehen, soll er es gefälligst der Tochter beichten und sich seinen Anteil an deren Verachtung, Ablehnung und Vorwürfen abholen.

»Sophie, du bist ganz blass. Setz dich hin und iss. Du hast es dir wirklich verdient. Und ich habe – mit ganz speziellen Wünschen von Fitzwilliam übrigens – eine hinreißende Flasche Rothschild dekantiert. Ein Gläschen davon, und alle Sorgen sind vergessen, glaub mir. Ein herrlicher Jahrgang, achtzehn Jahre alt. Erinnerst du dich noch an den Sommer damals?«

Mrs. Molloway drückt ihr ein Glas Rotwein in die Hand und schiebt sie zu einem Esstisch in der Nähe des Herdes. Sophie lässt sich willenlos auf einem Stuhl nieder und nimmt einen Schluck Wein.

Natürlich erinnert sie sich noch an den Sommer, als sie Fitzwilliam of Ashburton kennen lernte, an die Elefanten-Entführung, den von Gainsborough gemalten Ahnen an der Straßenlaterne, die Bierdosenringe, die sie in Gretna Green anstelle von Goldreifen getauscht haben. *What a joke!* Alle fanden das lustig, der Schmied, der mit Hammer und Amboss die nostalgische Trauungszeremonie nachspielte, und die umstehenden Touristen, die die Trauzeugen mimten. Am Ende gab es sogar eine Eheurkunde, sehr *funny.*

Sie erinnert sich seit einigen Wochen an immer mehr Einzelheiten, deshalb ist sie jetzt hier und kämpft mit dem Gefühl, eine Idiotin zu sein. Der heutige Abend hatte nichts mit seligen Erinnerungen zu tun, sondern mit albernen Lügen und erzwungenen Maskeraden. Zum Wohle von Lady Madeleine und um einen Skandal zu vermeiden – soweit sie es versteht. Aber versteht sie überhaupt, was hier vor sich geht?

Gedankenverloren spießt sie ein Stück Fleisch auf und schiebt es sich in den Mund.

»Ich denke, es ist an der Zeit, dass wir uns einmal unterhalten, Darling, jetzt, wo du fast zur Familie gehörst. Gestatte mir, ganz offen zu sein. Möchtest du Fitzwilliam ehrlich zurückhaben? Liebst du ihn noch? Als Mann, meine ich, nicht als Besitzer von Ashburton Hall? Liebst du ihn so wie damals, als du zu allen Verrücktheiten bereit warst, die junge Verliebte so zu tun pflegen?«

Sophie muss husten. Kamen diese indiskreten Fragen eben wirklich von Mrs. Molloway, dieser betulichen alten Lady mit dem Hang zu langweiligen Blumenkleidern und öden Teegesellschaften?

Mrs. Molloway schenkt Wein nach. »Als ich dir vor ein paar Monaten schrieb, hoffte ich, dass du gerne wieder Kontakt zum Lord hättest. Eine neue oder besser alte Liebe könnte ihm gut tun, Madeleine war solch eine Enttäuschung für uns, abgesehen von ihrem Titel. Fitzwilliam ist darüber ganz krank geworden. Du hast ihn ja gesehen – sein Magen! Nein, ich wäre diesmal wirklich nicht abgeneigt, *my dear*, wenn wir die finanzielle Seite erledigt und Ashburton ein für alle Mal gesichert haben.«

Sophie kaut sehr schnell, um endlich den Mund zum Reden frei zu haben, und spült mit Rotwein nach.

»*Sie* wären nicht abgeneigt? Ich hoffe, ich darf ebenfalls offen sein und fragen, was Ihre Gefühle mit meinen oder denen von Lord Ashburton zu haben? Womit ich nicht sagen will, dass ich noch Gefühle für ihn habe.«

Mrs. Molloway rückt Sophies Dessertlöffel zurecht.

»Das wäre aber sehr wichtig, Sophie, sonst müsste alles so bleiben, wie es ist. Eine Scheidung ist dann nicht möglich, *sorry*. Es wäre ein Skandal, und Madeleine hätte zu viele Trümpfe gegen uns in der Hand. Sie kennt Fitzwilliams Geheimnis, wenn sie deins auch kennen würde … nicht auszudenken. Solltest du jedoch Fitzwilliam wirklich lieben, dann würdest du doch alles so lange wie möglich vertuschen und mitspielen wie bisher, nicht wahr? Früher oder später wird Madeleine freiwillig aufgeben, und finanziell werden wir dich so oder so angemessen entschädigen, wenn die Versicherung erst …«

Sophies Kopf schwirrt, nicht vom Rotwein, sondern von den sich jagenden, kreuzenden, übereinander purzelnden Gedanken, die Mrs. Molloway in ihrem müden und sehr verwirrten Hirn auslöst. Ihre grauen Zellen leisten akrobatische Höchstleistungen und fallen doch alle durchs Netz ins Nichts: Bietet die Dame ihr gerade ein bezahltes Engagement als Geliebte im Kostüm des Serviermädchens an? Unsinn, was geht sie das an. Will sie den Lord zu einer Scheidung von Madeleine überreden? Scheint nicht so.

Nur einer von Sophies schwirrenden Gedanken scheint vernünftig und kann auf zwei Beinen stehen: Die alte Dame ist komplett verrückt. Und das zwanghaft, sie hört einfach nicht auf zu reden.

»... man könnte die Ehe natürlich auch annullieren lassen, aber das wäre für alle sehr unangenehm, und ich glaube, dass du dazu bei weitem zu vernünftig bist. Nach all den Jahren. Ich muss also wirklich wissen, ob du meinen Sohn liebst, denn sonst waren alle meine Anstrengungen umsonst.«

»IHREN SOHN? Wer zum Teufel ist Ihr Sohn, und warum sollte ich ihn lieben? Ich kenne ihn ja nicht einmal.«

Mrs. Molloway reißt die Augen weit auf und blickt Sophie verblüfft an. »*Oh, dear!* Er hat dir noch immer nichts gesagt? Oh, wie unangenehm. Du musst mich für außerordentlich voreilig und indiskret halten. Er hätte wirklich ...«

»ER? Reden wir von Fitzwilliam?«

Mrs. Molloway haucht kurz über den Dessertlöffel und putzt ihn mit einer Serviette blank, besondere Liebe widmet sie dem Wappen der Ashburtons. Es zeigt ein Einhorn im Kampf mit dem Drachen.

»Aber natürlich rede ich von Fitzwilliam, von wem denn sonst? Ich habe nur diesen einen Sohn, und er genügt mir vollauf. Ihn zu lenken ist eine wirkliche Lebensaufgabe, was an seinem väterlichen Erbteil liegt, die Herren von Ashburton waren schon immer schwer zu regieren ...«

»Fitzwilliam ist *Ihr* Sohn? Ich dachte immer, die alte Lady Ashburton sei längst tot und begraben!«

»Aber das ist sie ja auch!«

»Ich verstehe gar nichts mehr.«

»Das habe ich inzwischen bemerkt, meine Liebe. Ich glaube, du solltest wirklich besser mit meinem Sohn reden. Vielleicht habe ich mich getäuscht, und er liebt dich doch nicht. Dabei war ich mir *diesmal* so sicher! Viel sicherer als bei Madeleine. Liebe ist eine schrecklich komplizierte Sache, und Trennungen zwischen Menschen sind so schmerzhaft, nicht zu vergleichen mit einem anständigen

Diebstahl. Ich sollte mich wirklich nur noch den Dingen widmen, von denen ich etwas verstehe. Gefühle sind so anstrengend, sind sie das nicht?«

Zum ersten Mal in diesem Gespräch muss Sophie der alten Dame, die ganz sicher nicht harmlos und auf höchst gefährliche Art fürsorglich ist, Recht geben.

36. Kapitel

Sophie trägt wieder Tablett. Nur ein kleines diesmal, aber es stört sie trotzdem. Mrs. Molloway hat darauf bestanden, dass sie ein Glas Whisky auf dem Weg zum Schlafzimmer des Lords mitnimmt, damit die Lady nicht auf anzügliche Gedanken kommt, wenn sie Sophie im Gang zum Wohntrakt entdeckt.

»Sie hat zwar ihren scheußlichen Hagerty, aber man sollte sie nicht unnötig reizen. Eine Geliebte des Lords mit zu vielen Freiheiten und von nahezu ebenbürtigem Rang würde sie vielleicht übel nehmen. Wenn sie dann aus Rache überall hinausposaunte, dass Fitzwilliam gar kein richtiger Lord ist, sondern, ... ach, er soll es dir selber erklären!«

»Der Lord ist gar kein Lord?«, hat Sophie gefragt, aber Mrs. Molloway hat genauere Erklärungen abgelehnt.

»Mein Sohn ist sehr zartfühlend und hasst es, wenn ich mich in seine Angelegenheiten mische – was ich zugegeben und mit gutem Grund tue –, aber ich will ihn nicht in diesem Gefühl der Abneigung bestärken. Es schadet seinem Magen. Die sensiblen Ashburtons können so zornig werden, dass es sie fast umbringt. Frage ihn also selbst.«

Das wird Sophie tun, deshalb ist sie jetzt hier, in einem spärlich beleuchteten Gang, dessen Dielen ehrwürdig knarzen. Ehrwürdig, pah. Eine dermaßen verlogene Sippe ist ihr im Leben noch nicht untergekommen, und sie trägt denen auch noch Drinks hinterher. Nachts um elf. Was sind das überhaupt für Arbeitszeiten? Aber bis um Mitternacht und auf ein Treffen ohne Tablett und Servierschürze im Park wollte sie nicht warten, Fitzwilliam soll gefälligst jetzt …

»Sophie!«, zischt ein Vorhang zu ihrer Rechten.

Sie wendet den Kopf und kneift die Augen zusammen, hört sie jetzt schon Gespenster? Der Vorhang bekommt Arme, einer davon zupft an Sophies Bluse.

»Come here!« Dieser tyrannische Ton ist ihr wirklich zuwider. Von wegen zartfühlend!

»Where?«

Der Vorhang wird beiseite geschoben, und sie entdeckt eine Fensternische, die vom fahlen Schein einer Außenlaterne in graues Licht getaucht ist. In der Fensternische verbirgt sich der Lord, dabei ist sein geräumiges, gut beleuchtetes Zimmer nur drei Türen entfernt. Ist das seine heimliche Raucherecke, oder versteckt er sich hier vor seiner herrischen Mama, weil er nur ein halber Lord, dabei aber ein ganzer Feigling ist?

Fitzwilliam zieht Sophie zu sich heran, entdeckt das Tablett und greift nach dem Whiskyglas.

»*How thoughtful.* Ich kann wirklich einen Drink gebrauchen.« Er nippt am Glas. »Und du? Hast du dir nichts mitgebracht?«

Sophie lässt das Tablett achtlos auf die gepolsterte Fensterbank fallen. »Du vergisst, dass ich hier nur das Dienstmädchen bin!«

Sie sieht, dass der Lord grinst, das graue Licht bringt seine Zähne zum Schimmern.

»Es gefällt mir, was du für mich tust. Wusstest du eigentlich, dass ich eine Vorliebe für Frauen in Uniform habe? Vor allem, wenn sie kleine weiße Schürzchen mit meinem eingewebten Wappen tragen.« Er lässt seine rechte Hand auf ihrem Rücken herabgleiten und sucht nach der Schürzenschleife.

Sophie stemmt sich mit den flachen Händen von seiner Brust ab. »Das ist wirklich nicht der richtige Moment für eine Verführungsszene, Fitzwilliam. Du schuldest mir eine Menge Erklärungen! Deine Mutter …«

Lord Ashburtons Hände lösen sich von Sophie. »*Mother!* Hat sie schon wieder den Mund nicht halten können? Das ewige Schankmädchen, sie wird ihren Hang zu Klatsch und Schwatzhaftigkeit nicht los!«

»Mrs. Molloway ist ein Schankmädchen? Du bist ja verrückt!«

Der Lord schüttelt unwillig den Kopf. »Sie war als junges Ding das Barmädchen im Hafen-Pub von Ashburton und die Geliebte meines Vaters …«

Sophie unterbricht ihn. »Der hatte also auch schon einen Hang zu Servierkräften! Musste ich mich deshalb verkleiden? Ich finde, dass du es mit der Wahrung eurer Familientraditionen übertreibst.«

Der Lord runzelt die Stirn. »Sophie, ich glaube, du verstehst die Situation zwischen uns vollkommen falsch. Ich bin kein zügelloser Draufgänger mehr, ganz im Gegenteil. Meine Verantwortung und meine Position verbieten es. Ich verspreche, dir alles zu erklären, wenn der richtige Zeitpunkt gekommen ist. Es gibt im Moment Wichtigeres. Genieße meine Mutter mit Vorsicht. Sie hat ein paar gefährliche Neigungen und ahnt kaum die Hälfte von dem, was hier vor sich geht!«

»Und ich ahne nicht einmal die Hälfte von der Hälfte.«

»Das wäre ein Viertel«, sagt der Lord und wickelt sich gedankenverloren eine Strähne von Sophies Haar, die sich unter dem Häubchen hervorgestohlen hat, um seinen Zeigefinger. »Und ich glaube, dass mein kleines Serviermädchen nicht einmal so viel von allem weiß. Weshalb ich bereit bin, dir alles zu verzeihen, was war.«

Sophie öffnet empört den Mund.

»Du.« Weiter kommt sie nicht, die Hand des Lords verschließt hart ihren Mund.

»Sei leise«, zischt er. »Ich höre auf der Treppe Schritte. Ich hoffe, das sind die Gäste, auf die ich gewartet habe.«

Hinter einem Vorhang? Was ist das für ein Schlossherr, der sich in seinem eigenen Haus aufführt wie ein nächtlicher Einbrecher? *Gar kein Schlossherr,* schlägt eine Stimme in ihrem Gehirn vor. *Er ist ja nicht einmal ein richtiger Lord, nur der Sohn eines ehemaligen Schankmädchens, das gerne vornehm tut und die Affären des halb adligen Sohnes mit armen Studentinnen durch hinterhältige Briefe und Hochzeitseinladungen beendet.*

Sie bewegt hinter dem Gitter seiner Finger die Lippen, aber Fitzwilliam lockert den Griff nicht. Im Gegenteil, er drückt fester zu, legt gleichzeitig seinen anderen Arm um Sophies Taille und zieht sie an sich. Sucht er Schutz, oder ist diese besitzergreifende Geste Teil seiner erotischen Vorliebe für das von ihm abhängige Dienstpersonal? Muss deshalb auch Lady Madeleine in der Küche stehen?

»Halte still, Sophie. Ich will wissen, ob es sich bei den beiden um die angekündigten Versicherungsdetektive handelt. Sie waren mir von Anfang an verdächtig. Sie wirken so völlig unecht.«

»Wer?«, presst Sophie mühsam hinter seiner Hand hervor.

»Dieser smarte Professor und der Arzt Böckelkamp, die angeblich einen Unfall hatten! Unsinn! Sie haben den Springbrunnen vor dem Portal sofort als Replik erkannt und haben ihn gerammt, um Beweise dafür zu sammeln, dass hier etwas im Argen liegt. Sie sind verdammt clever und …«

Sophie kann sich losreißen. »Leo…, ich meine, der Professor soll WAS sein?«

»Ein Detektiv, verdammt. Wir vermissen immerhin eine eine Millionen Pfund teure Porzellanschüssel. Und es ist der vierte Diebstahl in zehn Jahren. Da schickt die Polizei undercover Experten los, ich habe das schon einmal erlebt. Schscht, sie biegen in den Gang ein.«

Lord Ashburton hat sehr gute Ohren, denn die vollends verwirrte Sophie bemerkt die Schritte der Unbekannten auf dem Gang erst, als sie kaum noch fünf Meter von der Fensternische entfernt sind und sich den Schritten eine geflüsterte Unterhaltung beimischt. Es wird deutsch geflüstert! Nur, von wem?

Der Lord hält Sophie sehr fest in seinen Armen und legt ihr wieder die Hand vor den Mund. Sie fühlt seinen warmen Atem an ihrem Ohr. Zum ersten Mal wird ihr mulmig in dieser Umarmung. Was, wenn der Lord wirklich verrückt ist? Schwer muttergeschädigt, von Verfolgungswahn geplagt und in einem Zornesanfall nicht abgeneigt, Frauen in Servierschürzen, die ihn an seine manipulative Mutter erinnern, zu erwürgen?

»Hör genau hin«, murmelt er jetzt und klingt nur halb wegs irre, »du musst mir später alles übersetzen. Mein Deutsch ist zerrostet ohne dir!« In der Tat. Sophie spitzt die Ohren, jetzt erkennt sie die Stimmen.

»Böckelkamp, der Park ist von deprimierender Anmut! Das ganze Haus eine einzige Pracht. So etwas habe ich nicht zu bieten.«

Leonhart! Sophies Herz macht einen Sprung. Nur die Richtung ist ihr unklar. Ist das jetzt Furcht vor Entdeckung, Scham wegen der verfänglichen Situation hier hinter dem Vorhang, Hoffnung auf Rettung oder freudiges Wiedererkennen? Das wohl kaum, vor Freude würde sie nicht so heftig beben, und auf Rettung könnte sie kaum hoffen, wenn Leonhart sie so – eng umschlungen vom Lord – entdeckte. Im Gegenteil. Sicher hat Leonhart noch Gefühle, so eine Trennung ist ja nicht das sofortige Ende von allem und …

»Herr Professor, grämen Sie sich nicht«, flüstert vor dem Vorhang der alte Kauz, der hier als Arzt firmiert. »Ich bin sehr zufrieden mit dem Verlauf des Abends. Sie waren ein ganz neuer Mann. Ihr Flirt mit Lady Madeleine war wunderhübsch anzusehen. Eine gute Idee von Ihnen. Sie sind sehr charmant, wenn Sie wollen.«

Ha! Wann wollte er denn in den letzten Jahren charmant sein, fragt sich hinter dem Vorhang Sophie, und noch dazu in einem Smoking? Den Lord und seine Ahnen hat sie komplett vergessen. Das hier ist spannender: Ihr Mann redet über Herzensangelegenheiten! Da darf man gespannt sein.

»Charmant? Ich habe getan, was ich konnte, obwohl ich mir dabei merkwürdig und etwas unbeholfen vorkam. Ich habe mich zwar in den letzten Monaten intensiv mit dem Thema ›Die Grammatik der Liebe‹ beschäftigt, aber die Praxis ist mir ein wenig fremd, Böckelkamp. Ich muss doch sehr verschroben gewirkt haben.«

»Sie sind lediglich aus der Übung mit den Damen – nach beinahe sechzehn Ehejahren ist das verständlich!«

So? Hinter dem Vorhang kämpft ein adliger Lauscher mit einer sich windenden, schnappenden Bestie. Vor dem Vorhang bemerkt man es nicht. Leonhart macht sich immer noch über seine Flirtkünste Gedanken.

»Das Ärgerlichste war, dass mein Charme gegenüber der Lady überhaupt nichts zu nutzen schien. Ich hätte mir einen größeren Erfolg gewünscht.«

LEONHART! Will Sophie schreien, kann sie aber nicht, der Lord hält ihren Mund eisern zu. Sie ist verurteilt, ihrem treulosen Gatten und dem Kauz Böckelkamp, seinem Kuppler, zuzuhören.

»Die Lady war nur ein Versuch.«

»Und vollends gescheitert. Haben Sie sie beobachtet, ihr Gesicht blieb vollkommen kühl. Sie schien mit ganz anderen Dingen beschäftigt. Ich nehme an, mit dem Lord. Warum nimmt Sophie diesem Kerl seine finstere Miene und seine Wortkargheit eigentlich nicht übel? Er ist ein Musterbeispiel von einem stummen Fisch, und dennoch ist er so begehrt. Es ist zum Verzweifeln. Ich tauge nicht zum Liebhaber.«

Sophie gibt ihm darin natürlich Recht, aber seltsamerweise stellt sich kein Triumphgefühl ein. Mit Lady Madeleine zu flirten ist wie der Versuch, eine Tiefkühltruhe mit einem Streichholz aufzutauen. Ganz so vergeblich waren seine Bemühungen in ihrer Ehe all die Jahre ja nun nicht. Irgendwer sollte Leonhart ein bisschen aufrichten. Der Irgendwer ist in diesem Fall Böckelkamp.

»Sie haben immer noch Bea! Deren Leidenschaft für Sie wirkt, ähem, sehr glaubwürdig. Ich denke, mit ihr werden Sie alles erreichen, wonach Sie sich sehnen, und Ihr Glück wird dauerhafter sein als zuvor.«

»Hoffentlich haben Sie mit Bea Recht, sonst weiß ich nicht weiter. Ein Glück, dass wir sie hierher mitgenommen haben, sie ist so mitfühlend, willig und hilfreich.«

Bea?! Sophie kennt sie nur als das genaue Gegenteil: unwillig, eine Plage und dazu da, einem das Leben schwer zu machen. Leonhart ergreift wieder das Wort.

»Aber warum muss denn nur alles so kompliziert sein? Ich vermisse sie so sehr. Es wäre so schön, sie heute Abend neben mir zu haben. Ich wusste gar nicht, wie sehr ich sie liebe. Ich hätte es ihr eher zeigen und vor allem deutlich sagen müssen. Was haben wir nicht alles verpasst! Als sei eine Ehe das Ende aller Leidenschaft für einen Mann. Als ginge es nur darum, ein bequemes Zuhause zu haben und Jennifer in geordneten Verhältnissen großzuziehen. Wobei mir einfällt, dass ich dem Kind morgen unbedingt unsere

Pläne erklären muss! Vorhin wirkte sie so verstört, dass ich sie lieber direkt bei Bea gelassen und noch nichts gesagt habe.«

Die Richtung, die ihr ungestümes Herz nun nimmt, spürt Sophie deutlich, es hüpft in riesigen Sätzen abwärts, Richtung Magengrube.

Leonhart vermisst Bea schon nach wenigen Stunden der Trennung! Er hätte ihr schon längst sagen müssen, wie sehr er sie liebt! Nur wegen eines bequemen Heims und Jennifers wegen hat er geschwiegen!

Wie hat sie sich nur in ihrem Mann getäuscht. Ihn zuletzt sogar für einen gefühllosen Langweiler gehalten! Für einen so reizlosen Mann, dass sie Bea gesagt hat, jede Frau könne ihn geschenkt haben. Ausgerechnet zu Bea hat sie das gesagt, die eine fanatische Sammlerin von Gratisproben und Produktmustern ist und sich ein Eheleben wie Sophies wünscht. Besser gesagt, sie wünscht sich DAS Eheleben VON Sophie.

Sie war blind, nicht vor Liebe, sondern aus purer Selbstüberschätzung. Nie ist es ihr in all den Jahren in den Sinn gekommen, dass Leonhart *sie* verlassen könnte. Dabei hat er sie in Gedanken schon lange und leidenschaftlich mit ihrer besten Freundin betrogen. Wahrscheinlich war er darum so schweigsam. Er hatte Angst, sich zu verraten und sein bequemes Zuhause zu verlieren.

Sophie zittert nicht mehr. Die Demütigung ist zu endgültig. Sie sinkt einfach in sich zusammen. Seltsam, wie leicht man sich fühlt, wenn das ganze innere Gerüst aus Vorurteilen und Gefühlssicherheiten plötzlich in sich zusammenstürzt.

Der Lord empfindet ganz anders. Ihm scheint es, als wiege Sophie plötzlich mehrere Zentner. Hat er die Hand vielleicht etwas zu heftig auf ihren Mund gepresst? Er hat die ganze Zeit so intensiv wie vergeblich versucht, das Gespräch der beiden Männer zu verstehen, dass er gar nicht mehr auf Sophie geachtet hat. Kann sie nicht mehr atmen? Er lockert den Griff. Sophie stöhnt auf, sie wirkt wie von Sinnen.

»Oh, *my dear*! Habe ich dir zu feste an mir gedrückt?«

Der Vorhang wird zur Seite geschoben.

Der Rest ist Schweigen.

37. Kapitel

Bea sitzt im Schneidersitz auf dem Himmelbett und macht einen letzten Versuch, Jennifer zur Vernunft zu bringen. Es ist vier Uhr morgens, draußen ist es stockfinster, und wieder geht Regen nieder. Die denkbar schlechtesten Bedingungen für einen Ausflug in die freie Natur.

»Liebes, wir haben doch gar nichts anzuziehen, um an einer Jagd teilzunehmen. Bei dem Wetter! Der Waldboden ist bestimmt vollkommen durchnässt nach dem gestrigen Regen.«

Jennifer steht neben dem Himmelbett und zwängt sich in eine von Beas »Dolce & Gabbana«-Jeans. Sie haben die ganze Nacht nicht geschlafen und überlegt, was das Gespräch zwischen Mr. Hagerty und der Lady zu bedeuten gehabt hat und weshalb die Vase so wichtig dabei war.

Bea hat mitspekuliert. Zum einen war das wunderbar lustig, zum anderen will sie sich immer noch bei Jennifer beliebt machen. Egal, was für einen Unsinn die sich zusammenreimt, sie will mithalten, das Kind soll sie doch mögen. Vor allem, nachdem Leonhart gestern Abend noch kurz bei Ihnen im Himmelbettzimmer war und Bea flüsternd gebeten hat, Jennifer noch nichts über seine Absichten zu verraten.

»Sie weiß noch nichts von Sophies Trennung, und sie wirkt völlig verstört, die Ärmste. Wir bleiben einfach dabei, dass wir sie und Sophie besuchen wollten. Solange sie im Haus niemandem begegnet, der mich als Professor von Humboldt kennt, kann nichts passieren. Pass auf sie auf und halte sie von mir fern, ja?« Aber immer! Wenn es um Leonhart geht, dann …«

»Was ist jetzt«, fragt Jennifer fordernd, »kommst du mit oder nicht? Vor dem Hintereingang stehen die Gummistiefel der Stallburschen, irgendwelche werden dir schon passen. Ich kann ja meine Turnschuhe … Ach du Scheiße!«

Bea schiebt sich vom Bett und reckt sich. »Was ist? Fällt dir endlich auf, wie früh es noch ist?«

»Nein, meine Turnschuhe sind weg.«

»'Ne teure Marke?«

Jennifer schüttelt verzweifelt den Kopf, Bea kann ja so albern sein. »Ich habe meine Turnschuhe gestern in Lady Madeleines Ankleidekammer vergessen und mein T-Shirt und die Hose auch. Selbst wenn ihr Intelligenzquotient nicht höher als die Zimmertemperatur ist, kann sie sich daraus zusammenreimen, wer diese doofe Vase in ihrem Zimmer zerschmissen hat. Mein Leben ist in Gefahr!«

Bea gähnt verstohlen. Das Thema kann einem wirklich auf die Nerven gehen. Überall sieht Jenny Mörder auf der Lauer liegen. Deshalb will sie auch an der Jagd teilnehmen. Jennifer glaubt, dass Hagerty irgendwo im Gebüsch hockt, um den Lord zu erschießen oder zu erschlagen. Sie will ihn warnen. Lächerlich.

Genau wie die Sache mit den Turnschuhen. Die zerbrochene Vase allerdings … Was soll's, die Lady hat nicht umsonst einen Versicherungsagenten zum Lover, der wird sich bestimmt was einfallen lassen, kleiner Haftpflichtschaden, versuchter Diebstahl oder so. Niemand betrügt eine Versicherung geschickter als der eigene Agent.

Bea war mal mit einem liiert und kennt sich aus. Den Namen von dem Kerl hat sie vergessen, aber die Ersatz-Reisegarderobe wegen eines vorgeblich verschwundenen Koffers, die Spiegelreflexkamera, den neuen Teppichboden und das Hi-Fi-Set, das er ihr nach einem kleinen fingierten Einbruch besorgen konnte, nennt sie noch heute ihr Eigen. Wenn sie bei ihm geblieben wäre, wäre sie heute sicher eine wohlhabende Frau, nicht ganz so *well off* wie die Lady und ihr Hagerty, aber … Halt!

Bea ist mit einem Schlag wach. Kann sie das bitte alles noch mal denken, nur langsamer und in geordneten Bahnen?

»Bea«, quengelt Jennifer, »wir müssen was tun! Vielleicht haben sie die Turnschuhe ja noch nicht entdeckt. Und du hast die Scherben doch hoffentlich unters Bett gekehrt, oder?«

»Sei mal still, Kleines. Miss Marple hat, glaube ich, gerade einen sensationellen Kriminalfall gelöst. Mord kommt allerdings nicht drin vor, aber eine mörderisch wertvolle Vase, besser gesagt, zwei. Mmmh, das ist allerdings ein Punkt, den ich noch nicht ganz verstehe. Eine davon muss echt sein und die andere falsch, aber welche? Die erste habe ich ja nicht gesehen, aber die zweite …«

Jennifer schnaubt verächtlich. »Komm schon, Bea, lass die Hinhaltetaktik. Ich habe keine Lust mehr auf Gedankenlotto. Wir müssen weg von hier. Wenn ich den Lord davon überzeugen kann, dass seine Frau ein echt übles Verbrechen gegen ihn plant, nimmt er die Sache mit der Vase vielleicht nicht mehr so wichtig.«

Sie wendet sich zur Tür. »Kommst du, oder muss ich alleine gehen?« Muss sie das? Sie könnte doch auch Mom bitten, mitzukommen. Die ist wenigstens erwachsen, was man von Bea nicht behaupten kann. Wenn sie daran denkt, dass sie die jugendliche Anbiederei ihrer Mutter schon megapeinlich findet, dann ist Bea das Gigabyte-Grauen. Macht keinen Spaß, wenn die Oldies auf hip machen, womit soll man sie dann noch ärgern?

Jennifer wirft einen letzten Blick auf Bea, die liegt wieder auf dem Bett. Herrje, tut die nachdenklich, hat sogar die Augen geschlossen. Pah, den Trick kennt man, so will sie bestimmt eine halbe Stunde mehr Schlaf rausschinden. Jennifer klinkt leise die Eichentür auf und schleicht sich hinaus, schlägt die Richtung zur Dachgeschosstreppe ein, inzwischen kennt sie sich aus im Labyrinth der Gänge.

Oben unter dem Dach ist alles staubig, still und einsam wie immer. Mit flinken Schritten läuft sie zur Kammer ihrer Mutter, reißt die Tür auf.

»Mom, wach auf, ich muss mit dir reden. Mom?« Sie knipst das Licht an. Eine nackte Birne, die unter der Decke baumelt, wirft grelles Licht in die Kammer. Von Prächtigkeit ist hier oben keine Spur zu finden. Auch das eiserne Bettgestell, auf dem ihre Mutter schläft, ist kärglich.

Moment mal, da schläft ja niemand. Das Bett ist unberührt. Verdammt, wo ist Mom hin? Spielt sie um die Uhrzeit schon wieder Dienstmädchen? Man kann den Spaß auch übertreiben.

Jennifer beißt sich auf die Lippen. Sie will endlich etwas unternehmen, nur nicht allein, damit hat sie in diesem Haus zu schlechte Erfahrungen gemacht. Sie könnte doch Nicholas suchen. Genau! Der müsste längst im Wald sein und ist außerdem bewaffnet, was die Sache erheblich angenehmer machen würde. Vor allem, wenn Hagerty nicht nur den Lord, sondern auch sie auf dem Korn hat, wegen Vase Nummer zwei. In Windeseile ist sie zurück im zweiten Stock und bei der Haupttreppe.

Auf der oberen Stufe verharrt sie, weil gedämpftes Murmeln und Lachen zu ihr dringen. Sie lehnt sich vorsichtig über das Geländer. Zwei Etagen tiefer in der Eingangshalle herrscht Bahnhofsbetrieb. Lauter Kerle in Jagdmontur haben sich zwischen Ritterrüstungen und unter den Ahnenporträts versammelt, klopfen sich auf die Schultern, bewundern ihre Gewehre, trinken aus Bechern Kaffee, den Mrs. Molloway anbietet.

Gosh! Ihr Vater und dieser Böckelkamp sind auch dabei. Seltsam, Dad war doch immer ein Gegner von Schusseisen, fast so fanatisch wie Nicholas. Jetzt trägt er Gewehr und schaut finster drein, fast schon mordlustig. Erst recht, als der Lord an ihm vorbeigeht, um einem der Gäste ein knochenbleiches Hirschgeweih zu zeigen. Muss Dads Adelsallergie sein, die da zum Vorschein kommt, sein Gesicht wird ganz rot und dann wieder weiß wie Asche.

Jennifer tappt, an die Wand gedrückt, die Treppenflucht herab, um die Gesellschaft von der ersten Etage aus näher in Augenschein nehmen zu können. Sie will wissen, ob Hagerty dabei ist.

Ist er nicht, er kommt nämlich gerade in Begleitung von Lady Madeleine den Gang vom Wohntrakt entlang und steuert auf die Empore zu, die Jennifer gerade erreicht hat. Sie erkennt die beiden in letzter Sekunde und kann sich mit einem Sprung in den Gang zum gegenüberliegenden Trakt retten, wo Nicholas Zimmer liegt. Sie duckt sich und hofft, dass die Dunkelheit ihr Schutz bietet.

Die Lady und ihr Lover haben nur Augen füreinander. Madeleine macht ein entspanntes Gesicht und nestelt fürsorglich an Hagertys Burberryjacke herum.

»Darling, ich danke dir für deinen Entschluss. Dass du endlich zur Vernunft gekommen bist! Jetzt wird alles gut.«

Hagertys Gesicht verfinstert sich. »Ich sagte dir doch, ich wollte es nie tun, es ist eine Schande und gegen meine Prinzipien …«

»Aber das ist doch nun ganz unwichtig. Ich bin dir so dankbar. Du bist mein Retter!«

Hagertys Stimme wird laut und klingt beinahe verzweifelt. »Ich habe es aber gar nicht …«

Die Lady verschließt seine Lippen mit dem rechten Zeigefinger. »Schscht. Man könnte uns hören. Sei nicht länger eingeschnappt, weil ich dich gestern Nacht nicht zu mir gelassen habe. Du hast mir auch so den größten Beweis deiner Liebe erbracht ... Ich dachte ja, dass ich es selbst tun müsste, aber so ist es doch viel netter und so selbstlos von dir! Ich hatte den Glauben schon aufgegeben, dass es anständige Männer gibt, die wissen, was ihre Pflicht gegenüber einer Dame in Bedrängnis ist.«

Sie linst verstohlen über die Brüstung nach unten, dann haucht sie ihm einen zärtlichen Kuss auf die Wange. Hagerty reagiert mit missmutigem Grummeln.

»Und nun auf zur Jagd, mein Geliebter. Und beeil dich mit der Rückkehr. Ich werde schon heute alles packen, und wir können in ein paar Tagen verschwinden, wenn sich der Rummel mit der Polizei gelegt hat. Niemand wird uns dann mehr verdächtigen, und man wird alles andere für einen bedauerlichen Unfall halten.«

»Du vergisst die Spezial-Detektive, die die Polizei schicken will! Das sind sicher ganz scharfe Hunde, ich kenne mich aus.«

»Die werden zunächst einmal mit der gestohlenen Schüssel zu tun haben. Und damit haben wir nichts zu tun, oder? Den Gainsborough haben wir damals schließlich auch nicht mitgehen lassen. Diebstahl ist nicht unser Geschäft.«

»Wenn du es sagst«, antwortet Hagerty und lenkt seine Schritte zur Treppe.

»Cheerio, Darling, und bring mir etwas Hübsches von draußen mit.«

»Ich tue, was ich kann.«

»Erschieß mir nur bitte kein kleines, niedliches Pelztier. Ich hasse den Anblick von sinnlos getöteten Kreaturen.«

Hagerty schreitet wortlos die Treppe hinab, die Lady verschwindet in Richtung ihres Schlafzimmers, und Jennifer holt tief Luft. Was für eine grauenhafte Hexe! Ein gefühlstoter Zombie ist dagegen ein Ausbund an Warmherzigkeit.

Der Anblick eines toten Kaninchens macht die Lady sentimental, aber ihrem Lover trägt sie den Mord am Gatten auf. Sie muss Nicholas finden, er muss seinen Vater beschützen. Der ist immer noch wichtiger als ein paar Hasen, Rehe oder Füchse. Wenn nur endlich die Jagdgesellschaft auf die Pirsch ginge, damit sie ungesehen aus dem Haus schleichen kann.

38. Kapitel

Sophie ist schon länger wach. Der Lord hat sie mit den Geräuschen seiner morgendlichen Dusche im Bad nebenan geweckt. Sie hat die Augen fest geschlossen gehalten, während er sich um halb vier beim gedämpften Schein seiner Nachttischlampe ankleidete: Cordhosen, Burberryjacke, kariertes Käppi mit Schirm und Jagdstiefel. *Very traditional.*

Kurz bevor er gegangen ist, hat er das Licht gelöscht, noch einmal geseufzt und ganz vage nach ihrem Nacken getastet. Ihr Nacken ist dabei starr geworden. Sie will zurzeit keine Vertraulichkeiten. Von ihm nicht, von niemandem. Und seine Hand ist zurückgezuckt, als habe er in einen Elektrozaun gefasst. Hat er die Ablehnung gefühlt, oder ist ihm eine Berührung letztendlich zuwider? Sie sind einander beide ein Rätsel, und keiner scheint es lösen zu können, weder in der Waagerechten noch in der Senkrechten.

Was für eine Nacht. Sophie richtet sich im Bett auf und starrt auf die Leuchtziffern eines Reiseweckers. Halb fünf. Gleich wird die Jagdgesellschaft aufbrechen, und sie kann sich in Ruhe überlegen, was zu tun ist und wo sie hingehört. Hierher jedenfalls nicht. Noch nicht. Oder nie? Und Wingen? Das kleine Pförtnerhaus wird bald Bea gehören. Sie wird es entweder im Stil eines Hafenpuffs der vorletzten Jahrhundertwende oder mit neomodernem Kühlschrankschick versauen.

Nur nicht daran denken!

Sie knipst die Nachttischlampe wieder an und schaut sich zur Beruhigung im Zimmer des Hausherrn um. Es ist ein behaglicher Raum, der im georgianischen Stil und mit echten Kostbarkeiten eingerichtet ist. Über dem Kamin hängt ein von Vorhangschals umrahmtes Gemälde, das ihr vage bekannt vorkommt. Ach, richtig, es ist der Gainsborough, den sie mal an der Laterne aufgeknüpft haben. Bei Sturm und Regen.

Und jetzt hat das Bild also einen Ehrenplatz im Zimmer des Lords und kann mit Samtportieren verhängt werden. Damit der abgebildete Ahne sich nicht erkältet? Fitzwilliam ist ein schauderhaft konservativer Knochen geworden! Ashburton ist seine Kathedrale und Mrs. Molloway, wie es scheint, seine Hohepriesterin. Schon schrecklich, so ein Muttersöhnchen.

Das Bett des Lords steht gegenüber vom Kamin und ist eher elegant als breit, weshalb sie sehr eng beieinander geschlafen haben.

Aber nicht miteinander.

Sophies Gefühle waren nach der Sache hinter und vor dem Vorhang zu verwirrt und von leidenschaftlicher Liebe so weit entfernt wie nie. Was sie brauchte, war eine tröstliche und rein platonische Umarmung, aber das hat Fitzwilliam wieder missverstanden und als versuchte Annäherung gedeutet, bis Sophie ihn gebeten hat, einfach die Hände bei sich zu behalten und ihr ein T-Shirt zu leihen.

Das hat er getan und lauter beleidigendes Zeug gemurmelt: »Dann willst du also doch nicht mich, sondern Geld?«

»Wie kommst du nur immer wieder darauf?!«

Ganz bleich und krank hat er plötzlich ausgesehen, und seine Mundwinkel zeichneten sich so scharf ab, dass sie einen der berüchtigten Zornanfälle der Ashburtons befürchtete.

»Weil alle Frauen Geld von mir wollen. Außer meiner Mutter, die beschafft mir Geld, das ich lieber nicht hätte, und ich kann nichts dagegen tun.«

Was wollte er damit sagen? Alles Schlampen außer Mutti? Der Mann muss wirklich einen schweren Schaden haben.

»Welche Mutter meinst du übrigens? Deine leibliche oder die verstorbene Lady Ashburton?«

»Meine leibliche natürlich. Sie würde es nie zulassen, dass ich meinen Titel verliere. Als wir zwei uns kannten, stand ich kurz davor, weil ich nicht wusste, wer ich war, und mich benommen habe wie ein Flegel. Nun, einem echt adligen Flegel verzeiht man einiges, aber nicht einem Bastard und Flegel. Sie hat mir meine wahre Herkunft erst damals gebeichtet, um das Schlimmste zu verhindern. Mein Vater wollte mich tatsächlich enterben, nachdem wir aus Gretna Green zurückkamen. Mutter hat es verhindert. Es ist ein Irrtum, zu glauben, dass es Snobs nur in den besseren Kreisen gibt. Sie hat einen so ausgeprägten Standesdünkel, dass sie meine Heirat damals …«

»Lass uns morgen über alles reden«, hat Sophie ihn unterbrochen. Sie hatte mit der Entwirrung ihrer eigenen Familienverhältnisse genug zu tun, und Fitzwilliams Heirat mit Madeleine war das Letzte, was sie hätte aufrichten können. »Ich will jetzt nur schlafen.«

Und dabei nicht allein sein, weil sie nicht vergessen konnte, wie Leonhart einfach auf dem Absatz kehrtgemacht hat, nachdem der geöffnete Vorhang den Blick auf sie und Fitzwilliam freigegeben hatte. Ob er sich schämte, weil er mit diesem elenden Böckelkamp so offen über seine Treulosigkeit geschwatzt hatte? Geschockt sah er aus, daran besteht kein Zweifel.

Sie sieht sein Gesicht auch jetzt noch ganz deutlich vor sich. Sophie zieht die Knie an ihre Brust und umschlingt sie mit beiden Armen.

Sie hat dem Lord nicht verraten, wer der falsche Professor ist. Ihre Situation ist missverständlich genug. Soll Fitzwilliam etwa denken, sie sei nur nach England gekommen, weil ihr Mann sie verlassen will? Der zweite Mann nach Fitzwilliam, der sie – die völlig Ahnungslose – verlässt, weil er eine andere Frau will. Und ausgerechnet Bea. Das ist die Steigerung ins Unerträgliche und völlig unfassbar.

Fitzwilliam hat sie nach ein paar albernen Kapriolen – einschließlich gespielter Hochzeit – sitzen lassen, um standesgemäß zu heiraten, weil adlige Engländer soziale Inzucht eben lieben und er als halber Lord mit einer waschechten Lady erst recht auf Nummer sicher gehen wollte.

Ihr vorgeblich vernünftiger Leonhart aber hat die Romantik und Leidenschaft, die sie zuletzt so an ihm vermisst hat, über Jahre einer anderen geschenkt. Ausgerechnet Bea. Einer Frau, die so völlig anders als sie ist und deren zweiter Vorname »Chaos« lautet.

Und Sophie hat immer geglaubt, dass Leonhart ihren unbestechlichen Verstand, ihren Hang zur Perfektion, ihr Organisationstalent, ihre Tatkraft schätzt und bewundert. Sophie wiegt sich sanft hin und zurück. Wenn sie es recht bedenkt, klingen diese Eigenschaften nicht *unbedingt* nach Romantik. Und wenn sie an die letzten Tage denkt, besitzt sie diese Eigenschaften nicht einmal. Keine einzige davon. Wer ist sie also überhaupt?

»Sie sind auf ihr eigenes Image der perfekten Frau hereingefallen ... Ihr wahres Wesen ist das einer versponnenen Träumerin mit einer manchmal gefährlich ausschweifenden Fantasie«, schleicht sich Madam Zara in ihre Gedanken. Bloß das nicht. Entschlossen schwingt Sophie die Beine über den Bettrand.

Sie wird erst einmal frühstücken. Kein Mensch kann mit einem so leeren Magen wie dem ihren geradeaus denken. Und das muss sie. Schließlich geht es um ihre Zukunft und um Jennifer, die Leonhart einfach mitnehmen will. Gestern hat er sie schon bei Bea gelassen. Soll er mal versuchen, ihr das Kind abzunehmen – dann ist er ein toter Mann. Er kann ihr doch nicht alles wegnehmen, was sie liebt oder geglaubt hat zu lieben, wie etwa Bea.

Frisch geduscht, aber leider wieder als Dienstmädchen gekleidet – wo zum Teufel bleibt nur ihr Koffer! –, erscheint Sophie eine halbe Stunde später in der Küche.

Mrs. Molloway ist bereits anwesend und mit der Zubereitung eines Jagdfrühstücks beschäftigt, das den Gästen nach ihrer Rückkehr am späten Vormittag serviert werden soll. Sie verteilt Pasteten, kalte Schinken und die Reste des gestrigen Roastbeefs auf Servierplatten.

»Oh! *Here you are.* Hattest du eine besonders schöne Nacht?« Sie zwinkert vergnügt mit den Augen. »Mein Sohn zieht es vor, den Gentleman zu geben und zu schweigen, aber da ich dich gestern Nacht nicht in deiner Kammer antraf, um dir heiße Milch zu bringen, bin ich mir sicher, dass am Ende die Leidenschaft gesiegt hat, hat sie das?«

Neugierige alte Katze. Sophie schenkt sich stumm einen Kaffee ein.

39. Kapitel

Ein Wildhüter und der Lord führen die Gesellschaft an. Sie tragen Laternen und weisen die Gäste auf die frisch ausgehobenen Aufsitzgruben und eben ausgebesserten Hochsitze im Gelände hin. Der Regen hat aufgehört, das nasse Gras blinkt und glitzert im Schein der Petroleum- und Taschenlampen. Mit entschlossenen Gesichtern stapfen die Jagdtouristen bei unwirtlicher Witterung und Dunkelheit über matschige Weiden und genießen das Gefühl, ganze Kerle zu sein.

Ihr Ziel ist der Wald, wo sie auf Rotwild bei der morgendlichen Futtersuche hoffen. Der Lord hat ihnen eine ausgedehnte, abgelegene Lichtung versprochen, auf der sich im aufdämmernden Morgen regelmäßig prachtvolle Tiere tummeln sollen. Leichte Beute selbst für Anfänger, denn das Wild von Ashburton ist zutraulich und Verfolgung im großen Stil nicht gewohnt. Lediglich der Wildhüter hat gelegentlich die Herden ausgedünnt, um Wald und Futtergründe zu schonen.

Später wird sich eine Fasanen- und Rebhuhnjagd im nahen Moor anschließen, die gemieteten Treiber bilden den Abschluss der Truppe und kümmern sich um die Hundemeute.

Leonhart und Böckelkamp folgen der Gruppe in einigem Abstand. Böckelkamp hält es für besser, den Professor nicht zu nah an den Lord heranzulassen. Sonst könnte Leonhart wirklich etwas Verrücktes tun, aufgebracht und übernächtigt, wie er ist.

»Unser Plan ist gescheitert, bevor wir ihn in die Tat umsetzen konnten, Böckelkamp. Was soll das ganze Theater noch? Sophie hat sich entschieden. Ich hätte nicht gedacht, dass sie so schnell und gründlich unsere Ehe beenden würde.«

»Das hat sie noch nicht getan, Herr Professor! Mit keinem Wort hat sie Derartiges erwähnt.«

Leonhart macht eine wegwerfende Bewegung.

»›Taten schreien lauter als Worte‹, heißt ein englisches Sprichwort.«

»Genau, Herr Professor, und wir haben immer noch Bea. Sie wird Ihnen mit Freuden zur Verfügung stehen, um Sophie zu zeigen, was für einen begehrenswerten, leidenschaftlichen Mann sie aufgibt.«

Leonhart schüttelt den Kopf. »Daran glaube ich nicht. Meine letzte Chance ist ein Gespräch von Mann zu Mann mit dem Lord. Ich habe ihm einiges zu sagen! Er soll wenigstens wissen, dass er eine über Jahre hinweg glückliche und harmonische Ehe zerstört hat. Er denkt wohl, er könne sich alles nehmen, wenn es seiner Laune entspricht. Dieser Betrüger, dieser halbseidene Schuft. Wenn ich Sophie doch nur die Augen öffnen könnte, mit wem sie sich da einlässt!«

»Ich empfehle, abzuwarten. Vielleicht täuschen wir uns über die Situation der letzten Nacht.«

Leonhart kickt mit den Stiefeln einen abgeknickten Ast zur Seite. »Die Situation war doch eindeutig. Sophie klammerte sich an den Kerl, als hinge ihr Leben davon ab. Und das nur wenige Meter vom Zimmer der Lady entfernt. Die beiden haben Nerven, ich muss schon sagen. Aber kaltblütige Betrügereien sind ja wohl die zweite Natur dieses Lords, wenn nicht sogar die erste.«

Leonharts Schritte werden ausgreifender, er fasst den Tragegurt seiner Gewehrtasche fester. Böckelkamp bemüht sich, Schritt zu halten. Das fällt ihm nicht leicht, seine Augen sind bei Dunkelheit besonders schlecht, und der Schein ihrer Taschenlampen ist mager.

»Mir schien Sophie gestern einer Art Schwächeanfall zu unterliegen. Sie war gar nicht richtig bei sich. Und ich wage, zu behaupten, dass sie im Falle einer Treulosigkeit bei weitem gesprächiger gewesen wäre. Meiner Erfahrung nach neigen Frauen dazu, Situationen wie diese erklären zu wollen, aber sie war vollkommen sprachlos, so als habe *sie* gerade einen Schock erlebt.«

Leonhart lacht trocken auf. »Ach, Böckelkamp, Sie leben in einer Traumwelt. Der Mann muss einfach über beachtliche Verführungskünste verfügen. So mitgenommen habe ich Sophie nie erlebt, selbst wenn wir uns besonders stürmisch ..., nun ja, Sie wissen schon. Und die beiden haben sich nur vollständig bekleidet umarmt!«

»Ich bleibe dabei, dass Sophie nicht wie eine glücklich verliebte Frau aussah. Im Gegenteil, sie wirkte ausgesprochen unglücklich.«

»Was sie auch werden wird, wenn sie sich weiter auf den Kerl einlässt. Meine letzte Hoffnung ist, dass sich Sophie vor allem in den Titel dieses Kerls, sein prachtvolles Haus und Anwesen verguckt hat. Dagegen kann ich etwas tun! Wenn ich nur an unsere Entdeckung in der Bibliothek denke.«

In die Bibliothek hatten die beiden sich nach der Sache mit dem Vorhang eher durch Zufall zurückgezogen. Leonhart hätte das Haus vermutlich sofort verlassen, wenn Böckelkamp ihn nicht in der Eingangshalle aufgehalten und in einen der nächsten Räume geschoben hätte, damit er sich von seiner Erregung erholen konnte. Der Anblick der Bücher hatte dann auch die erwünschte Wirkung auf Leonhart.

Nach einer Weile des Schweigens war er aufgestanden

und hatte diverse Bände zur Hand genommen und durchgeblättert. Zunächst gedankenverloren und der Macht der Gewohnheit folgend, aber dann wuchs ein echtes Interesse, denn er hatte eine erstaunliche Entdeckung gemacht, die nur zwei Erklärungen zuließ: Entweder war der Lord ein aufschneiderischer Windhund oder ein ausgekochter Betrüger mit krimineller Energie.

In Leonhart regt sich bei dem letzten Fazit ein neues, besser, ein sehr altes Gefühl. Er muss Sophie vor einem Kerl wie diesem schützen! Schließlich hat dieser Fitzwilliam schon einmal mit chirurgischer Genauigkeit Sophies Herz transchiert, und Leonhart hat es so liebevoll wieder zusammengeflickt. Und so erfolgreich. Für ganze sechzehn Jahre. Beharrlichkeit ist seine Stärke. Wissenschaftler brauchen eben eine gewisse Hartnäckigkeit, auch wenn Sophie das zuletzt gelangweilt hat. Zu Beginn ihrer Bekanntschaft hat sie es geliebt. »Du bist so verlässlich, Leonhart, wie ein bullernder Eisenofen in einer Winternacht, du wärmst einen noch mit dem letzten Funken.«

Schweigend erreichen die beiden Männer den Waldrand. Die Lichter der Vorangehenden verlieren sich in der Ferne und verteilen sich auf verschiedenen Wegen.

Leonhart verharrt kurz, seine Miene hat sich aufgehellt, er sieht kampflustig aus. »Böckelkamp, ich bin entschlossen. Ich gehe nur weiter, wenn wir ein offenes Gefecht mit dem Lord führen. Und zwar ein sehr offenes.«

»Sie meinen einen Schusswechsel?«

»Seien Sie nicht albern, ich bin ein zivilisierter Mensch und als Kommunikationswissenschaftler dazu berufen, Streitigkeiten verbal zu lösen …«

»Ich fände es dennoch besser, zu schweigen und Sophie und Lord Fitzwilliam mit gleichen Waffen zu schlagen. Unsere Waffe heißt Bea.«

Leonhart schmunzelt böse.

»Nein, unsere Waffe heißt Erpressung. Ich werde den Lord mit unseren Entdeckungen in seiner berühmten Bibliothek konfrontieren und ihn vor die Wahl stellen: Entweder er zieht sich sofort von Sophie zurück, oder ich gehe zur Polizei. Einem Mann, der so viel Wert auf seinen Stand legt, wird das nicht gefallen. Soweit ich weiß, hat die Polizei in diesem Hause ohnehin zu tun. Wegen eines schweren Diebstahls. Wir werden sehen, was der Lord damit zu schaffen hat!«

»Herr Professor, geschickter Betrug ist etwas anderes als gemeiner Diebstahl. Und warum sollte Lord Fitzwilliam sich selber berauben?«

»Um bei der Versicherung abzukassieren, warum sonst? Und das, lieber Watson, wäre ebenfalls ein Betrug, nicht wahr? Und zwar ein Millionenbetrug. Vielleicht ist dieser merkwürdige Versicherungsagent Mr. Hagerty ihm bereits auf der Spur. Der Lord schätzt dessen Anwesenheit überhaupt nicht. Haben Sie beobachtet, mit welcher Verachtung und kaum verhohlenem Abscheu er ihn zu beobachten pflegt? Kommen Sie, wir haben mehr als genug mit unserem vornehmen Gastgeber zu bereden.«

40. Kapitel

Bea hat eins und eins zusammengezählt. Besser, Vase und Vase, echt und falsch, falsch und echt, geteilt durch hundertunddrei Missverständnisse, mal kriminelle Energie. Sie ist zu einem passablen Ergebnis gekommen, dass nur noch wenige Unbekannte enthält, darunter eine überzählige Porzellanschüssel. Wenn man die zunächst außer Acht lässt, machen Jennifers falsch interpretierte Lauschangriffe plötzlich Sinn. Nur die Schlussfolgerung war pubertärer Unsinn, Ausgeburt einer gefährlich ausschweifenden Fantasie, die sie von Sophie haben muss oder vom vielen Fernsehgucken.

Die Lady oder Hagerty oder beide wollten mit dem Golfschläger natürlich nicht den Lord, sondern eine der Vasen erschlagen. Und zwar Vase Nummer zwei, die, die Bea gestern gesehen hat. Sie brauchen die Scherben für die Polizei und Hagertys Versicherungskonzern. Die *echten* Scherben, nicht die falschen, die Jennifer ein paar Tage zuvor produziert hat, als sie die Kopie der gestern zerschmissenen Vase umstieß.

Diese Kopie stand wahrscheinlich schon länger in der Halle, als Ersatz für die echte Vase, die – so nimmt Bea an – Lady und Lover entwendet haben, um sie in Ruhe zu verscherbeln – blödes Wortspiel, aber passend. Wahrscheinlich sollte Hagerty sie verkaufen, der Versicherungsagent mit dem Spezialgebiet Antiquitäten. Da hat man Kontakte zu erstklassigen Fälschern und Kunden für gestohlene Kunstwerke – ganz klar! Die erste Vase muss wirklich eine sehr gute Replik gewesen sein, und für die zweite gab es sicher schon einen potenten Kunden.

Doch leider kamen Jennifers ungestüme Füße dazwischen und warfen die Replik und das gesamte Manöver über den Haufen. Pardauz, waren mal eben paar hunderttausend Pfund zerdeppert, die Hagerty aber nicht einfach als Versicherungsschaden melden konnte. Der falschen Scherben wegen, die nicht nur seinen Konzern, sondern auch die Polizei bei einer Überprüfung durch unabhängige Sachverständige auf ganz böse Gedanken hätte bringen können. Zumal zeitgleich eine noch viel wertvollere Schüssel gestohlen wurde.

Die bekommt Bea noch nicht im Scherbenhaufen unter. Simples Klauen passt einfach nicht zu Lady Madeleine – dieser eleganten Dame im Cocktailkleid – und Hagerty, dem kühl kalkulierenden Spezialisten. Die beiden haben sich auf gänzlich unsichtbares Stehlen spezialisiert.

So konnten sie dem Lord über Monate oder sogar Jahre hinweg wertvolle Erbstücke unter der Nase weggaunern, ohne je in Verdacht zu geraten, weder als Diebe noch als Versicherungsbetrüger. Simpler Diebstahl hätte im Falle so wertvoller Stücke höchstens zwei- bis dreimal funktioniert und die Versicherung misstrauisch gemacht. Was im Falle der verschwundenen Porzellanschüssel ja der Fall ist. Wer hat die nur geklaut? Egal, weiter mit der Vase.

Wenn Jennifer richtig hingehört hat, dann sollte der Vasentausch wohl der finale Coup des Pärchens sein, bevor sie sich aus dem Staub machen wollten. Nur leider ist ihnen dabei nicht nur ein ungeschickter Teenager, sondern auch ein Dieb dazwischengekommen, und alles drohte aufzufliegen. Kein Wunder, dass die Lady panisch war. Hagerty hingegen wollte die echte Vase nicht zerschlagen, weil er antike Kunst zu schätzen weiß – als Experte, Dieb und Hehler.

Es wäre interessant, herauszufinden, was in diesem Haus überhaupt noch echt und was falsch ist. Bea reckt sich ausgiebig. Draußen setzt mit fahlem Licht die Dämmerung ein. Meine Güte, macht logisches Denken hungrig. Sie zieht sich rasch an.

Bevor sie frühstücken kann, muss sie allerdings noch Beweisstücke sichern. Im Zimmer der Lady. Hoffentlich hat die Gute einen gesunden Schlaf oder bereits im Haus zu tun.

41. Kapitel

Mrs. Molloway scheint an einem Gespräch mit zwei Teilnehmern nicht interessiert. Sie plaudert munter mit sich selbst, schmiedet Zukunftspläne für Sophie und macht ihr die Aufgaben als künftige Hausherrin schmackhaft, während sie Pasteten in den Ofen schiebt, Wildgewürze anröstet und Zwiebeln für eine Beize schält.

»Ich habe gestern Madeleine und Hagerty beobachtet. Dieses ständige Tuscheln war kaum zu überhören.«

Sie ist also nicht nur eine neugierige alte Katze, sondern auch eine unverfrorene Lauscherin! Sophie greift nach einer Scheibe Toast. Und der Lord glaubt, dass sie nicht einmal die Hälfte von dem ahnt, was in diesem Haus vorgeht. Unsinn.

»Ich vermute, die beiden planen eine baldige Abreise. Dann, meine Liebe, wäre euer Weg zueinander frei. Wir befördern dich zunächst zur Hausdame – mir wird die Arbeit ohnehin langsam zu viel. Du könntest dir in dieser Position den nötigen Schliff aneignen und ganz unverdächtig und in Ruhe die Scheidung abwarten.«

Wie gnädig, man bekommt fast das Gefühl, eine Audienz bei der Königin zu haben.

Sophie ist so wütend, dass sie sich nicht mehr zurückhalten kann.

»Ich weiß überhaupt nicht, ob ich meine Scheidung will!« Leonhart soll es nämlich nicht zu leicht haben. Und sie muss gründlich überlegen, ob ein etwaiges Leben in England ihr nicht in Sachen Sorgerecht schadet. »Ich will Jennifer nicht verlieren …«

»*Deine* Scheidung?«, fragt derweil Mrs. Molloway. »Aber davon kann doch gar keine Rede mehr sein nach der gestrigen Nacht. Warum solltest du dich scheiden lassen? Du musst doch nicht noch einmal heiraten. Ich meinte die Scheidung von Fitzwilliam und Madeleine!«

Typisch Mrs. Molloway, außer Ashburton und dem Wohl ihrer Sippe hat sie nichts im Kopf, und sie soll sich mit einer Position als Hausdame und Geliebter zufrieden geben.

»Madeleine wird sich in alles schicken, sobald wir ihr einen gewissen Betrag zahlen können – als Entschädigung. Sie ist so geldgierig, wie nur der Hochadel es sein kann! Denk daran, wie die verstorbene Lady Diana den Prinzen von Wales bei der Scheidung hat bluten lassen. Nun, wenn Madeleine aus dem Weg ist, könntest du dann deine rechtmäßige Position als Herrin von Ashburton ...«

Sophie knabbert stumm den trockenen Toast. Mrs. Molloway ist in ihrem selbstherrlichen Eifer nicht zu bremsen. Irgendwer muss dem Lord helfen, von ihr und ihrem Einfluss loszukommen.

Er wäre gewiss dankbar und auf sich gestellt ein passabler Mann, eindrucksvoll im Aussehen, vermögend, wenn auch in Finanznöten wegen des aufwändigen Erhaltes seines Besitzes und Standes. Eine Tatsache, die ihn in die Ehe mit Madeleine getrieben hat, die jedoch in finanzieller Hinsicht eine Enttäuschung gewesen sein muss. Fitzwilliam kann einem fast Leid tun. Der Mann braucht endlich eine anständige Lebensaufgabe und eine Frau, die es mit Mrs. Molloway aufnehmen kann.

Vielleicht wird diese Jagdgeschichte samt adligem Familienanschluss ein gutes Geschäft. Snobismus ließe sich in Deutschland sicher gut vermarkten. Das könnte sie übernehmen. Wer Geld hat, will neben noch mehr Geld vor allem gesellschaftliche Anerkennung, und was ist schmeichelhafter als ein privater Aufenthalt bei Lords und Ladys mit nahezu königlichem Stammbaum.

Solange man dabei nicht Küchenmagd spielen muss, nicht wahr?

Ruhe, verdammt, sie ist doch kein Snob mit Hang zum Höheren! *Wirklich nicht?*

»Fitzwilliams Ehe mit Madeleine ist gescheitert, so viel steht fest, Sophie. Du wirst schließlich doch noch an ihre Stelle treten. *What a happy end.*« Mrs. Molloway wischt sich Tränen aus den Augen – nicht der Rührung, sondern der Zwiebeln wegen, die sie schält.

Ist es wirklich ein Glück, an die Stelle von Lady Madeleine zu treten? Man müsste Freude an schwierigen bis hoffnungslosen Männern haben, verworrene Situationen lieben und ein Helfersyndrom sein Eigen nennen. Lord Fitzwilliam und Ashburton sind mit Sicherheit ein Fulltimejob.

Und du bist zurzeit ehe-, heimat- und arbeitslos!

Zweifellos: Eine günstigere Gelegenheit für die Beseitigung all dieser Übel kann es gar nicht geben. Zudem würden damit ihre Wunschträume und Madame Zaras Prophezeiungen wahr. Ein Heiratsantrag auf einem Schloss. Den sie machen muss. Kann sie etwas anderes wollen?

Unwillen zeichnet sich in Sophies Gesicht ab, was wahrscheinlich daran liegt, dass Bea in die Küche gestürzt kommt. In der rechten Hand trägt sie eine blauweiße Porzellanscherbe, in der linken ein Paar Turnschuhe und im Gesicht einen Ausdruck von Panik.

»Sophie, Gott sei Dank«, keucht sie atemlos, »du musst mich verstecken, die Lady ist mir auf den Fersen! Sie ist eine ganz verschlagene Diebin, und ich kann es beweisen!« Triumphierend hält sie die Turnschuhe hoch.

Sophie starrt sie ungläubig an. Das ist so typisch Bea. Völlig verrückt, zum Haare-Raufen, ständig muss man ihr

Leben ordnen. »Sie soll die Turnschuhe meiner Tochter geklaut haben?«

»Äh? Ach so, nein, das hier hat die Lady gestohlen!« Sie zeigt die Scherbe.

»*The vase!*«, exklamiert Mrs. Molloway, die nur wenig von der deutschen Unterhaltung verstanden hat und sich wundert, wie vertraut einander unbekannte Deutsche im Ausland miteinander umgehen.

»Yes«, antwortet Bea auf Englisch und wirbelt zu der alten Dame herum. »She is the rubber!« Mrs. Molloway starrt sie ungläubig an. »What do you mean? I am not …«

Sophie schüttelt tadelnd den Kopf. »Du meinst *robber*, Bea. *Rubber* heißt nicht Räuber, sondern Gummi.«

»Meinetwegen«, korrigiert sich Bea geduldig und wendet sich triumphierend an Mrs. Molloway. »I mean, she is a robber!«

Im Gesicht der alten Dame zeigen sich hektische Flecken. »Me? A robber?«

Sophie dreht die Augen zur Decke. Bea sorgt für heilloseres Chaos. »Nein«, erklärt sie Mrs. Molloway, »Sie sind keine Diebin.«

»Das will ich aber auch gemeint haben. Das wäre ja völlig verrückt. Und die Vase ist ja auch gar nicht gestohlen worden. Wie kommt sie überhaupt darauf?«

Diesmal hat Bea die Dame verstanden und setzt in wackligem Englisch an, ihre Theorie von der echten und der falschen Vase und der Rolle von Lady Madeleine zu erläutern. Sie kommt gerade zum Abschluss und auf das ungelöste Rätsel um die Porzellanschüssel zu sprechen, als im Gang eilige Schritte laut werden.

»Das ist bestimmt Lady Madeleine! Ich muss verschwinden, äh, *disappear*, heißt es nicht so?«

»In der Tat, so heißt es«, sagt Mrs. Molloway in höflichstem Englisch, schiebt Bea durch den Raum in Richtung

Spülküche und stößt sie hinein. Sophie erhebt sich, will dazwischengehen, aber die Tür ist versperrt. Sie muss mit Bea endlich über ganz andere Scherben reden, beispielsweise die Scherben ihrer Ehe. »Bea? Hör mir zu, ich muss mit dir über Leonhart sprechen.«

Von der Vase – ob echt oder falsch, geklaut oder zerbrochen – hat sie die Nase endgültig voll. Sie hat von Ashburton und der ganzen verlogenen, betrügerischen Sippschaft genug. Sie will in diesem Irrenhaus keinen Fulltimejob, sondern ihr altes, solides, unfallfreies Leben zurück. Mit dem vernünftigen, wunderbar verlässlichen Leonhart und ohne Bea, und das wird sie der jetzt klar machen.

»Mir ist egal, was zwischen dir und Leonhart war, hörst du? Aber von jetzt an lass die Finger von ihm! Er ist immer noch mein Mann und …«

»Schscht«, macht Mrs. Molloway vom Küchentisch her. In diesem Moment öffnet sich die Tür, Sophie wendet sich um und schweigt.

Lady Madeleine tritt ein, lässt einen gehetzten Blick durch den Raum schweifen, fängt sich mühsam und wendet sich mit kühler Miene an Mrs. Molloway, die Zwiebeln schält, wozu sie allerdings ein riesiges Brotmesser benutzt – ziemlich tüddelig.

»Ich suche dieses ungezogene Biest. War sie hier?«

Mrs. Molloway tut verwundert. »Welches Biest meinst du, Madeleine?«

»Deinen Schützling Jennifer, sie muss eben in meinem Zimmer gewesen sein, während ich noch schlief. Ich sah, wie jemand leise hinausschlüpfte, und fand ein T-Shirt und eine Jeans in meinem Ankleidezimmer, die nur ihr gehören können. Dafür vermisse ich ein Abendkleid von Chanel. Ich habe diesem grässlichen Teenager immer misstraut, sie ist eine dreckige kleine Kriminelle.«

Sophie fährt von ihrem Stuhl hoch. *»Jennifer?«*

Lady Madeleine mustert Sophie kühl. »Oh, Sie. Machen Sie schon wieder Pause, statt zu arbeiten? Wenn der Lord Ihre Zeit nicht in Anspruch nimmt, sollten Sie sich etwas Sinnvollem widmen, den Kartoffeln etwa.«

»Wie können Sie behaupten, Jennifer sei eine Diebin! Noch dazu von einem Abendkleid. Das ist vollkommen lächerlich. Abendkleider interessieren sie nicht. Sie würde niemals eine Jeans gegen einen Ihrer aufgerüschten Designerlappen eintauschen!« Ha, so ungefähr hätte Jenny das sicher selber zum Ausdruck gebracht.

»Woher wollen Sie das wissen? Woher kennen Sie Jennifer überhaupt?«, Madeleine tritt ganz nah an Sophie heran.

»Sie ist meine ...«

Im letzten Moment geht Mrs. Molloway dazwischen. »Liebes, ich meine, Madeleine, du musst dich täuschen. Jennifer hat vor einer Stunde das Haus verlassen, um an der Jagd teilzunehmen. Ich sah sie im Dunkeln über den Hof gehen. Sie hatte kein Abendkleid, sondern Gummistiefel an und eine Pistole dabei.«

Lady Madeleine schüttelt unwirsch den Kopf. »Wer hat diese Göre denn zur Jagd eingeladen und ihr eine Pistole gegeben?«

»Ich nehme an, dein Sohn!«

Sophies Stimme wird schrill.

»Sie hatte eine Pistole dabei und will zu Nicholas?« Zu Nicholas, der Jagen für ein Schwerverbrechen hält und jeden Jäger für einen Mörder und gestern der Tischgesellschaft damit gedroht hat, eines Tages seien sie die Gejagten und müssten um ihr Leben bangen. Ihr fallen die Schießübungen im Stall wieder ein. Mein Gott, wie fanatisch ist Fitzwilliams Sohn?

Nichts hält sie mehr im Club der Damen.

»Mrs. Molloway, wie konnten Sie es zulassen, dass meine Tochter mit einer Waffe in die Dunkelheit hinausspaziert?«

»Aber, meine Liebe, ohne Waffe wäre es doch noch unverantwortlicher! Wer weiß, wer da draußen im Wald herumläuft.«

»Haben hier alle den Verstand verloren?«

Sophie wartet die Antwort nicht ab, schlägt die Tür hinter sich zu und läuft zum Hinterausgang. Verdammte Pistole. An die hat sie gestern Abend überhaupt nicht mehr gedacht. Was haben Jennifer und Nicholas damit vor? Sie werden doch nicht auf Menschen zielen und schießen wollen!

Lady Madeleine hat in der Küche andere Fragen. An Mrs. Molloway.

»Habe ich eben richtig gehört? Diese angebliche Küchenmagd will die Mutter von dieser Jennifer sein? Was zum Teufel hast du da wieder ausgeheckt? Du hast sie doch hergeholt. Beide. Was hat mein Mann mit ihnen zu tun? Kennt er diese Sophie etwa schon länger?«

Mrs. Molloway blickt verlegen auf ihr Brotmesser herab.

»Ist diese Jennifer etwa auch *seine* Tochter? Sie kann kaum sechzehn sein. Hat er mich so kurz nach unserer Heirat bereits betrogen? Bestelle deinem Sohn, dass er sich auf eine sehr teure Scheidung gefasst machen kann, wenn das stimmt und er nicht will, dass seine wahre Herkunft allgemein bekannt wird.«

Mrs. Molloway schüttelt bedauernd den Kopf.

»Meine liebe Madeleine, dass du immer nur an Geld denken kannst. Du hast eine Krämerseele und kennst den Preis von allem, aber den Wert von nichts.«

»Ich kenne den Wert, den du und dein Sohn seinem Titel und Ashburton Hall beimesst. Ihr Aufsteiger seid so lächerlich ehrpusselig, dass mir schlecht davon wird.«

»Und ihr adligen Absteiger so verkommen, dass ihr wertvolle Familienschätze stehlt, um sie an Gott weiß wen zu verkaufen, nicht wahr? Es ist an der Zeit, dass wir uns ein wenig über die umgefallene Vase aus der Eingangshalle unterhalten, besser gesagt, über die *beiden* Vasen.«

Mrs. Molloway geht mit hocherhobenem Haupt zur Spülküche und öffnet die Tür.

»Bea, kommen Sie heraus. Ich möchte, dass Sie der Lady erzählen, was Sie entdeckt haben.« Sie steckt den Kopf in den Raum. Er ist leer, dafür steht ein Fenster über den Spülmaschinen offen. Schade, dann muss sie eben alles selber erklären. Beherzt schließt sie die Tür und wendet sich dem Tisch zu, an dem Madeleine steht. Oder stand. Sie hat die Küche nicht durchs Fenster, aber durch die Tür verlassen.

Scheint so, als habe sie verstanden und als stünde nun eine sehr preiswerte Scheidung ins Haus, vielleicht eine völlig kostenlose. Mrs. Molloway lächelt leise. Müssen sich für verdammt clever gehalten haben, Madeleine und ihr Hagerty. Pah, die Cleverste von allen ist wohl immer noch sie!

Was sie klaut, bringt Geld von der Versicherung und bleibt dabei im Besitz der Familie. Etwa der wundervolle Gainsborough in Fitzwilliams Schlafzimmer. Niemand hat ihn je dort gesucht, nachdem er zuvor zwei Jahre in ihrer Dachkammer gelagert hatte.

Die Versicherung musste damals fast eine halbe Million Pfund dafür rausrücken, und Fitzwilliam konnte den Park von Ashburton sanieren und aufforsten. Wenn sie für die Porzellanschüssel noch einmal so viel – wahrscheinlich sogar mehr – erhalten, dann kann sie sich zur Ruhe setzen. Die Zukunft ihres Sohnes wird gesichert sein, Madeleine ist geschlagen, und sein Magen kann sich erholen.

Er ist so sensibel, der Gute, ständig macht er sich Sorgen, jemand könne *sie* entlarven. Unsinn. Ihre Tarnung ist hervorragend. Niemand verdächtigt reizende alte Damen, die jeden mit ihren Rosen und Teegesellschaften behelligen und das Rückgrat von Kirchenbasaren sind, des schweren Diebstahls in Adelshäusern.

Nur Madeleine und inzwischen auch Sophie wissen, dass sie Fitzwilliams Mutter ist. Gegen Madeleine hat sie endlich genug in der Hand, um sie zum Schweigen zu verpflichten, und eine verliebte Sophie wird nicht plaudern. Oh, diese Romantikerinnen, diese gefühlvollen Fantastinnen! Wie leicht sind sie zu führen und von der Wahrheit abzulenken, ständig sind sie mit Gefühlen beschäftigt und haben keinen Blick fürs Wesentliche.

Eine Frau von Verstand wäre vor achtzehn Jahren nicht auf diese Sache mit Gretna Green reingefallen oder ihren Brief mit der Hochzeitseinladung.

Einem Mann wie Fitzwilliam so viel Gefühlskälte zuzutrauen! Sophie hat keinen Sinn für Intrigen, sie hätte es aus eigener Kraft nie nach ganz oben, in die höhere Gesellschaft geschafft und Fitzwilliam am Ende noch Ashburton wegen der hohen Kosten ausgeredet, um ganz der Liebe zu leben. Nonsens. In dieser Hinsicht war Madeleine die bessere Wahl, aber zu habgierig. Wie viel vom Familienbesitz sie wohl hat mitgehen lassen? Nicht so viel, wie ihr eine Scheidung eingebracht hätte, bei der so einiges hätte vertuscht werden müssen, wie schon bei der Eheschließung.

Die meisten Frauen, da ist sich Mrs. Molloway mit sich einig, sind Dummköpfe. Befriedigt nickt sie dem Toaster zu, in dessen Metallfront sie sich spiegeln kann.

Diese Bea hingegen ist ein anderes Kaliber. Gewitzt und voller Esprit. Nur gut, dass die nicht ihre Schwiegertochter ist, da müsste man sich in Acht nehmen. Die hat ihren Verstand beisammen. Und den muss man von der Porzellanschüssel ablenken, solange sie noch Gast des Hauses ist.

42. Kapitel

Der Lord hat nicht zu viel versprochen. Im Dämmerlicht sammelt sich auf der Waldlichtung eine Herde Rotwild, darunter zwei Hirsche, deren Geweihe ansehnliche Trophäen ausmachen. Der Wildhüter macht Zeichen, um anzuzeigen, welche der Tiere überzählig sind und zum Abschuss freistehen. Lord Fitzwilliam deutet seinen Gästen mit hoheitsvollem Kopfnicken an, dass sie anlegen sollen.

Mit ehrfürchtiger Miene pressen die Männer die Gewehrschäfte an ihre Schultern und nehmen verschiedene Hirschbullen ins Visier. Gleichmäßig atmend warten sie darauf, dass sich ein Dunstschleier hebt. Ruhe macht sich im Gebüsch breit. Nur keinen Laut jetzt und keine falsche Bewegung.

»Mylord! Ich muss mit Ihnen sprechen.« Leonhart tritt kampflustig und mit sehr geradem Rücken zu der Gruppe hinter den Büschen.

»Zum Teufel!« Ein zielender Schütze dreht sich um, und seine Gefährten stoßen ein kollektives »Pssst« aus, das die Hirsche auf der Lichtung nervös werden lässt. Sie heben die Köpfe, eine Rehkuh nimmt Reißaus.

Lord Fitzwilliam erhebt sich so leise wie möglich und packt Leonhart fest beim Arm. »Not here and not now«, zischt er.

»Herr Professor«, keucht Böckelkamp, der eben das Gebüsch erreicht, und fasst Leonhart beim zweiten Arm. Gemeinsam mit dem Lord gelingt es, den Störenfried von der

Jagdgesellschaft wegzuziehen. »Wir stören die Herren bei der Jagd!«

»Umso besser, dann retten wir wenigstens ein paar unschuldigen Kreaturen das Leben. Was für ein widerliches Hobby«, ruft Leonhart lautstark. Es macht Spaß, den Lord zu ärgern. Weitere Rehkühe verschwinden im Wald. Einige Teilnehmer der Jagdgesellschaft stoßen laute Flüche aus – der Rest der Herde verschwindet.

»Wir haben eine Stunde auf die Herde gewartet, wer weiß, wann sie nun wieder auftaucht.« Der Lord ist erzürnt, während er Leonhart auf einen Waldweg zerrt. »Ich bin davon ausgegangen, dass sie mit den einfachen Grundregeln einer Jagd vertraut sind. Man scheucht in keinem Falle die Beute eines anderen Schützen auf. Das sind Ehrenregeln. Stille Zurückhaltung ist das oberste Gebot! Daran sollten Sie sich halten, solange Sie mein Gast sind, egal, wer Sie sonst noch sein mögen. Ein Gentleman sind Sie jedenfalls nicht.«

Leonhart schüttelt seinen Arm ab und richtet sich zu voller Größe auf. »Wie schön zu wissen, dass Sie sich wenigstens bei der Jagd auf Tiere an irgendwelche Gebote halten, bei verheirateten Frauen scheinen Sie zügelloser und nicht an Ehrenregeln interessiert zu sein.«

Fitzwilliams Miene spiegelt mehr Verwunderung als Ärger. »Ich verstehe wirklich nicht, was Sie mit dieser Bemerkung andeuten wollen. Ich erinnere mich nicht, in letzter Zeit einer verheirateten Frau nachgestellt zu haben. Außer meiner eigenen.«

»Und der meinen!« Außer sich vor Wut ballt Leonhart seine Rechte zur Faust. »Wie können Sie nur so unverfroren lügen. Sie lebt doch sogar bei Ihnen.«

Der Lord ist reine Verblüffung: »Erlauben Sie mal, Herr *von Humboldt*, ich kenne Ihre Gattin überhaupt nicht. Ich habe überhaupt noch nie eine Frau dieses Namens kennen gelernt und beherberge sie auch nicht unter meinem Dach.«

Herrgott, ist das schwer, diesem Mann die einfachsten Tatsachen zu erklären. Das hat man jetzt von dem Schmierenstück à la Böckelkamp. Man muss noch einmal ganz von vorne anfangen. »Ich heiße natürlich nicht Wilhelm von Humboldt.«

»So viel habe ich mir bereits denken können, mein Herr.«

»Und meine Frau heißt auch nicht von Humboldt.«

»Was nur logisch ist. Für wie dumm halten Sie mich? Sie müssen wissen, dass ich als Besitzer einer der bedeutendsten Wörterbuch- und Lexikasammlungen Englands durchaus mit dem Namen von Humboldt vertraut bin. Mir ist klar, dass Sie unter einem Tarnnamen auftraten, um mein Haus in Augenschein zu nehmen. Aber glauben Sie mir, Sie werden mir wegen der bedauerlichen Diebstähle nichts nachweisen können. Hagerty versucht es schon seit Jahren, und er gilt in Fragen des Versicherungsbetrugs als einer der besten Männer, nicht wahr? Warum sollte ich ihn als meinen Hausgast dulden oder nach Diebstählen stets so rasch die Polizei einschalten, wenn ich etwas zu befürchten hätte?«

Jetzt ist es an Leonhart, verblüfft zu sein. Der Mann muss Hellseher sein. Wie kann der Lord wissen, dass er ihn auf seine Versicherungsbetrügereien ansprechen wollte? Und was soll dieses Gerede von Hagerty und der Polizei, die ihm nichts nachweisen könne? Die Beweise sind doch für jedermann zugänglich. Dieser Gedanke gibt Leonhart neue Munition. Das Duell beginnt wieder, Spaß zu machen.

»Sie glauben also, dass Ihnen nichts nachzuweisen ist?«

Die Miene des Lords wird undurchdringlich. »Mir nicht und auch sonst niemandem aus meinem Haushalt, denn es gibt nichts nachzuweisen.«

Leonhart lacht hart auf. »Ich weiß nicht, was für ein Sachverständiger Ihr Mr. Hagerty ist, aber wenn es selbst mir auf Anhieb gelingt, einige Ihrer so genannten Erstausgaben und Handschriften als Fälschungen zu erkennen, nur weil ich mich im Rahmen meiner Studien dafür interessiert habe, sollte ein Spezialist auf diesem Gebiet …«

Der Lord fährt zurück. Er ist sichtlich erschrocken. Sein Gesicht ist bleich geworden, ein Zucken in seinen Mundwinkeln verrät, dass er mit körperlichem Unwohlsein zu kämpfen hat: »Die Handschriften? Wovon reden Sie, verdammt! Es geht um eine gestohlene Porzellanschüssel und diese bedauerlicherweise zerstörte Vase, aber nicht um die Bibliothek. Die Bücher sind mein Heiligtum …«

Leonhart stutzt, bibliophile Leidenschaft hätte er diesem bornierten Snob gar nicht zugetraut, und es klingt sogar echt. Der Mann ist ein Bücherfreund. Wie schade, dass man sich in dieser Situation befindet. Wirkliche Bücherfreunde sind ebenso selten wie Busenfreunde!

Der Lord hat sich weiter in Rage geredet, beschwört den Wert seiner bibliophilen Schätze und hat sich kaum noch unter Kontrolle. »Fälschungen, das ist doch lächerlich. Diebstahl, nun gut, aber meine Mut…« Er bremst sich, legt eine Hand auf seinen Magen und wendet sich ab, sein Gesicht ist aschfahl. Mit einem mühsam hervorgebrachten »Entschuldigen Sie mich« verschwindet er auf einem Seitenpfad, der zum Haus zurückführt.

43. Kapitel

Nicholas entwindet Jennifer das Nachtsichtgerät und presst es gegen seine Augen. Er will wissen, warum die Herde unruhig wird, ohne dass ein Schuss gefallen ist, oder er hätte eingreifen müssen. Im grauen Licht der Dämmerung späht er nach den Jägern, die etwa hundertfünfzig Meter entfernt auf der anderen Seite der Lichtung im Gebüsch lauern.

»Hey, gib das zurück, ich suche Hagerty«, protestiert seine Begleiterin. Die beiden liegen bäuchlings auf einer Thermodecke. Nicholas hat die ganze Nacht hier verbracht. Er trägt wattierte Hosen und eine Daunenjacke, in den Nachtstunden hat er sich an einem Feuer gewärmt, das er lange vor Morgengrauen sorgsam gelöscht hat. Danach blieb ihm nur heißer Tee, um sich wach und warm zu halten. Seine Nase leuchtet so rot wie die von Rudolf dem Rentier, und die Kälte nagt an seinen Nerven.

»Lass mich mit diesem Unsinn in Ruhe«, zischt er ungehalten. »Ich habe eine Mission zu erfüllen und spiele nicht Räuber und Gendarm, nur weil dir das Spaß macht.«

Empört richtet Jennifer sich auf. »Aber den Retter des Regenwaldes machst du mit Vergnügen, he? Ist es dir egal, dass jemand deinen Vater umbringen will? Ich schwöre dir, heute Morgen haben deine Mutter und Hagerty es noch einmal miteinander abgemacht.«

Nicholas kneift die Augen zusammen, um zu erkennen, wer sich zu den Männern im Gebüsch gesellt hat und für Störung zu sorgen scheint. »Unglaublich, dieser Professor von gestern mischt anscheinend die Gruppe auf! Mein Vater sieht aus wie kurz vor einem seiner Magenkrämpfe. Höchste Alarmstufe.«

Bevor Jennifer antworten kann, hallt Leonharts Stimme zu ihnen herüber: »Umso besser, dann retten wir wenigstens ein paar unschuldigen Kreaturen das Leben! Was für ein widerliches Hobby, diese Jagd.«

Nicholas setzt das Fernglas ab und grinst zufrieden. »Also war mein Auftritt beim Dinner gestern doch nicht umsonst. Diesen Professor scheine ich überzeugt zu haben. Kein schlechter Auftritt, aber auf Dauer ist Reden nutzlos, man muss diese blutrünstigen Idioten mit Waffengewalt zur Vernunft bringen, das ist die Sprache, die sie verstehen.«

Jennifer reißt das Fernglas an sich. Stellt die Schärfe nach:

»Wow, das ist Dad!«

»Wer?«

»Das ist mein Vater. Er ist mit Freunden hier, um mich zu besuchen!«

Nicholas runzelt die Stirn. »Herzlichen Glückwunsch, deine Familie scheint mindestens so verrückt zu sein wie meine.«

Jennifer überlegt kurz, ob sie das als Kompliment auffassen darf, sicherheitshalber fragt sie nach: »Wieso?«

Nicholas macht sich an einer Gewehrtasche zu schaffen, knöpft sie auf und zieht – erstaunlich liebevoll – die Waffe hervor. Erst dann bequemt er sich zu einer Antwort: »Na, dein Dad hat gestern so getan, als kenne er deine Mutter überhaupt nicht. Er nennt sich von Humboldt, was ja kaum sein richtiger Name sein wird. Und deine Mutter schien mir nicht auf ein Gespräch mit ihm erpicht.«

Er inspiziert das Gewehr, Jennifer sitzt mit offenem Mund da und wartet auf die Fortsetzung. Nicholas seufzt und redet weiter: »Ist wahrscheinlich kein Wunder, dass deine Mutter lieber stumm bleibt, immerhin hat sie es auf meinen Vater abgesehen. Ich nehme an, darum maskiert sie sich auch so blöde. Gestern Nacht haben sie sich hinter einem Vorhang heftig miteinander amüsiert, bis dein Vater dazwischenkam. Den Rest habe ich verpasst, ich musste mich noch um ein paar Zündvorrichtungen kümmern.«

Jennifer ist mit einem Satz auf den Beinen. »Was? Du hast ja nicht mehr alle Drähte in der Mütze. Mom und dein Vater, spinnst du? Hinter einem Vorhang? Die sind doch viel zu alt für, für …«

»Für was?«

»So was eben. Die wollen doch nur noch ihre Ruhe und ab und an einen kleinen Streit. Die sind doch verheiratet! Also nicht miteinander, aber gegenseitig, nee, ich meine, also wirklich!«

»Himmel, bist du spießig. Eine Ehe bedeutet in unseren Kreisen nichts außer Landgewinn, dynastischen Aufstieg, Vermehrung des Vermögens und all das. Meine Mutter hat schon seit beinahe fünf Jahren ihren Hagerty. Und die haben eine Menge gemeinsame Interessen außer Sex, zum Beispiel Diebstahl und Versicherungsbetrug. Ziemlich abgefahren.«

»Wie bitte?«

»Ich kann's dir später erklären. Jedenfalls sind die beiden ein gutes Team, aber nie im Leben Mörder. Und dann auch noch aus Leidenschaft füreinander! So ein Quatsch. Du glaubst doch nicht etwa an die große Liebe und solch einen Käse.«

So, so, Liebe findet er also Käse. Eigentlich auch egal, Jennifer hat ebenfalls die Lust daran verloren. An allem hier hat sie die Lust verloren. Selbst Lebensretterin will sie nicht mehr spielen.

Wenn es stimmt, was Nicholas sagt, dann sind alle Erwachsenen unverschämte Lügner und Betrüger. Sogar Dad!

Warum läuft er herum und tut so, als wäre er jemand anderes? Von ihrer Mutter verleugnet zu werden schien noch ein guter Gag und außerdem mal eine Abwechslung, aber dass Dad sie jetzt sozusagen zur Vollwaise macht, das ätzt.

Die beiden können doch nicht einfach die komplette Familie aufkündigen und nur noch machen, was sie wollen und mit wem sie wollen. Mom und der Lord, genauso gut könnten ihr Vater und Bea... Moment mal! Jennifer stockt der Atem. *»Mein Kind, Kleines«*, tönt Beas Zwitscherstimme plötzlich in ihrem Ohr. Oh nein, nicht das! So hat sie sich das mit einer möglichen Scheidung nicht vorgestellt. So, dass ihre Eltern sich nur noch für andere Liebeleien interessieren und kein bisschen für sie! Sie ist noch ein Kind, verdammt.

Nicholas richtet sich mit seinem Gewehr auf der Decke ein, schraubt ein Zielfernrohr auf. »Jetzt werden wir erst mal ein kleines Feuerwerk vorbereiten. Hast du Lust, mitzumachen? Ich hätte ein Ziel, das selbst du nicht verfehlen kannst. Es ist außerdem unbeweglich. Wo ist die Pistole, die du mitgebracht hast?«

44. Kapitel

Leonhart steht auf dem Waldweg. Er starrt immer noch in die Richtung, in die der Lord verschwunden ist, und wundert sich. »Donnerwetter, so einen durchschlagenden Erfolg habe ich uns nicht zugetraut! Erst streitet der Kerl jeden Diebstahl ab, und dann knickt er bei der ersten Erwähnung der falschen Handschriften völlig ein und tritt den sofortigen Rückzug an. Ich wusste gar nicht, dass ich das Zeug zu einem so großartigen Detektiv und Erpresser habe.«

»Mit Verlaub, das haben Sie auch nicht, Herr Professor.«

»Nicht?« Der Morgen ist wirklich voller Überraschungen, zum ersten Mal seit Beginn ihrer Bekanntschaft zweifelt Böckelkamp an Leonharts intellektuellen Fähigkeiten.

Böckelkamp schüttelt in stummem Bedauern den Kopf. »Es tut mir Leid, das sagen zu müssen, aber Sie beide haben eben entsetzlich an der Sache und aneinander vorbeigeredet. Und Ihre Frau, Herr Professor, haben Sie dabei völlig aus den Augen verloren. Man könnte den Eindruck gewinnen, dass ein paar Bücher – noch dazu gefälschte – Sie und auch den Lord von der Liebe vollständig ablenken können. Wie bedauerlich! Ich …«

Weiter kommt er nicht, denn in diesem Moment stürzt durch das Dickicht zu ihrer Rechten eine atemlose Frau in Dienstmädchenkleidung auf sie zu.

»Sophie!«

»Leonhart!«

»Was machst du hier?«

Sophie gibt keine Antwort und wirbelt mit suchendem Blick herum. »Wo sind der Lord und seine Jagdgesellschaft? Ich muss sie finden.«

Böckelkamp deutet stumm hinter sich zur Lichtung. Sophie will losspurten, doch Leonhart fasst sie beim Arm. »Liebling, bitte vergiss doch nur für einen Moment diesen Kerl. Er ist die Mühe nicht wert.«

»Du begreifst nicht. Er ist in Gefahr. Die ganze Jagdgesellschaft. Es könnte hier eine Schießerei geben.« Sie versucht, sich seinem Griff zu entwinden.

Ungeduldig will Leonhart seine Frau zu sich heranziehen. »Das ist nun einmal die traurige Begleiterscheinung eines so scheußlichen Hobbys wie der Jagd. Und es ist nicht das einzige scheußliche Hobby, das dein Lord hat.« Sophie schlägt nach der Hand, die ihren Arm eisern umklammert.

»Du verstehst mich nicht ...«

»Das würde ich aber gerne, Sophie, wirklich. Wir müssen endlich miteinander reden! Das hätten wir in all den Jahren viel öfter tun müssen. Nun, ich verzeihe dir. Alles. Sogar die gestrige Nacht, wenn du ...«

Sophie erstarrt für einen kurzen Moment. »Ich soll dir verzeihen? Dir? Und Bea wohl auch?«

»Jetzt verstehe ich dich wirklich nicht, Sophie. Was hat Bea damit zu tun? Sie ist deine beste Freundin, eine so gutherzige, selbstlose Person. Alles, was sie hier tut, tut sie für dich und Jennifer.«

»BEA?! Wie kannst du mich so beleidigen?«

»Sie hat sich gestern rührend um unsere Tochter gekümmert, während du und der Lord ...«

»Willst du etwa darauf hinaus, dass ich mich nicht um meine Tochter kümmere? Eins verspreche ich dir, das alleinige Sorgerecht wirst du nie bekommen! Du bekommst überhaupt kein Sorgerecht, du Hallodri, du Rumtreiber, du streunender Gossenkater. Nur über meine Leiche. Besser noch über deine!«

Leonhart prallt zurück, lässt Sophies Arm fahren, sein Gesicht ist aschfahl: »So weit bist du schon? Du denkst über das Sorgerecht nach?«

»Und du überlässt mein Kind einfach Bea! Ich bin mir sicher, dass jeder Scheidungsrichter bei einem Vergleich unserer möglichen neuen Lebenspartner zu der Ansicht gelangen muss, dass Lord Fitzwilliam der geeignetere Elternersatz ist. Denke allein an seine Stellung, sein Ansehen und sein Vermögen! Ashburton ist ein Palast, mein Lieber.« Genau, wenn es um ihr Kind geht, heiratet sie nämlich sogar den Lord – basta.

Leonhart streicht mit der Hand über seine Augen. Seiner Stimme fehlen Ton und Farbe. »In der Tat, etwas wie Ashburton kann ich dir nicht bieten. Du hast dich also entschieden. Und ich wollte dir verzeihen! Oh, Sophie, wie muss ich mich in dir getäuscht haben. Wie hart und berechnend du geworden bist. Dabei habe ich dich im Grunde deines Herzens immer noch für die gefühlvolle, verträumte und fantasiebegabte Frau gehalten, die ich geheiratet habe. Ich dachte, der Lord, nun ja, das sei ein alter Traum, den du an der Realität überprüfen musst, um ihn zu überwinden. Und nun? Sogar das Kind hast du von Anfang an in deine Pläne einbezogen. Dieser England-Aufenthalt ...«

Böckelkamp räuspert sich hörbar. »Wenn ich mich einmischen dürfte.« Darf er nicht.

»Ich ziehe das Kind mit hinein? Ich? Leonhart, das ist der Gipfel aller Unverschämtheiten, die du dir in den letzten Tagen erlaubt hast. Wer bringt denn Bea mit hierher, um sie Jenny auf den Pelz zu hetzen? Und ich war eben in der Küche sogar bereit, zu dir zur...« Nein, das sagt sie nicht. Das hat er nicht verdient. Sie als kaltherzig und berechnend zu beschreiben, was fällt ihm ein.

Madame Zara hat doch Recht, Leonhart kann nicht der Mann sein, den sie schon immer leidenschaftlich geliebt hat und dem sie an ihrem Geburtstag einen Heiratsantrag machen wird. Dem eigenen Mann macht man ohnehin keinen Heiratsantrag.

Genau. Ach was, das ist sowieso alles völlig egal.

Sophie reißt sich aus ihren Gedanken. »Es geht um unsere Tochter, sie hat eine Pis…«

Hinter ihnen fällt ein Schuss. Sophie zuckt zusammen. Dem Schuss folgt ein weiterer, dann noch einer, dann eine ganze Salve von Schüssen und kleinen Explosionen, die an Kanonenschläge erinnern. Alles ist durchmischt von Schreien der Verblüffung, die sich langsam zu verhaltenen Ausrufen der Panik steigern.

»Who the hell is shooting?«, gellt die Kommandostimme des Wildhüters durch den Wald. Die Antwort sind weitere Explosionen. Das Dickicht, das die Lichtung umschließt, wird lebendig, Zweige krachen in einiger Entfernung, stampfende Schritte werden laut, einer der Jagdtouristen zerteilt ein Gebüsch mit rudernden Armen, stolpert zu ihnen auf den Weg. Es ist Gering von den »Good sellers«. Herr Gering ist in heller Panik.

»Auf der Lichtung ist die Hölle los! Heckenschützen. Irgendwo gegenüber sitzen Heckenschützen! Sie zielen auf uns. Es ist, als ob der Wald zurückschießt. Die Bäume explodieren. Uns pfeifen die Geschosse nur so um die Ohren. Die meisten trauen sich nicht aus der Deckung. Wo ist der Lord? Wenn das witzig sein soll, hat jemand einen verdammt schwarzen Humor. Wer zum Teufel macht so etwas?«

Sophie reißt sich verzweifelt von Leonhart los. »Jennifer!«

45. Kapitel

Bea ist nicht weit gekommen. Zunächst hat sie nicht gewusst, welche Richtung sie einschlagen soll. Der Park von Ashburton ist riesengroß und nach allen Seiten hin von Waldungen umsäumt. Eine Jagdgesellschaft könnte sich überall aufhalten. Und die Jagdgesellschaft will sie finden, um dem Lord oder Leonhart oder beiden von ihrer sensationellen Entdeckung zu berichten, bevor die Lady des Hauses sich aus dem Staub machen kann.

Die Sicht ist immer noch begrenzt, die Sonne kann sich nur zaghaft gegen eine bodennahe Dunstdecke durchsetzen. Am Ende entscheidet sich Bea, den Weg zu einem Gehölz in einer gegenüberliegenden Senke einzuschlagen.

Wenn sie sich nicht sehr täuscht, dann hat sie aus der Richtung dieser Waldung gerade Schüsse gehört, eine ganze Salve sogar, klingt wie ein Silvesterfeuerwerk, allerdings ohne Leuchtraketen.

Sie überquert mehrere Weiden, übersteigt Gatter, will eben in die Senke hinablaufen, als sie in der Ferne eine hochgewachsene Gestalt mit energischen Schritten auf sich zuhalten sieht. Sie muss eben den Wald verlassen haben. Wer kann das sein?

In jedem Fall ein Mann, so viel steht fest, er trägt eine Jacke, die breite Schultern macht. Die Schultern sind allerdings gebeugt, so als hätte er die Last eines schweren Kummers zu tragen. Zögernd geht Bea ihm entgegen, als aus dem Wald eine weitere Gestalt auftaucht. Eine rundliche diesmal, aber ebenfalls männlich und älter. Der Herr hat sichtlich Mühe, mit dem Tempo des anderen mitzuhalten, muss innehalten, sich in den Knien abstützen und Luft schöpfen. Das ist Böckelkamp! Dann muss der andere Leonhart sein. Ihr Herz klopft kurz auf.

Er scheint völlig mit sich beschäftigt und scheint weder seinen Verfolger noch Bea zu bemerken. Den Kopf hält er gesenkt. Sein Blick ist auf den Boden geheftet, dennoch stolpert er plötzlich, vermeidet mühsam einen Sturz und fasst sich an den Magen. Könnte er betrunken sein? Um halb sieben Uhr morgens? In der Mitte von Nirgendwo und aus einem Wald kommend? Mach dich nicht lächerlich, sagt sich Bea und entschließt sich, Leonhart entgegenzulaufen. Er scheint Hilfe zu benötigen.

Und einem Mann, der Hilfe benötigt, kann Bea natürlich nicht widerstehen. Da, er stolpert schon wieder, schwankt, versucht torkelnd, weiterzugehen.

Bea beschleunigt ihre Schritte, hüpft über nasse Grasnarben und Pfützen. Nur noch zwanzig, vielleicht dreißig Meter. Ihr Atem geht rascher und bildet kleine Wölkchen in der Luft. Der Mann blickt auf und schaut sie aus einer Entfernung von zehn Metern mit sterbenselender Miene an. Das ist nicht Leonhart!

Der Mann fällt auf die Knie, verzerrt den Mund. Sie hat noch nie einen Sterbenden gesehen, geschweige denn, einen Toten. Lord Fitzwilliam von Ashburton aber sieht im Moment genau danach aus. Weiß wie ein Leichentuch, oder sind die grau? Ihr Herz krampft sich zusammen vor Mitgefühl und Traurigkeit über einen so einsamen, frühen Tod. Als sie den Lord erreicht, fällt er ihr direkt vor die Füße, einfach so. Bea kniet sich neben ihn auf den Boden, fasst ihn bei der Schulter.

Fühlt sich stark und kräftig an. Was für ein Kerl. Nur leider gerade verstorben. Bea, ermahnt sie sich selbst, wie kannst du in so einem Moment an so etwas denken? Ganz einfach, weil Madame Zara ihr einen Mann prophezeit hat, *»der ihnen sozusagen direkt vor die Füße fällt«*. Leonhart lag ihr zwar auch schon mal zu Füßen, aber nur fast. Den Lord hat sie richtig fallen sehen. Und nun? Soll sie sich etwa in einen toten Mann verlieben? Igitt.

»Lord Fitzwilliam«, ruft sie, »Fitzwilliam! *Say something. Anything.* Sie können nicht tot sein. Sie *dürfen* nicht tot sein!« Sophie hatte Recht, sie hätten niemals zu Zara gehen dürfen.

»Fitzwilliam, *wake up*! He, das können Sie mir nicht antun. Ich kann sie doch nicht heiraten, nur weil sie mir in den Weg fallen!«

Ein lautes, pfeifendes Keuchen lenkt ihren Blick nach oben.

»Du meine Güte, das sieht schlimm aus. Sehr schlimm!«

»Was?«

»Akute Gastritis, Bea. Ein sehr schwerer Fall und dann all die Aufregungen! Wenn das mal kein Magendurchbruch ist. Und schon wieder Schüsse!« Im Wald hinter Böckelkamp sind wieder Explosionen zu hören.

»Stirbt man an so was?«

Böckelkamp schaut irritiert von der leblosen Gestalt zu Bea hinüber. »Natürlich, wenn man schwer getroffen wird!«

»Ich meine den Magendurchbruch. Der Lord sieht aus wie tot, ich glaube, er atmet nicht mehr.« Mit zitternder Hand streicht sie ihm das Haar aus der Schläfe. Legt ihr Ohr an sein Gesicht. Ganz nah. Warm ist er noch, aber, nein, Atemgeräusche hört sie nicht.

Der alte Mann nimmt seine Brille ab, putzt sie. »Ich kann mir das ja mal genauer ansehen.«

»Böckelkamp, Sie sind kein Arzt!«

»Und Sie keine hinterhältige Ehebrecherin!«

46. Kapitel

Sophie schert sich nicht um die Explosionen und Schussgeräusche. Sie weiß schließlich, wer dahinter steckt. Die beiden werden wohl kaum auf sie schießen! In beherztem Lauf überquert sie die Lichtung, ruft immer wieder den Namen ihrer Tochter.

Die Jäger im Gebüsch wundern sich. Was hat ein deutsches Dienstmädchen mit dieser Farce im Wald zu tun? Und wer ist Jennifer?

Der Wildhüter zuckt mit den Achseln. Er kann sich keinen Reim darauf machen. Er hatte den Sohn des Lords als Urheber des Radaus in Verdacht. Man kennt seine Ansichten und den familientypischen Hang zum Fanatismus in dieser Gegend. Aber er hat diesen Verdacht für sich behalten, er will Fitzwilliam von Ashburton nicht noch mehr Kummer bereiten, als der ohnehin schon hat mit seinem Haus, den horrenden Kosten für dessen Unterhalt, einer treulosen Frau und diesen alten Schachteln aus Ashburton-on-Sea, die sich bei ihm einnisten, um sich in dem Glauben zu sonnen, das gute alte Empire und seine adlige Vorhut lebten noch in altem Glanz und Gloria, besser mit »*pomp and circumstances*«, wie Briten zu sagen pflegen. Einige dieser alten Katzen, etwa Mrs. Molloway, wird er gar nicht mehr los.

Man muss Lord Ashburton bedauern. Die Rolle des adligen Narren spielt er mit Brillanz, ohne dafür so anständig alimentiert zu werden wie die Königsfamilie, deren exzentrische Eskapaden ihren Landsleuten mehrere Millionen Pfund Steuergelder pro Jahr wert sind.

Der Wildhüter ist ein so diskreter wie kluger Mann. Er hat begriffen, dass die meisten Schüsse und Explosionen, die sie zu hören bekommen, völlig harmlos sind. Der Junge und seine Kumpane müssen Aufschlagzünder in den Bäumen versteckt haben, die sie nun nacheinander durch Schüsse auslösen. Dafür bedarf es einer gewissen Treffsicherheit, aber nicht unbedingt scharfer Munition.

Auch diese Tatsache verschweigt er den Jagdtouristen, die sich sonst entschließen könnten, einen Ausfall gegen die Feinde im gegenüberliegenden Gebüsch zu wagen. Und so viel ist klar, die Munition der Jäger ist scharf, und ihre Laune auf dem Tiefpunkt. Der Wildhüter schlägt einen Rückzug vor, bevor sie Nicholas entdecken.

»*Never*«, entgegnet ein Vertreter der britischen Tourismusbehörde. »Wir weichen nicht vor ein paar Heckenschützen.«

»Nein, niemals«, stimmen seine deutschen Jagdkollegen ein, und der Wildhüter wird Zeuge einer seltsam anmutenden Waffenbruderschaft zwischen zwei ehemals verfeindeten Nationen. Mehr noch, inzwischen beginnt den Herren das Abenteuer Spaß zu machen. Sogar Herr Gering ist zurückgekehrt, um Räuber und Gendarm oder Cowboy und Indianer zu spielen. Solche Kindsköpfe. Nun, Hauptsache, Ashburtons Ruf als Ort außergewöhnlicher Erholungsmöglichkeiten gerät nicht in Gefahr.

»Jennifer!«, hallt es über die Lichtung zu ihnen herüber. Die Frau in der Dienstmädchenuniform hat es bis zum gegenüberliegenden Gebüsch geschafft. Die Jäger nicken anerkennend. »Hat Mumm, die Gute.« »Nun ja, Frauen unterschätzen gewöhnlich Gefahren!« »Rein emotional gesteuert, man hört es an der hysterischen Stimme.« »Nur gut, dass Frauen gemeinhin wenig Interesse an Waffen haben.« Jemand drängelt sich von hinten an die Gesprächsrunde im Gebüsch heran.

»Wo ist meine Frau? Haben Sie sie gesehen?«

Zum Teufel, wieder dieser Störenfried von vorhin.

»JENNIFER!«, schreit es zu ihnen herüber, das Mädchen scheint entdeckt. Und der Störenfried trampelt hektisch und ohne Rücksicht auf Verluste über sie hinweg, rast auf die Lichtung.

»Ich möchte jetzt lieber nicht Jennifer sein«, brummt einer der Jäger.

Jennifer auch nicht. Ihre Mutter hält sie mit beiden Armen umklammert und hat sie von der Decke nach oben gezerrt. Wow, was für Kräfte. Jennifers Beine verlieren die Bodenhaftung, sie beginnt, wild zu strampeln.

»Lass mich los! Nicholas hilf mir.«

Tut er nicht, er legt eben wieder an.

»Hab Dringenderes zu erledigen. Schade, Süße, das letzte Ziel hatte ich eigentlich dir zugedacht.«

Gegenüber wartet noch eine hohle, abgestorbene Eiche auf ihren Einsatz, darin hat er den finalen Sprengsatz versteckt. Wenn er alles richtig berechnet hat – und nach einigen Fehlschlägen hat er das –, müsste sie wie eine Rakete in die Luft gehen und in tausend Teile zerbersten.

»Mom, lass mich los. Ich will mitmachen. Ich lass mir von dir gar nichts mehr sagen. Ich bin schließlich bald Scheidungswaise.«

»Gib mir die Pistole!«

Sophie greift danach. Jennifer klammert sich daran fest, als ginge es darum, mit der Waffe ihr Leben und ihren guten Ruf als widerborstiger Teenager zu verteidigen. Dann fällt ein Schuss.

Und noch einer. Eine ohrenbetäubende Explosion ist die Folge. Nicholas hat sich nicht geirrt. Die alte Eiche wird krachend in tausend Stücke zerrissen, einige fliegen meterhoch in die Luft. Äste prasseln auf die Erde nieder, werden ins Dickicht geschleudert, landen als Knüppel im

Gebüsch. Der Lärm bringt den Wald zum Schweigen. Auch Sophie und Jennifer. Ungläubig starren sie auf die Lichtung, wo sich Rauch und Pulverdampf langsam heben.

»SHIT«, schreit Nicholas. »Jemand muss von einem Schuss getroffen worden sein. Das war ich nicht!«

»Ein Verletzter«, hallt es auch von der anderen Seite zu ihnen herüber.

»Go and get help!«, schreit der Wildhüter und zerteilt energisch das Gebüsch. Mit langen Schritten eilt er zu der leblos daliegenden Gestalt in der Mitte der Lichtung. Als er sie erreicht, setzt eine Amsel zunächst zaghaft, dann mit wachsender Munterkeit zum Gesang an. Der Wildhüter kniet sich neben den Mann, der wie erschossen daliegt, dreht ihn um. Nicholas ist bereits bei ihm und öffnet dem Mann die Jacke.

Jennifer stößt einen Schrei aus. »Das ist Dad! Wir haben Dad erschossen. Ich habe Dad erschossen. Die Pistole ist losgegangen!«

»Leonhart!« Sophies Stimme ist heiser. Sie macht einen Schritt nach vorn, fällt beinahe über ihre weinende Tochter. Dann schaltet ihr Herz einfach ab. Dafür arbeitet ihr Hirn wie eine Präszisionsmaschine. So rasend schnell, dass ihr schwindelig dabei wird. Sie fühlt sich körperlos, wie auf Wolken.

Es stimmt, aus ihrer Pistole muss sich ein Schuss gelöst haben. Aber wer daran schuld ist, ist ihr unklar. Nur eins weiß sie genau, sie muss hier verschwinden, sofort, bevor ihre Tochter vollkommen zusammenbricht. Beherzt greift sie nach Jennifers rechtem Arm, will sie aus dem Gebüsch wegziehen, weg von der Lichtung.

Jennifer kann kaum noch atmen vor lauter Schluchzen. »Was sollen wir denn jetzt tun?«, stößt sie keuchend hervor. »Mom? Du blutest! Oh Gott, du auch! MAMA!«

Sophie steht schwankend da und fasst sich an den Hinterkopf. Interessant, wie warm und dünnflüssig sich Blut anfühlt, fast so flüssig wie lauwarmer Tee.

Mich muss ein fliegender Ast getroffen haben. Der da. Hu, wie groß der ist und wie verbrannt. Ganz rabenschwarz. Alles wird schwarz. Ein einziges schwarzes Loch. Ich falle. Warum fängt mich keiner auf? Hilfe!

47. Kapitel

Morgen werde ich neununddreißig, und eigentlich habe ich das bekommen, was ich wollte. Mir fehlt nicht viel zum vollkommenen Glück – oder zum vollkommenen Wahnsinn. Ich schätze, so fühlt sich ein Nervenzusammenbruch eben an.

Sophie streicht sich mit der Hand über die Stirn, fühlt kalten Schweiß.

Immerhin liege ich dafür in einem englischen Himmelbett. Winston Churchill und die junge Queen Victoria sollen auch schon drin gelegen haben. Natürlich nicht gemeinsam! Ich will nur deutlich machen, wie staatstragend das Bett und sein weinroter Brokathimmel über mir sind.

Das steigert Sophies Wohlbefinden nicht unbedingt. Auch der Ausblick in den Garten hilft kaum. Dabei handelt es sich sogar um einen Park mit riesigen Ulmen oder Eschen oder – nun ja – sehr alten Bäumen eben, die zur Zeit von besagter Queen Victoria gepflanzt worden sind und unter denen sich – geradezu gemäldereif – das Rotwild tummelt.

Der Park könnte demnächst ihr gehören. Das ganze Haus! Vor einer Woche gehörte ihr nur ein kleines Haus in Wingen am Ott – und nicht einmal das. Es ist noch nicht abbezahlt. Spielt das noch eine Rolle?

Eine freundliche Herbstsonne lässt das Blätterkleid der Bäume aufflammen und malt goldene Muster auf die honigfarbenen Dielen des Zimmers.

Zimmer? Man muss schon von einem Gemach sprechen. Es riecht nach Bienenwachs, adligem Staub oder verstaub-

tem Adel und getrockneten Rosenblüten und – oh, wie reizend – nach dampfendem Earl-Grey-Tee.

Wer den wohl auf die Nachtkonsole gestellt hat? Er vielleicht? Wer er? Nun, ER! Mit besorgter Miene und zärtlichem Lächeln um den Mund? In solchen Gesten ist er unschlagbar. So aufmerksam, schon immer gewesen. Einen Moment atmet sie erleichtert auf und ist glücklich, irrsinnig glücklich.

Genau: irrsinnig! So benimmst du dich in letzter Zeit ständig. Wie eine gemeingefährliche Quartalsirre. Wer sollte dich dafür lieben? Er bestimmt nicht! Typisch: Schwester Selbstvorwurf liegt mit im Bett. Und hat Recht.

Gestern Morgen etwa hat Sophie die Bäume im Wald für Gespenster gehalten. Die sich zu Blitz und Herbststurm und Donner zusammengerottet hatten, einer wispernden, heulenden, Zweige statt Fäuste schüttelnden Horde, die sie lynchen wollte und ihre welken Blätter über ihrem Haupt ausgeschüttet hat.

Er hat noch versucht, ihr zur Hilfe zu kommen, denn die Bäume warfen außerdem mit Blitzen und Ästen nach ihr. Und dann war da der Schuss! Aus der Waffe, die sie in der Hand hielt.

Verdient hätte ich dafür den Tod oder wenigstens eine folgenschwere Verletzung. Schließlich habe ich hier nichts zu suchen. Gar nichts. Ich gehöre nicht als Herrin in ein englisches Schloss. Schon gar nicht als Mörderin.

Ist sie das?

Ehrlich gesagt, sie weiß es nicht. Aber sie sieht deutlich die leblose Gestalt vor sich, die mitten auf der Waldlichtung lag.

Ich weiß gar nichts mehr, seit ich hier bin. Nur so viel, dass ich einer Menge Menschen ziemlich wehgetan habe mit meinen Verrücktheiten und es nicht verdiene, in einem Himmelbett zu liegen und Earl-Grey-Tee zu trinken.

Im britischen Gefängnis wird es wohl höchstens »PG Tips« oder andere teerartige Teesorten geben. Wenn überhaupt.

Und wahrscheinlich werde ich meine Rationen an irgendeine Lesbe mit Oberlippenbart und Lastwagenfahrerarmen abgeben müssen, damit sie mich nicht windelweich prügelt oder – schlimmer noch – meine allerbeste Freundin werden will.

Sophie setzt sich im Bett auf.

Verflucht noch mal, warum musste ich nur herkommen! Warum musste ich nach England reisen? Mit neununddreißig Jahren bin ich zu jung, um mein Leben im Knast zu beenden – oder gibt es hier noch die Todesstrafe? Zuzutrauen ist es diesem Haufen altmodischer Eurofeinde und angemuffter Antiquitätenfreaks.

Ich hasse Himmelbetten!

Vor einer Woche sah das noch ganz anders aus. Alles sah anders aus. Da war sie noch achtunddreißig und ahnungslos genug, um Bea für ihre beste Freundin und ihre Ehe für eine ebenso geordnete wie langweilige Veranstaltung zu halten. Damals wünschte sie sich romantische Verrücktheiten, Leidenschaft, kurz, ein ganz neues Leben. Sie hat es bekommen und den Mann, den sie liebt, für immer verloren – oder?

Als es klopft, schreckt Sophie hoch. Dann ruft sie laut: »Herein!«

48. Kapitel

Es ist die unvermeidbare Mrs. Molloway – wer sonst! Sophie lässt sich in die Kissen zurückfallen und seufzt. Auf die alte Plaudertasche mit ihren wirren Heirats- und Scheidungsplänen hat sie überhaupt keine Lust. Sie möchte nur aufstehen, jemand Vernünftiges finden, der ihr erklärt, was gestern im Wald passiert ist, kurz bevor und nachdem sie ohnmächtig geworden ist. Am besten Leonhart, der der verfahrensten Situation noch eine gewisse Logik abgewinnen kann.

»Today you are looking better, my darling.«

Das ist kein vielversprechender Anfang, Mrs. Molloways Darling zu sein verheißt nichts Gutes.

»Ich fühle mich auch ausgezeichnet, danke. Gut genug, um ein paar wichtige Fragen zu stellen. Bitte hören Sie mir zu und antworten Sie so klar wie möglich.«

Mrs. Molloway nimmt mit indignierter Miene auf einem Sessel neben dem Himmelbett Platz. »Aber das tue ich doch immer! Du scheinst mir unterstellen zu wollen, dass ich senil werde, dabei habe ich mich nie eines klareren Verstandes erfreut ...«

Sophie übergeht den Einwand: »Was ist mit meinem Ehemann? Ist er tot?«

Mrs. Molloway hüpft vor Entsetzen fast vom Stuhl: »Aber, du liebe Güte, nein! Wie kommst du darauf? Es war doch nur ein Schwächeanfall. Ein ernster, zugegeben, denn die Sache mit den Büchern und Handschriften ...«

Sophie unterbricht sie rüde, die Frau ist nicht auszuhalten, wie kommt sie jetzt auf Bücher? So genau kann sie Leonharts Marotten doch gar nicht kennen. Genau genommen kann sie Leonhart überhaupt nicht kennen und wissen, wer er ist, oder hat sie seine Pflege übernommen und alles von ihm erfahren?

»Wer kümmert sich um meinen Mann?«

»Nun, ich natürlich und diese Bea.«

Um Mrs. Molloways Mund zuckt es missbilligend. »Sie weicht nicht von seiner Seite, und zu meinem Leidwesen scheint ihm das zu gefallen. Gerade hat er wieder nach Bea statt nach mir verlangt. Er will von ihr alles über die verflixten Vasen wissen und vielleicht …«, sie zögert kurz und denkt an die Porzellanschüssel, »… jedenfalls hockt sie bei ihm, und er schaut sie an, als sei sie eine Art Engel der Gerechtigkeit.«

Sophie schließt die Augen, wie groß ist ihre Erleichterung, dass es Leonhart gut geht, und wie viel größer ihr Schmerz, dass es ihm dank Bea gut geht! Vielleicht glaubt Leonhart ja auch, dass sie auf ihn geschossen hat. Moment! Mrs. Molloway hat gar nichts von einer Schussverletzung gesagt.

Sophie reißt die Augen auf. »Was war es genau, was mein Mann hat?«

»Nun, ein Schwächeanfall, der Gastritis wegen. Der Arzt tippt auf akute Magengeschwüre, und natürlich muss er ins Krankenhaus, sobald er sich einigermaßen erholt hat und transportiert werden kann.«

Sophie windet sich im Bett, als leide sie selber unter quälenden Leibschmerzen. »Magengeschwüre? Gastritis? Er hat Gastritis? Das wusste ich ja gar nicht. Oh, der Arme, wie entsetzlich, und ich dumme Triene habe ihm nichts als Sorgen bereitet.«

Mrs. Molloway klopft beruhigend auf die Bettdecke ein. »Tatata. Wenn ihm jemand Sorgen bereitet hat, dann wohl ich. Der Diebstahl der Porzellanschüssel war nicht nach seinem Geschmack. Er wollte nicht, dass ich noch einmal etwas entwende, um Ashburton zu retten. Und wie Recht hatte er! Als die Sache mit Madeleine und den Vasen hinzukam, von denen weder Fitzwilliam noch ich wussten ..., zwei Diebe unter einem Dach, ich meine ...«

Sophie ist mit einem Schlag munter. »Sie sprechen die ganze Zeit über den Lord?«

Mrs. Molloway schüttelt langsam und bedächtig ihr Haupt. »Sag mal, sag mal! Und du tust so, als sei ich verrückt. Meine Liebe, von wem soll ich denn sonst sprechen?«

»VON MEINEM EHEMANN!« Sophies Stimme ist so laut, dass der Staub aus dem Bettvorhang fällt.

Mrs. Molloway runzelt irritiert die Stirn. »Ich verstehe deine Aufregung nicht. Natürlich spreche ich von deinem Ehemann. Deinem Ehemann Fitzwilliam of Ashburton, mit dem du seit achtzehn Jahren verheiratet bist und es bald auch offiziell sein darfst. Madeleine hat sich noch gestern Morgen zur Abreise entschlossen. Hagerty ebenso. Stell dir vor – hihihi – die beiden wollten tatsächlich in einem alten VW-Käfer fliehen, der gerade von Mr. Penlow angeschleppt worden ist. Aber der sprang nicht an. Also mussten sie wohl oder übel mit dem Fischlaster mitfahren, da sie schlecht auch noch Fitzwilliams Wagen stehlen konnten. Ehe ich es vergesse, deinen Koffer und deine Handtasche hatte Mr. Penlow auch dabei, aber wir müssen beides lüften, er hat sie neben seinen Fischen stehen ...«

Sophie hat ihren Schock überwunden: »Halten Sie endlich mal den Mund und hören Sie mir zu! Mein Ehemann heißt Leonhart. Leonhart Wolkensinger. Wie kommen Sie nur darauf, dass Fitzwilliam mein Mann ist? Er kann es gar nicht sein.«

Mrs. Molloway spitzt plötzlich den Mund, legt die Fingerspitzen ihrer rechten Hand an die Lippen und sieht ganz nach törichter alter Jungfer aus, die sich bis vor kurzem ganz sicher war, dass die Welt eine Scheibe ist.

Sophie hat die Arme vor der Brust verschränkt und wartet auf eine Antwort. Hat die Lady mal einen klaren Moment und kapiert, wie verrückt und durcheinander sie ist?

Sie sieht Ehepaare, wo überhaupt keine sind.

Sie verkuppelt Liebespaare, die nicht zueinander gehören.

Sie stiehlt – so scheint es – Familienporzellan.

Sie ist eine so schreckliche Plage für ihren Sohn, dass der Magengeschwüre bekommt.

Und das schon seit Wochen, Monaten, vielleicht Jahren. Ihre offensichtliche geistige Verwirrung erklärt auch ihr Gerede über unnötige Scheidungen, nötige Heimlichkeiten, echte Gefühle und falsche Hochzeiten.

Gut möglich, dass Mrs. Molloways Wahnideen Lady Madeleine überhaupt erst zu dem rücksichtslosen Luder gemacht haben, das sie anscheinend ist. Mrs. Molloway als Schwiegermutter klingt nach einer Vorform der Hölle, der man unbedingt entkommen möchte. Zur Not im Fischlaster.

49. Kapitel

Bea seufzt. Der Lord ist hinreißend. Wie er so daliegt, mit seinem aschfahlen Gesicht, um Haltung bemüht und kein bisschen wehleidig. Dabei hat er richtig echte Schmerzen gehabt, nicht nur einen Schnupfen übertrieben, wie Männer das gerne tun.

Der Arzt konferiert im Hintergrund noch immer mit Böckelkamp, der seine Rolle als medizinischer Kollege mit der Leidenschaft des Dilettanten gibt. Der britische Doktor nimmt sie ihm anscheinend ab, und sie plaudern in lateinischem Kauderwelsch.

Bea versteht kein Wort. Die Unterhaltung interessiert sie ohnehin nicht, sie starrt gebannt auf das Gesicht des Schlafenden. Seine Lider beginnen zu flattern, sein Mund zuckt kurz, dann schlägt er die Augen auf. Einen Moment schaut er erstaunt zur Decke, dann wendet er sein Gesicht Bea zu.

»Oh, you!« Er lächelt kurz.

Bea lächelt zurück. »Möchten Sie etwas trinken? Der Arzt erlaubt Ihnen lauwarmen Tee!«

Fitzwilliam zieht die Augenbrauen zusammen. »Wie scheußlich. Nun gut.« Bea reicht ihm eine Tasse, er nimmt wenige Schlucke, dann richtet er sich mühsam in den Kissen auf.

Böckelkamp löst sich aus seinem Fachgespräch und ordnet strenge Bettruhe an. Der Lord wirft ihm einen grimmigen Blick zu.

»Mein Herr, ich bin es nicht gewohnt, in meinem Haus und schon gar nicht in meinem Schlafzimmer Befehle entgegenzunehmen. Ich wäre Ihnen zu Dank verpflichtet, wenn sie mich alleine ließen.«

Bea erhebt sich sofort.

Der Lord greift nach ihrer Hand. »Sie nicht! Ich möchte von Ihnen alles über Ihre Entdeckungen bezüglich der Diebstähle meiner Frau … , ich meine, Madeleines, wissen. Das Ausmaß ihrer Untreue und Habgier scheint sich bis auf meine Bibliothek ausgedehnt zu haben. Unverzeihlich, einfach unverzeihlich. Nur dank Ihres Scharfsinns konnte alles entdeckt werden. Es ist so schade um die Bücher, ein unersetzlicher Verlust. Aber Sie haben weiteren Schaden abgewendet.«

Wie süß, der Lord liebt Bücher. Genau wie Leonhart. Sogar noch mehr. Da bleibt man gern. Vor allem, wenn man für scharfsichtig gehalten wird. Das sollte Sophie mal hören. Dem Lord würde sie es vielleicht glauben. So ein feinfühliger Mensch, so missverstanden von vielen, vor allem von Frauen. Frauen, die immer nur ihr finanzielles Wohlergehen im Sinn haben. Da ist sie ganz anders. Seit Jahren schon.

Bea setzt sich wieder. »Wissen Sie, Mylord, das einzige Puzzlestück, das nicht zu passen scheint, ist die verschwundene Porzellanschüssel!«

»Oh, das kann ich Ihnen erklären! Aber zunächst will ich noch einmal alles über die Vasen wissen.« Er wirft den beiden Männern, die sich an der Tür herumdrücken, einen herrischen Blick zu. »You should go now!«

Böckelkamp und der Arzt treten widerwillig den Rückzug an. Bevor er die Tür hinter sich schließt, wirft Böckelkamp einen letzten Blick zum Bett hinüber. Sieht nicht schlecht aus. Krankenpflege hat schon viele Menschen zueinander geführt, die sich im Alltag nicht unbedingt nahe gekommen wären. Jedenfalls nicht so nahe.

Der Lord hat seinen Blick auf Bea geheftet und lauscht

hingebungsvoll ihren Ausführungen über Versicherungsbetrug und Fälschungen, unterbricht sie nur gelegentlich durch Ausrufe der Empörung.

Beas fürsorglicher Gesichtsausdruck, den sie nicht mehr abgelegt hat, seit ihr der Lord gestern vor die Füße gefallen ist, gibt ebenfalls Anlass zu den schönsten Hoffnungen. Wenn Leonhart das hätte erleben können! Böckelkamp seufzt aus tiefstem Herzen. Armer Professor. Armer, verrückter, verblendeter Professor, sich einfach so ins Unglück zu stürzen. Dabei hätte alles gut werden können.

50. Kapitel

»Fitzwilliam hat dir also noch immer nichts gesagt?«

Sophie ist aus dem Bett aufgestanden, geht im Zimmer umher, versucht, die Beherrschung zu wahren. Mit einer Verrückten muss man ruhig und überlegt sprechen und keinesfalls zu laut. Sie zwingt sich zu einer mittleren Tonlage und sehr deutlichem Queens-Englisch.

»Was hat Fitzwilliam mir *nicht* gesagt?«

»Nun, dass eure Heirat in Gretna Green alles andere als ein Scherz war. Fitzwilliam hat damals deine Papiere und Ausweise, die du für die Sprachenschule mitgebracht hattest, aus meinem Cottage entwendet, um die Heirat in Schottland anzumelden. Zu eurer Zeit waren die Trauungen in der Schmiede rechtsgültig. Heute muss man deshalb einen Antrag stellen, und ein ordinierter Geistlicher vollzieht – ohne Amboss und Hammerschlag – die uralte Zeremonie. Wiewohl ich denke, dass ohne den Hammer der Sinn …«

Sophie hat vor Mrs. Molloway innegehalten, legt beide Hände auf die Armlehnen ihres Stuhles und beugt sich zu der alten Dame herab.

»Mrs. Molloway, wir leben im 21. Jahrhundert. Es wäre schön, wenn Sie auch langsam dort ankämen. Fitzwilliam und ich sind und waren nie verheiratet. Seine Frau heißt Madeleine. Und von mir aus kann das für immer und ewig so bleiben. Der einzige Mann, den ich je heiraten wollte und geheiratet habe, heißt Leonhart. Leonhart Wolkensinger. Ich frage Sie noch einmal: WIE GEHT ES MEINEM

MANN?« Mrs. Molloway drückt sich tiefer in den Stuhl, ihr Gesicht zeigt einen Anflug von Furcht.

»Sophie, es tut mir schrecklich Leid. Das alles muss dich sehr mitnehmen. Aber glaube mir, du bist nicht mit einem Leonhart Wolkensinger verheiratet. Jedenfalls nicht wirklich. Mein Sohn ist dein Mann. Und er wäre das auch in der Tat geblieben, wenn ich damals nicht die Ehe mit Madeleine arrangiert und ihn überzeugt hätte, dass du ihn nicht liebst. Nicht so, wie er ist. Und weil du nach meinem Brief mit der Hochzeitseinladung nichts mehr von dir hast hören lassen, war er am Ende wirklich überzeugt, dass du …«

Sophie schnappt nach Luft. »Mrs. Molloway, was denken Sie sich da nur aus! Sie müssen zu viele billige Romane gelesen haben. Wenn das stimmen sollte, wie zum Teufel war dann eine Ehe mit Madeleine möglich?«

Mrs. Molloway kuschelt sich bequem zurecht. »Oh, das war einfach. Für die Trauung mit Madeleine mussten wir nur gefälschte Papiere besorgen, das hat damals schon dieser verflixte Hagerty getan. Ein nützlicher Mensch, nur zu sehr auf seinen Vorteil bedacht. Da er Fälschungen liebt, liebte er irgendwann auch die falsche Lady of Ashburton und hat sie in schamlosester Weise zum Betrug angestiftet. Ein, zwei Vasen, noch dazu recht scheußliche, das mag angehen. Ich hätte sicher ein Auge zugedrückt so unter Kollegen. Aber die Sache mit den falschen Handschriften und Büchern …«

Sophie richtet sich abrupt auf, ihr Kopf ist ganz schwindelig. »Hören Sie auf mit ihren Handschriften und Büchern, um Gottes willen! Falsch, echt, es scheint mir, dass niemand in diesem Haus überhaupt einen Begriff davon hat, was was ist und wer wer!«

»Ich kann es dir ganz einfach erklären …«

Sophie schüttelt den Kopf. Sie will keine komplizierten

Dinge mehr klären, schon gar nicht mit einer Wahnsinnigen. Sie ist doch hier nicht der Doktor, sondern selbst halber Patient. Sie will nur noch wissen, was mit Leonhart ist. Das allein zählt, alles andere ist gleichgültig. Mrs. Molloway muss doch wissen, wie es Leonhart geht, sie muss … Himmel, sie kennt Leonhart ja gar nicht als Leonhart.

Sophie unternimmt einen letzten Versuch. »Wie geht es Professor Wilhelm von Humboldt?«

Mrs. Molloway wirft ihr einen irritierten Blick zu. »Ich habe zwar keine Ahnung, warum dich das interessiert, aber ich glaube, dem Professor geht es ausgezeichnet. Er ist heute Morgen sehr früh abgereist. Mit einem Mietwagen, den er als Ersatz für den reparaturbedürftigen Mercedes bekommen hat. Er dürfte bald die Fähre erreichen, falls es nicht wieder einen Stau bei der Baust…«

Sophie vergisst alle Rücksichtnahme auf den zerrütteten Geisteszustand der alten Dame. Ihre Stimme gemahnt an kreischende Bremsen: »LEONHART LEBT UND IST NICHT EINMAL VERLETZT?«

»Oh, meine Liebe, ich glaube, deine Kopfverletzung ist viel schlimmer, als der Arzt dachte. Du bist völlig verwirrt und verwechselst alle Menschen miteinander! Den Professor, deinen Mann, Fitzwilliam. Du musst wieder ins Bett. Ich werde Jennifer sagen, dass sie dich später besuchen darf. Und deinem Mann werde ich bestellen, dass du ihm verzeihen wirst, wenn du dich von dem Schock der Neuigkeit erholt hast. Ich muss schon sagen, Fitzwilliam hat es mit seinem Hang zur Diskretion übertrieben. Wirklich übertrieben. Aber nun ab ins Bett mit dir!«

51. Kapitel

Mr. Singhs alter Käfer rasselt, schnaubt, klappert und quietscht auf Hochtouren. Es scheint, als protestiere er gegen die Fahrerin, die ihn zur Fähre in Richtung Kontinent lenkt. Sein Motor mag deutschen Ursprungs sein, seine Seele ist britisch. Er protestiert so laut, dass eine Unterhaltung zwischen den Insassen nicht möglich ist. Sophie ist das recht. Sie will sich auf den verfluchten Linksverkehr und ihre aus der Bahn geratenen Gedanken konzentrieren.

Natürlich ist sie nicht im Bett liegen geblieben, wie Mrs. Molloway vorgeschlagen hat. Unmöglich.

Natürlich hat sie Jennifer gesucht, die zusammen mit Nicholas, dieser unzurechnungsfähigen Landplage, die verschnupften Jagdtouristen mit einem Kürbisschießwettbewerb bei Laune halten sollte. Auch ein Befehl von Mrs. Molloway. Nicholas schien es sogar Freude zu machen, seinen Intimfeinden mit Gemüse-Schießkünsten zu imponieren.

Verrückt, diese Familie, einfach verrückt. Natürlich wollte Jennifer nicht mit zurück nach Deutschland kommen.

»Was soll ich denn da?«, hat sie gemault. »Eine Scheidung werden Dad und du ja wohl ohne mich hinkriegen! Ich lass mich nicht vor Gericht zerren und zum psychosozialen Problemkind machen, das Lippenstifte klaut oder Pattex schnüffelt, weil seine Eltern eine Laufmasche im Hirn haben. Ich kriege von jetzt ab allerdings Taschengeld von euch beiden, das könnt ihr gleich mit in die Trennungsverhandlungen aufnehmen.«

»Jenny, ich weiß noch gar nicht, ob ich eine Scheidung will!«

»Das hättest du Dad früher sagen sollen, denn jetzt will er die Scheidung. Hat er gesagt. So schnell wie möglich. Obwohl wir nicht mal auf ihn geschossen haben!«

»Nicht?«

»Nö, er ist nur wegen dem explodierenden Baum in Deckung gegangen und vor Schreck liegen geblieben. Tat ihm übrigens echt Leid, dass du fast vom Ast erschlagen worden bist. Also nur fast!«

»Hat er das *genau* so gesagt?«

Jennifer hat daraufhin mit den Achseln gezuckt. »Er hat mir jedenfalls erlaubt, hier zu bleiben, damit ich mich um dich kümmern kann.«

»Danke, aber von nun an werde ich mich wieder um *dich* kümmern. Und jetzt komm endlich!«

»Ich dachte, ich soll selbstständig werden. Ich werde hier gebraucht, um mich um die Gäste zu kümmern, denen gefallen unsere Verrücktheiten. Außerdem lerne ich jeden Tag neues Englisch dazu. Wusstest du, was Verordnung zur Verhinderung von Tollwut auf Englisch heißt?«

»Nein, und ich will es auch nicht wissen. In Wingen gibt es weder tollwütige Menschen noch Tiere. Komm jetzt. Ich habe deine Sachen aus Mrs. Molloways Haus abholen lassen und alles gepackt.«

Und im Kofferraum von Mr. Singhs Käfer verstaut, der natürlich nicht ansprang. Weshalb sie um Hilfe bitten musste. Und zwar ausgerechnet Herrn Böckelkamp. Der wechselte sofort das Rollenfach vom unechten Mediziner zum waschechten Taxifahrer und bekam das Auto flott. Was Sophie zu Dank verpflichtete und zu der Zusage, ihn mitzunehmen.

»Reizend, Frau Wolkensinger, ganz reizend. Hier sind meine Aufgaben erledigt, müssen Sie wissen. Es bliebe zwar noch einiges für die arme Mrs. Molloway zu tun, die sich durch ihren übereilten Diebstahl der Porzellanschüssel in eine unangenehme Lage gebracht hat. Zumal nun nicht mehr Hagerty als Versicherungsvertreter für die Familie zuständig ist und alles auf seine Weise erledigen kann, aber darum könnte ich mich später kümmern. Mit Versicherungen kenne ich mich aus, seit ich einige Vorlesungen in …«

Aufdringlich, der Kerl, wirklich aufdringlich. Kann er nicht ein normales Hobby sein Eigen nennen, etwa Briefmarken sammeln und sortieren statt leicht bis schwer unzurechenbare Menschen?

Ihr hat er auch seine Hilfe angetragen. Nur das nicht! Die Hilfe seiner Tochter hat Sophie vollauf gereicht. Diese unseligen Prophezeiungen. Sie würde an ihrem Geburtstag dem Mann, den sie immer geliebt habe, einen Heiratsantrag machen! Auf einem Schloss. Pah. Nichts wie weg von da.

Fitzwilliam kann ihr gestohlen bleiben. Soll Bea ihn haben, samt Magengeschwüren, gefälschtem Stammbaum und gefälschtem Familienerbe. Ashburton ist der reine Albtraum. Im Leben würde sie den Lord nicht heiraten wollen.

»Musst du ja auch nicht, denn das hast du schon getan!«

Ruhe. Sie will jetzt ausnahmsweise mal alleine nachdenken. Wenn es in ihrem Hirn nur nicht so entsetzlich quietschen und schleifen würde.

»Darf ich Sie darauf hinweisen«, brüllt ihr von rechts Böckelkamp ins Ohr, »dass der Scheibenwischer seit geraumer Zeit läuft, obwohl es nicht regnet?«

Ärgerlich stellt Sophie ihn ab. Für solche Kleinigkeiten hat sie keine Zeit. Wo war sie stehen geblieben?

»Da ist ein ›Burger King‹! Ich will einen Double Whopper mit Cheese und Chili! Mrs. Molloway hat heute kein Frühstück gemacht! Dabei habe ich mich so daran gewöhnt. Ohne Frühstück wird mir schlecht.«

Sophie schüttelt entnervt den Kopf und wirft einen ablehnenden Blick in den Rückspiegel. »Du kannst auf der Fähre essen.«

Jenny zieht eine Schnute. »Ich denke, du willst dich wieder um mich kümmern! Da gehören regelmäßige Mahlzeiten dazu.«

»Du hast beim letzten Tankstopp eine Tüte Chips, zwei Marsriegel und eine Cola bekommen.«

Jennifer lehnt sich nach vorne. »Das nennst du eine anständige Mahlzeit! Ich brauche Fleisch.«

»Na, wenn das Nicholas wüsste! Ich dachte, du bist seit neuestem Vegetarierin.«

»Bin ich auch. In gewissem Sinn. Ich esse nur Tiere, die Pflanzen fressen.«

Wenigstens kehrt Jennifer zu ihrem alten Selbst zurück: vorlaut und schlagfertig. Sophie setzt den Blinker. Mit einer hungrigen Jennifer auf der Rückbank lässt sich kein klarer Gedanke fassen.

52. Kapitel

Kaum hat Sophie einen Parkplatz ergattert, springt Jennifer aus dem Auto. »Ich lauf vor, wollt ihr auch was?«

Herr Böckelkamp und Sophie verneinen dankend. »Wir warten hier auf dich«, ruft Böckelkamp noch. Sophie wäre es lieber gewesen, auszusteigen und alleine herumzulaufen.

Auf eine Unterhaltung mit noch einem verstörten Menschen hat sie keine Lust. Was gäbe sie für einen Abend in Wingen am Ott, im Pförtnerhaus, auf der Couch mit einem Buch in der Hand – nur nichts über England, dann schon lieber ein staubtrockenes Lexikon, eins von Leonhart. An den wollte sie doch nicht denken. Sie wollte an den Mann denken, dem sie an ihrem Geburtstag aus leidenschaftlicher Liebe einen Heiratsantrag … Blödsinn.

»Mit Verlaub, liebe Frau Wolkensinger, ich würde gerne einmal ausführlich mit Ihnen reden.«

Sophie wirft einen abwehrenden Blick nach links, wo Böckelkamp aufrecht wie ein Zinnsoldat auf dem Beifahrersitz thront.

»Ich habe, nachdem der Herr Professor Ashburton Hall so übereilt und gegen meinen Rat verlassen hat, unablässig über unsere unselige Begegnung in dem dunklen Flur nachgedacht. Ich meine, die Szene hinter und vor allem vor dem Vorhang.«

Sophie legt die Hände aufs Lenkrad und klammert sich daran so fest, dass ihre Knöchel weiß dabei werden. »Oh, bitte, ich möchte darüber nicht reden. Es war zu schrecklich, so demütigend. Noch nie in meinem Leben habe ich mich so von jemandem getäuscht gefühlt. Noch nie!«

Nein, nicht einmal von Fitzwilliam. Die Sache mit ihm war ihr von Anfang an wie ein Märchen erschienen, wenn sie es recht bedenkt. Aber ihre Ehe mit Leonhart, die war solide, so solide, dass eigentlich nichts zu wünschen übrig blieb, außer dem Wunsch, sich etwas zu wünschen. Sie kann sich gar nicht mehr daran erinnern, was das genau sein sollte. Außer, nun ja, außer, dass sie und Leonhart mehr miteinander gesprochen hätten und ein klitzekleines bisschen verrückter vor Liebe wären, nur nicht so verrückt wie die Ashburtons. Mehr so normal verrückt.

Gestern wollte Leonhart unbedingt mit dir reden, er ist dafür sogar durchs Feuer gegangen und fast von einem explodierenden Baum erschlagen worden. Reicht das nicht?

»Unsinn«, murmelt Sophie, »und viel zu spät. Zu spät.« Sie muss an die Sache mit Bea denken und die Internetflirts und Lady Madeleine. Leonhart ist ja gar nicht so solide, wie sie es mit einem Male gerne hätte, er ist hinter jedem Weiberrock her, der ihm begegnet!

Böckelkamp faltet die Hände vor dem Bauch und schaut stur geradeaus. Sehr anständig, findet Sophie, denn er muss gemerkt haben, dass es in ihren Augen ein bisschen blinkt.

»Ja, meine Liebe, dass habe ich mir beinahe gedacht, dass Sie sich getäuscht fühlten. Sie schienen einer Ohnmacht nahe, als der Vorhang in jener Nacht aufging und nichts mehr so zu sein schien, wie Sie es kannten. Ihre ganze Welt in Trümmern.«

Sophie schluckt. Schade, dass sie nicht raucht, jetzt wäre eine prima Gelegenheit dafür, und ihre Hände hätten etwas anderes zu tun, als dieses dämliche Lenkrad festzuhalten.

»Und Sie sind in der Tat schrecklich getäuscht worden.

Von jemandem, der ihnen so nahe steht, wie kein anderer Mensch es je tun wird.«

Sophie wirft den Kopf in den Nacken und räuspert sich energisch: »So nahe hat mir Leonhart nie gestanden, wie ich seit jener Nacht weiß. Er hatte die ganzen Jahre Gefühle, von denen ich nichts ahnte und die nicht mich betreffen.«

Böckelkamp schüttelt den Kopf. »Vergessen wir einmal Leonhart. Ich spreche von Ihnen. Sie haben sich in sich selber getäuscht und aus diesem Grunde in vielen anderen Menschen. Sie haben zunächst einmal geglaubt, Sie liebten Lord Fitzwilliam of Ashburton! Was nur Ihrer Fantasie zu verdanken ist.«

Sophie protestiert: »Ich habe ihn geliebt. Sie können sich nicht vorstellen, wie sehr! Wenigstens vor achtzehn Jahren.«

»So sehr, dass Sie ihn nach nur einem Sommer sofort verlassen haben, um darüber nachzudenken, wie und ob es zwischen Ihnen weitergehen soll? Mit Verlaub, jugendliche Verliebtheit ist gemeinhin stürmischer und bedingungsloser. Schauen Sie sich ihre Tochter an.«

Sophie reißt den Kopf herum und starrt ihn an. »Woher wissen Sie, dass ich Fitzwilliam verlassen habe? Was wissen Sie überhaupt von der ganzen Sache?«

»Ich habe mich gestern mit Mrs. Molloway unterhalten. Die Ärmste war ganz durcheinander. Da wollte sie alles wieder gutmachen, was sie vor achtzehn Jahren angestellt hat, um Sie und ihren Sohn auseinander zu bringen, und dann kommen Sie daher und sind so ganz anders, als die alte Dame Sie zu kennen glaubte. So widerspenstig und alles andere als leicht beeinflussbar. Sie hatte gehofft, für ihren Sohn nun endlich die sanftmütige, fürsorgliche Frau gefunden zu haben, die er zu brauchen scheint. Er ist, mit Verlaub, kein Mann von großem Esprit. Alles müssen

Frauen für ihn erledigen. Mrs. Molloway hat davon genug. Sie will sich zur Ruhe setzen.«

»Sie glauben der alten Schreckschraube also diesen Unsinn mit der falschen Hochzeitseinladung, die mich vor achtzehn Jahren von Fitzwilliam fern halten sollte?«

»Aber natürlich! Sie haben es vor achtzehn Jahren schließlich auch geglaubt. Sie konnten sich sehr wohl vorstellen, dass der junge Lord keine festen Absichten und Gefühle in Hinblick auf Sie hegte. Sein Verhalten gegenüber seinem Vater und seiner Familie gab ja auch genügend Anlass zu Zweifeln, so wild und verantwortungslos, wie er war! Allein die Sache mit dem Gainsborough am Laternenpfahl.«

»Den Mrs. Molloway später gestohlen hat! Merken Sie nicht, wie verschroben die alte Lady ist? Und wie verlogen?«

Böckelkamp schürzt die Lippen. »Ich würde eher sagen, sie ist erfindungsreich, aber in keinem Falle verlogen, das nicht. Sie ist so beeindruckend ehrlich, was ihre Diebstähle – sehr ehrenwerte Diebstähle zudem – angeht, dass ich ihr auch den Rest der Geschichte abnehme.«

Er nickt eindringlich. »Alles andere macht doch keinen Sinn. Mrs. Molloway hat ihr Leben lang alles getan, um ihrem Sohn den Titel und Ashburton Hall zu sichern. Ohne beides wäre sein Platz in der Welt ungewiss. Er hat nichts gelernt, übt keinen Beruf aus, war immer nur Sohn, ganz wie der unselige Prince Charles übrigens. Eine überstürzt geschlossene Ehe zwischen Fitzwilliam und einer so schwärmerischen und freiheitsliebenden Frau, wie Sie es mit einundzwanzig Jahren waren, hätte ihm auf Dauer sicher nicht …«

Sophie lässt das Lenkrad los und wirft die Hände in die Luft. »So schwärmerisch war ich nun auch wieder nicht und außerdem: Es gab überhaupt keine Ehe!«

Böckelkamp zieht die Augenbrauen zusammen: »Jetzt

verstehe ich vollkommen! Diesen Teil der Geschichte glauben Sie also auch nicht!«

»Nein! Nein! Nein!«

»Ihre bemerkenswerte Fantasie lässt Sie im Stich! Es ist hingegen wahr: Sie sind die rechtmäßige Ehefrau von Lord Fitzwilliam of Ashburton!«

Sophie reißt die Fahrertür auf und will hinausspringen. Der Sicherheitsgurt gibt kurz nach, dann reißt er sie auf den Sitz zurück. »Verdammt.«

Böckelkamp schmunzelt ein wenig hinterhältig. »Was ist denn an dieser Vorstellung so schrecklich? Ist es nicht das, was Sie sich gewünscht haben. Vor achtzehn Jahren und erst recht heute? Einen Tag vor ihrem Geburtstag? Hat meine Tochter Ihnen nicht für den morgigen Tag die Erneuerung einer leidenschaftlichen Liebe versprochen? Sie täuscht sich sehr selten. Eigentlich nie.«

»In meinem Fall schon. Ich liebe Fitzwilliam nämlich nicht. Verdammter Schlamassel! Wie geht das nur auf!« Sophie ist mit dem Verschluss des Sicherheitsgurtes beschäftigt. Funktioniert natürlich nicht. Dieser Käfer will sie nicht loslassen, macht einen völlig verrückt, dieses Auto.

»Wunderbar«, ruft Böckelkamp aus. »Endlich kommen Sie zur Vernunft. Natürlich lieben Sie den Lord nicht! Also steht einem glücklichen Ausgang zwischen Ihnen und Leonhart nichts mehr im Weg. Schließlich ist Leonhart *nicht* Ihr Ehemann. Sie brauchen also nur um seine Hand anzuhalten!«

Sophie unterbricht ihren Kampf mit der Gurtverriegelung. Hat sie eben richtig verstanden? Leonhart ist nicht ihr Ehemann?

Sie vergisst einen Moment lang zu atmen.

»Aber das«, stottert sie schließlich, »das wäre ja …«

»Wunderbar! Ich sage es doch. Meine Tochter täuscht sich nie! Und welcher Mann käme wohl sonst für einen Heiratsantrag Ihrerseits in Frage?«

Sophie runzelt die Stirn. Sie sucht ihr Gehirn nach ihren, nach irgendwelchen Gedanken ab. Da sind nicht viele, und die meisten verstecken sich. Einer traut sich vor: *Madame Zara hat wirklich Recht: Es ist Leonhart, den du schon immer leidenschaftlich geliebt hast! Leonhart! Leidenschaft muss nichts mit entführten Elefanten und heimlichen Hochzeiten zu tun haben.*

Aber das war lustig und in gewisser Weise romantisch, rechtfertigt Sophie sich vor sich selbst.

Für den Elefanten sicher nicht, und findest du einen Elefanten wirklich romantisch? Auch die Zeremonie in Gretna Green war dir schrecklich peinlich, diese groben Scherze des Schmieds und Fitzwilliams lärmende Hast. Leidenschaft muss nicht laut und lustig sein, manchmal ist sie eine stille Flamme, an der es sich auch in dunklen Zeiten wärmen lässt.

»Aber Leonhart ist weg«, murmelt Sophie kraftlos, »weil er mich nicht liebt. Nicht mich. Wie könnte er auch! Er sehnt sich seit Jahren nach einer anderen.«

Böckelkamp richtet sich zu voller, triumphaler Größe auf: »Sehen Sie, Frau Wolkensinger, das ist die zweite große Täuschung, der Sie sich hingegeben haben. Hinter dem Vorhang muss es zu einem fatalen Missverständnis gekommen sein!«

Sophie schaut den alten Mann beinahe flehend an: »Es war wirklich ein Missverständnis. Ich habe den Lord nicht umarmt, sondern er mich. Nicht einmal das, er hat mich nur festgehalten, weil er Sie und Leonhart für Versicherungsdetektive gehalten hat, die den Diebstahl der Porzellanschüssel untersuchen sollten und die er belauschen wollte. Ich nehme an, um seine Mutter zu schützen.«

»Oh«, macht Böckelkamp und noch einmal: »Oh!« Dann lacht er, prustet, schlägt sich die Schenkel. Sophie dreht ärgerlich den Kopf weg und schaut durch die Windschutzscheibe. Wie kann der Mann jetzt lachen. In so einem Moment.

Böckelkamp nimmt seine Brille ab, wischt sich Tränen aus den Augenwinkeln: »Das wird immer besser. Ich muss schon sagen, deshalb hat er im Wald so merkwürdig auf den Professor reagiert und erzählt, ihm sei nichts nachzuweisen. Und der Professor findet auch noch heraus, dass einige Bücher gefälscht sind. Ich muss schon sagen. Der Lord muss wahrhaft entsetzt gewesen sein. Aber nun zu Ihnen und Leonhart und Bea, sie ...«

Sophie starrt wie gebannt durch die Windschutzscheibe: »Was macht sie da?«

Böckelkamp fuchtelt mit seiner Brille herum. »Wer?«

Sophie kurbelt hektisch das Seitenfenster herunter. »JENNIFER! Wo steigst du denn ein? JENNIFER! Hier ist unser Auto. JENNY!«

Hört nichts, tut jedenfalls so und schließt kraftvoll die Tür eines mächtigen LKW, dessen Motor geräuschvoll vor sich hindieselt. Der Zug setzt sich in Bewegung und hinterlässt eine silberblaue Abgaswolke, die Sophies Käfer für einen Moment in Nebel hüllt.

»So eine verdammte Göre. Was soll das wieder? Wo will sie hin?«

Böckelkamp hat seine Brille wieder auf der Nase. Damit denkt es sich viel klarer: »Ich nehme an, sie will zurück nach Ashburton Hall. Sie liebt den jungen Nicholas wirklich mit all der Inbrunst und Unvernunft eines jungen Herzens. Apropos, warum lassen Sie sie nicht einfach ziehen und kümmern sich um Ihre Gefühle? Auf nach Dover! Wenn wir uns beeilen, sind Sie heute Nacht noch in Wingen, sagen wir, in der späten Nacht. Zeit genug, um dem Mann, den sie leidenschaftlich lieben, einen Antrag zu machen, wie meine Tochter Ihnen ...«

»Sie hat mir eine Nacht in einem Schloss versprochen und …« In einem Schloss?

Da ist nur Lord Fitzwilliam. Schluss mit dem Quatsch. Schroff wendet sich Sophie an Böckelkamp, während sie am Zündschlüssel herumfingert: »Bleiben Sie mir weg mit der Liebe. Ich habe davon die Nase voll. Schauen Sie doch, zu was für einer Närrin sich meine Tochter macht. Ich bin keine sechzehn mehr.« Nein, dem Himmel sei Dank, morgen wird sie neununddreißig und hoffentlich endlich vernünftig.

Sophie startet den Wagen. Er springt munter an, lässt sich willig wenden und schnurrt in bester Laune zurück auf die Autobahn. Das Fahrverhalten scheint wie ausgewechselt. Vielleicht liegt es an der Richtung, die Sophie ansteuert. Ashburton liegt schließlich nicht auf dem Kontinent. Verflixtes Ashburton, zur Hölle damit.

53. Kapitel

Und nun kennen Sie die ganze Geschichte von mir und Sophie! Ich kenne sie selber erst vollständig, seit meine Mutter mir gestern gebeichtet hat, wie sie mich und meine – nun ja, ähem – damalige, also jetzige, also erste und tatsächliche Ehefrau, also Sophie, auseinander gebracht hat. Mit einem Brief und einer verfrühten Einladung zu meiner Trauung mit Madeleine, die zu dem Zeitpunkt keineswegs feststand! Wer hätte das gedacht. Ich nicht. Ich war damals überzeugt, dass Sophie mich nicht liebte, nie geliebt hat, nachdem ihr klar wurde, dass unsere Heirat den Verlust meines Erbes bedeuten könnte.

Deshalb war ich so zögerlich und verschlossen, als sie hier wieder aufgetaucht ist. Ich konnte nicht glauben, dass sie mich noch – oder besser wieder – liebt, egal, was Mutter sagte. Gefühle haben gemeinhin ein Verfallsdatum.«

Bea beißt sich auf die Lippen und schweigt. Der Lord sitzt im Schlafrock in seiner Bibliothek bei einem behaglichen Feuer und sieht aus wie der tragische Held einer altmodischen Literaturverfilmung mit seinem bleichen Gesicht und den dunkel glühenden Augen.

Er seufzt. »Ich habe kein Glück mit den Frauen, wissen Sie.«

Diesen Satz hat Bea schon oft von Männern gehört. Meist war es der Auftakt zur ausführlichen Leidensgeschichte eines männlichen Taugenichts auf der Suche nach einer schnellen Nummer für die Nacht. Tiefe Enttäuschung mit den falschen Frauen kommt bei anderen Frauen gut an.

Aber diesmal klingt der Satz ausnahmsweise echt, und der Lord ist kein Mann für eine Nacht. Würde er sonst immer noch Sophie nachtrauern?

»Erst Sophie und dann Madeleine! Mit ihr fühlte ich mich sicher vor zu großen Gefühlen, in denen britische Männer der *upperclass* traditionell nicht allzu geübt sind. Es bekommt ihnen besser, sie zu meiden. Denken Sie nur an die ehelichen Desaster unseres Königshauses.« Er hält kurz inne, um den Kopf bedauernd zu schütteln. »Madeleine wirkte so kühl und unbestechlich englisch. Keine Frau für große Leidenschaften, aber dafür von Beständigkeit. Welch einer Täuschung bin ich unterlegen. Wenn ich daran denke, was sie für ihren Hagerty alles getan hat und empfinden muss.« Wieder schüttelt er den Kopf. »Es scheint, dass viele Frauen mit anständigen, aufrichtigen Männern nichts anfangen können. Sie ziehen die Betrüger und Hochstapler vor.«

Gott, ist dieser Mann herrlich. Herrlich altmodisch. Was müsste das einen Spaß machen, mit ihm zusammen Lord und Lady und neunzehntes Jahrhundert zu spielen. Eine Welt, die es gar nicht mehr gibt – genau das Richtige für mich, denkt Bea und schneidert sich im Kopf schon ein passendes Tweedkostüm, leicht tailliert, für die Landlady zurecht.

An ihrem Englisch müsste sie arbeiten, aber leider ist die Rolle der nächsten Lady Ashburton ja schon besetzt. Mit Sophie. Die ist nämlich wieder zurückgekommen.

Angeblich Jennifers wegen.

Luder! Gestern Morgen hat Sophie ihr in der Küche doch noch eine Szene wegen Leonhart gemacht. ER IST MEIN MANN. Pah. Wie verlogen.

Sophie ist einfach ehrgeizig und berechnend. Was ist schon ein Professor Leonhart mit winzigem Pförtnerhaus in Wingen am Ott gegen einen Lord auf Ashburton Hall. Einen Mann, den sie nicht einmal mehr zu heiraten braucht, weil es schon ihr Mann ist!

Wie einfach und verlockend. Vor allem, wenn dieser Lord – wie eben geschehen – zu viel Geld gekommen ist. Die Versicherung wird für die Porzellanschüssel ohne weitere Nachforschungen zahlen. Auch eine Entschädigung für die gefälschten Bücher und Handschriften ist im Gespräch. Hagertys wegen, dessen Rolle als Fälscher dank Beas Hilfe aufgedeckt ist und der intern nun als größter und peinlichster Schurke der eigenen Branche gilt.

Angenehmerweise ist Hagerty spurlos verschwunden und kann zur völligen Wahrheitsfindung in Sachen Porzellanschüssel nichts beitragen. Und selbst wenn man ihn findet, wird ihm niemand glauben, dass nicht nur er, sondern auch die reizende Mrs. Molloway auf Ashburton Hall lange Finger gemacht hat.

Lord Fitzwilliam musste der Versicherung lediglich versprechen, Stillschweigen über Hagertys wahren, besser gesagt verlogenen Charakter und seine Machenschaften zu wahren, damit nicht weitere Besitzer illustrer Herrenhäuser auf die Idee kommen, einige ihrer von Hagerty versicherten und taxierten Schätze auf ihre Echtheit hin prüfen zu lassen.

Das käme die Versicherung dann nämlich richtig teuer. Teurer als die zwei Millionen Pfund, mit denen man Fitzwilliam abfinden wird. Beinahe sechs Millionen Mark! Ashburton ist fürs Erste gerettet. Äußerst nützlich, dieser Mr. Hagerty. Man darf bezweifeln, dass es auf der Welt auch nur einen anderen Versicherungsvertreter gibt, der seinen Klienten je so nützlich gewesen ist, wie es Hagerty für die Familie von Ashburton war.

Jetzt muss man noch die Jagdsache oder etwas Ähnliches in Schwung bringen, um eine regelmäßige Einnahmequelle zu haben. Dazu bedarf es einer gewissen Marketingerfahrung, die Sophie hat. Wahrscheinlich schreibt sie oben im Bett schon Surveys und Analysen. Den Gästen – allen voran Herrn Gering von »Good sellers« – beginnt der Aufenthalt nach dem Feuerwerk auf der Waldlichtung und der Entdeckung eines kapitalen Verbrechers wie Hagerty Spaß zu machen! Mal was anderes, diese verrückten Briten, findet Gering. Und so verrückt, wie Sophie sich in letzter Zeit gebärdet, gefällt sie ihm sicher auch.

Bea wäre ein verarmter Lord ohne finanzielle Perspektive lieber, der würde nämlich ihr gehören. Sophie hätte bestimmt dankend auf ihn verzichtet.

Der Lord fängt schon wieder von ihr an.

»Meine Mutter hat mir versichert, dass Sophie immer in mich verliebt war und viel eher zu mir zurückgekommen wäre, wenn sie nicht diese falsche Hochzeitseinladung bekommen hätte. Es sieht so aus, als würden wir von nun an zusammenbleiben.« Er seufzt. »Dabei bin ich mir nicht sicher, ob ich das will. Man kann sich so schrecklich schlecht vernünftig mit ihr unterhalten. Nie kommt man zu Wort, und ständig missversteht sie mich. Ganz anders als Sie, Bea. Wie haben mir vernünftige Gespräche all die Jahre gefehlt!«

Bea horcht auf. »Aber, Fitzwilliam, ich meine, Mylord, Sie müssen doch nicht mit Sophie verheiratet bleiben.«

Der Lord schüttelt traurig den Kopf. »Es wäre grausam, sie ein zweites Mal zu enttäuschen, finden Sie nicht? Sie muss sehr gelitten haben, wenn sie mich so lange und so vergeblich geliebt hat. Man muss ihr vieles nachsehen. Armes Ding, wie elend sie heute aussah.«

Bea kriecht in sich zusammen. Er hat ja Recht. Elend und enttäuscht sah Sophie heute Abend wirklich aus. Überhaupt nicht wie sonst – energiegeladen, rebellisch und sprühend vor Lebenskraft. Vielleicht geht es ihr wirklich schlecht.

Ganz stumm hat sie beim Essen dagesessen, kein Wort mit jemandem gewechselt, und jetzt liegt sie im Bett, nachdem sie Jennifer noch das heilige Versprechen abgenommen hat, das Gleiche zu tun und ja nicht Nicholas hinterherzustiefeln. Aber mit ihren Gedanken schien sie ganz woanders. Wahrscheinlich beim Lord. Warum freut Bea sich darüber nicht?

Noch gestern war sie davon überzeugt, Leonhart zu lieben. Aber das stimmte nicht. Die Sache mit Leonhart war schrecklich anstrengend. Sie musste sich ständig etwas einreden, und das hat sie über. Das hat sie ihr Leben lang bei jedem ihrer Männer getan. Das will sie nicht mehr. Vor allem, seit sie den Lord kennt, der ihr so schöne Komplimente über ihren Verstand und ihre Vernunft macht. Fühlt sich gut an, zur Abwechslung mal überschätzt zu werden, als ständig andere zu überschätzen.

Die Stimme des Lords unterbricht sanft ihre Gedanken: »Let's go to bed, Bea!«

»Au ja.«

»Pardon?«

Bea wird rot, der Lord hat sich erhoben und rückt ein Funkengitter vor den Kamin. Dabei schaut er sie fragend an. Den deutschen Ausruf »Au ja« kennt er nicht, dem Himmel sei Dank. Ganz gelassen sieht er aus. Natürlich, er meint ja auch nur, dass sie schlafen gehen sollen. In getrennten Betten. Was sonst.

Bea greift nach einem Kerzenleuchter und geht vor in die Eingangshalle.

»Warum nehmen Sie den Kerzenhalter mit, Bea?«

»Ich wollte Ihnen die Treppe hochleuchten.«

»Meine Liebe, wir haben elektrisches Licht.«

»Aber mit Kerzen ist es doch viel stilvoller und romantischer.«

Lächelnd nimmt der Lord ihr den Kerzenleuchter aus

der Hand. »Da haben Sie Recht. Kommen Sie, ich gehe vor. Schließlich bin ich der Hausherr.«

»Sie müssen sich schonen!«

Der Lord dreht sich auf der Treppe zu ihr um. »Sie sind die beste Medizin, die ich mir vorstellen kann. Es geht mir schon viel besser. Zu schade, dass ich Sie nicht rund um die Uhr bei mir haben darf.«

So einer Vorlage kann man nicht widerstehen: »Aber das dürfen Sie! Durchaus.«

Der Lord geht die letzten Stufen zum ersten Stock hoch. Auf der Empore dreht er sich um und beleuchtet die Stufen für Bea.

»Herr von Humboldt ist wirklich zu beneiden.«

»Wer?«

»Nun, Ihr Professor. So eine hübsche und scharfsinnige Assistentin. Ich sage es ja, Frauen ziehen Hochstapler und Betrüger den anständigen Männern in jedem Fall vor. Wobei mir der Name von Humboldt, mit Verlaub, noch immer recht albern erscheint.«

Bea sperrt den Mund auf. Daran hat sie in all der Aufregung überhaupt nicht mehr gedacht. Der Lord ahnt ja gar nicht, wer sie ist. Und über Herrn von Humboldt haben sie auch noch nicht ausführlich gesprochen. Und sie hatte geglaubt, der Lord wisse Bescheid und habe längst mit Leonhart gesprochen – über Sophie. Ein Gespräch, so hatte Bea vermutet, bei dem sich beide über die Zukunft Sophies als Ehefrau Fitzwilliams geeinigt hätten. Warum sonst hätte Leonhart so übereilt abreisen sollen? Aber nun sieht alles anders aus.

Weiß der Lord überhaupt, dass Leonhart seine Ehefrau – also Fitzwilliams Frau, also, verflucht, Sophie noch immer liebt? Würde das etwas an Fitzwilliams Loyalität ändern?

»Mylord, ich glaube, ich muss Ihnen noch ein Geständnis machen. Über mich. Darf ich kurz mit in Ihr Zimmer? Die Kissen würde ich auch noch einmal aufschütteln.«

»Oh, Bea! Sie bei Nacht in meinem Schlafzimmer? Das kann ich Sophie nicht antun. Bea, Sie wissen ja nicht, was ich für Sie empfinde! Empfinden könnte. Nein, ich kann nicht. Ich muss zuerst mit Sophie reden. Sofort.«

54. Kapitel

Genau. Kein Zweifel. Er muss zu Sophie. Er muss. Die Sache verträgt keinen Aufschub. Eine endgültige Klärung ist unabdingbar, damit sie alle in Frieden weiterleben können.

Haus Ashburton liegt im Dunkeln, alle Bewohner scheinen zu schlafen. Morgen hat Sophie Geburtstag. Wenn man es genau nimmt, sogar in einer Stunde. Es ist elf Uhr nachts. Sie soll eine Überraschung erleben. Eine, die sie sich immer gewünscht hat, all die Jahre schon. Er hat sie ihr so lange vorenthalten, es ist seine verdammte Pflicht, sie ihr endlich zu schenken.

Leonhart seufzt.

Er weiß, dass dies sein allerletzter Versuch sein muss, seine Frau für sich zurückzugewinnen. Die ganze Fahrt von Ashburton nach Heathrow und wieder zurück hat er darüber nachgedacht. Jetzt ist er sich sicher: Bevor er nicht etwas wirklich Verrücktes für und mit Sophie getan hat, kann er gar nicht wissen, ob sie ihn nicht doch noch lieben könnte.

Was bedeuteten schon seine dummen Flirtversuche an der Dinnertafel, was war schon diese kleine Maskerade als Professor von Humboldt. Ausgerechnet! Wo Sophie doch genau das an ihm hasst: Den Wissenschaftler, der sich durch logisches Denkvermögen und Distanziertheit auszeichnet. Böckelkamp hat ihn schlecht beraten. Verrückt muss man schon selber sein, das kann einem niemand abnehmen.

Vorsichtig schleicht er an den Stallungen vorbei. Er wirft einen Blick in eine der Pferdeboxen, wo schnaubend ein Fuchs erwacht und ihm im Licht der Taschenlampe zuzuzwinkern scheint.

Nun gut, das ist kein Elefant. Aber ist ein Pferd nicht romantischer für eine Entführung? Und noch weniger als ein Pferd könnte Leonhart einen Elefanten reiten. Der Fuchs scheint gutmütig, und Leonhart redet ihm sanft zu. Dann öffnet er den Verschlag und greift nach dem Zaumzeug des Tieres, führt es in den Hof und bindet es bei einem Steigblock an. Er sattelt es, so gut er vermag. Logisches Denkvermögen hilft auch dabei weiter. Dann klopft er dem erstaunt wirkenden Tier die Flanken.

»Du wartest hier! Ich bin gleich zurück.« Hoffentlich. Er weiß nämlich noch nicht, ob er ins Haus hineinkommt und wenn ja, wo er Sophie finden kann. Beim Lord?

Sein Magen krampft sich zusammen. Was, wenn er die beiden in inniger Umarmung entdeckt, wie in jener Nacht hinter dem Vorhang, nur diesmal im Bett des Hausherrn? Nur nicht daran denken. Immerhin verleiht ihm die Vorstellung, seine Sophie so nah beim Lord zu finden, genug Entschluss- und Muskelkraft, um das Fenster zur Spülküche einzuschlagen und hindurchzuklettern. Das wäre geschafft.

Suchend schaut er sich um, entdeckt die Tür zur Küche und tritt ein. Im Schein der Taschenlampe entdeckt er die ganze Pracht des Raumes. Wie herrlich das Kupfer blinkt, und wie verführerisch es duftet. Vielleicht sollte er einige Vorräte einpacken? Ja sicher, sie werden sie brauchen können. In einem großen Tischtuch verschnürt er Brot und kaltes Fleisch, eine Flasche Wein, sogar an Kerzen und Zündhölzer denkt er.

Er stellt das Bündel unter das zerschlagene Fenster, dann macht er sich auf den Weg zur Eingangshalle, die er erst nach einigen Fehlversuchen im Labyrinth der Dienstbotengänge erreicht.

Auf Zehenspitzen schleicht er die Treppe hoch, bleibt kurz auf der Empore stehen und verzieht nachdenklich den Mund. Wohin jetzt? Am besten, er schließt die schrecklichste aller Möglichkeiten zuerst aus. Mit gestrafften Schultern wendet er sich nach links zum Wohntrakt. Ob die Jagdgäste noch hier sind? Egal, er will nur rasch im Schlafzimmer des Lords nachschauen.

Unangenehme Erinnerungen begleiten ihn, als er den unseligen Vorhang passiert, hinter dem er zwei Nächte zuvor Sophie und den Lord entdeckt hat. Er lenkt das Licht der Taschenlampe zu der Tür, hinter der das Zimmer des Lords liegt. Zögernd verharrt er vor der Tür. Unterdrücktes weibliches Kichern und die Worte »Oh, Mylord!« entscheiden alles. Das ist entschieden zu viel und zu intim für seine Ohren!

Mit einem Ruck reißt Leonhart die Tür auf und die Taschenlampe hoch, als handele es sich um eine Waffe. Nur gut, dass er im Moment keine dabei hat.

Das Gesicht des Lords taucht ihm grellen Schein des Lichts auf. Fitzwilliam kneift die Augen zusammen, die gefährlich blinken, seinen Oberkörper wölbt er schützend über einer nackten Frau, die sich die Bettdecke über den Kopf ziehen will und einen unterdrückten Schrei ausstößt.

»Who the devil is that?!«

»Der Teufel, mein Herr, bin ich«, stößt Leonhart mit kaltem Zorn hervor. »Lassen Sie sofort meine Frau los! Ich bin gekommen, um sie abzuholen. Egal, was sie dazu sagt! Ich liebe sie, und sie ist meine Frau.«

»IHRE FRAU?« Der Lord klingt verwirrt. »Das ist nicht ihre Frau. Oder?«

»Oh, fangen Sie nicht wieder so an. Sie wissen sehr gut, wer meine Frau ist.«

»Sophie ist Ihre Frau, ich meine, war Ihre Frau, so viel weiß ich inzwischen.«

Leonhart ist mit drei Schritten beim Bett. »War? Ich gebe mich nicht so leicht geschlagen, Sie widerlicher Lügner und Betrüger.«

»Ist er nicht«, piepst es unter der Bettdecke auf Deutsch. Leonhart fährt zurück. Das klingt nicht nach Sophie. Jedenfalls nicht nach der Sophie, die er kennt.

Bea wühlt sich unter der Decke und dem Lord hervor. »Leonhart, beruhige dich. Fitzwilliam ist an Sophie nicht mehr interessiert.«

Der Professor braucht eine Weile, bis er Beas erhitztes und vor Leidenschaft glühendes Gesicht ganz in sich aufgenommen hat. Seinen Zorn besänftigt der Anblick nicht. Wieder richtet er seine Taschenlampe und seine Wut auf Fitzwilliam: »Wie können Sie nur! Noch vor zwei Nächten haben Sie sich mit meiner Frau hinter einem Vorhang vergnügt und jetzt mit deren besten Freundin! Sie sind ein Wüstling der übelsten Sorte.«

»Was? Ich meine: *WHAT?*« Bea krabbelt unter dem Lord hervor und starrt ihn fassungslos an. »*You and Sophie?* Hinter einem *curtain*. Stimmt das? Ich meine, ist das *true*?« Sie muss wirklich noch an ihrem Englisch arbeiten.

Der Lord hebt abwehrend die Hände und gebieterisch die Stimme: »Oh, bitte, bitte! *What a mess*. Bitte, Bea, sei ganz ruhig. Es ist alles anders, als wir alle dachten, und an der Zeit, die richtigen Paare auseinander oder besser zueinander zu sortieren. Leonhart, Sie sind nicht umsonst gekommen. Sie werden noch heute Nacht Ihre Frau von hier wegbringen. Sie haben meine volle Unterstützung.«

»Wie? Nun, verdammt, das habe ich vor. Zur Not mit einem Elefanten!«

»Davon würde ich abraten, Herr Professor.« Der Satz

kommt nicht vom Lord, obwohl der doch Erfahrung mit Elefanten hat. Der Satz kommt von der Tür her.

Leonhart wirbelt herum. Im Türrahmen steht Böckelkamp im Bademantel und mit einem Gewehr in der Hand. Hinter seinem Rücken versteckt sich eine aufgeregt flatternde Mrs. Molloway.

»*My dear,* Mr. Böckelkamp, das ist ja gar kein Einbrecher, oder doch? Es ist der Herr Professor!«

Der Verdächtigte schaltet sich ein: »Böckelkamp, was haben Sie mit dem Gewehr vor?«

»Das, oh, Verzeihung, Herr Professor. Mrs. Molloway weckte mich wegen des Lärms und vermutete, dass Hagerty zurückgekommen sei, um … nun, tut nichts zur Sache. Wir haben Wichtigeres zu erledigen. Wie schön, dass Sie wieder da sind. Jetzt können Sie endlich etwas wirklich Verrücktes tun.«

»Was?«

»Ihre Frau entführen.«

»Das brauchen Sie mir nicht vorzuschlagen, genau das hatte ich vor! Ein Pferd steht bereits gesattelt im Hof, auch an Proviant und Kerzen habe ich gedacht, schließlich hat sie in …«, er schaut auf die Uhr, »in zwanzig Minuten Geburtstag. Höchste Zeit also.«

»Herr Professor, ich bin stolz auf Sie. Wo soll es denn hingehen?«

Leonharts Elan verfliegt. »Nun, ja, also, das weiß ich nicht so genau. Ich dachte an den Wald.«

Böckelkamp schüttelt den Kopf: »Das ist zu kalt, Herr Professor.«

»Ich hätte einen Vorschlag zu machen«, sagt der Lord und will aufstehen.

»Fitzwilliam, du musst im Bett bleiben«, mischt sich Mrs. Molloway ein und tritt hinter Böckelkamps Rücken hervor.

»Genau«, stimmt Bea vom Bett aus zu und schlingt von hinten einen Arm um den Lord.

»Aber nicht mit ihr«, wirft Mrs. Molloway indigniert ein, »so habe ich das nicht geplant. Sie ist viel zu clever für mich, äh, dich, also uns.«

»Bea gehört in dieses Bett und damit basta, Mutter. Ich verbiete dir jede weitere Einmischung in mein Liebesleben. Und jetzt müssen wir Herrn von Humboldt, oh nein, Herrn Wolkensinger natürlich, zu seinem Recht verhelfen. Als Sophies untreuer Ehemann finde ich es nur angemessen, dass ich mich an der Sache aktiv beteilige!«

55. Kapitel

Bis vor einer Stunde hat Sophie noch die Minuten gezählt. Die Minuten bis Mitternacht, bis zu ihrem Geburtstag. Er hatte mit zwölf zirpenden Schlägen einer Kaminuhr begonnen, und nichts war passiert. Rein gar nichts. Sophie hat traurig in ihrem Bett gesessen. Was hat sie denn erwartet? Es gab keinen Grund, ihrem Geburtstag so entgegenzufiebern. Wäre sie nur brav zu Hause in Wingen geblieben, dann hätte Leonhart sie vielleicht geweckt und mit einem Glas Sekt auf sie angestoßen. Nicht sehr einfallsreich oder ausgefallen, aber doch nett und traditionell aufmerksam, so wie er …

Dann hatte es geklopft. Glücksgefühle von geradezu irrsinniger Natur waren in ihr hochgeschossen, bis die Tür aufgegangen und niemand außer Böckelkamp erschienen war.

»Ich wollte nur herzlich gratulieren und Ihnen ein Gläschen Champagner servieren.«

Müde hat Sophie abgewunken. »Nur keinen Champagner. Ich kann ohnehin nicht schlafen.«

Böckelkamp hat ein kleines Serviertablett mit dem Champagnerglas auf dem Nachttisch abgestellt. »Auch das habe ich mir gedacht, daher habe ich mir erlaubt, Ihnen zwei ausgezeichnet wirkende Schlaftabletten mitzubringen. Es war ein aufregender Tag, Sie sollten sich von Ihren sicherlich schweren Gedanken ausruhen. Hier.«

Misstrauisch hat Sophie einen Blick auf zwei gelb dragierte Pillen geworfen. »Schlaftabletten? So etwas nehme ich normalerweise nie!«

»Machen Sie heute eine Ausnahme. Sie brauchen Ihre

Ruhe. Es hilft doch nichts, wenn Sie hier mit quälenden Gedanken wach liegen!«

Stimmt. Sophie hat eine halbe Pille mit einem Schluck Champagner heruntergespült. Wenig später war sie völlig erschöpft eingeschlafen. Der Tag war eindeutig zu viel für sie. Morgen oder übermorgen will sie sich auf den Weg nach Deutschland machen. Diesmal in einem vernünftigen Wagen und ohne Burger-Pause für Jenny.

In ihrem Traum rasselt der Käfer von Mr. Singh über die Autobahn, hüpft schließlich über eine Leitplanke und hoppelt über Devons grüne Hügel. Sophie hoppelt im Schlaf mit und kichert.

»Wacht sie etwa auf«, will Leonhart flüsternd wissen.

»Nein, keine Bange, das Mittel ist recht stark, wie mir Mrs. Molloway versichert hat. Sie pflegte damit ihren Sohn und andere Hausgäste außer Gefecht zu setzen, wenn sie einen Diebstahl plante. Darf ich Ihnen beim Tragen helfen?«

Leonhart hebt mit leichtem Ächzen Sophie aus dem Bett. »Nein, Böckelkamp, dass muss ich alleine machen. Es ist schließlich meine Entführung.« Sophie liegt jetzt in seinen Armen, ihr Kopf kippt über seinem Ellbogen nach hinten.

»Ich hoffe nur, die Tabletten sind nicht zu stark!« Leonhart klingt besorgt.

»Sicher nicht. Die Wirkung einer halben Tablette, so versichert Mrs. Molloway, kann höchstens ein, maximal anderthalb Stunden andauern. Danach müssen wir mit einem jähen Erwachen rechnen, da es unter Einwirkung des Mittels zu leicht halluzinogenen Zuständen kommen kann, die beim Überwechseln in eine Leichtschlafphase als Albträume wahrgenommen werden können.«

Leonhart schaut besorgt auf Sophie herab. »Armer Liebling!«

»Herr Professor, anders ist ihr nicht zu helfen, glauben Sie mir.«

Böckelkamp geht den Flur entlang und die Treppe hinunter. Unten verharrt er kurz und wartet auf den leicht schwankenden Leonhart.

Der Käfer hoppelt immer wilder über Englands grüne Hügel. Und die werden immer steiler. Wie bedrohliche Riesen türmen sie sich vor Sophies Traum-Ich und dem winzig werdenden Auto auf. Schroffe Feldmassive schieben sich drohend in den Weg, der Himmel wird dunkel. Das Auto schnauft sich auf eine feuerrote Felsküste zu, springt über Steine, schießt wie eine Kanonenkugel vor.

Sophie will die Bremse treten, tritt aber ins Nichts und sieht einen Abgrund auf sich zurasen. Sie will den Mund zum Schrei öffnen, aber der bleibt zu, wie fest verklebt.

Das Herz droht ihr stehen zu bleiben, sie muss nach Luft ringen und atmet weichen Stoff und finsterste Nacht ein. Sie strampelt mit den Beinen, es ist kalt, und sie will wach werden. Sofort. Wo ist ein Lichtschalter.

Moment mal! Schaukelt jetzt das Bett? Nein, sie selber. Der Käfer ist weg. Sie liegt, in eine Decke verschnürt, quer über einem breiten Rücken, der merkwürdig riecht. Nach Pferd. Das muss ein Traum sein. Merkwürdig, dass sie in Träumen neuerdings sogar riechen kann.

Verfluchte Schlaftablette. Ha, sie erinnert sich, sie ist wach. Oder doch nicht? Sie kann nichts sehen. Sophie strampelt noch wilder, aus diesem Traum muss es doch einen Ausweg geben.

»Lass das, ich habe schon so genug Mühe, das Gleichgewicht zu halten.«

Das muss sie träumen! Das kann nicht die Wirklichkeit sein. In der Wirklichkeit würde Leonhart sich nicht mit ihr auf ein Pferd setzen, und überhaupt ist er gar nicht hier. Wo ist hier?

»Liebes, sei ganz ruhig«, flüstert der geträumte Leonhart, der doch in Deutschland ist. Noch wilderes Strampeln. »Mmmh, mmmh.«

Das sind die allerschlimmsten Albträume, in denen man nicht unterscheiden kann, was wahr und was falsch ist, was Wirklichkeit und was Traum, wo Bewegungen zu nichts führen und der Mund einfach stumm bleibt.

Eins jedenfalls ist echt – ihr Herzklopfen.

»Wir haben gleich das schwerste Stück hinter uns. Ich musste dich leider fesseln und knebeln, weil ich mir nicht sicher war, ob du ohne Gegenwehr mitkommen würdest. Wenn du sehr brav bist, lasse ich dich gleich frei. Es ist nicht mehr weit.«

Das ist Leonhart. Zumindest im Traum.

Wenn er nur wirklich hier wäre, um sie in den Arm zu kneifen oder sonst wie aus dem Gefängnis ihrer Fantastereien zu befreien. Es ist so unangenehm, nicht sprechen zu können, ein wild schaukelndes Pferd unter sich zu träumen und dazu frierende Zehen. Sie wackelt damit, um sie warm zu bekommen. Funktioniert tadellos. Das ist doch kein Traum! Oder?

Im Traum kann man sich nicht die Zehen warmwackeln. Im Traum wird man auch nicht so glaubhaft und gefühlvoll gestreichelt, was jemand gerade tut.

»Brrr. Halt, mein Guter.«

In Wirklichkeit würde Leonhart nie so etwas sagen und nochmal: Er kann nicht reiten!

Das Pferd gehorcht ihm trotzdem und hört auf zu schaukeln. Die Hand, die sie eben noch auf ihrem Rücken gespürt haben will, ist fort. Einen Moment später ist die Hand wieder da und hat einen Gefährten bekommen. Zwei Hände umfassen kraftvoll ihre Taille und ziehen sie vom Pferderücken herab. Ihre nackten Füße versinken in weichem, nasskalten Untergrund. Igitt, fühlt sich richtig echt an und so glitschig. Ein Albtraum. »MMMH!«

»Verzeihung, Liebling, ich nehme dich sofort auf die Arme.«

Sekunden später schweben Sophies Füße in der Luft und frieren wieder. Dann quietscht eine Tür in einem sehr alten Scharnier. Die Luft an ihren Zehen wird weicher und andeutungsweise wärmer. Der geträumte Leonhart presst sie ganz eng an sich.

»Oh, wie reizend, sie haben ein Feuer angemacht und den Tisch gedeckt. Warte, ich lege dich nur einen Moment auf dieses herrliche Sofa beim Feuer, dann binde ich dich los.«

Sophie fällt weich. Kein geträumter Aufprall, bei dem man gleichzeitig hochschreckt und schlagartig wach wird. Sie lauscht. Schritte entfernen sich, wieder quietscht eine Tür in den Scharnieren, Schritte nähern sich. Sanft wird eine Decke von ihr weggezogen.

Sie muss die Augen nicht aufschlagen, die sind schon offen. Sie hat nicht geträumt, jedenfalls träumt sie jetzt nicht mehr.

Über sich erkennt sie Leonhart, der einen Seidenschal von ihren Handgelenken löst. Hinter ihm liegt einen quadratischer Raum voller Kerzenlicht. Er ist dunkel getäfelt, schwarz-weiß gefliest, wird von einem prasselnden Feuer erwärmt und beherbergt einen Tisch, der festlich gedeckt ist, dazu zwei Stühle und eine Reihe ausgebleichter Hirschgeweihe, die bedrohlich ihre Spitzen in den Raum senken. Auf die könnte Sophie verzichten, sie erinnern an Gespenster.

Leonhart reibt Sophies Handgelenke. »Gleich wird dir warm sein. Es war nur ein Ritt von zwanzig Minuten. Es wäre schöner gewesen, wenn du erst jetzt wach geworden wärst, aber so fest kann wohl niemand schlafen, wenn er von einem Reiter wie mir durch die Gegend gerüttelt wird!«

»MMMH!«

»Einen Moment noch, Sophie. Ich werde gleich das

Pflaster von deinem Mund ziehen. Nur einen Moment. Ich habe so lange geschwiegen, dass ich einiges nachzuholen habe. Zunächst werde ich einige Missverständnisse aufklären, die uns …«

Böckelkamp schiebt ganz langsam seinen Kopf nach oben und linst durch die dunkle Fensterscheibe, in der sich Kerzenlicht spiegelt.

»Was machen sie gerade?«, will neben ihm Bea flüsternd wissen.

»Leonhart hält Sophies Hände fest und einen Vortrag.«

»What?«

Bea übersetzt dem Lord, so gut sie kann, was Böckelkamp sieht.

»Einen Vortrag?«, fragt der noch einmal nach. »Sophie ist keine Frau für Vorträge. Sie hört ja doch nie zu!«

»Sie muss«, erwidert Böckelkamp, »Leonhart hat ihren Mund zugeklebt und hält sie fest in seinen Armen. Verflixt, jetzt reißt sie sich los und das Pflaster vom Mund!«

Bea stöhnt: »Das kann heiter werden, wer weiß, was sie ihm wieder alles an den Kopf wirft. Sieht sie sehr wütend aus?«

Böckelkamp rückt seine Brille zurecht. »Eher fassungslos. Sie sitzt mit offenem Mund da und starrt ihn an!«

»Das ist gut!«, findet Bea.

»Not enough!«, meint der Lord.

»Sie sagt noch immer nichts.«

»Und Leonhart?«

»Auch nicht!«

»*Damned fool!* Das kommt ja nie zu einem Happy End bei den beiden.« Den Lord hält nichts mehr in seinem Versteck. »Ich werde hineingehen und die Sache klären. Wenigstens einmal in meinem Leben werde ich in der Liebe die Initiative ergreifen.«

Mit schnellen Schritten ist er bei der Tür und reißt sie

auf Sophie kann nicht glauben, was Leonhart eben alles zu ihr gesagt hat. Über seine Maskerade, seine falschen Flirts, seinen Lehrvortrag zu Ihren Ehren, für den er im Internet Kontaktanzeigen aufgeben musste, über Bea, die er nie im Leben geliebt hat, über sie, die er immer geliebt hat und immer noch liebt, völlig grundlos sozusagen und ganz verrückt vor Leidenschaft. Das ist zu viel, viel zu viel, das hat sie überhaupt nicht …

Mit einem Ruck ist die Tür zum Jagdschloss aufgerissen worden, kalter Wind strömt herein. Der Lord steht in der offenen Tür, hinter ihm ist es nachtschwarz.

»Sophie! Was machst du hier mit diesem Mann?«

»Fitzwilliam, was fällt dir ein, hier hereinzuplatzen?«

»Das fragst du mich? Ich habe ein Recht, hier hereinzuplatzen, es handelt sich hier um mein Schloss und meine Frau!«

Sophie springt vom Sofa auf und läuft ihm entgegen. Leonhart bleibt sitzen und starrt ihr fassungslos hinterher. Das kann doch nicht wahr sein, das darf nicht sein, er hat doch alles getan und gesagt, und sie läuft doch zum Falschen … Jetzt spricht Sophie.

»Ich weiß nicht, wie du auf die lächerliche Idee kommst, ich wäre deine Frau, Fitzwilliam! Ich wollte es nie sein und bin es nie gewesen, egal, was wir in Gretna Green getrieben und unterschrieben haben. Mein Mann sitzt dort auf dem Sofa. Er hat es all die Jahre mit mir ausgehalten, was nicht immer leicht war, schon gar nicht in den letzten Wochen. Wir hatten anstrengende Zeiten, aber auch sehr schöne. Wir haben eine gemeinsame Tochter, wir haben geheiratet …«

»Das haben wir auch!«

»Aber davon wusste ich ja sozusagen gar nichts. Ich hielt alles für einen deiner dummen Scherze. Deshalb bin ich damals gegangen. Und ich würde es wieder tun! Fitzwilliam, ich will die Scheidung! Und dein dämliches Ashburton kannst du für dich behalten. Ich werde meinen Mann, also Leonhart heiraten und …«

»My congratulations.«

»Wie?«

»Herzlichen Glückwunsch, Sophie! Du darfst deinen Bräutigam jetzt küssen! Und ich, wenn du erlaubst, deine Freundin Bea! Endlich ist es heraus: Wir lieben uns nicht! Wir haben uns nie geliebt! Sophie, du machst mich überglücklich!«

»Ist das wahr?« Sophie kann ihr Glück selber nicht fassen, und nur darum küsst sie ihn. Auf die Wange. Dann küsst sie Leonhart auf den Mund.

Böckelkamp nimmt draußen vor dem Fenster seine Brille ab. Nicht, weil er jemanden küssen will. Er möchte nur einen Moment blind sein und seinen Gedanken nachhängen. Gedanken an Irene. Die sieht er ohne Brille viel besser, weil er seine Irene mit dem Herzen sieht.

»Ich denke, da haben wir einen ganz anständigen Job hinbekommen, meine Liebe. Jetzt müssen Sie alleine weitermachen. Ein alter Mann kann sich nicht eine ganze Nacht im Freien um die Ohren schlagen. Nicht auszudenken, wie ich mich dabei verkühlen könnte.«

Der alte Mann hat außerdem eine Verabredung. Mit Mrs. Molloway. Sie hat versprochen, aufzubleiben und einen Schluck Brandy zu besorgen. Den hat das ehemalige Schankmädchen aus dem Weinkeller geklaut, und den haben sie sich beide redlich verdient. Schließlich müssen sie sich Gedanken um Nicholas Zukunft machen. Jennifer ist nicht die Richtige für ihn oder für Ashburton, viel zu verrückt, ganz die Mutter eben …

»Gestatten? Ich bin ein Miststück! Ich glaube nicht an die große Liebe. Genausowenig wie an den Weltfrieden, humane Schweinezucht, solidarisches Miteinander unter Frauen oder bügelfreie Leinenhemden. Das einzige woran ich glaube, ist ein Kontostand mit mindestens vier Nullen am Ende und einem Plus am Anfang. Dafür würde ich sogar heiraten. Wenn man die Ehe wie in den guten alten Zeiten als Geschäft betrachtet, hat sie Erfolgsaussichten.«

Die luxussüchtige Beatrice reist zusammen mit ihrer besten Freundin nach Fuerteventura – unter falschen Namen und voller Unternehmungslust. Sie will sich dort einen heiratswilligen Millionär angeln. Doch so einfach, wie sie sich das vorstellt, ist es natürlich nicht ...

Die ideale Strandlektüre – nicht nur für Fuerteventura-Urlauber

ISBN 3-404-16233-1

BASTEI LÜBBE

Verfilmt – ein Zweiteiler bei SAT1

Wieviel Mann braucht es, um Katharina an Heim und Herd zu fesseln? Weder ihr derzeitiger Lebensabschnittsgefährte noch ihre beste Freundin wissen darauf eine Antwort. Katharina liebt ihre Unabhängigkeit und das Leben in der Großstadt Berlin. Bei einem Urlaub auf der Lone Star Ranch in Texas, bringt ein einfacher Cowboy ihr Leben gefährlich ins Wanken. Wider alle Vernunft wagt Katharina den Wechsel der Welten und zieht nach Texas zu Greg O'Neil – um Cowgirl zu werden, denn Cowgirls are forever!

ISBN 3-404-16257-9

BASTEI LÜBBE

Victoria hat ihr Leben fest im Griff. Was kann einer selbstbewußten Powerfrau mit eigener Kultursendung und reichem Papa schon schiefgehen? Nichts, glaubt Victoria, die sich auf ihre Bildung, ihre Erscheinung und ihren Verstand viel einbildet. Etwas zu viel, findet Freundin Stefanie, die sich im Urlaub auf Gran Canaria in einen Schwimmingpool-Reiniger verliebt hat.Victoria will Stefanie auf den rechten Weg zurückbringen und gerät selbst auf Abwege: Der Vater enterbt sie, Verehrer Ludwig ist untreu und ihr Job in Gefahr. Victorias letzte Chance: Sie muß den menschenscheuen Starautoren Elias Rensle auftreiben, um das weltweit erste Interwiew zu bekommen. Doch Renzle lebt – ausgerechnet – auf Gran Canaria, dem *Lummerland für Langweiler,* wie Victoria meint. Ihr nächstes Problem: Gleich zwei Männer behaupten, daß sie der geheimnisvolle Rensle sind. Den einen hält sie für wunderbar, der andere ist sonderbar. Welcher ist der Richtige?

ISBN 3-404-16207-2

BASTEI LÜBBE

Wenn Bridget Jones schwanger geworden wäre,
wäre dies ihre Geschichte

Jessica Latham, 32 und Single, steht eines Tages vor der großen Frage nach dem »F«-Wort: Familie. Ist sie schon bereit, eine Familie zu gründen? Will sie überhaupt Kinder in die Welt setzen? Vorausgesetzt die Antwort auf beide Fragen lautet »Ja«: Woher soll sie den passenden Mann dafür nehmen? (Was geeignete Kandidaten angeht, herrscht irgendwie gerade Saure-Gurken-Zeit.) Schließlich stehen zwei Männer zur Auswahl. Leider entpuppt sich keiner als der Richtige zum Familiegründen, aber als Jessica diese Erkenntnis hat, ist sie schon schwanger. Jetzt muss sie mit einer Sauren-Gurken-Zeit ganz anderer Art fertig werden ...

ISBN 3-404-15178-X

BASTEI
LÜBBE

Wochenlang auf Platz 1
der britischen Bestsellerlisten

Klatschkolumnistin Belinda will nicht viel. Nur einen Superstar. Das Problem ist ihr Job. Zweifelhafte Starlets für eine Boulevardzeitung zu interviewen bedeutet: Null Gelegenheit, sich einen reichen und berühmten Mann zu angeln. Grace will hingegen nichts weiter als ein ruhiges Leben. Ihr Problem ist der egomane Freund und eine Mutter, die im Verkuppeln ihre Berufung sieht. Und ein Verlagsjob mit Autoren, die aus der Hölle zu kommen scheinen.
Wenn diese beiden Frauen sich in die Quere kommen ...

ISBN 3-404-16246-3